Andreas Heßelmann

Saya – Auf der Suche nach dem Leben

Band 3

Erstens kommt es anders …

Bibliografische Information der Deutschen Nationalbibliothek: Die Deutsche Nationalbibliothek verzeichnet diese Publikation in der Deutschen Nationalbibliografie; detaillierte bibliografische Daten sind im Internet über dnb.dnb.de abrufbar.

Lektorat und Korrektur: Brigitte Bausch

Verlag: BoD · Books on Demand GmbH,
Überseering 33, 22297 Hamburg, bod@bod.de
Druck: Libri Plureos GmbH, Friedensallee 273,
22763 Hamburg

ISBN: 978-3-8192-6447-4

When you feel all alone
and the world has turned its back on you
Give me a moment please to tame your wild, wild heart
Let me be the one you call.

(Savage Garden)

Wochen nach der Unterschrift

Regen, so wie er hier fiel, kannte sie aus den letzten vielen Jahren nicht. Entweder es gab in Paita nahezu unwetterartige Regenfälle, meist im August, dennoch sehr selten, oder heiße, viel zu lange Trockenperioden. Der Effekt des Humboldtstroms, der im Süden Perus für eine lang anhaltende Trockenheit und dadurch für die Atacama-Wüste sorgte, schuf dort oben in Paita zwar etwas wärmere und deshalb feuchtere Luft, ließ es trotzdem selten regnen. Grün wie hier war es in Paita nur an wenigen Stellen. Meist gab es nur Palmen wie vorne am Meer und ein paar riesige Kapokbäume, während Agaven und Kakteen allgegenwärtig zu sein schienen. Erst nördlich der Paita-Bucht wurde das Land rund um die Mündung des Río Chira großflächig grüner. Alles hatte sich im Verlauf Tausender Jahre damit abgefunden, mit wenig Wasser auszukommen. Daher hatte sie Mühe, ein paar Blumen auf ihrem schmalen Balkon zum Blühen zu bringen. Hier hingegen blühten bald in jedem Garten prachtvolle Blumen.

Sie schaute auf die Uhr. Sie war zu früh, deshalb ging sie bereits seit einer Stunde durch den Ort und schaute sich um. Aber die Zeit, die sie hier verbracht hatte, war wohl zu kurz gewesen. Denn sie erkannte niemanden. Niemand sprach sie an. Niemand taxierte sie mit entsprechendem Blick, weil allein ihre Kleidung nicht hierher passte. Mit ihren nahezu purpurfarbenen Leggins, dem weißen T-Shirt und der selbst gestrickten Jacke mit dem bunten Andenmuster war sie nicht up to date und für das recht kühle Wetter obendrein nicht warm genug gekleidet. Heute Abend wäre sie aber wieder im warmen Zimmer ihrer Pension.

Tatsächlich hatte sie den Ort anders in Erinnerung. Mittlerweile waren zu viele Jahre vergangen. Über achtzehn, wenn sie sich nicht verrechnet hatte. Nach einer Stunde erreichte sie wie eine Spaziergängerin die kleine Siedlung. Dort blieb sie am Ende des Weges stehen, sah zuerst auf das Buschwerk mit dem Feld dahinter und dann in den Himmel, vielmehr in das Grau der Wolken, anschließend auf den Zettel in ihrer Hand. *Am alten Deich 7,* stand auf diesem. Ein kleines hübsches Haus, im Gegensatz zu den anderen keines aus Backstein, sondern weiß verputzt. Gerade groß genug für die zwei, dachte sie. Als sie in die Einfahrt ging, sah sie hinter einer Hecke versteckt auch das drollige, ehemalige Ferienhaus, von knospenden, bald blühenden Blumen und Büschen umgeben.

Dann nahm sie sich ein Herz, ging an die Eingangstür und klingelte. Sie war richtig. Kollberg stand auf dem kupfernen Metallschild unter dem Knopf. Die Sekunden verstrichen und die Tür vor ihr öffnete sich. Seine neue Frau stand in dieser und lächelte sie an.

„Ja? Guten Tag", sagte sie und hielt die Klinke mit gerunzelter Stirn fest, als wolle sie die Tür im Notfall gleich wieder schließen können. Ihre Stimme sanft und sympathisch. Ihr Deutsch nahezu akzentfrei. Es klang, als würde sie die Wörter etwas singen.

„Guten Tag ... Frau Kollberg", erwiderte sie freundlich und holte gleichzeitig tief Luft, weil wegen des Namens auf dem Klingelschild nun doch alte Bilder und Erinnerungen ihren Kopf eroberten, „mein ... Name ist Sybille Flores. Vielleicht hat Francesco mal von mir erzählt. – Er hat mich meist Bille genannt."

Mayumi sog die Lippen ein, ihr Lächeln wirkte nun etwas eingefroren, dennoch machte sie einen Schritt zur Seite und ließ Bille eintreten.

„Cicco ist noch nicht zu Hause. Es werden sicher noch halben Stunde dauern. Aber vielleicht wollen Sie warten. Ich können Kaffee machen."

Bille nickte, schlüpfte aus den Schuhen und ging nahezu bedächtig in die Wohnung. Links hinter einer Tür wohl die Gästetoilette, wie man sagt, rechts die Küche, die Tür in diese durch einen gemauerten Bogen ersetzt. Esszimmer und ein großes Wohnzimmer folgten, alles modern und doch gemütlich eingerichtet. Ganz anders als sie Kollberg in Erinnerung hatte. Ganz anders als sie seit Jahren in Paita lebte.

„Entschuldigen Sie bitte! Sie werden sich sicher wundern, warum ich nach so vielen Jahren hier plötzlich auftauche. Und das auch noch unangekündigt. Meine Eltern hätten sich sicher auch gewundert, wenn sie noch leben würden, aber sie sind vor zwei Wochen bei einem Autounfall ums Leben gekommen und ...", sie stockte, deutete auf einen Stuhl am Esstisch. Mayumi nickte – *Natürlich! Sori! Entschuldigen Sie!* – und Bille setzte sich.

„... bei ihnen zu Hause fand man meine Adresse und man gab mir Bescheid."

Jetzt lächelte sie traurig, knetete die Hände im Schoß und zog mit einem Seufzer die Brauen hoch.

„Sie kennen das vielleicht. Die Polizei hat Fragen, dann die Beerdigung, der ganze Papierkram, der Nachlass. Es gibt keine Geschwister oder andere Verwandten, obwohl ... so stimmt es auch wieder nicht. Aber ... nun ja. Es gibt Sünden, die einen einholen. Als ich am Grab stand, fiel mir ein, wen ich noch in all den Jahren ... im Stich gelassen habe. Ich weiß, das alles hört sich nicht besonders logisch und plausibel an ... Aber dann fragte ich in meinem Hotel, ob man den Namen Kollberg hier noch kennt, und man gab mir Ihre Adresse."

Während Bille einem Redeschwall gleich versuchte, alles zu erklären, stellte Mayumi derweil die Tassen und eine volle Isolierkanne auf den Tisch, schüttelte unmerklich den Kopf und goss den Kaffee ein.

„Cicco hat nicht viel erzählen. Aber ich weiß doch, weil Guido hat dann getan. Nun Cicco und ich heiraten vor sechs Jahre und wohnen hier."

Sie musste nicht sagen, dass sie glücklich war, ihre ruhige Art und ihr Gesicht sagten alles. Mayumi war eine hübsche Frau. Ganz anders als sie selbst. Klein, mit ihren dunklen, mandelförmigen Augen etwas fremd und zugleich vertraut wirkend, in Peru gab es viele Frauen und Mädchen mit ähnlich schönen Augen. In dieser Beziehung war Bille dort die Fremde. Mayumis Kleidung fast schon zu schick für die Vorstellung, die man von einer Hausfrau hatte, wenn ein Mann jemanden aus einem solchen Land zur Frau nahm. Eine modisch enge Jeans und darüber ein leichtes hellblaues Jeanshemd, die Ärmel aufgekrempelt. Die langen Haare zu einem flotten, aber schicken Dutt geformt. Ihre eigenen immer noch recht langen, dunkelblonden und lockigen Haare hingegen zwar frisch gewaschen, aber im Gegensatz zu damals strohig geworden. So schlank wie damals war sie auch nicht mehr.

Bille schaute mit nachdenklicher Miene auf den Boden vor sich, walkte immer noch ihre Hände und nickte mit einem Seufzer.

„Natürlich. Ich freu mich, ich ..." Sie brach ab und schaute hoch, vielmehr hinter sich, weil sie von draußen ein Geräusch hörte.

„Cicco und Guido kommen von Arbeit jetzt."

Schon war Mayumi aufgestanden und vor an die Tür gegangen. Bille blieb sitzen, sie hatte dort jetzt nichts zu suchen. Kollberg würde genug geschockt sein, wenn er sie sähe, würde sie vielleicht aber auch gar nicht erkennen. Aus den Augenwinkeln sah sie Mayumi winken, aber nicht so, als würde sie damit eine Warnung oder Ähnliches kundtun wollen.

„Hallo Yumi, mein Schatz", hörte sie ihn und den Schmatzer eines Kusses und gleich darauf, eigentlich zeitgleich:

„'n Abend Mommy. Haben wir Besuch?"

Seine Stimme alles andere als kindlich, etwas rau, männlich und ernst wirkend, sie wagte sich nicht umzudrehen, um zu sehen, wie beide nun aussahen, als keine drei Sekunden später Kollberg vor ihr stand.

„Bille?" Ihr Name wie ein Gummi auseinandergezogen. Seine Verwunderung und Hunderte Fragezeichen deutlich zu hören.

Sie sah hoch, sah in sein seit damals kaum gealtertes Gesicht und im selben Moment liefen all die verdrängten Filme ab, die sie dummerweise hatten fliehen lassen, weil sie von ihrem Leben so viele Freiheiten erwartet hatte, die sie aber glaubte nach der Schwangerschaft verloren zu haben. Nur wenige davon waren mit ihrem neuen Mann Luis Flores wahr geworden. Hirngespinste sind ohnehin so gut wie nicht zu realisieren. Das wusste sie bald. Am Grab ihrer Eltern holte die Vergangenheit sie ein. So einfach und schnell konnte das Leben seine Wahrheiten mitteilen. Nicht nur Kollberg, Guido und ein paar Freunde hatte sie wegen dieser lauen Freiheiten im Stich gelassen, sondern auch ihre Eltern, die jahrelang versuchten, mit diversen Glückwunschkarten den Kontakt aufrechtzuerhalten. Und sie schrieb in diesen Jahren gerade mal eine Handvoll zurück.

Mittlerweile stand Guido neben Kollberg und sah auf sie hinunter.

„Ich glaub, ich spinn", entfuhr es ihm.

11

Kollberg verzog sein Gesicht und schaute Mayumi fragend an, doch sie zuckte nur mit den Achseln und meinte im Flüsterton:

„Sie ist vor halben Stunde kommen. Ihre Eltern sind gestorben, bei einem Autounfall. Sie machen nun Besuche. Mehr weiß ich nicht."

„Ja, meine Eltern sind vor zwei Wochen auf der Autobahn südlich von Hannover unter einen Laster geraten, der einfach die Spur gewechselt hat, weil der Fahrer sie angeblich nicht gesehen hat. Der Laster und sie kamen ins Schleudern und ihr Auto wurde vom Auflieger erwischt und hat sich mehrfach überschlagen. Sie waren wohl sofort tot, sagt die Polizei. Papa war gerade mal siebzig und Mutti achtundsechzig. Ich hab' mich in all den Jahren nicht einmal bei ihnen gemeldet. Sondern nur eine Handvoll Karten geschrieben. Und dann stand ich an deren Grab und ..." Wieder stockte sie, ohne den Satz zu vollenden.

„Und bevor du vielleicht an meinem oder Paps' Grab stehen musst und ein schlechtes Gewissen bekommst, haste gedacht, ich guck mal, wie es den beiden inzwischen so geht. Ob der Sohn noch lebt. – Gehts noch?"

Guido war fassungslos und schüttelte prustend den Kopf. Dann zog er sich einen Stuhl heran, ließ sich auf ihn fallen, verschränkte die Arme und stemmte sich gegen die Lehne. Lieber wäre er jetzt sofort in sein Häuschen geflohen, als nun irgendwelchen Rechtfertigungen zuzuhören. Wie aus dem Nichts taucht die Postkarten-Mutter auf, um nach dem Rechten zu sehen. Oder was? Sybille presste die Lippen aufeinander und sank etwas in sich zusammen.

„Die letzten vielen Jahre waren nicht dazu geeignet, an etwas anderes zu denken. Ich hätte viel mehr Geld mitbringen müssen, um meine komischen Träume zu

12

erfüllen. Ohne Geld landet man schnell auf der Straße. Da war ich dann auch und hab' Gott sei Dank Luis kennengelernt."

„Und statt zurückzukommen, uns einfach vergessen", brauste Guido auf und wurde laut: „Alles gut, steht auf dieser bescheuerten Karte. Vorne drauf eine Stadt und hinten nicht mal dein Name. – Du bist meine Mutter gewesen, falls du es nicht mehr weißt. Frag Paps, ich bin durchgedreht. Und du faselst nach über achtzehn Jahren von komischen Träumen. – Tut mir leid, aber das kann nicht meine Mutter sein. Meine Mutter steht hinter dir und heißt Mayumi. Ich nenne sie Mommy. Das heißt übersetzt Mutter. – Alles gut! – Jetzt!"

Dann stand er wütend auf und ging in die Küche, dort lehnte er sich mit dem Rücken an die Theke mit dem Herd, die Esszimmer und Küche trennte. Aus dem Kühlschrank gegenüber angelte er sich ein Bier, öffnete es und trank die Flasche zur Hälfte leer. Die Kühle rann seine Kehle herunter und betäubte für einen Moment das Grummeln in seinem Bauch. Hinter sich hörte er Sybille, er war nicht fähig, *seine Mutter* zu sagen.

„Ihr habt Kinder?", fragte Sybille kleinlaut, um davon abzulenken.

„Yumi hat eine Tochter. Saya. Inzwischen zweiundzwanzig. Vor Jahren haben wir sie hierhergeholt. Ich sehe sie auch als meine Tochter an. Sie ist Tourismusmanagerin und arbeitet in einem Hotel."

„Fast so alt wie Guido. – Er ... ist ... groß geworden." Plötzlich lachte sie mit Tränen in den Augen auf. „Kräftig und ... ein hübscher Mann."

Kollberg schüttelte kaum merklich den Kopf. Was für eine Aussage nach über achtzehn Jahren. Würde es seine Mutter sagen, Guidos Oma, würde es vom Alter her wenigstens passen. *Mann, bist du groß geworden.*

„Er hat es nicht leicht gehabt, wie du dir denken kannst, wie im Übrigen Yumi und Saya auch nicht. Wir sind sozusagen nicht nur eine Familie geworden, sondern auch wegen dir eine Schicksalsgemeinschaft. Und vor Jahren war er leider auch noch in einen schweren Unfall verwickelt."

Sybille nickte nur und Kollberg schaute sie ernst an.

„Und du hast dich nie gemeldet. Nur diese dämliche Postkarte geschickt. Bei deinen Eltern hast du dich auch nicht viel öfter gemeldet. Ich hab' ein paar Jahre mit ihnen hin und wieder telefoniert. Egal, wie schlecht es einem geht, aber auf meine beiden Briefe hättest du wenigstens *etwas* antworten können. Den Brief vom Anwalt hast du ja hingegen innerhalb von vier Wochen beantwortet. Prima."

Guido zuckte zusammen, während er eine Nachricht an Saya ins Handy tippte, die wie Paps' Briefe an Sybille wahrscheinlich unbeantwortet blieb. Das mit den Briefen an Sybille war jedenfalls neu. Von denen hatte Paps noch nie gesprochen.

„Ich hab' mich geschämt."

„Achtzehn Jahre lang? Eine schlechte Ausrede."

„Das Leben dort ist nicht so leicht, wie du es dir vielleicht vorstellst. Auch die Pandemie hat Spuren hinterlassen. Ziemlich böse sogar. Luis' Eltern sind an ihr gestorben. Die ärztliche Versorgung dort ist mit eurer hier nicht zu vergleichen. Tote haben sie an die Straßen gelegt. Wir müssen inzwischen jeden Sol, jede Münze also, hundertmal umdrehen, bevor wir ihn ausgeben."

„Das Leben kann man sich nicht wählen, aber das Schicksal darin doch etwas bestimmen. Das hast du getan. Du bist einfach über Nacht abgehauen. Hast es nicht einmal angekündigt, sondern lediglich dein ... unruhiges Leben weitergeführt. Alle haben sich hier um dich gekümmert. Du hattest ein Zuhause. Es hat nichts geholfen und du bist einfach verschwunden. Die Konsequenzen musst du nun aushalten."

„Ich weiß. – Ich wollte euch tatsächlich nur mal sehen. – Wenigstens mal sehen. Es klingt vielleicht billig, aber genau das hat mich jetzt irgendwie sehr beruhigt, egal, wie sauer du deshalb jetzt bist."

Es entstand eine lange Pause. Bis Guido Sybille im Hintergrund leise fragen hörte:

„Und was für ein Unfall war das?" Eher, um die Stille zu unterbrechen, als interessiert, erzählte Paps ihr in groben Zügen das Wichtigste. Ohne dabei Scarletts Namen, somit den eigentlichen Grund zu erwähnen, ohne die Monate danach mit der Reha, Mommy und der Sache mit Saya ausführlicher zu beschreiben.

Minuten später stand sie auf und ging zu Guido in die Küche. Blieb ihm gegenüber vor der anderen Küchenzeile stehen und sah ihn lange und still an. Wollte ihn eigentlich fragen, wie es ihm ginge, was er inzwischen machte, tat es aber nicht. Wie kleidet man Fragen in Worte, wenn sie eine Kindheit ohne Mutter betreffen würden? Er erwiderte ihren Blick ernst, genauso lang und prüfte, ob er in ihrem Gesicht den so viele Jahre lang vermissten Blick seiner Mutter erkannte, die ihm einst Geschichten vorgelesen hatte. Wochenlang hatte er sich für sie versteckt, unter dem Tisch, unterm Bett und auf sie gewartet. Hoffte, dass sie ihn finden, ihn in die Arme nehmen und das Buch aus dem Regal holen würde. Aber er fand in ihrem Gesicht nichts, spürte nur eine ungeheure Wut in sich, die in zittern ließ, als würde er frieren. Dann flüsterte er leise mit feucht gewordenen Augen:

„Vielleicht habe ich wegen dir und alldem verlernt, wie Liebe geht."

Dann sah er kurz auf sein Handy, drückte auf Senden und schob es wieder in seine Jeans. Er hoffte, seine Nachricht würde dieses Mal nicht so lange wie beim letzten Mal unbeantwortet bleiben.

„Ich geh jetzt ins Studio", meinte er nach einer weiteren halben Stunde. Obwohl er nicht wollte, umarmte er Sybille kurz und wünschte ihr alles Gute für die Zukunft. Ein *Bis auf ein Wiedersehen* oder *Bis bald* kam ihm nicht einmal in den Sinn. Dann ging er zu Mommy und gab ihr einen Kuss auf die Wange, strich ihr dabei über den Kopf und erklärte fast zärtlich:

„Bis später."

Drüben im Häuschen holte er seine Tasche und radelte, ohne sich noch einmal umzudrehen, zum Studio. Seit mehr als zwei Monaten ging er dreimal die Woche hin und powerte sich ein bis zwei Stunden aus. Inzwischen spürte er seinen Körper anders. Wer weiß, was es ihm mal nützen würde. Sein Kopf begann allmählich normal zu funktionieren, statt sich nur mit Saya zu beschäftigen. Auch ohne Sybille war in letzter Zeit genug geschehen. Jetzt freute er sich jedenfalls auf Lina.

Zehn Minuten Crosstrainer, zehn Minuten Brustpresse. An einem Abend, vor Wochen, als wenn sie auf seinen Wechsel zum Rudergerät gewartet hätte, stand sie verschwitzt neben ihm. Lina. Etwas hektisch und hibbelig, aber ziemlich hübsch. So wie er sie von ihrem Profilbild auf WhatsApp kannte. Sayas ehemalige Klassen- und Turnkameradin machte mit ihrer dunklen Mähne einen Handstand und gleichzeitig Spagat. Irgendwie war sie die deutsche Ausgabe von Claire mit Stupsnase oder der Schauspielerin der Lara Croft.

Neben ihm stehend zog sie ihr Haarband vom Kopf, fabrizierte ein Headbanging, um gleich darauf ihre braune, wallende Mähne neu zu ordnen. Stülpte sich dann das Band wieder über und schob sich die Ärmel ihres Dresses nach oben. Auf ihren Armen begann der Flaum der etwas dunkleren Härchen auf der im Grunde hellen Haut zu glitzern. Er grinste sie an, richtete sich auf uns prustete. Nein, sie war nicht nur ziemlich hübsch. Und wenn er hätte ehrlich sein müssen, war sie ihm schon bei den Wettkämpfen an Wochenenden aufgefallen.

Linas Mund sah mit der stark geschwungenen Linie der Oberlippe aus, als würde sie gleichzeitig ständig schmollen und grinsen, was zu ihren dunklen, immer funkelnden Augen passte. Über denen breite, buschige, aber sauber gezupfte Brauen. Er ertappte sich im Studio schon nach ein paar Tagen dabei, dass er sich Lina nackt vorstellte und deswegen leise pfiff.

Er blieb auf dem Gerät sitzen, wischte sich mit einem Handtuch über das Gesicht und beobachtete sie mit einem Lächeln und leisen Seufzen. Wie jedes Mal trug sie nur diesen stahlblauen und engen Sport-Jumpsuit, der, so dünn wie er war, nichts von ihrem Körper verbarg. In diesem Moment erst recht nicht, weil die Schweißflecken die Muskeln und Konturen noch besser erkennen ließen. Wieder ging seine Fantasie ein wenig mit ihm durch. Mit dieser Alicia-Vikander-Version.

Wohl sechs Wochen zuvor hatte Nils schon wieder mit ihr Schluss gemacht, nicht mal ein Jahr waren sie zusammen. Sie zeigte Nils nur den Mittelfinger und erklärte Guido: *Diese komischen Handballer sind zu nichts zu gebrauchen. Sollen die doch gucken, wo sie bleiben.* Mit Männern war vorerst Schluss. Für deren Eitelkeiten und Selbstdarstellungen wollte sie nicht länger zuständig sein, meinte sie und grinste ihn an. Guido schien allerdings anders, hatte irgendwie nichts damit zu tun. Er kam immer allein, lachte selten bis nie, unterhielt sich mit niemandem, sondern spulte ernst und still sein Programm herunter, bis er sich nach einer Stunde an die kleine Bar setzte, ein Wasser hinunterstürzte und nur zehn Minuten später weitermachte.

Auch er war ihr schon bei den Turn-Wettbewerben aufgefallen, wenn er diese und Saya mit dem gleichen ernsten Blick verfolgte. Das Gesicht herb, vielleicht wegen dieses immer nachdenklich erscheinenden Blicks und der etwas zu groß wirkenden Nase. Drollig kurze, fast schwarze und etwas gelockte Haare. Sah er mit seinen blauen Augen in ihre, fühlte sie jedes Mal einen Schauer, weil sie sich einbildete, er gucke bis hinunter in ihren Magen, der sich in diesem Moment wohlig zusammenzog. Nach seiner ersten Trainingswoche beichtete sie es Anneke am Telefon und erfuhr, dass Saya wohl nicht mehr hier lebte.

Ein paar Abende später beugte sie sich zu ihm hinunter, gab ihm einen flotten Kuss und fragte:

„Kleine Pause gefällig?" Und er nickte.

Noch hatten sie nichts miteinander, spielten nur das Spiel, mehr als nur dicke Freunde zu sein. Küssen, Umarmen, ein bisschen nett und lieb zueinander sein. Alle guckten zu und dachten sich ihren Teil. Sollten sie doch.

Es war der Abend nach einem besonders blöden Tag. Das Spielchen kam ihm somit gerade recht. Also nahm er sie in die Arme, tat besonders verliebt, strich ein wenig über ihre Seite und den Po, Lina machte *Uuuuh*, und er gab ihr einen Kuss auf die Wange und auch auf den Mund. An der Theke bestellte er ein Wasser und sie ihr Smoothie – *Ich weiß, dass die kacke sind, aber schmecken tun sie trotzdem.*

Nur wenige Monate jünger als Saya kam sie sich vor, als sei sie wieder vierzehn und stünde mit ihrem ersten Freund vorne an der Ecke und würde knutschen. Alles fand gleichzeitig in ihr statt: Hitze, Schauer, Kribbeln, Taumel, Herzklopfen, bis es in ihren Ohren herrlich dröhnte. Die zwei Wochen davor hatte sie immer wieder in sich hineingehört. Nein, es war mehr als dieses komische Verknallt-Sein. Irgendwas war anders. Hätte jemand gefragt, wäre sie demjenigen eine Antwort schuldig geblieben und hätte nur mit der Schulter gezuckt. *Ja, scheiße, mich hat's erwischt. Und?* Forschte sie in sich nach und sah dabei in einen Spiegel, blieb ihr nichts anderes übrig, als zu nicken und dabei an die Geschichte ihrer Urgroßmutter zu denken, die mit zehn schon wusste, wen sie heiraten würde, und es Jahre später auch tat. Guido heiraten wäre auch ein Ziel von ihr. Das blöde Spielchen musste beendet werden. Musste ein bisschen ernster angepackt werden. Vor allem er.

„Wieder mal was gehört?", wollte sie wissen, saß auf einem Barhocker ihm dicht gegenüber und leckte sich über die Lippen, weil sein Kuss trotz allem immer so gut schmeckte. Ein Knie zwischen seinen Schenkeln, eine Hand auf einem davon platziert. Ihr Daumen streichelte den Stoff, meinte aber ihn. Seine linke hingegen umschloss das Glas und die rechte lag bewegungslos auf dem anderen Knie. Er prustete, aber nicht deswegen. Es war nur fast seine Lieblingsbeschäftigung geworden, wenn Saya zum Thema wurde. Er verfolgte ihre Hand.

„Ich glaub, sie ertränkt sich mit Arbeiten. Mommy versucht sie manchmal anzurufen und erwischt sie vielleicht einmal in zwei Wochen nur früh morgens, bevor sie selbst ins Seniorenheim geht. Noch hab' ich keine Ahnung, was ich machen soll."

„Darf ich winken und mich schon mal anmelden bei dir?", blinzelte sie ihn lachend an. Max, einer der ehemaligen Handballer, ging an ihr vorbei und kassierte ein *Glotz nicht so blöd.*

Guido grinste sie an, zog ihren Kopf zu sich und gab ihr den erhofften nächsten Kuss, damit Max gar nicht erst auf falsche Gedanken kam. Sie streckte ein wenig die Zunge raus und er machte es ihr nach.

„Aber nicht, dass du denkst", fügte er grinsend, weil doch nicht ganz so ernst gemeint, hinzu.

„Ich denke nicht, ich stelle mir nur vor."

„Vielleicht würde ich jetzt gern wissen wollen *was*, ist aber sicher besser, wenn nicht", entgegnete er nun wirklich lachend.

„Ich sag's dir, wenn wir in einer Stunde fertig sind, vor der Muckibude stehen und keine Ahnung haben, was wir dann noch machen könnten. Jetzt lass ich dich aber rudern, allerdings nicht davon und ich mach noch ein paar Bizepscurls mit den Kurzhanteln, damit ich mit dir mithalten kann."

***

Kaum eine Stunde später sah sie ihn das letzte Gerät verlassen und zu den Duschen gehen, ließ selbst die Multipresse in der Ausgangsposition einrasten und ging ebenfalls zu den Duschen. Sie wusste, sie musste sich beeilen, Haarewaschen würde ausfallen müssen, nur dann käme sie vor ihm raus. Beim Duschen zählte sie langsam bis hundert, das musste reichen. Abtrocknen, anziehen und raus. Im Eingangsbereich blieb sie stehen, sah durch die Glastür sein Fahrrad, jubelte leise, alles richtig gemacht, und stellte die Tasche auf den Boden. Mit einem Aufatmen hockte sie sich daneben und tat minutenlang, als suchte sie etwas in ihren Sachen, bis sie die Tür zur Umkleide hörte und wusste, dass es Guido war. Sie hörte Schritte, stand auf, rempelte ihn absichtlich an und spielte die Erstaunte.

„Ach, scheiße! Sorry! Hab' dich gar nicht gesehen. – Aber wennde schon hier bist, was machste jetzt noch?" Bloß keine Zeit verlieren. Gleich durch die Blume sagen, dass man zusammen noch ein bisschen Langeweile totzuschlagen hatte.

„Warum? Was hast *du* vor?"

„Zu mir, zu dir oder ins *Country Roads*."

Guido lachte. Lina war dabei, die Spielregeln zu ändern, aber das *Country Roads* ginge, alles andere vielleicht auch mal. Lina würde ihm gefallen, die würde auf andere Weise sein Leben durcheinanderbringen, wenn ... Aber das Wenn war noch nicht so weit, er war sich einfach noch nicht sicher genug. Sein Bauch sagte zwar Ja, doch der Kopf noch viel zu laut Nein. Er sah sie an, vielleicht meinte sie es auch nicht so, sie sah nicht mehr so verführerisch aus wie vorhin an den Geräten mit ihrem stahlblauen Sportdress. Jetzt normale Jeans, normale Jacke, normale Sneaker, ja sogar eine Pudelmütze hatte sie auf. Nee, sie sah super aus. Vielleicht würde er das mit dem Wenn ihr gleich beichten, nahm sie kurz in einen Arm und sagte entschlossen:

„*Country Roads.*"

„Immerhin. Ist doch schon ein guter Anfang, oder?"

Er lachte immer noch und schloss sein Fahrrad auf.

„Kannst hinten draufsitzen."

„Genau darauf hab' ich gespinkst."

Lina gab ihm einen unerwartet flüchtigen Kuss, schulterte ihre Tasche und befahl:

„Dann mal los!"

Zehn Minuten Wackelfahrt, bei dem Tempo hätten sie auch zu Fuß gehen können, doch so konnte sie sich an ihm festklammern und ihn bestens durcheinanderbringen, weil sie ihm leise kichernd ständig unter seiner Jacke den Bauch kraulte, dabei versuchte, sein Hemd aufzumachen, und sich an ihn presste. Kaum dass er vor dem Pub hielt, war sie endlich auf seiner Haut gelandet, stieg widerwillig ab, ließ die Tasche auf den Boden fallen und umarmte ihn erst recht.

„Danke! Ich hab' überlebt!", griente sie.

Links an der Theke waren noch zwei Plätze frei, wieder dieselbe Sitzordnung wie im Studio, nun aber beide Hände von ihr auf seinen Schenkeln, als müsste sie sich abstützen. Nun streichelte nicht nur der eine Daumen den Stoff, sondern beide meinten ihn.

„Was magste trinken? Ich lad dich ein", erklärte er.

Sie guckte in die Runde.

„Ich glaub 'n Bier."

Guido bestellte zwei Guinness, schon der erste Schluck schien zu wirken. Es war egal, der Tag war bescheuert genug gewesen, bis er Lina getroffen hatte.

„Ist scheiße mit Saya, oder?", fing sie unvermutet an und streichelte ihm über eine Wange. Am besten gleich wieder in die Vollen und nicht drum herumreden. „Ich mein ja nur, ich merk ja, dass du … wie soll ich sagen? … gerne würdest, aber … äh … gehemmt bist. Stimmt doch, oder? Kann ich ja auch irgendwie verstehen. Ich kenn sie ja wie du schon 'ne Weile."

Fast so lang wie Saya in Deutschland war. Lina und Anneke waren die einzigen beiden, die noch in Tönning wohnten. Anneke hatte mittlerweile ihr erstes Kind, war aber noch nicht verheiratet, Wolfgang wollte noch nicht. Kinder machen, ja, aber sich bloß noch nicht binden. Gesa war in den Süden der Republik gezogen und baute bei BMW Autos zusammen. Lina wollte was studieren, fand aber nichts, beschloss ihr Hobby zum Beruf zu machen und wurde Konditorin. *Rate mal, warum ich dauernd in die Muckibude komm! Du könntest mich sonst längst rollen. Hättest meinen Arsch mal vor 'nem Jahr*

sehen sollen. Wieg trotzdem mindestens fünf Kilo zu viel.
Sein „Du spinnst!" ließ sie nicht gelten. Nun fabrizierte
sie Türme und wahre Gebirge aus Biskuit, Creme und
Sahne. Aber auch Gebäck, Brötchen und Brote. Ihre Ba-
guettes waren eine Sensation. Herrlich kross und doch
fluffig. Als Saya noch da war, kauften sie ab und zu eines. Jetzt brachte Lina ihm manchmal ein halbes ins
Studio mit, die andere Hälfte aß sie.

„Mein Daddy futtert die inzwischen auch ziemlich
gerne, obwohl er mich am liebsten irgendwas hätte studieren lassen. Bio, Mathe, Sport, keine Ahnung. Konditorin? Biste verrückt? Hat er gemeint."

„Find ich aber ... gut."

„Danke, du! Weißte, ich bin das verwöhnte Küken
und sein Goldschatz gewesen, nee, bin ich immer noch."
Sie lachte auf und ihre Hand rutschte auf seinem Schenkel, wie ihr Po auf dem Hocker, unruhig hin und her.
„Das mit dem Studieren hat Lars, mein Bruder, dann ja
erledigt. Der ist viel schlauer und auch acht Jahre älter."

„Ich glaub, deine Leute kenn ich nicht."

„Kann sein. Daddy ist nach seiner doofen Krankheit
inzwischen seit über 'nem Jahr im Ruhestand und
gleich darauf mit Mutti nach Husum gezogen, in die
große Stadt. Grins. Und Lars an der Uni geblieben und
schielt jetzt da den Studentinnen hinterher. Hat aber
mit dreißig immer noch nicht die Richtige gefunden."

Guido nickte amüsiert und beobachtete stumm ihre
Hand. *Wenn du so weitermachst, hast du bald den Richtigen gefunden*, ging ihm durch den Kopf, er wurde rot
und weil er nichts sagte, fuhr Lina fort.

„Nach der Lehre bin ich hiergeblieben. Is' ja irgendwie logisch. Jetzt seh ich die Family nur alle Jubeljahre.
Na ja, alle paar Wochen. Aber dafür telefonieren wir
täglich. Mutti und ich zumindest."

„Wir ... also ich ... ich meine ... ich wohn ja direkt neben Paps und Mommy", erwiderte er, weil er glaubte, auch etwas sagen zu müssen. Es klang plötzlich heiser und er trank einen Schluck.

„Und? Was machst du sonst so?"

Lina sah ihn belustigt an. Guido gefiel ihr. Er war der erste Kerl, der nicht wie Max oder ein paar andere Deppen sie dauernd anglotzte und überlegte, wie er sie jetzt am besten abschleppen und flachlegen könnte, und die Sprache hatte es ihm wohl auch verschlagen.

„Nix, im Prinzip. Früher hab' ich gerne Mangas gelesen. Dafür bin ich manchmal mit dem Mofa zum Strand. Jetzt sind die im Keller bei meinem Paps und das Mofa natürlich seit dem Unfall Schrott."

„Ach ja, der blöde Unfall. Deswegen der Reißverschluss am Bein. Find ich ja irgendwie sexy, weil da 'ne Geschichte hinter steckt." Lina lachte und zwickte ihn in den Schenkel. Guido verfolgte ihre Finger, die frech seinen Schenkel bearbeiteten. Knapp an der Grenze ihrer ehemaligen Spielregeln. Er erwiderte ihr Lachen.

„Die Mangas interessieren mich mittlerweile nicht mehr. Die kommen demnächst weg."

„Hobbys?"

„Eigentlich auch nicht. Paps hat mir früher zu Weihnachten und meinen Geburtstagen schon mal große Lego-Bausätze geschenkt. Raupenbagger, Unimogs, Ferraris und so. Die haben so viele Teile, da braucht man eine Weile. Zwei stehen bei mir im Regal. Das mit den Bausätzen hat sich inzwischen erledigt, jetzt fahr ich gern mit dem Rad in der Gegend rum."

Lina lacht leise auf.

„Keine Abenteuer. Wie schön, du bist genauso langweilig wie ich. Mal mit dem Rad rumfahren, okay. Aber oft sitz ich nur in meiner kleinen Wohnung, hör Musik, blätter durch Kataloge und Zeitschriften und grübel dabei vor mich hin. Und jetzt? Was machst du den ganzen Tag ... ohne Saya?"

„Na, was wohl, arbeiten. Abends vielleicht was lesen, in die Flimmerkiste starren oder ins Studio gehen. Ehrlich gesagt, mach ich das inzwischen verdammt gerne, weil ich dich dann sehe." Er brach ab, weil er merkte, dass er rot wurde, und wollte alles, was hinter so einer Aussage stecken könnte, relativieren. „Ich bin tatsächlich ein ziemlicher Langweiler, glaub ich. Am Wochenende hab' ich früher was mit Saya unternommen, jetzt bin ich oft drüben bei Mommy und Paps, im Studio oder kurv wie du mit dem Rad durch die Gegend." Er zuckte mit den Schultern.

„Ich sach ja, ich bin nicht besser. Im Gegenteil! Montags bis freitags steh ich um fünf auf, um sechs in der Backstube, um halb vier bin ich meist zu Hause. Dreimal in der Woche Muckibude, damit ich dich seh, oder mal Anneke und ihren Kleinen besuchen. Das wars. Früher hab' ich Nils, dem Idioten, am Wochenende noch bei seinen Spielen zugejubelt, danach mit ihm rumgefickt, weil er fickerig war. Ich sag dir was: Handball spielen kann er besser, aber jetzt hat er ja die Welt erobern müssen und ist ab nach Thailand. Denen gehts doch allen zu gut. Die sind verwöhnt bis zum Gehtnichtmehr. Die haben alle Eltern mit zu viel Geld. Guck sie dir doch an! Arbeiten ist für die 'n Fremdwort. Und wir Weiber sind auch noch so blöd und lassen uns von denen den Kopf verdrehen, weil sie ja, ach wer weiß wie gut aussehen. Obwohl ..."

Lina beugte sich vor, nun glitten beide Hände auf seinen Oberschenkeln Richtung Bauch und blieben mit den Daumen gefährlich nahe an seinem Schoß hängen, aber da hatte sie sich schon über die Lippen geleckt und

ihm einen Kuss gegeben. Wieder mit ein bisschen for-
schender Zunge. Sobald als möglich wollte sie sich den
wieder anständig abholen. Sie grinste, schaute das halb
volle Glas Guinness an und meinte:

„Das verdreht einem auch den Kopf. Is' aber schön."

Schon saß sie wieder normal auf ihrem Hocker und
lächelte ihn etwas verschämt an.

„Ich trink sonst so gut wie nix, pass also auf ..."

Sie quatschten noch ein bisschen über alles Mögliche. Wie so oft über Alltag, gestern und heute. Belang-
loses und Sex. Mit Lina ging das ohne Probleme.

„Weißte, seit Nils träum ich immer von schönem ro-
mantischem Sex mit 'nem netten Kerl, ohne blöde Kom-
mentare und ohne Experimente", meinte sie und hakte
nach: „Ich hoffe, den hattest du wenigstens mit ihr gehabt?" Lina kannte inzwischen all die Probleme, Saya
hatte sie damals angerufen und gefragt, ob sie bei ihr
ein paar Nächte bleiben könnte. Aber da war Lina noch
mit Nils zusammen und sagte ihr mit einem Blick zu
ihm ab. Bis vor Kurzem hätte Guido behauptet, glücklicherweise. Bei Anneke gings auch nicht, sie hatte die
ersten Kontrolltermine und sollte sich schonen. Saya
und er mussten sich also arrangieren. Es funktionierte
nach ein paar Tagen besser als gedacht, das war auch
jetzt irgendwie seine Hoffnung, an der wollte er festhalten. Er wusste nur nicht, ob es noch Sinn machte.
Lina machte ein Schüppchen, war aber dennoch nicht
eingeschnappt, dann schaute sie auf die Uhr und
stöhnte auf.

„So ein Mist, morgen um halb fünf ist die Nacht zu
Ende, ich sollte also mal."

Draußen schlug die Frischluft zu und sie spürte den
Alkohol. Sie atmete tief ein, sah in den Himmel und ein
paar Sterne. Egal, jetzt oder nie. Sie schnappte sich

seinen Kopf, zog ihn zu sich herunter, hielt ihn fest und küsste ihn nass und leidenschaftlich. Eine Hand in seinem Nacken. Fluchtversuch vereitelt. Erst Sekunden später ließ sie ihn los und japste.

„Mann, das muss auch mal sein, oder? Sehen wir uns Freitag?"

Jetzt leckte Guido sich die Lippen und grinste.

„Klar! Wie immer. Was denkst du denn?!"

***

Freitagabend. Von sechs bis fast acht auspowern. Laufband, Synchro, Beinpresse und noch ein bisschen Rudern. Zwischendrin die Pause. Guido trank eine Flasche Wasser, Lina ihr Smoothie. Kurz vor acht gings zu den Duschen. Vorher beide zeitgleich: *Ich warte draußen.*

Er saß auf den Stufen vor dem Studio, sie schlich sich von hinten an, warf ihren Kopf nach vorne und ihre braune Mähne pendelte vor seinem Gesicht hin und her. Er roch Kokosöl und noch etwas, dann setzte sie sich neben ihn und legte den Kopf auf seine Schulter.

„Heute zu mir. Keine Widerrede", ordnete sie an.

„Aye, aye, Sir! Geht in Ordnung." Guido hob eine Hand an die Stirn wie ein Soldat.

Lina hatte vorher schon Schnittchen gemacht. Dafür ein ganzes Baguette aufgeschnitten. Mit Käse, Gurkenscheiben, Tomaten, Salatblättern mit Frischkäse darauf, Eierscheiben mit einem dicken Klecks Mayo – *ich futter zwar kaum Fleisch, aber das liebe ich –,* Kiwi und Mangospalten. Alles stand bereits auf dem gedeckten Tisch. In der Mitte sogar ein paar Kerzen und daneben zwei *Flens* für ihn, sie blieb beim Wasser – *ich will den Abend richtig genießen.* Guido stellte das Bier zurück, füllte sein Glas auch mit Wasser und grinste sie an.

„Ich auch."

Lina seufzte. „Weißte, es ist einfach nur verdammt schön, hier nicht nur allein rumzuhocken."

Ihre Wohnung im Dachgeschoss nur ein Raum. Alles drin Küche, Essbereich, Wohnzimmer mit einem großen Schlafsofa, das halb gemacht zu warten schien. Nebenan ein kleines Bad, fast ein Spiegelbild zu dem im Häuschen. Insgesamt fünfunddreißig Quadratmeter Gemütlichkeit. Ihre Möbel hatte sie ausnahmslos bei Oma und Opa, aus dem heimischen Keller und vom Sperrmüll zusammengetragen. Der Esstisch schon fast hundert Jahre alt, vier verschiedene und ebenso antike Stühle um ihn herum. Darüber eine alte Schirmlampe. Nur die kleine Küche war neu von IKEA. An der schmalen Wand über dem Bett, darüber die Dachschrägen, ein buntes Durcheinander von Bildern und kleinen Gemälden und ein Rahmen mit vier freizügigen Männerakten.

„Hast es auch schön hier", lobte er, deutete auf den Rahmen und war neugierig. „Nils?"

„Nee, so gut sieht er nun auch wieder nicht aus. Hab' ich von 'nem Bekannten, der ist Fotograf und macht auch Aktbilder. Die Typen kenn ich nicht, find ich aber geil – darf ich das sagen? –, dass sie sich mit ihrem Steifen haben fotografieren lassen."

Guido schmunzelte und überlegte, ob er wohl auch so mutig wäre. Meinte aber immerhin:

„Ja. Hat was."

Von den Schnittchen blieben einige übrig. Lina wickelte sie in Folie ein und stellte sie in den Kühlschrank.

„Kann *man* auch morgen noch essen."

Das *man* war interpretierbar. Er machte sich darüber keine Gedanken. Die Kerzen flackerten. Er roch Kokosöl. Seit Tagen hatte er von Saya nichts gehört, beziehungsweise gelesen. Die letzten Nachrichten ohnehin schon dürftig genug. Das, was er in ihnen suchte, fand er nicht. Mommy war auch nicht durchgekommen. Aus ihm verschwand etwas, wurde wie bei einem Song am Ende ausgeblendet, *faded love.*

Lina und er saßen am Tisch, quatschten bis morgens gegen drei und weil er allmählich stiller wurde und sichtlich müde war, schlug sie vor, bevor er groß darüber nachdenken konnte:

„Kannst gerne hierbleiben. Ich tu dir auch nix. Einfach hier schlafen, biste wach wirst, alles andere werden wir sehen. Brauchst kein schlechtes Gewissen haben. Is' auch scheißkalt draußen."

„Einen Schlafanzug hab' ich aber nicht dabei", lachte er und schüttelte über ihr Angebot den Kopf.

„Ist doch schnuppe. Meinste ich hätt noch keinen Mann gesehen? Die seh ich jeden Abend, wenn ich ins Bett geh." Sie deutete auf die vier Fotos. „Kannst also in Unterwäsche pennen oder von mir aus auch nackig."

Eine halbe Stunde später lag er in Unterwäsche auf der Schlafcouch, Lina legte die Decke über ihn und sich mit einem knöchellangen Nachthemd neben ihn darunter. Sie gab ihm einen Kuss und machte das Licht aus.

***

Ein Klappern weckte ihn auf, er hörte das Blubbern einer Kaffeemaschine, Guido blinzelte und sah Lina in ihrer kleinen Küche herumhantieren. Er rekelte sich, Lina sah es und kam zu ihm hinüber. Setzte sich auf die Bettkante, stützte sich mit einem Arm links, mit dem anderen rechts von ihm ab und gab ihm einen eher harmlosen Kuss.

„War doch halb so schlimm gewesen", lachte sie. Zeitversetzt kam ein neugieriges *Oder* hinterher.

„Schlimm ist gar nix mit dir", gab er schmunzelnd zurück.

„Na, das sind ja Aussichten", erwiderte sie verschmitzt. „Frühstück ist im Übrigen fertig."

Noch ein Kuss, der nichts verlangte, dann stand sie auf und ging zurück in die kleine Küche. Durch die zwei Dachfenster schien unerwartet bereits die Sonne und fabrizierte zwei Lichtblöcke. Als sie durch den ersten hindurchging, sah er ihren Körper unterm Nachthemd, er musste zugeben, er hätte Lust auf sie. Befürchtete, dass sie es sähe, aber was spielte das jetzt noch für eine Rolle nach einer Nacht in ihrem Bett. Er schielte zu ihr, als er nur im Slip und mit einer eindeutigen Beule unterm Stoff ins Bad ging, um sich kurz frisch zu machen. Dort schaute er sein Spiegelbild an. Wenn er sich jetzt anzöge, wäre er ein Spielverderber. Also mutig sein.

Ihr Gesicht sagte genug, als er sich hinsetzte. Die restlichen Schnittchen lagen vor ihnen und für jeden hatte sie ein weiches Ei gekocht. Der Kaffee roch verführerisch und Lina sah so aus. Ihre Mähne nur mäßig mit einem Haarband gebändigt. Das Nachthemd auf einer Seite über die Schulter gerutscht. Sicher absichtlich.

„Was hast du heute noch vor?", wollte sie kauend wissen und sah ihn ein wenig forschend an.

Er wusste es nicht, sah auf die Uhr, die gegenüber auf einer Kommode stand. Kurz nach zehn. Was könnte er vorhaben, was könnten sie vielleicht zusammen vorhaben? Vielleicht nach Ording, ein bisschen am Strand entlangjoggen oder auf der Seebrücke bis nach vorne laufen und den Wolken beim Fangen zuschauen und dort weiter miteinander quatschen. Das Wetter war zwar kalt, würde aber passen. Er wollte irgendwas in der Art antworten, überlegte sogar, um den Tisch herumzugehen und sie dann auf ihr Sofa zu befördern. In diesem Moment brummte sein Handy auf der Tischplatte. Automatisch sah er drauf, lief rot an und zog die Nachricht runter. Saya. Er räusperte sich und las die ersten Zeilen. Dann öffnete er die Nachricht ganz.

Hi, hab' heute ausnahmsweise frei und hab' bis jetzt geschlafen. Hier ist es schon nach vier am Nachmittag. Ist also nicht mehr viel übrig vom Tag. Konnte die letzten Tage leider nicht antworten. Sorry! Ich weiß, ich hab' immer die gleichen Ausreden, hab' also mal wieder viel gearbeitet. Langsam bekommen wir aber die Dinge am Empfang neu geregelt. Die arbeiten hier ein wenig antiquiert. Komisch bei so einem Unternehmen. In Surigao hatten wir die modernsten Sachen, hier nur alten Kram. Jetzt trink ich gerade Kaffee, du bist wahrscheinlich unterwegs, vielleicht gehe ich nachher noch vor an den Fluss und sinniere in die Brühe hinein, um ein paar Kapitel zu Ende zu bringen. Vorher hab' ich aber noch einiges zu erledigen. Ich komm ja sonst nicht dazu. Ich hoff, dir geht es gut?! Grüß Mommy und Paps von mir. Kuss. Saya.

Dahinter tatsächlich ein Kuss-Emoji, aber ohne Herz und von Liebe konnte er auch nichts lesen. Auch von keiner Sehnsucht nach ihm. Er räusperte sich wieder, rollte die Lippen ein, drehte das Handy und schob es Lina zu. Sie sah sein Gesicht, las den Text, wurde ein wenig blass und sah ihn an.

„Das wars dann wohl", entfuhr ihr. „Ich hab' mir tatsächlich eingebildet oder gedacht, wir könnten bei dem Wetter heute etwas zusammen unternehmen."

„Heute vielleicht noch nicht", antwortete er leise.

„Was haste vor?"

„Ich versuch, sie nachher mal zu erreichen, sie ist ja wohl gerade bei sich zu ... Hause."

„Kannste auch von hier machen. Willste allein sein oder tu ich so, als wenn ich nich zuhören würde."

„Keine Ahnung. Hör von mir aus zu. Ist doch egal. Was soll's schon groß zu hören geben?"

Lina nickte.

„Ich dusch mal, dann biste ungestört, kannst ja sagen, wennde fertig bist."

Schon stand sie auf und ging zum Bad. Er sah ihr hinterher, kurz vor der Tür zog sie ihr Nachthemd aus, ließ es davor liegen und gönnte ihm zwei Sekunden den Anblick, weil sie ihre Mähne wieder nach hinten schleuderte. Er schnaufte leise auf. Lina sah nichts anderes als verflucht schön, verführerisch und obendrein ganz anders aus als Saya. Feminin und durch die Mähne auch ein wenig wild. Er tippte auf Sayas Kontakt.

„Ich bin's", kam von ihm nach dem sechsten Klingeln, als sie abgenommen hatte. Unwillkürlich musste er grinsen, weil sicher sein Name im Display bei ihr aufleuchtete. Schon erstarb das Grinsen, vielleicht erschien er auch nicht mehr. Sechsmal hatte es geklingelt, immerhin mehr als zehn Sekunden, vielleicht war sie auch anders beschäftigt, ähnlich wie er bis vor ein paar Augenblicken. Sie trank also Kaffee, aber nicht allein, ihr gegenüber ein Kerl. Vielleicht sollte er sich gerade deswegen keine Gedanken mehr machen. Im Hintergrund lief nun die Dusche, kurz stellte er sich Lina in dem Schauer vor, stand dann auf und öffnete eines der Dachfenster. Kalte Luft und rettende Geräusche strömten herein.

„Ich seh's", gab Saya tonlos zurück.

„Wie geht es dir?" Er wollte es wirklich wissen.

„Keine Ahnung. Hab' keine Zeit, darüber nachzudenken." Ihre Aussprache wie seinerzeit in Surigao mit einem leichten Akzent, als hätte sie eine dicke Zunge und etwas Singsang.

„Was musst du alles erledigen?"

„Miete wird fällig, zwölftausend Peso, ist ziemlich billig, aber nächste Woche kommt noch Strom und so dazu, und ich hab' nichts mehr zu trinken und auch nicht mehr genug zu essen. Um die Ecke ist ein 24/7, ein kleiner Supermarkt. Ich hab' also ein bisschen Gerenne und dafür immer zu wenig Zeit. Bis ich hier rauskomme, ist sicher schon nach fünf und die nächsten zwei Wochen hab' ich nicht großartig frei. – Was machst du? Ich hör ein bisschen Autoverkehr?"

„Bin mit dem Rad unterwegs. Mommy und Paps sind auch mal froh, wenn sie Ruhe vor mir haben. Ich kann nicht immer bei denen rumhängen. Im Häuschen fällt mir manchmal die Decke auf den Kopf."

„Grüß sie auf jeden Fall! Okay?"

„Logisch. Soll ich sonst noch was ausrichten? Kann man dich besuchen kommen?" Es war ihm hinausgerutscht, ohne dass er es wollte oder vielleicht doch.

„Nee, das lohnt sich nicht. Ich hab' keine Zeit. Vielleicht in ein paar Wochen mal. Keine Ahnung. Ich denk aber, dass es sich nicht lohnt."

Guido hörte ein Geräusch im Hintergrund, wusste nicht, ob hinter ihm oder bei Saya. Er drehte sich um, aber Lina war noch im Bad. Er hörte etwas rascheln und Sayas Stimme nervös werden. *Ich denk aber, dass es sich nicht lohnt.* Prompt meinte sie:

„Ich muss dann mal los. Ich schreib mal wieder, wird aber sicher nächste Woche werden."

„Saya ...", fing er an, aber sie hatte schon aufgelegt.

Prustend zählte er langsam bis zehn, raufte sich mit einem leisen Fluch die Haare, klopfte dann an die Badtür, bis Lina „Komm ruhig rein" sagte. Sie trocknete sich gerade ab, war deshalb noch nackt, aber das war in diesem Moment bedeutungslos. Sie sah ihn an, ließ das Handtuch sinken, sah, dass er haderte.

„Und?"

„Sie war hunderttausend Kilometer entfernt. Keine Ahnung, was ich davon halten soll. Irgendwie hab' ich schon wieder das Gefühl, da ist was anderes, vielleicht schon wieder ein Typ. Sie klang irgendwie fremd. Als wenn ich stören würde, aber sie sagt nix. Würde ja alles nichts machen, wenn sie endlich mal ehrlich wäre, sagen würde, was los wäre, oder wenigstens anders klingen würde, damit man sich keine Sorgen macht. "

„Scheiße!", kam nur von Lina, dann warf sie das Handtuch hinter sich und umarmte ihn. Er zögerte, bis auch er sie umarmte. Nichts an ihrer Geste war zweideutig. Trost konnte auch nicht zweideutig sein.

„Ich glaub, ich geh jetzt besser. Irgendwie hab' ich das Gefühl, eben selbst zur Ruhe kommen zu müssen. Diesen ganzen Mist hab' ich schon mal gehabt. Das ist einfach Käse. Vor Kurzem ist auch noch meine echte Mutter aufgetaucht. Jetzt reicht's irgendwie."

Sie wollte nachfragen, wollte ihm sagen, dass sie immer für ihn da sei, er immer kommen könnte, wollte ihm auch deshalb anbieten hierzubleiben, hoffte aber, dass es noch eine andere Gelegenheit dazu gab.

„Sehen wir uns Montag?"

Er sah einen feuchten Schimmer in ihren Augen.

„Ich denke schon. – Nein. – Ich mein ja. – Klar!"

Lina gab ihm noch einen Kuss auf die Wange.

„Tu dir nicht weh!", meinte sie noch.

Tage vor der Unterschrift

In der Kinderabteilung war die Hölle los. Was allerdings klar gewesen war bei solchen Angeboten. Am Tag zuvor hatte sie Guido eine Nachricht geschickt, dass sie seine Geldscheine tatsächlich bis jetzt gespart hätte, aber nun für Hannah doch einige neue Sachen kaufen müsste. Nichts würde mehr passen. Nichts könnte sie weiter oder länger machen. Dahinter ein grinsendes Emoji. Sie würde ihm später noch ein paar Fotos senden, damit er sähe, wie schick sie nun sei. Und das von seinem Geld. Gut, dass es solche Läden wie NKD und so weiter gäbe. Am Ende der Zeilen drei Kuss-Emojis. Nach einigen Monaten Funkstille schrieben sie sich nun wieder regelmäßig und wussten über alles Bescheid.

Jetzt sah er sich Hannah in ihrem neuen Outfit an und lachte, denn auch sie mochte Einhörner, die Farbe Rosa, und Schuhe, die beim Laufen blinkten. Inzwischen war sie fast vier. Es würde nicht mehr lange dauern und sie käme in die Schule. Egal was an diesem Tag wäre, er würde auf jeden Fall hingehen. Er hoffte, auch Saya. Aber bis dahin wären es ja noch gut zwei Jahre. Bis dahin hoffte er, hätte sich alles eingerenkt. Dann las er die Zeilen, die Scarlett geschrieben hatte.

Lieber Guido! Sieht sie nicht süß aus? Ich glaube, sie kommt tatsächlich nach mir. Wenn es stimmt, was man früher über mich erzählt hat, war ich auch ein rosa Monster. Blinkeschuhe gab es da leider noch nicht. (Guido lachte, schüttelte den Kopf und dachte an das grüne Trikotkleid, da war wenig Rosa drin, aber damals schöne rosafarbene Haut. Er schloss

kurz die Augen und sah sie und ihre Schenkel wegfahren.) *Ich hoffe, euch beiden geht es gut. Ich weiß ja,
warum du damals bei mir warst, und hoffe deshalb,
dass sich an dem Inhalt deiner zweiten damaligen
Nachricht nichts geändert hat. Ich fände es wirklich
schade. Ich habe Saya als so hübsch und sympathisch
empfunden. Auch wenn sie plötzlich ganz eifersüchtig
war, obwohl da noch gar nichts zwischen uns passiert
ist.* (Guido atmete tief ein und pustete langsam seine
Lunge leer. Hannah also, hatte Saya mit einem un-
leidigen Unterton festgestellt.) *Andererseits wirst du
nicht nur deshalb für immer einen ganz besonderen
Platz in meinem Herzen haben, denn ich bin dir für so
viele Dinge dankbar. Und ich weiß ja, dass ich für dich
auch eine große Bedeutung habe. Dein Bein möge mir
verzeihen.* (Guido streckte es automatisch durch.)
Glücklicherweise brauchst du keinen Stock.
*Ich bin froh, dass ich nach Deutschland zurückgekom-
men bin. Drüben hätte ich es nicht mehr länger aus-
gehalten. Meine Eltern terrorisierten mich zu lange.
Auch deshalb bin ich mit Joseph durchgebrannt. Ich
hätte nicht gedacht, dass er und es sich so wandeln
würde. Dennoch oder trotzdem oder gerade deswegen
bin ich dem lieben Gott dankbar für Hannah. Nun
hab' ich seit über einem Jahr keinen Kontakt mehr zu
meinen Eltern und auch nicht zu dieser verfluchten
Familie Kirkland mit Steve, Joseph und Co. Auch nicht
zu meinen noch lebenden Großeltern. Sie stimmten
nur in das bescheuerte Lied meiner Eltern ein, dass ich
nichts Halbes und Ganzes machen würde. Ich bedaure,
dass Hannah weder Oma und Opa noch Urgroßeltern
hat. Aber dafür habe ich durch meine neue Arbeit, die
ich vor ein paar Monaten gefunden habe, jemanden
kennengelernt und gefunden, mit dem ich mir*

vorstellen könnte, viele Jahre zusammenzuleben. Das Witzige, nun ja, Amüsante daran ist, dass William zwar wie Joseph Amerikaner und wie er damals einundvierzig ist, aber ansonsten ihm überhaupt nicht gleicht. Ich sende dir nachher ein Bild von uns. Dann siehst du, dass auch ich nicht mehr für einen Laufsteg geeignet bin. Jedenfalls mag und liebt William uns zwei Frauen und Hannah sagt zu ihm wie zu dir seinerzeit schon Papi. Ist das nicht vielversprechend? Ich hoffe so sehr, dass ihr beiden auch so ein dauerhaftes Glück miteinander gefunden habt. (Guido zog die Brauen hoch und seufzte. Leise flüsterte er: „Wir werden sehen. Aber ich hoffe es auch.") *Ich würde mich freuen, wenn wir mal alle zusammen einen Tag miteinander verbringen könnten. Hier in Hamburg oder bei euch an der Küste oder wo auch immer. Lass uns bald einmal in die Kalender schauen und planen. Wenn ich es noch richtig im Kopf habe, kommt ja Saya bald zurück. Ich wünsche euch alles Glück der Welt. Ich habe den Luxus, dass ich zwei Männer gleichzeitig lieben kann und darf.* (Guido lachte und seufzte ein weiteres Mal. Sie hatte keine Ahnung und so sollte es vorerst auch bleiben.) *Sei lieb gegrüßt und geküsst. Heute klinge ich nicht wie eine Zwölfjährige, oder? Heute meine ich es wirklich ernst, wenn ich sage: Ich hab' dich lieb*
Deine Scarlett

Guido seufzte ein drittes Mal, sah sich das *Familienbild* an und schmunzelte, Scarletts rote Haare schwemmten ihre Schultern, tatsächlich war sie nicht mehr so schlank wie früher, aber die Kurven, die er sah und im Grunde kannte, gefielen ihm. Er hoffte, Saya hätte auch bald wieder ein paar Kilo mehr auf den Rippen.

Williams Haare waren nur noch ein kurz geschnittener Ring um seinen Kopf und er glich der Zeichnung eines Mönchs, die er erst vor Kurzem gesehen hatte. Auch weil er tatsächlich nicht ganz schlank war. Scheißegal, dachte er, es gab genug, die den Schönheitsidealen irgendwelcher Influencer entsprachen und nichts zuwege brachten. William sah auf jeden Fall sehr sympathisch aus und sein Blick wirkte absolut ehrlich auf ihn. Prompt fiel ihm dieses Foto von Steve ein, wie er sich damals mit seiner doofen Fratze in das Foto geschummelt hatte, das Scarlett in den Briefumschlag gesteckt hatte. Dessen Blick hatte etwas Verschlagenes und Gehässiges. So war wohl auch die ganze Familie Kirkland gewesen, einschließlich Joseph.

Er speicherte die Nachricht im Archiv ab, damit sie nicht nach neunzig Tagen automatisch gelöscht würde. Er hoffte, er könnte sie mal Saya zeigen, damit sie bezüglich Scarlett vollends beruhigt wäre.

Ihr Lieben! Ihr seht doch super aus!
Vor allem Hannah – die Süße!
Was spielen Kilos und Haare in einem glücklichen Leben für eine Rolle? Ich werde das Bild ausdrucken und zu unseren Familienfotos hängen. Deine, eure Rolle in meinem Leben ist dafür wichtig genug. Klingt vielleicht komisch, aber ich freue mich, dass es endlich bei dir geklappt hat.
Saya ist bald von ihrem Jahr in Surigao zurück. Es gibt sicher viel zu erzählen. Weil ich nicht der große Schreiber bin, werd ich in wenigen Tagen mal anrufen und berichten. Seid lieb gegrüßt und umarmt.
Dir einen Kuss auf den Bauch. – Darf ich doch, oder?

Er las seine wenigen Zeilen, drückte auf Senden, ging vors Haus und machte noch ein paar Selfies von sich und wählte eines davon aus, um es hinterherzuschicken. Dann sah er in die wilde Hatz der Wolken am Himmel. Seit Tagen konnte sich das Wetter nicht entscheiden, ob es gut oder schlecht sein wollte. Wetter zu sein hatte so etwas Menschliches wie seine Stimmung und Gefühle. Zwar freute er sich auf Sayas Rückkehr, wusste aber aufgrund der Wochen zuvor nicht, was ihn erwarten würde. Dann ging er hinüber zum Haus von Paps und Mommy. Sie wollten zusammen Abendessen.

Kurz zuvor

Ein paar Turbulenzen und ein Luftloch ließen sie aus einem Halbschlaf aufwachen. Automatisch schaute sie durch das kleine Fenster neben sich nach draußen, dort aber nichts anderes als gleißendes Licht, purer Sonnenschein und ein stahlblauer, kalt wirkender Himmel. Unter ihr eine kompakte schneeweiße Wolkenlandschaft, die sich an manchen Stellen zu imposanten Gebirgen auftürmte. Die Maschine war wohl durch einen dieser Türme hindurchgeflogen und flog nun weiter, als sei nichts geschehen. Sie schaute noch eine Zeit lang hinaus. In dem Plexiglas spiegelte sich ein wenig ihr Gesicht mit der neuen Frisur. Vor vierzehn Tagen hatte sie sich die machen lassen. Kina, Kollegin von der ersten Stunde an, hatte ihr eine ausgewanderte Spanierin in Surigao City empfohlen, die auch ihr eine neue verpasst hatte. *Tengo una idea* – Ich hab' da eine Idee. Kina hatte nämlich ihre langen blonden Haare satt, die sie in der ständigen Wärme nur schlecht waschen und bändigen konnte. Deshalb trug sie einen kurzen, lustigen und pflegeleichten Stufenschnitt. Der gefiel Saya und nun trug sie einen ähnlich kurzen, fransig frechen, etwas asymmetrischen Bob. Als sie sich und den Schnitt im Spiegel betrachtete, sah sie nicht nur eine neue Optik. Das letzte Jahr hatte sie insgesamt verändert. Eigentlich wollte sie Selbstbewusstsein und Sicherheit ausstrahlen. Ob dies noch in einer Stunde nach der Landung der Fall sein würde, wusste sie nicht. Um manches davon vorher schon herauszufinden, wollte sie ihr Profilbild in WhatsApp erneuern, ließ es aber doch sein. Sie wollte nicht ein neues Ich über die sozialen Netzwerke verkünden.

Dann ein Blick auf ihre Uhr, in etwas mehr als einer Stunde würde sie in Frankfurt landen und abgeholt werden. Sie setzte sich auf und schüttelte sich ein wenig, um richtig wach zu werden. Die Frau neben ihr blieb davon unbeeindruckt, sie schlief weiter. Saya beugte sich nach vorne, fischte ihren Rucksack zwischen den Beinen hoch und gab Blue lächelnd einen Kuss auf die Plüschschnauze. *Malapit na tayo.* Bald sind wir da. An ihren Fingern spürte sie durch das Material den dicken Umschlag, den Brian ihr mitgegeben hatte.

„You have six weeks to think about the written part of the three great offers." Dann nahm er sie in den Arm und gab ihr einen Kuss, aber als sei er plötzlich unsicher geworden nur auf die Stirn und fügte nach einer unendlich lang erscheinenden Sekunde hinzu:

„But I would be happy if you accept the first one."

Sofort fing sie an zu heulen, nickte und nahm auch ihn in den Arm. Was sie in den letzten Wochen miteinander erlebt hatten, ließ nichts anderes zu.

Den Inhalt des großen Umschlags kannte sie inzwischen in- und auswendig. Ein persönlicher Brief an sie erklärte: Die Hotelkette wolle in den nächsten beiden Jahren zwei weitere, ähnlich große beziehungsweise kleinere Hotels im Norden von Mindanao, alle in der Nähe von Surigao City, bauen, die drei dann zu einer erfolgreichen Einheit verschmelzen und sie solle zusammen mit Brian das Management übernehmen. Er die Leitung und sie die Dinge rund um das Personal. Man wolle dann auch dafür sorgen, dass sie in der Stadt nach den Sturmschäden besser unterkommen würde.

Aber auch die Verwaltung in Berlin wollte sie für diverse geplante und gerade entstehende Projekte haben. Das Unternehmen expandierte und sie brauchten so engagierte Leute wie sie. Was sie in diesem einen

Jahr in dem Hotel geleistet hätte, wäre enorm gewesen, und sie deshalb genau die Richtige. Das dritte Angebot betraf das beste Hotel der Kette, das *Mariano Gomez*, mitten in Manila, in dem sie alles rund um den Empfang neu organisieren sollte. Das Unternehmen hatte zu einem internen Konkurrenzkampf um sie aufgerufen.

An ihrem vorletzten Abend las sie die vorgefertigten Verträge in ihrem kleinen, nicht gerade einladenden Einzimmerappartement im Norden der Stadt durch und den Inhalt des Briefumschlags der Geschäftsführung. In diesem war zusätzlich das obligatorische, in diesem Fall mehrseitige Arbeitszeugnis: ... *Frau Ramos zeichnete sich in außergewöhnlich schwierigen Zeiten stets durch eine sehr hohe Arbeitsmotivation aus und verfügte über ein außerordentlich hohes Maß an Eigeninitiative, Selbstständigkeit und Einsatzbereitschaft. Sie erzielte beste Arbeitsergebnisse und zeigte hohes Engagement*, stand unter anderem darin, aber der letzte Satz entsprach nicht unbedingt der üblichen Sprache in solchen Papieren. *Wir wollen Frau Saya Ramos auf keinen Fall verlieren und hoffen in diesem Zusammenhang, dass sie eines der beigelegten Angebote annehmen wird.*

Danach ließ sie sich in den Wust ihrer Wäsche, die noch in den Koffer wandern sollte, aufs Bett fallen, war gleichzeitig stolz und doch wieder unsicher und weinte. In außergewöhnlich schwierigen Zeiten. Das stimmte. Ein Taifun verwüstete im vorigen Dezember die halbe Stadt und auch die Anlage des Hotels. Die Infrastruktur wurde extrem beschädigt, die so wichtige Markthalle zerstört. Allein in Surigao starben fast 20 Menschen. Eine Schneise des Todes. Sie wusste von allem, hatte schreckliche Bilder gesehen und hätte nicht kommen müssen. Aber sie wollte sich am Wiederaufbau beteiligen. Das Chaos vor Ort glich dem in ihrer Seele.

Den zweiten Briefumschlag mit Brians Namen darauf traute sie sich nicht zu öffnen und erst recht nicht zu lesen. Die im Grunde genommen intime Umarmung beim Abschied sagte alles über den wahrscheinlichen Inhalt. Für seinen fast alles erklärenden Kuss nahm er sogar die Brille ab. Auch sein Satz Tage zuvor, nachdem sie von Isabella, der Friseurin, zurückgekommen war. *Now you may look like you are. But I'm afraid it's meant to please someone else.* Kaum gesagt, war sie sich mit einem Mal nicht mehr sicher genug, ob es tatsächlich jemand anderes gefallen sollte. Sie war sich im Grunde genommen auch unsicher darin, wer sie war.

Erst mitten in der folgenden Nacht stand sie auf und packte ihren Koffer und dachte dabei an Guido, der dies bei jeder Reise immer viel sorgfältiger gemacht hatte als sie. Dreimal war er für jeweils zwei Wochen nach Surigao im Abstand von nicht ganz drei Monaten gekommen. Er wusste, auf was er sich einließ, die Bilder, die sie ihm sandte, erklärten genug von den Spuren des Taifuns Odette. Die ersten beiden Male konnte sie trotzdem eine Woche mit ihm zusammen Urlaub machen und mit ihm ein wenig die Gegend und die Stadt erkunden. Manche Häuser waren bereits repariert, andere würden noch in Jahren denen in den Armenvierteln von Manila gleichen. Doch die meisten Menschen waren hiergeblieben oder wieder zurückgekehrt. Gegenüber Guido war die Welt, so könnte sie behaupten, da noch in Ordnung. Es glich dem Schönmachen des Häuschens, dem Reparieren des eigenen Lebens damals.

Doch einige Wochen vor seinem dritten Besuch war bereits alles danebengegangen. Die Reparaturarbeiten waren abgeschlossen, sie wollten wieder neu starten, doch ihr Kopf hatte längst wieder begonnen, sie nicht zur Ruhe kommen zu lassen. Kopf und Gedanken ließen sich einfach nicht mit dem üblichen Trott betäuben, obwohl sie dieses Mal gar nicht mit Marvin oder einem Surfer, wie Guido meinte, beschäftigt war.

Guido und sie sahen sich nur vormittags und meist erst spätabends, weil sie die Arbeitsschichten nicht ändern wollte. Da sie dieses Mal wegen der Schäden nicht im Hotel wohnen konnte, blieb ihr nur, in ein kärgliches, vor allem chaotisches Vierzehn-Quadratmeter-Appartement zu ziehen. Dieses bot nichts, um sich länger aufzuhalten, also war er allein unterwegs. In den ersten Tagen hielt er sich für ein paar Stunden im Gelände des Hotels auf, sah den Leuten zu, die daraus wieder einen Park zauberten, half bei manchem Handgriff und trank hin und wieder ein, zwei Kaffee mit ihr. Mehr als eine Viertelstunde Pause glaubte sie, sich nicht leisten zu können. Danach drehte er seine Runden. Wie bei den ersten Besuchen zeigte er Verständnis für die wenige Zeit, die für sie zusammen übrigblieb. Sie bekam ein schlechtes Gewissen und meinte: *Ich hätte es wissen müssen, dann hättest du viel Geld gespart.* Da wusste sie schon, dass dies eine nächste Lüge war.

„Macht nichts, vielleicht klappt es ja heute Abend."

Es klappte nicht. Auch sonst ergab sich nichts, aber auch rein gar nichts für ein Zusammensein in dieser Zeit oder wenn sie endlich Feierabend hatte. Sie flüchtete, stürzte sich in Arbeit. Ihr Ehrgeiz verlangte, alles so gut wie möglich zu erledigen. Kam sie am Abend zurück in ihr Zimmer, gab sie vor müde zu sein und sich nach Ruhe zu sehnen. Diese zu zweit zu finden, dafür war jeder dieser Abende zu kurz, dieses Appartement zu klein und tatsächlich alles andere als geeignet und für ein tröstendes Kuscheln ihr Bett zu schmal. Für ein Miteinander-Reden fehlten ihr die Worte. Ab dem zweiten Abend schlief er deshalb auf einer geschäumten

Strandmatte mit zwei Decken darüber auf dem Boden und sie erwischte ihn dabei, wie er mitten in der vierten Nacht nach Rückflügen suchte und sagte – nichts.

Am nächsten Tag stand sie nach einer eher schlaflosen Nacht wieder früh und leise auf, kletterte über ihn hinweg, wohl wissend, dass er sie beobachtete, während sie sich fertigmachte. Keine halbe Stunde später zog sie die Tür hinter sich zu und war grußlos gegangen. Und als sie spätabends zurückkam, saß Blue auf dem Zweitschlüssel und hielt einen Zettel mit einem gemalten Herzen in den Pfoten, den sie minutenlang aus gesichertem Abstand nur anstarrte, bevor sie ihn in die Hände nahm. Auf diesem standen nur ein paar Worte: *Hallo Liebes, ich sehe ja, dass ich immer mehr störe, konnte kurzfristig umziehen, bin nun im* Centrotel, *nur ein paar Straßen weiter. Ich hab' nachgeschaut, übermorgen könnte ich am späten Abend wieder nach Hause fliegen. Sag Bescheid. Kuss.*

Hallo Liebes, Kuss. Er allein zurück nach Hause. Sie wartete darauf, dass sie weinte, aber ihr Kopf war selbst für eine einzige Träne zu leer. Selbst schuld. Schon ein paar Tage nach seinem zweiten Besuch war *es* wieder passiert. Aber *deswegen* hierzubleiben, bedeutete sicher verloren zu sein, wenn es nicht funktionierte. Minuten blieb sie neben Blue sitzen, nahm sie dann in die Hände und liebkoste sie. Vielleicht sollte Blue mit Hope, ihrem Freund, konferieren, um eine rettende Idee zu erhalten. Doch Plüschtiere waren dafür leider ungeeignet, Blue schaffte es gerade mal, wenigstens ihr Kopfkissen zu sein und sie mit ihren Glasaugen dann zu trösten.

Ihr kleiner Wecker neben ihrem Bett zeigte 23:27. Guido war nur ein paar Straßen weiter in einem Hotel. Sie könnte hingehen, sich in ein anständiges Bett neben ihn legen, ihn, seine Liebe und Wärme genießen. Genau das, nach dem sie sich doch angeblich dauernd sehnte und in den Wochen zuvor geschenkt bekommen hatte. Es würde keine zehn Minuten dauern, zu ihm zu gehen. Stattdessen versuchte sie ihn anzurufen. Nach dem achten Klingeln nahm er endlich ab. Sie hörte dann sein *Hallo* und etwas zeitversetzt ihren Namen. Beides klang wie Anfang und Ende eines Satzes, und endlich spürte sie ihre Tränen kommen und antwortete:

„*Fuck!* Es tut mir leid."

„Was?" Kurz und hart.

Sie stutzte, wahrscheinlich ahnte er es wieder längst und hörte einen ganzen Wust von Untertönen, der es zu beweisen schien. Für zwei, drei Sekunden war sie zu verwundert, schluckte und räusperte sich deshalb, auch um Zeit zu gewinnen, bis sie endlich meinte:

„Dass ich wohl immer noch nicht weiß, was wirklich wichtig ist in meinem Leben."

„... jedenfalls wird unser gemeinsames Leben ab jetzt tatsächlich sicher spannend werden. Erinnerst du dich? Das hast du zu mir hier an einem Abend während deines Auslandssemesters gesagt, nachdem ich Monate zuvor dich gefragt habe, ob du mich heiraten möchtest. Ich hab' viel Verständnis für deine Situation, für eure hier vor Ort. Langsam scheint nun alles wieder in die Gänge zu kommen. Du hast unglaublich viel geleistet und könntest dich nun zurücknehmen. Aber du machst genau das Gegenteil, und ich frage mich allmählich, warum du überhaupt hierher gekommen bist. Denn es ist nicht deine Aufgabe, die Welt hier zu retten. Du solltest vielleicht erst dein Leben in Ordnung bringen. Allerdings frag ich mich auch, was oder vielleicht sogar wer dich hier noch festhalten könnte. Und was du mir deshalb verschweigst. Und was dazu führt, dass ich keine Antwort bekommen werde."

Die Untertöne hatten etwas Drohendes angenommen. Saya ließ das Handy sinken, starrte auf die leere Wand gegenüber, auf die wenigen Dinge, die auf nichts anderem als einem breiten Brett über zwei Holzgestellen, einer provisorischen Kommode, neben ungeordneten Stapeln von Blusen, Shirts und dünnen Jacken standen und lagen. Auf die Küchentheke daneben mit zwei Kochplatten, die sie noch nie benutzt hatte. Den kleinen Stapel angeschlagenen Geschirrs im steinernen Spülbecken, nichts davon gehörte zusammen. Auf die Duschwanne mit der durchsichtigen Folie direkt in der Ecke neben dem Eingang und die Kleiderstange auf der anderen Seite, an der ihre restliche wenige Kleidung hing, die sie im Hotel immer wieder für nur ein paar Pesos waschen lassen konnte.

Nichts davon war wirklich einladend. Nichts davon geeignet, hier ein längeres Leben zu planen, denn nichts hatte mit einem Zuhause zu tun. Das Jahr, das sie einst mit Brian ausgemacht hatte, ging in ein paar Wochen zu Ende. Danach hoffte sie für eine Zukunft endlich genügend zur Ruhe zu kommen, um zu wissen, was sie vorhaben könnte, um sich zu bewerben. Ob für einen der angebotenen Jobs oder doch das andere. Mit einem leisen Prusten dachte sie an die letzten Wochen.

In denen war nicht nur *das* passiert, sondern statt sich zurückzunehmen, begann sogar während der Arbeit, in die sie sich flüchtete, wieder das Denken und Sinnieren. Für ein Leben musste man sich nicht bewerben, das hatte man erhalten. Je mehr sie darüber nachdachte, war sie sich unsicher durch wen. Mommy, okay, das war klar. Aber immer häufiger hatte sie diesen bescheuerten Traum, der ihr Wissen darüber in eine andere Ahnung veränderte. Irgendwann wollte sie deshalb mehr über ihren Vater erfahren, aber das Suchen wurde zu einer Einbahnstraße mit zugleich der vielleicht richtigen, aber hoffentlich falschen Antwort. Wäre diese dennoch richtig, müsste sie trotzdem dieses Leben führen, leiten, an die Hand nehmen, sich darauf einlassen und nun mal mit Leben füllen. Genau das ging immer mehr daneben. All die Konjunktive, die ihr dazu eingefallen waren, die es hätten schöner gestalten können, wollten nicht helfen. Mal wieder. Abgenommen hatte sie bis vor zwei, drei Wochen auch wieder. Warum seitdem nicht mehr wurde zu einer Ahnung.

In Guidos zweiten Urlaub feierten sie noch zusammen ihren zweiundzwanzigsten Geburtstag. Ein Alter, in dem die meisten Mädchen in Manila, Makati, Pasay und Mandaluyong und anderswo längst Bescheid wussten, was das Leben von ihnen wollte. Viele von ihnen hatten schon Kinder. Die, die sie kannte, wollten es so und waren deshalb verheiratet. Nur Yana und Claire noch nicht. Und wenn all das nicht, so waren sie, auch die beiden, selbstbewusste Frauen, die ausgingen, sich unterhielten, ab und zu feierten, lachten, ihre Freundschaften hatten, nebenbei vielleicht dennoch an eine kleine Karriere dachten, um sie selbst zu bleiben. Und das alles in einer Stadt, von der man glaubte, dass es in dieser unmöglich sei. Nämlich in der Metropole von Manila. Wie nun mal Claire und inzwischen auch Yana. Ein Teil ihrer *Karriere* ging am anderen Ende der Leitung gerade zu Ende, wenn sie jetzt nichts sagen würde. Sie hob das Handy wieder hoch und flüsterte, mittlerweile unter Tränen:

„Ich hab' Angst vor dem Alleinsein."

Sie hörte ein Prusten und schreckte hoch. Die Antwort und Stimme, die sie nun hörte, wollten nicht zu ihren Worten passen. *Meine Damen und Herren, in wenigen Minuten erreichen wir den Flughafen Frankfurt, bitte stellen Sie Ihren Sitz ...* Saya schüttelte sich wieder ein wenig, um wach zu bleiben, schnaufte, prustete und streckte sich und sah wieder aus dem Fenster. Mittlerweile flogen sie unterhalb der Wolkendecke, diese nun vollkommen grau, statt weiß. Sie sah nicht viel. Es regnete und die Tropfen liefen in Schlieren an den Scheiben entlang.

Die Frau neben ihr, schon seit Minuten wach, boxte wohl aus Versehen in ihre Seite, weil sie dabei war, ihre Sachen zusammenzukruschteln. Nur ein hektisches *Entschuldigung* kam von ihr, dann packte sie die Sachen wieder ein und gleich darauf wieder aus. Saya schüttelte leicht den Kopf und überlegte nur kurz. Ein *Macht doch nichts* würde die eh nicht hören. Sie holte ihr Handy aus der Seitentasche des Rucksacks, betrachtete sich in dem schwarzen spiegelnden Display und zupfte ein paar Strähnen zurecht. Übersprunghandlung. Ihre Optik war neu. Doch die Probleme, die sie hatte, die alten. Wo war das angebliche Selbstbewusstsein, wo die Sicherheit, all das, von dem Guido früher immer wieder gesprochen hatte? Sie zweifelte daran, dass dies anders wäre, wenn sie nicht geflogen wäre und sie sofort das erste Angebot angenommen hätte. Ihre Probleme würden nur eine neue Lackschicht erhalten. Die Liste der Namen, die sie vielleicht bald Guido gegenüber erklären müsste, war nämlich nicht unverändert geblieben. Hinter Celso, also Tatas Bruder, Karthik, Marvin und Nils stand ein weiterer. Instinktiv rieb sie sich über den Bauch und dachte deshalb an Karthik, als sie mit ihm auf dem Geländer am Pasig saß. *Im Himmel ein Kind ...*

Genau das Gefühl kannte sie.

Wieder einmal selbstverschuldet.

Blick in die Zukunft

Das Alter kommt wie das Wetter. Seit Langem vorhergesagt. In all seinen Auswirkungen und Unbilden, doch meist zwischen nicht allzu heftigen Extremen wechselnd. Im Großen und Ganzen also einschätzbar. Selten sind Unwetter zu erwarten. Glaubt man aber dann irgendwann der langsam entstandenen Einbildung, hofft und betet man, dass vielleicht drohende Katastrophen, die sich allein durch die Nachrichten auf immer mehr Sendern und Netzwerken mehren, für einen selbst ausbleiben mögen. Diese sind nicht zu gebrauchen, nicht in einem Leben voller Arbeit, in unseren heutigen Arbeitsleben. Denn das Leben ist weder ein Krankenhausaufenthalt noch Urlaub. Vielmehr ist es die Arbeit, die für viele Jahre das Leben aufhält. Sie zerrt an den Kräften und betäubt. Verhindert so jedwedes Hirngespinst. Zum Beispiel dasjenige, krank geworden zu sein. Würde diese Vorstellung die Oberhand gewinnen, wäre ein Schwächeanfall, Infarkt oder Geschwür keine Überraschung mehr, sondern lediglich ein Beweis dafür, dass die Arbeit tatsächlich einen von Anfang an im Griff gehabt hätte und nicht umgekehrt.

Alles könnte ich ihr, der Arbeit, zugestehen, aber nicht diesen zweifelhaften Erfolg. Denn solche Ausfälle oder Unpässlichkeiten konnte ich nicht leiden. Noch nie. Geschweige mir leisten. Aber wer kann das schon. In unserer Familie waren sie schon immer verpönt. Wir hatten keine Zeit dafür. Ich kann mich nicht erinnern, dass irgendjemand von uns auch nur einen Tag lang hätte aussetzen müssen oder gar können. Arbeit war schlussendlich für das Leben da, ein Gestaltungselement und nicht das Gegenmittel. Arbeit gestaltet das

Dasein, den Lebensrhythmus. So wie Zäune, Hecken, Wälder, Straßen, Felder, Wege, Berge und all die anderen Dinge, Landschaften gliedern. Somit verlangte ich Jahr für Jahr vom Tod, gnädig zu sein und noch eine Weile zu warten. Oft nicht älter als ich waren schon zu viele Freunde von uns gegangen.

Und wenn es dann so weit sein sollte, hoffe ich, sterben zu dürfen, während ich träume, das wäre der perfekte Übergang. Darüber sinnierend stand ich nun hier, weder angeschlagen noch arbeitsunfähig. Weder elend noch sterbenskrank. Lediglich ungläubig und überrascht. Von mir selbst überrascht, dass ich all das um mich herum annehmen konnte, ohne nun an die Arbeit zu denken.

Ein halbes Jahrhundert. Die Zahl, die dahintersteckte, hätte mich genauso erschrecken können, vielleicht müssen, doch war sie mir gleichgültig wie ein Unwohlsein. Es war erst die Hälfte, fünfzig Prozent, die Mitte, eine noch halb volle Flasche, kein leeres Glas, ein reichlich gefülltes, aber nicht volles Leben, immer noch eher der Weg hinauf zum Gipfel. Genau die Hälfte dieser Jahre war ich verheiratet mit der besten Frau, die es gab. Diese Tage daher nicht nur für meinen Geburtstag gedacht, sondern auch für die Silberhochzeit, die wir in Liebe nun feiern durften. Die zweimal Handvoll Jahre davor waren jeweils mit eigenwilligen Suchen nach dem Sinn des Lebens ausgestaltet, bis ich endlich mit meiner Frau doch die nötige Ruhe fand.

Trotz der vielen gemeinsamen Jahre bedeutete diese runde Zahl der Jahre auch leider nur wenig mehr als die halbe Arbeit. Letzteres war, was ich mehr fürchtete, so viele Jahre in unserem Betrieb noch aushalten zu müssen und dabei auf ein näher rückendes und unbekanntes Ziel zuzusteuern. Und doch näherte ich mich nun einem Alter, dankbar sein zu müssen für jedes weitere Jahr. Eines, dass ich mit ziemlicher Sicherheit wieder in Frieden und Gesundheit leben durfte. So, wie mein Vater, vielmehr meine Eltern, nach unruhigen Jahren. Diese längst vergangenen Jahre hatten in ihren Leben dennoch Spuren hinterlassen. Wir hofften, nun keine in irgendeiner Weise schädlichen.

Nun schüttelte ich mit einem Lächeln kaum merklich den Kopf. Was für frustrierende Gedanken hatte ich? Wir waren doch alle nichts anderes als glücklich. Also konzentrierte ich mich auf das Bild vor mir: Ein mächtiger Berg, auf den ich durch das Fenster hinaufschaute und der sich wenige Meter über dem Zimmer in unserem Hotel ohne Büsche und Bäume für mich einem gekrümmten Rücken gleich unfassbar hoch zum Himmel emporhob. Für mich war er ein Riese, der sich gebückt hatte und sich nun unendlich langsam aufrichtete. In einer Geschwindigkeit, die keinem Menschenleben es gestatten würde, eine Bewegung zu erkennen. In den Händen dieses Riesens dann vielleicht die störenden Steine seines Ackers, den er seit Millionen Jahren zu bewirtschaften versuchte. Was für eine beneidenswerte Ausdauer!

Wenn auch auf seinem Rücken die Burg, die man so gerne auf solch hohen Bergen vermutet, der steinerne Reiter, der trutzige Bewacher der Landschaft um ihn herum, sozusagen fehlte, so sah ich in ihm einen alten Freund, an dessen obersten Flanken jetzt im zu Ende gehenden Frühling sogar noch Reste vom Schnee des letzten Winters lagen. Auf überraschende Weise war mir die Landschaft mit ihren sanft abfallenden grünen Wiesen darunter seltsam vertraut, doch einige Hundert Kilometer von unserem Städtchen mit den hohen Deichen in Norddeutschland entfernt.

Unsere Töchter hatten mir zum fünfzigsten Geburtstag ein langes Wochenende in den Alpen geschenkt. Hier in diesem grünen Tal vor dem mächtigen Gebirge genossen wir nach langer Zeit etwas, was wir Urlaub nennen durften. Etwas, was wir uns einige Jahre nach unserer Hochzeit nicht mehr oft leisten konnten, beziehungsweise gegönnt hatten. Die Geschäfte gingen immer schlechter und wenigstens unsere Kinder sollten ein Leben führen können, das es unabhängig von ihrer zwar schönen, aber nicht unbedingt einträglichen Heimat machen sollte. Denn in wenigen Jahren, wenn es überhaupt eine Mehrzahl von ihnen gäbe, würden mich sicher die großen Industriebetriebe aus den Städten in den Ruin getrieben haben. Die Globalisierung der Welt hatte ihre eigenen Spielregeln. Dafür bedurfte es nicht unbedingt bösen Willens, sondern nur neuer Technologien und anderer zahlungskräftiger Finanziers. Wir Menschen zertreten öfter Insekten als wir es merken. Sie müssen vorher nicht unbedingt lästig gewesen sein.

So sparten wir jede Münze auf. Sammelten sie von Anfang an für die Ausbildung unserer Töchter. Fuhren nur an drei oder vier Wochenenden, an denen es möglich war, zur jüngsten nach Köln, wo sie seit einigen Jahren mit ihrem Freund lebte und an der Uniklinik als Krankenschwester eine zusätzliche Ausbildung auf der Intensivstation machte, und zur älteren nach Kiel, wo sie mit ihrem Mann lebte und bald ihr erstes Kind bekommen sollte. Meist aber kamen sie mit ihren Partnern zu uns. Ansonsten gönnten wir uns nur für eine Woche im Jahr Urlaub. Meist hier an der See auf einer Insel. Einmal waren wir in Frankreich auf einem Gegenbesuch, ein andermal in Italien und Spanien am Mittelmeer. Gelegentlich bekamen wir Besuch aus Frankreich für jeweils eine Woche.

Im ersten Moment war ich daher nicht glücklich, als unsere Kinder mir den Gutschein überreichten. Schon wieder fünf Tage nicht im Betrieb zu sein oder bei einem Kunden einen Auftrag zu besprechen, nicht in der Mitte des Netzes zu sitzen, wenn es etwas zu arbeiten gab, konnte ich mir bis dahin nicht vorstellen. Zu sehr musste ich auf die Gelegenheiten Rücksicht nehmen, auch Aufträge zu erhalten. Der sogenannte 24-Stunden-Service war für uns keine Erfindung der modernen Zeiten. Er war so selbstverständlich wie das Leben an sich, wollte man der Konkurrenz trotzen können.

Dazu kam, dass ich mich im Laufe der Zeit an diesen Ort, an unsere Heimat, trotz der früher vielen Aufenthalte in der fernen Welt und einiger Ausflüge und der Eindrücke weniger Urlaube, viel zu sehr gewöhnt hatte. Für mich selbst galt die väterlichen Wünsche, die sie für die eigenen Kinder hatten, ihre Kinder sollen es besser haben, nicht. Ich glaube, damit war ich nicht allein, und in solchen Situationen würden auch andere ihre Wünsche zurückstellen.

Nach über acht Stunden Fahrt waren wir also angekommen. Irgendwann lag Hamburg hinter uns und wir bogen auf der letzten Straße vor den Alpen in ein malerisches Tal ab. Kaum ein Satz von mir drehte sich bis dahin nicht um das Geschäft. Jedes Mal legte sie beschwichtigend eine Hand auf meinen rechten Schenkel. *Lass gut sein, denk lieber an die Jahre, die wir bisher so unfassbar glücklich beisammen waren.* So war alles gesagt mit einer Handbewegung und diesen Worten. Wir fuhren in die Berge, quasi, um auf unser Leben hinunterschauen zu können.

Schon nach wenigen Kilometern beruhigte mich die Landschaft und ohne ein weiteres Wort stieg ich dann am Fuß der Berge aus. Meine Frau stand neben mir, den

Kragen der Jacke hochgeschlagen, und ihre Haare wehten wie einst im Wind. Als ich mich nach wenigen Augenblicken mit ausgestreckten Armen um mich selbst drehte, schaute sie mich überrascht an.

„Siehst du, nun gefällt es dir doch", stellte sie beinahe erleichtert fest, auch um mir keine weitere Chance zu geben, wieder das Lamentieren anzufangen, dass unsere Kinder mit dem Geld doch *Besseres* hätten anfangen können. Schon vorher hatte sie bei jedem Satz von mir abgewunken und erklärt, ich solle mich doch überraschen lassen. Gerade unsere zwei hätten in all den Jahren ja gesehen, auf was wir für sie verzichtet hätten. Meine Antwort war ein Schulterzucken und unhörbare Gedanken, bis ich erwiderte.

„Was für riesige Berge. Du hast recht, im Grunde genommen haben wir in unserem Leben schon viel größere überwunden."

Dann nahm ich sie in die Arme und küsste sie mit meinen Händen in ihren Haaren wie vor mehr als fünfundzwanzig Jahren und freute mich unbändig auf die folgende Nacht. Denn nach meinem Genörgel während der Fahrt, gefiel mir tatsächlich dieses imposante Bild. Vielleicht, weil die grünen Hänge mich ein wenig an riesig gewordene grüne Deiche erinnerten und mich genau dies schmunzeln ließ. So war das Wohlfühlen mit dem Vertrauten verbunden. Und meine Frau freute sich mit mir, stieß entspannt Luft aus und genoss es, schon am selben Abend mit mir in einem Restaurant essen zu können. Für uns beide nicht nur das etwas Besonderes. Es klingt pathetischer, als es war.

Die Unterschrift

Auf dem Tisch lagen die drei Verträge, das Zeugnis und ein Kugelschreiber. Brians Brief allerdings immer noch verschlossen und ungelesen seit nunmehr einer Woche in der Schublade des Nachttischchens im Häuschen. Seit einer Woche war sie wieder hier, die Welt somit in Ordnung. Mit Guido lebte sie zusammen. Mehr aber auch nicht. Es gab zwar gemeinsame Mahlzeiten und Gespräche, die aber, egal wie er sich auch bemühte, eher inhaltslos blieben. Die Nächte verbrachten sie nebeneinander. In einer streichelte sie ihn mechanisch, wie in einem Hit von Herbert Grönemeyer. Mit ihm zu schlafen, wollte nicht gelingen. Sie hörte davor, dabei, danach in sich hinein, ob sie die nötige Lust verspürte, ob sie diese *damit* bei sich provozieren könnte. Doch stattdessen kamen aus den Träumen die falschen Bilder mit den falschen Gesichtern zum Vorschein.

Nun an diesem Tisch war es offensichtlich, ihre Unruhe und Fahrigkeit bewiesen es, Saya wollte heute wohl eine Entscheidung treffen. Immer wieder fuhr sie sich mit den Fingern durch die Haare und schüttelte den Kopf, als müsste sie die Frisur in Form bringen, so wie sie es noch gemacht hatte, als sie lang waren. Ihre Beine waren übereinandergeschlagen und ein Fuß wippte nervös, nahezu wild auf und ab und vollführte akrobatische Kreise. Genauso unruhig knabberte sie am Ende des Kugelschreibers herum. Seit einer Stunde war das gemeinsame sonntägliche Frühstück mit Mommy, Paps und Guido fortgeräumt. Zuvor zermatschte sie ihren sonntäglichen Reis und wusste, dass jeder nicht nur ahnte, dass dies ein schlechtes Zeichen war.

Sekunden drauf stocherte sie in dem Brei herum, um erst viele Augenblicke später den ein oder anderen Löffel sich fast schon widerwillig in den Mund zu schieben, als würde sie sich weigern, essen zu wollen. So wie es zumindest in den letzten Wochen wohl gewesen war, denn jeder konnte sehen, dass sie abgenommen hatte. Ihr Blick war leer. In ihrem Kopf tauchten lediglich Bilder der letzten wenigen Wochen auf, die wie Seifenblasen zerplatzten und dann doch wie mit Pustefix wieder neu entstanden und die Gegenwart manipulierten.

Sie spürte Paps Blick, der sie zu durchröntgen schien. Auf der Suche, was in den letzten Monaten falsch gelaufen war. Ab und zu zuckten seine Brauen. Ernst, aber nicht vorwurfsvoll. Vielleicht wäre letzteres in diesem Moment besser, schoss ihr durch den Kopf. Vielleicht könnte er sie noch aufhalten. Vielleicht würde sie dann endlich ehrlich sein und auch die Konsequenzen tragen können. Er machte ihr vor Jahren ein anderes Leben möglich und sie nahm es nicht an. Nicht endgültig genug. Auch nicht als Guido sozusagen den Staffelstab übernommen hatte. Sein spürbares Entsetzen neben ihr wirkte gerade sowieso wie ein Würgegriff. Wortlos sah er ihrem Herumgehampel zu. Sie wusste nur, in ein paar Minuten wäre sie wieder auf der Flucht, so wie es aussah mit einem Kind im Bauch, das nicht hierhin gehörte, nicht in diese Familie, nicht mal in dieses Land. Keiner dieser drei Verträge bot eine Lösung, weder dafür noch für ihr ohnehin vorhandenes Dilemma. Trotzdem wusste sie, für welchen sie sich entscheiden würde, entscheiden müsste.

In diesem Moment fühlte sie regelrecht körperlich auch Mommys Blick, der, obwohl sie keinen Ton sagte, sie besonders laut traf. Wo ist deine Dankbarkeit geblieben, schien er sie zu fragen. Der nahezu wöchentliche

Vorwurf in den kurzen Telefonaten in den Monaten zuvor. Paps las das Zeugnis gerade sicher zum fünften Mal und schaute anerkennend zu ihr über den Tisch.

„Nur dass du es weißt, so ein Zeugnis habe ich noch nie gelesen, geschweige denn, ansatzweise schreiben dürfen. Aber wer dich kennt, muss sich nicht wundern." Dann legte er die Blätter endlich neben sich, sah sie ein paar Augenblicke ernst an und fuhr fort: „Preise hast du ja schon immer eingeheimst, das kennen wir allein vom Turnen. Du hast einen ganzen Ordner voll mit Urkunden. Aber auch die Schule mit Preis und das Studium mit Auszeichnung abgeschlossen, ohne Bewerbung eine erste Anstellung erhalten und nun ein Zeugnis mit Bestnoten. Ich gratuliere. Das meine ich ehrlich. Und ich bin stolz darauf, obwohl ich am wenigsten damit zu tun habe. Und ich bin stolz und glücklich, dass du Guido vor ein paar Jahren an die Hand genommen hast und er nun da steht, wo er steht. Seinen Start ins Berufsleben hat er auch dir zu verdanken. Die Angebote deiner Firma sind tatsächlich hervorragend. – Ich möchte aber auch, dass du weißt, wenn du, egal welches, eines davon annimmst, sich viele Dinge in deinem Leben massiv ändern werden. Damit musst du zurechtkommen. Aber wenn ich ehrlich bin, habe ich diesbezüglich meine Zweifel. Ich habe Sorge, dass du dich hinter der damit verbundenen Arbeit verstecken wirst, ja mit ihr sogar vor etwas flüchten willst, von dem wir alle keine Ahnung haben, und eines Tages gezwungen bist, anders zu handeln und zu leben, als du es eigentlich mal wolltest. In meinen Augen bist du keine Karrierefrau. Seitdem du wieder zurück bist, sehe ich nämlich, wie ausgebrannt du bist. Abgenommen hast du auch. Das geschieht ja nicht ohne Grund. Aber sagen tust du nichts. Antworten gibst du keine. Nun gut, du bist alt genug zu entscheiden. Daher ist es dumm, wenn ich Einspruch erhebe. Dennoch hilft dir keiner dieser Verträge, stabil zu sein. Nicht stabil genug, um solche Aufgaben wieder entsprechend zu meistern. Deine Zukunft wird nicht mit oder aus solchen Papieren geformt, sondern mit dem, was du in dir trägst und fühlst. Nur dem würde ich gehorchen."

Sondern mit dem, was du in dir trägst und fühlst. Nur dem würde ich gehorchen. Sie rollte ihre Lippen ein und fühlte, wie sie blass wurde. In all den Jahren hatte Paps noch nie so viel gesprochen und vermutlich den Nagel auf den Kopf getroffen. Er war in diesen ein stiller, beobachtender Mann gewesen, der ihr in ein, zwei Sätzen etwas empfahl oder eine Frage stellte und dadurch einen Tipp gab. Wie sich nun herausstellte, hatte sie keinen davon angenommen oder eine der Fragen beantwortet. Wie die vor etwas mehr als zwei Jahren: Wohin willst du? Wen oder was willst du zurücklassen? Sie musste feststellen, dass sie genau diese zwei Fragen bis heute nicht einmal für sich selbst beantwortet hatte, nicht beantworten konnte. Paps hatte recht, sie versteckte sich und gleichzeitig floh sie. Immer noch spielte sie mit dem Kugelschreiber herum, bis er in seine Einzelteile auseinanderfiel, um von ihr gleich darauf mit zitternden Händen wieder zusammengesetzt zu werden.

Am Montag nach ihrer Ankunft hatte sich Mommy freigenommen und, nachdem die Männer zur Arbeit gefahren waren, sie zum Frühstück ins Haus geholt. Normalerweise, früher, vor dem jetzt zu Ende gegangenen Jahr in Surigao, in all den Jahren zuvor, die sie schon in Deutschland war, folgte bei einem solchen Frühstück ein nicht enden wollendes Durcheinander aus Sätzen, Gelächter, Nachdenklichem und Erinnerungen. Aber jede Frage von Mommy beantwortete Saya an diesem Morgen mit einem Allgemeinplatz. Wohl wissend, dass all ihre mageren Chats und Telefongespräche der letzten Monate genug Stoff liefern müssten.

Mommy versuchte eine halbe Stunde lang Gründe dafür herauszubekommen. Doch Saya antwortete nur wieder ausweichend mit:

„Ich kann es dir nicht sagen. Vielleicht habe ich mich verschätzt und es hat mehr Kraft gekostet, als ich gedacht habe. Aber das merkt man erst, wenn man so etwas hinter sich hat."

„Dann musst du jetzt zur Ruhe kommen. Schalte ab. Du hast doch Zeit mit irgendwelchen Entscheidungen. Guido hat Verständnis für alles, weil er dich immer noch lieb hat. Ich weiß es, wir haben darüber oft genug gesprochen. Und Cicco wird dir sicherlich auch wieder helfen können."

„Ich hab' ja nicht einmal eine Ahnung, wer ich bin und woher ich komme."

„Was ist in den letzten Jahren, vor allem jetzt in Surigao, passiert, dass du deine Sicherheit verloren hast? Ich dachte, die ... Männergeschichten sind vorbei?! Du solltest also jetzt nach vorne schauen, statt zurück. Du bist mit so viel Hoffnung hierhergekommen, aber du scheinst immer öfter nicht nur der Zukunft, sondern schon der Gegenwart zu misstrauen. Dabei helfen dir alle, ein gutes Leben zu haben."

Saya sah Mommy mit zusammengezogenen Brauen an. *Im Himmel ein Kind zu bekommen ...*, ging ihr durch den Kopf. Aber dazu kam das andere. Denn wenn nicht nur ihr Körper, sondern auch das in ihrem Kopf recht hatte, wusste Mommy allzu genau und schon viel zu lang, was los war, und hatte noch nie mit ihr darüber gesprochen. Mommy war somit auch schuld, weil sie nichts von ihrer Vergangenheit erklärte. All die angeblich wahren Geschichten entpuppten sich in Sayas Träumen als Märchen und machten ihr Angst. Sie wusste nur noch nicht wovor.

„Dann sag mir endlich, wer ich bin und woher ich komme und wessen Kind ich bin!"

Mommy sah sie mit gerunzelter Stirn an, dann Paps, bevor sie leise meinte:

„Du bist mein Kind! – Ich weiß, was er dir angetan hat. Deshalb wollte ich weg und dich hier haben."

Saya verzog das Gesicht, matschte schon da in ihrem Reis herum und zuckte deswegen zusammen. Matschen war Mist. Guido wusste in solchen Momenten, etwas war nicht in Ordnung. Überhaupt Guido und auch Paps. Ohne Guido hätte sie das Jahr in Surigao, mit dem sie sich anfänglich noch beweisen wollte, nicht machen können. Aber im Lauf der Zeit wurde es ein Jahr gegen ihn, trotz oder wegen seines eher widerwilligen Einverständnisses. Insofern gab sie nur falsche Antworten auf eine von ihm anders gedachte Frage.

Guido machte ihr einen Heiratsantrag und sie ließ ihn Monate warten. Dann sagte sie so etwas wie Ja, mied aber das Wort und umschrieb es stattdessen und das schon seit langer Zeit. Sie ging das Jahr nach Surigao, oder sollte sie besser sagen, flüchtete dorthin und begann spätestens kurz vor Guidos drittem Urlaub alles, was mit seiner und ihrer Zukunft zusammenhing, zu verdrängen, auf den Kopf zu stellen und nach altbekanntem Muster doch wieder kaputt zu machen.

Denn ein paar Wochen vor Beginn seines dritten Urlaubs war von einem Tag auf den anderen wieder alles wie zu Marvins Zeiten, obwohl der nicht mal mehr in ihren Gedanken oder Träumen die Hauptrolle spielte. Die restlichen Stunden, nachdem Guido in das *Centrotel* umgezogen war, verliefen noch einigermaßen, wären vielleicht für eine Rettung noch geeignet gewesen, aber schon am nächsten Tag ließ sie den möglichen freien Tag ausfallen, und damit auch die Möglichkeit, sich wenigstens von ihm zu verabschieden, nachdem er dann doch den früheren Heimflug gebucht hatte. Er wies mit einer Nachricht – wieder auf einem Zettel, weil sie sich diese Zeit nicht genommen hatte – am Tag seines Abflugs darauf hin. Auch darauf, was in wenigen Wochen folgen könnte, wenn sie glaubte, so weitermachen zu müssen. Nun war sie da ... die Bescherung. Die Entscheidung zu einer Unterschrift.

Kaum saß er damals im Flieger, fühlte sie sich wohler und glaubte durchatmen zu können. Ein Druck war weg. Der Druck ständig etwas erklären zu müssen, was sie nicht erklären konnte. Die Bilder in ihrem Kopf, der Inhalt ihrer Träume durfte einfach nicht wahr sein. Das, was sie davor getan hatte, auch nicht.

Denn sie tat da schon seit Wochen genau das, was Paps gesagt hatte, sich in die Arbeit stürzen, nicht merken, wann sie kräftemäßig an ihre Grenzen kam, um nach der Arbeit nichts anderes als tot ins Bett zu fallen. Auch Brian merkte es, rief sie zwei, drei Wochen vor Guidos Ankunft an einem Abend ins Büro, machte sie darauf aufmerksam und bestand darauf, dass sie ihre freien Tage nahm, vor allem, wenn Guido angekommen wäre. *And I see you've lost a lot of weight. You've become thin. I want you to take care of yourself.*

Sie versprach, auf sich achtzugeben, riss sich die nächsten Tage zusammen, aber schon an ihrem nächsten freien Tag wusste sie mit sich nichts anzufangen, telefonierte weder mit Mommy, noch schrieb sie wenigstens ihr oder Guido eine Nachricht oder versuchte, sich etwas zu erholen und zur Ruhe zu kommen. Auch hatte sie keine Lust auf Spaziergänge, an den Strand zu gehen oder sich mit jemanden zu treffen. Außer denen im Hotel kannte sie ohnehin niemanden. Stattdessen vertrödelte sie den Tag und begann von da an wieder schlechter zu schlafen und zu träumen. Und ging in ihren Träumen auf die Suche nach Antworten, die es darin dann nicht gab und nicht geben konnte.

Die wenigen Stunden des Schlafes füllten sich dann wieder nur mit diesem Geschmiere aus Karthik, Marvin, Lärm, Makati, mit Bildern der nächtlich glühenden Stadt, Wörtern aus den wenigen und kurzen Telefonaten mit Mommy, mit Nils in der Disco, Guidos forschenden Blicken, Berührungen, die nichts mit Guido zu tun hatten, Brians sorgenvollen Blicken, immer und immer wieder Celso, Schule und den Minuten und Stunden, die sie sinnierend über ihrem Laptop totgeschlagen hatte. Statt mit den schönen Zeiten, seit es eigentlich Guido in ihrem Leben gab. Nichts davon in irgendeiner Reihenfolge, geordnet oder sinnvoll verknüpft, sondern übereinandergelegt, miteinander vermischt, durch einen Mixer getrieben. Celso befummelte Mommy, die sich zu wehren versuchte, Karthik sah unbeteiligt zu, Guido schlief mit Yana und Claire, Brian streichelte ihr zur Beruhigung über den Rücken, während sie gerade im Internet den wahren Grund für ihr Leben und etwas über ihre Zukunft herausfinden wollte.

An einem dieser Abende, Tage vor Guidos Ankunft, ging sie, um sich von alldem abzulenken, kurz vor Brians Dienstende ins Hotel, um ihn, als sei es ganz zufällig, zu treffen und mit ihm zu reden. *Bin zufällig hier vorbeigekommen, war in der Gegend spazieren.* Wie oft noch wollte sie mit jemandem reden, ohne darüber zu sprechen? Wie oft mit ihm? Sie winkte ihm zu, ging in sein Büro. Sie kamen in ein zunächst unbedeutendes

Gespräch über die Dinge, die am Tag gelaufen waren, die sie beim nächsten Mal besser beachten müssten, und in dem er am Ende nochmals auf das hinwies, was er ihr vor wenigen Wochen gesagt hatte. Sie verzog mit einem künstlichen Lächeln das Gesicht, tat unschuldig und einsichtig und nickte.

Anschließend gingen sie zusammen etwas trinken, weil er ihr das ein oder andere noch dazu sagen wollte und sicher ihre unkonzentrierte Art des Zuhörens im Büro bemerkt hatte. Später begleitete er sie *zu ihrer eigenen Sicherheit* nach Hause, tatsächlich legte er eine Hand auf ihren Rücken, man konnte ja nicht wissen.

Saya hatte nicht besonders viel Ahnung von seinem Privatleben, wusste nicht, ob er noch verheiratet war. Jemand im Hotel erzählte ihr wenige Wochen zuvor sogar von einer Scheidung und dass er Kinder hätte. Sie wusste nicht, wo er in Surigao wohnte und warum er hier lebte. Alles, was sie über ihn wusste, war eher eine Vermutung und oberflächlich. Selbst mit Kina sprach sie selten über den Mann, der ihr Chef war und ihr, vor allem in den letzten Wochen, oft hinterherschaute.

Vor ihrer Tür endete dann auch dieses Verhältnis, sie bat ihn hinein, entschuldigte sich für den Zustand des Zimmers und bot ihm den einzigen Stuhl und etwas zu trinken an. Er setzte sich, sah sich um, sah, was nicht passte, nun gut, das alles war dem Taifun geschuldet, suchte nach etwas Tröstendem, stand wieder auf, weil er auch darüber reden und ihr ein Vorschlag machen wollte, als sie eine Flasche Cola öffnete. Er trat hinter sie, in genau dem Moment, als sie sich umdrehte.

Es gibt Momente im Leben, ab denen es keine Rolle spielt, ob etwas stören könnte, wie zum Beispiel Aussehen oder Zustand eines Zimmers oder das Unerkläriche, warum man dieses fremde Zimmer betreten hat, oder die Gefühle, die einem im Grunde genommen zwar nicht galten, aber nun mal da waren und gestillt werden wollten. Manche fuhren deswegen sogar in spezielle Urlaube. Nur dies war kein Urlaub –, von keinem der beiden. Vielleicht gibt es in solchen Momenten auch nur für den einen eine zweite unbekannte und für den anderen eine verdrängte Ausgabe von einem. Sozusagen eine zweite Version.

Und manchmal sieht das Unglück vorher einfach verführerisch sympathisch aus. Jedenfalls umarmte Brian Saya, da noch als Trost gedacht, weil er Tränen in ihren Augen und das Zittern ihres Körpers sah, doch im selben Augenblick hatte sie die Flasche neben sich abgestellt, seine Umarmung erwidert, viel zu fest, als wollte sie ihn nicht mehr loslassen, Augenblicke später seine Brille vom Kopf und sein Hemd aus der Hose gezogen und ihre Hände nicht nur nervös daruntergeschoben. Sie erstickte seine möglichen Einwände mit heftigen, glucksenden Küssen und schnellen Fingern, während er nach nur wenigen zögernden Augenblicken ihren Rücken erkundete. Schon öffnete sie den Gürtel, schob eine Hand in seinen Schoß und Augenblicke später schliefen sie miteinander auf Sayas knarzendem Bett, das keines war. Und sie stieß ihr *Shit! Shit! Shit!* heraus, das eigentlich Guido gehörte. Wie oft noch wollte sie die Wärme von jemandem spüren, ohne sie schlussendlich anzunehmen?

So auch die nächsten Male in Brians kleiner Wohnung mitten in der Stadt in der Nähe einer trubeligen Straßenkreuzung über einer Autowerkstatt, ganz in der Nähe von Guidos letztem Hotel. An der Ecke ein *Jollibee*-Fast-Food-Restaurant, in dem sie sich etwas zu essen holten. Sie blieb jedes Mal über Nacht, war für manche sogar fast bei ihm eigezogen und hoffte auch nach jeder, sich nicht verrechnet zu haben. Seit Guidos letztem Urlaub nahm sie keine Pille mehr. Warum auch, zudem hatte sie keine mehr. All die Nächte war es gut gegangen. Tatsächlich bekam sie pünktlich ihre Tage. Und so blieb sie in den wenigen Wochen vor ihrem Abflug wieder für einige Tage und Nächte bei Brian.

In ihrem Kopf kein Gefühl, sondern eine Katastrophe. Der Satz, vor Jahren schon einmal gedacht, ging ihr durch den Kopf, als sie ihn an sich presste. *Im Himmel ein Kind zu bekommen, ist nichts anderes, als einen Engel auf die Welt zu bringen.* In diesem Moment war alles egal. *Shit! Shit! Shit!* In dieser Handvoll Sekunden war sie glücklich. Die Katastrophe reduzierte sich zu einer weiteren Strophe in ihrem Leben.

Brian und sie sprachen nicht darüber. Und genau das war in Ordnung. In seinem Brief würde er alles erklären und ihr etwas anbieten wollen, das vielleicht ein erster Schritt sein könnte, das Durcheinander ihres Lebens etwas zu ordnen. Auch wenn für Brian klar war, dass sie zunächst nach Deutschland zurückkehren würde.

In den folgenden Tagen schrieb sie nachts zweimal Guido kurze, belanglose Zeilen. Als müsse sie sich nun wieder an ihn gewöhnen. *Manchmal ist es wie ein Trott. Morgen kommt die erste große Gruppe Gäste. Ich hoffe, sie sind nett.* Und ein paar Tage später: *Heute bin ich die Stufen ins Zimmer fast nicht raufgekommen. Ich geh jetzt schlafen. Wir sehen uns ja bald, in nicht mal einer Woche schon.* Um diese Zeit war er meist zu Hause. Manchmal hatte er keine Lust zurückzuschreiben. Manchmal schrieb er sofort zurück. Manchmal telefonierten sie auch für wenige Minuten. Jeder Chat und Anruf von ihm endete mit *Ich freu mich auf dich* und *Ich liebe dich.* Aber es schien, als liefen alle Worte ins Leere, als würde es sie nicht interessieren, als sei jeder Kontakt von ihr nach Hause nichts anderes als ein Zeitvertreib. Beim letzten Anruf antwortete sie lediglich mit einem Geräusch, das bestenfalls an ein *Hmh* erinnerte.

„Mann, freu ich mich, dass du endlich da bist", sagte er nur noch einmal am Flughafen in Frankfurt, als er unverhältnismäßig lang auf sie warten musste, weil irgendetwas bei der Zollkontrolle danebengegangen war. Er sah sie durch die Glastür, sie und ihre neue Frisur, rief „Wow" und sie lächelte ihn nur schulterzuckend an, weil sie nicht wusste, was sie entgegnen sollte, außer:

„Musste mal sein. Wie heißt das? Neue Besen kehren gut, oder so."

Kein *Ja, ist schön endlich wieder hier zu sein.* Kein *Ich hab' mich auch gefreut auf dich.* Keine Umarmung beziehungsweise Sprung in seine Arme wie beim ersten Mal, in ihrem Auslandssemester, als er so glücklich und deshalb verwundert war. Auf der Fahrt stattdessen wieder nur Belanglosigkeiten, auch als er sie darauf ansprach, dass sie dünn geworden sei, und er sich nicht nur deswegen Sorgen machen würde.

„Ich hab's dir ja geschrieben, bis vorgestern hab' ich viel gearbeitet. War alles etwas anstrengend und, wie du auch weißt, zeitintensiv. Aber so ist das halt manchmal. Nach so einem Taifun gibt es stressige Zeiten. Das sollte klar sein, wenn man einen solchen Berg von Aufgaben zu bewältigen hat."

Er fragte nach, fragte, ob sie sich wenigstens freute, und sie zuckte nur mit der Schulter und meinte:

„Vor allem auf mein Bett –, wenn es dich interessieren sollte."

In der folgenden Nacht schlief er bereits unten im Wohnzimmer auf dem Sofa, weil einfach nichts anderes von ihr kam. Sie fragte nichts. Sie erzählte nichts. Sie erwidert nichts auf seine Fragen. Sie packte lediglich den Koffer mit komischen Lauten aus und tat etwas in die Waschmaschine, ging ohne großen Kommentar hinüber zu Mommy und Paps, um kurz Guten Tag zu sagen, strich sich dabei über den Bauch und rechnete. Seit vierzehn Tagen nahm sie zu, glaubte sie.

Mehr oder weniger still verging auch der nächste Morgen. Sie blieb im Bett liegen, tat, als würde sie schlafen und ließ ihn zur Arbeit gehen. Auch als er abends nach Hause kam, war keine Freude zu sehen, er hatte das Gefühl, zu stören. Sie suchte ihn nicht, sie wollte ihn nicht, sie lief im Häuschen wie eine Fremde herum. Kaum eine Stunde später ging sie ohne ein Wort hinauf ins Bett. Guido versuchte mit ihr zu reden, bekam keine Antworten, begann leise zu fluchen, lauter zu werden und drohte zu gehen, sie zu verlassen. Minuten später stand sie halb nackt auf der Wendeltreppe, holte ihn hoch zu sich ins Bett. Hinter ihrer ungelenken Zärtlichkeit vermutete er eine Art Neuanfang und ließ sie zu.

Jetzt verfolgte er mit großer Anspannung ihre Nervosität und ahnte aufgrund der vergangenen Tage, dass ihr Herumhampeln auf dem Stuhl nichts Gutes mehr verheißen konnte. Prompt zog sie die drei Verträge zu sich. Paps und Mommy redeten weiter auf sie ein, ohne dass sie darauf einging. Sie konnte es auch nicht, längst verstand sie kein Wort mehr. Stattdessen stierte sie auf die Papiere und wusste, dass etwas kaputt gehen würde, das weit über die Verbindung zwischen ihr und Guido hinausging. Vielleicht sogar die Liebe zwischen Mommy und Paps betraf und dadurch auch unweigerlich die zwischen Guido und Mommy. *Jede Wahrheit beginnt mit einer Lüge,* ging ihr durch den Kopf. Und von der einen, die in ihren Träumen vorkam, wie der anderen, für die sie selbst gesorgt hatte, sprach weder sie noch jemand anders an diesem Tisch. Wie hätte es auch sein können, keiner konnte in ihren Kopf hineinsehen. Diese Träume rund um Celso waren der Auslöser von allem. Er war vor Jahren schon zum Mörder ihrer Seele geworden. Wieder strich sie sich unruhig und in wilden Kreisen über den Bauch und dachte an Karthik.

Über ihr die neue, leuchtend gelbe Lampe, die Paps in ihrer Zeit in Surigao angebracht hatte. Schön, wie sie war, warf sie aber genau das gleiche, eher fahle und fast gelbe Licht auf die Blätter vor ihr wie damals in den Nächten die glühende Stadt unter ihnen in dem entstehenden Hochhaus, als sie sich dort für ein paar Wochen ungefähr ein Dutzend Mal mit Karthik getroffen hatte. Auch er war in letzter Zeit wie aus dem Nichts immer öfter in ihren Träumen erschienen. Claire hatte ihr beim letzten Kontakt vor Monaten in einem Chat erzählt, dass das Gift in dem Zeugs, was er am Ende schnüffelte und soff, wohl stärker als irgendeine Zukunft war, die er sich vorstellen konnte. *Ich schreibe es dir, weil ich ja im Groben Bescheid weiß.*

Von einem Tag auf den anderen war Karthik verschwunden. Vier Nächte kam sie noch zu dem geheimen Eingang auf dieser Baustelle, rauchte irgendwelche Zigaretten, weil er nicht da war, alles wirkungsloses Mentholzeugs. Dann fand sie sich damit ab, dass er wohl die Lust an ihr verloren und eine andere hatte, die zuließ, von dem sie, bis diese Träume vor Wochen begannen, überzeugt war, es nicht zugelassen zu haben. Ein paar Tage noch schnüffelte sie allein gelassen und frustriert an allem, was so ähnlich roch wie das Zeugs, das er immer mitgebracht hatte, Klebstoff funktionierte am besten, und versuchte es sich selbst zu machen.

Tage später gab sie auf und stürzte sich in der Schule wieder ins Lernen und an ein paar Nachmittagen ins Turnen. Allerdings fehlte ihr in den ersten zwei, drei

Wochen die nötige Kraft, Ausdauer und Konzentration und sie log sich sowohl in der Schule als auch beim Turnen gegenüber ihrer zweifelnden Trainerin mit einer Viruskrankheit raus, die sie angeblich die ganzen Wochen zuvor gehabt hatte.

Sie kam sich vor wie ein streunender, heimatloser Köter, dem das Herrchen weggelaufen war, wenn sie zwischen Tatas Haus, der Schule und der Turnhalle hin und her pendelte. Wenige Wochen vor ihrem Abflug sagte ihr Claire, die tatsächlich als Einzige durch ein paar wenige Andeutungen von Karthik wusste, dass man ihn gefunden hätte. Tot in einem Verschlag auf der Dachterrasse des Penthouse, in dem er angeblich mit seinem Vater gewohnt hatte. Erst da fiel Saya auf, dass sie nie über Telefonnummern, Adressen oder dergleichen gesprochen hatten. Vielleicht blickte sie auch deshalb im Flughafen in dieses eine komisch fahle und gelbe Licht, weil sie in diesem Moment an die Träume mit Karthik und Tatas Bruder denken musste. Es war das gleiche fahle und gelbe Licht, das die flimmernde Stadt unter ihnen mit ihren Millionen Lampen im zwölften Stock in diesem nackten Raum fabrizierte, und das nun auch in der Küche leuchtete.

Ihre linke Hand kurvte weiter unentwegt auf ihrem Bauch, weil sie an die Konsequenzen der Nächte mit Brian denken musste, glaubte, das Zeugs zu riechen, das Karthik ihr unter die Nase gehalten hatte, die Stadt, den staubigen Beton des Neubaus. Fühlte die Decke unter sich und schmeckte die Joints, die mit ihrer Wirkung sie einerseits fast hatte kotzen lassen und sie andererseits in einem grellbunten Strudel aus dieser Welt verschwinden ließen, und dachte an den Zettel, den Guido hinterlassen hatte. *Du hast es nur meiner Liebe zu dir zu verdanken, die ich immer noch für dich empfinde, dass ich nicht schon am ersten Tag nach Hause geflogen bin. Noch will ich das mit uns aber nicht aufgeben. Noch nicht. Du entscheidest.*

Und sie entschied. In Erinnerung an all das glich ihr Gesicht einer Maske, als sie den Vertrag mit Brian und Surigao zur Seite legte, die Luft tief einsog und sich dabei immer wilder über den Bauch fuhr. *I would be happy if you would accept the first one ... logically*, hatte er zwar beim Abschied gemeint. Aber würde sie mit ihrer Befürchtung recht behalten, könnten Brian und sie die gestellte Aufgabe auf diese Weise nicht zusammen meistern. Alles wäre mit zu vielen Risiken und trotz der schönen Nächte mit ihm auch mit weiteren Lügen verbunden. Dann legte sie den Vertrag mit Berlin aus ähnlichen Gründen verkehrt herum obenauf. Marvin wollte in Berlin bleiben, in einem Post hatte er von einem möglichen Arbeitgeber geschrieben.

Stimmte ihr Gefühl, wäre auch mit Marvin ein ehrliches Leben nicht möglich, sondern dieses von weiteren tausend Lügen begleitet. Alles wäre nur für diesen einen Moment eine gelungene Flucht aus einem aus anderen Gründen verlogenem Glück. Ihr Fuß schwang immer noch auf und ab. Sie entschied und ohne zu zögern, unterschrieb sie den Vertrag mit dem Hotel *Mariano Gomez* in Manila. Dort in den nächsten Tagen, so schnell wie möglich, innerhalb der nächsten Monate den Empfang neu zu organisieren, würde ihr vielleicht helfen, irgendwann auch ihr Leben und das andere in ihr in Griff zu bekommen. Monate später müsste sie es ohnehin können, ansonsten galt der Satz, der sie nicht mehr in Ruhe ließ. *Im Himmel ein Kind zu bekommen, ist nichts anderes, als einen Engel auf die Welt zu bringen.* Die Tickets für den Flug hatte sie bereits, schon vor Tagen, heimlich gebucht. Übermorgen wäre sie weg.

Alle starrten auf ihren Namen, krakelig auf der Linie wie eine Hyäne hockend. Sofort herrschte Totenstille. Guido stand mit dem Beiseitelegen des Kugelschreibers auf und ging hinaus. Keiner sagte etwas, keiner hielt ihn auf. Die Haustür schloss er ganz leise, dann ging er hinüber ins Häuschen, in den ersten Stock, hängte ihr Bild ab, das er damals in dem Bungalow in Surigao gemacht hatte, als sie an einem der Morgen den Vorhang öffnete. Anschließend trug er es nach unten und stellte es vor die Tür, sodass sie es sehen würde, und schloss diese gleich darauf von innen ab. Er wusste, sie hatte ihren zweiten Schlüssel nicht dabei. Der hing neben ihm am Brett im kleinen Flur. Morgen, bevor er zur Arbeit ging, würde er ihn von außen stecken lassen, dann könnte sie ihre Sachen packen und gehen, wohin sie wollte. Eines war klar, abends wollte er sie dann nicht mehr antreffen. Er machte sein Handy aus, stopfte ein Tempo in die Klingel und missachtete das energische Klopfen an der Tür. Er rief nur durch sie hindurch:

„Paps, wenn du es bist, wir sehen uns morgen auf der Arbeit."

Das erklärte genug. Egal, wer vor der Tür stand. Mehr gab es auch nicht zu sagen. Er hatte ohnehin nicht die geringste Ahnung, wie alles nun weitergehen sollte. Kniff sich in einen Arm, weil er hoffte, nur zu träumen. Doch schien es, als würde seine Seele mit samt seinem Herz in diesem Moment aus ihm herausgerissen. Selbst wenn er mit einem Hammer auf seinen Kopf einschlagen würde, würde er den Schmerz in seinem Herz noch spüren.

Dass Bille, wenige Wochen später, dann auch noch aufkreuzen sollte, konnte er nicht ahnen.

Monate nach der Unterschrift

Dreimal die Woche Training. Dreimal die Woche mit Lina. Montag und Mittwoch noch für eine halbe Stunde an die Bar. Er für ein Wasser, sie für den Smoothie. Freitags gings nach dem Sport direkt zu ihr. *Keine Widerrede!* Es gab meist selbst gebackenes Brot und deshalb Schnittchen. *Geht doch am schnellsten und scheint dir zu schmecken.* Währenddessen und danach quatschten sie wie an allen Abenden über Gott und die Welt. Über Typen und Girls auf Insta, die komisches Zeugs hypten, das keiner brauchte, über die beschissene Situation in der Welt, über Großkonzerne, die sich allesamt an den Kriegen aufgeilten, über Politiker die populistischen Mist erzählten und – über sich.

„Mann, es gibt so viele Krisen und Kriege zurzeit." Lina biss in eines der Schnittchen und schmatzte. „Ist doch creepy. Ob das jemals besser wird?"

„Ich hoffe doch. Immerhin gibt es ja ein paar, die versuchen es ein wenig besser zu machen."

„Schon. Aber manchmal hab' ich echt Schiss. Wenn ich jetzt an Anneke und deren Kind denke. Was ist das für 'ne Zukunft? Lauter Idioten am Werk."

„In jedem Land der Welt. Was kann ich anderes tun, als hier und da ein bisschen zu helfen? Ich versuch das ja andauernd bei Saya."

„Jau! Das stimmt. Du verhinderst zwar keine Kriege, aber was du alles schon für die gemacht hast ... Mannomann!" Lina schüttelte fassungslos den Kopf.

„Nun ja, war alles eigentlich ganz anders geplant."

Ansonsten gab es von Saya kaum etwas zu berichten. Seit dem letzten Telefonat mit ihr waren mehr als zehn Tage vergangen. Nur Mommy war noch einmal durchgekommen und zuckte anschließend mit den Schultern. Abende lang sprachen sie beide miteinander, forschte er nach Dingen, die er vielleicht noch nicht wusste und besser wissen sollte. Doch Mommy schien manchmal an entscheidenden Stellen zu verstummen. Das, was der Bruder ihres Vaters wohl beiden angetan hatte, wurde zu einem unaussprechlichen Monstrum und nährte nur weiter seinen allmählich entstandenen Verdacht, den er im Beisein von Paps nicht aussprechen wollte. In den letzten beiden Wochen traf er Mommy oft weinend an, sie ging davon aus, ihre Tochter verloren zu haben. So wie er eine Zukunft mit ihr.

Sayas Nachrichten blieben derweil dürftig und kurz. Schienen sich sogar zu wiederholen und wurden seltener. Aber verdammt noch mal, das konnte nicht alles sein. Er hatte ein eigenes Leben und das machte seit den letzten Wochen wegen Lina wieder gehörig Spaß.

Das Ritual, Training, Duschen, Bar, das Lina noch mit Rücksicht auf Saya an einem Freitag vor Wochen begann, war ja schon am zweiten verändert. Zu Hause rumzuhängen brachte doch nichts, also konnte er auch bei ihr, wenn vielleicht nicht übers ganze Wochenende, zumindest bis samstags bleiben. Miteinander zu schlafen hatten da zwar noch auf unbestimmte Zeit verschoben. Aber es gab ja auch anderes, um etwas Spaß zu haben und ein kleines Glück zu empfinden. Er hatte keine Lust, länger den keuschen Mönch zu spielen. Egal, was passieren würde, er und schon gar nicht Lina müssten sich vor irgendjemanden rechtfertigen.

Ab dem dritten Freitag gab es kein Ritual mehr. Lina trug nur einen Slip und später nichts Weiteres als ein dünnes und knöchellanges Nachthemd, vorne mit Knöpfen und meinte, er könne gerne auch nur im Slip herumlaufen, wenn er schon kein Mönch sein wollte.

Sie fänd das geil. Animation sei ja nicht verboten. Für Lina war längst klar, sie hatten genug miteinander geredet, gequatscht und zumindest verbal die Welt verbessert. Wenn etwas Ernstes aus ihnen beiden werden sollte, musste auch ein wenig Sex dazukommen. Sonst hätte sie keine Chance. Und so lockte sie ihn mit ihrer unzweifelhaften Erotik, verführte ihn mit dieser, sobald er bei ihr daheim und endlich süchtig genug auf sie war. Nach dem Frühstück legten sie sich dann nur in Slips wieder ins Bett und redeten weiter.

„Nur dass du es weißt, so hab' ich mich bei Nils oder 'nem anderen Kerl nie benommen. Und nur dass du es weißt, du brauchst mich auch nicht anzufassen, wenn du nicht magst. Ich schmelz schon jedes Mal hin, wenn du mich anguckst."

Währenddessen hooverte ihre Hand nicht nur auf seinen Bauch herum, sondern bald darauf auch über den Slip und sog die Luft scharf ein, als sie spürte, dass er einen Steifen bekam und das Atmen einstellte.

„Und wir sind doch keine kleinen Kinder mehr, verdammt noch mal", hauchte sie ihm in ein Ohr.

Er hielt die Luft an, bewegte sich nicht und war unfähig, sich von ihr abzuwenden, um die zärtlichen Attacken, warum auch immer, von ihr zu beenden. Und somit missachtete Lina alles, legte sich noch dichter neben ihn, stützte sich ein wenig ab, um ihn besser anschauen zu können, und rieb ihn nur anfangs durch den Stoff und dann von nassen Küssen begleitet unterm Slip weiter, bis es ihm endlich kam.

„Geht doch", hauchte sie ganz nah über seinem Gesicht ins linke Ohr und er spürte eine kleine Träne von ihrer Wange auf seine runterkullern. Dann küsste sie den nassen Bauch, während sie die ersten Knöpfe ihres Nachthemd öffnete, lächelte ihn an und meinte:

„Wenn du mich auch streicheln magst, darfste mich fertig auspacken. Dafür sind die Knöpfe da. Durch Stoff mag ich nicht so gern."

Zitternd lag sie danach neben ihm und schnappte etwas nach Luft. Das Geräusch, das sie bei ihren Höhepunkten machte, klang wie die letzten zwei Buchstaben von Zeitung, Heizung und Befriedigung. Lang gezogen, bis ihre Lunge leer war, und so wie er mit steifem Körper, als hätte sie einen Krampf bekommen.

„Geht tatsächlich", grinste er über ihr in ihr glückliches Gesicht ohne schlechtes Gewissen und sie küsste ihn nun erst recht mit Tränen in den Augen. Kurz darauf streichelte er Lina mit der von ihrem Schoß feucht gewordenen Hand einfach weiter und sie schlüpfte gänzlich aus dem Nachthemd, zog seinen Slip aus und rieb ihn, bis es ihm zwischen ihrem und seinem Bauch ein zweites Mal kam. Sie nickte nur und keuchte, als käme sie gerade aus dem Studio.

„Ist mir ziemlich egal, ob du mich liebst oder nur magst, würde mir dafür nämlich auch reichen. Aber ich glaub, bei mir ist es schon was anderes."

So *mochten* sie sich also am zweiten Freitag, da bereits schon nackt und am dritten öffnete sie ihr Nachthemd, genoss seinen bewundernden Blick und seine fast ängstlich streichelnden Finger, als sie nach den Schnittchen neben ihm stand und fragte:

„Trauste dich?"

Und er musste nicht fragen, was.

„Weisste, du bist der einzige, vor allem anständige Kerl, mit dem ich es machen will. Und ich hab' wegen dir eine Scheißlust drauf."

Damit auch erst gar keine Zweifel entstanden, schlug sie die Seiten des Nachthemds zur Seite, zog ihm vornübergebeugt mit einem wilden Kuss den Slip bis zu den Knien unter seinem Po durch und setzte sich dann auf seine Knie. Seine längst harte Erektion zwischen ihnen. Dass er auch Lust hatte, musste sie also nicht mehr herausfinden. Sein Slip rutschte die Beine runter und ihr Nachthemd auf den Boden. Keinen Augenblick später schob sie sich vor auf seinen Schoß.

Bebend hockte sie auf ihm. Vor lauter Glück waren ihr dieses Mal nur Unanständigkeiten und kleine Flüche eingefallen, die sie ausstieß, als es ihr kam. Sie brauchte noch ein paar Minuten, bis sie wieder auf Kurs war, wie sie es nannte. Dann richtete sie sich auf und meinte:

„Und … nur dass du es weißt, das war der beste Sex, den ich je hatte. Und keine Sorge, ich bin nicht so eine, die einen kirre macht und sich dann beschwert, weil du kein Gummi drüber hast. – Die Pille ist nun mal doch die einfachste Lösung."

Auf der seit dem ersten Tag ausgeklappten Schlaf-couch ließ sie sich neben ihn fallen, streichelte seine schweißnasse Brust und schaute in sein Gesicht. Seine Augen waren geschlossen. Sein Blick zufrieden, aber ernst. Gerade wollte er etwas antworten, als sie schon wieder anfing zu reden.

„Haste grad dabei an Saya gedacht?" Sie streichelte eine Wange von ihm. „Alles in Ordnung. Ich mag dich trotzdem. Ich verrat auch nix und wenn du sie jemals heiraten solltest, mach ich euch 'ne geile fünfstöckige Hochzeitstorte, okay?"

Guido lachte auf und drehte sich zu ihr. Schweißper-len glitzerten auf ihrer Haut.

„Nee, ich hab' nicht an Saya gedacht."

„Krass! Dann kann ich dir auch endlich sagen, dass ich dich nicht nur lieb hab', sondern liebe. Und zwar so was von. Ich glaub, seit deiner ersten Sekunde auf dem Rudergerät."

Guido schob sich etwas auf sie und erwiderte ihr Streicheln. Fuhr mit den Fingerspitzen auf ihren Lippen entlang, über eine Wange, durch die braune Mähne, die sich auf dem Kopfkissen verteilt hatte, und wieder zurück zu ihren Lippen. Sie schloss die Augen, bekam eine Gänsehaut und biss sanft in seine Finger.

„Scheiße! Ist das schön!", schmatzte sie.

„Wenn ich ehrlich wäre, müsste ich es auch sagen."

„Dann sei ehrlich und tu es."

Seine Finger glitten von ihren Lippen herunter, über ihr Kinn, auf eine Brust, deren Spitze sich ihm aufgeregt entgegenstreckte, und sie schob ihn ganz auf sich.

„Nämlich jetzt."

Minuten später saß Lina im Schneidersitz auf dem Bett und scrollte mit einem lustig nachdenklichen Blick durch irgendwas in ihrem Handy. Wie schon nach der ersten gemeinsamen Nacht nur im Nachthemd.

„So bin ich in drei Sekunden nackig, wenn ich Lust auf dich hab. Und die hab' ich auf dich verdammt ziemlich oft, wie du siehst."

Nur die obersten zwei Knöpfe geschlossen, der restliche Stoff war wieder einmal nachlässig hoch- und zwischen die Schenkel geschoben. Im Slip kam er aus dem Bad, konnte ihren dunklen Schoß sehen und schmunzelte. Lina schaute nur kurz auf.

„Haste nachher noch was vor?"

„Warum? Willst du noch mal ins Training?"

„Nee, wir könnten Seargy helfen. Der spielt mit seiner Band auf so 'nem Deichfest. Der schreibt grad 'nen paar Leuten, ihm sind zwei abgesprungen, die eigentlich beim Auf- und Abbau helfen sollten. Geld kann er keins zahl'n, spendiert aber 'nen Kasten *Flens* und jedem Burger, bis man platzt. Wär doch was?! Wir müssen ja nicht rumhängen. Die machen echt gute Mucke.

Covern Uralthits und machen daraus Blues, Rock und Shantys. Ziemlich lustig. Kannste tanzen?"

Guido lachte auf.

„Ja. Logisch! Ich bin Weltmeister im Rumhüpfen. Nee, tut mir leid."

„Gott sei Dank, ich auch nicht. Obwohl ich manchmal Lust hätte, so 'n sexy Tango hinlegen zu können. Aber mit dir rumhüpfen fänd ich auch geil."

„Wann gehts los?"

„Ab vier ist Aufbau. Ich schätze, gegen Mitternacht sind wir wieder zu Hause. Äh ... ich meine hier."

„Okay." Guido stand immer noch vor ihr und schaute auf sie hinunter.

„Dann mach ich mich ma' schick", grinste sie.

„Chic? *Ich* hab' nix anderes dabei."

„Macht nix." Mit Schwung zog sie sich ihr Nachthemd aus, umarmte ihn und kniff ihm durch den Stoff des Slips in den Po, während sie sich mit einer Hand in seine Haare krallte und grinsend mit einem nassen Kuss meinte:

„Das nennt man Understatement und gibt mir die Chance zu glänzen, mein Liebling!"

Liebling. Lina zog alle Register. Immer noch in ihren Armen strich er über ihren Rücken und patschte mit einer flachen Hand auf ihren nackten Po. Ein Schauer lief ihr über den Rücken und sie presste ihn an sich.

„Mann! Ich hab' ja keine Ahnung wie du das dauernd machst, du bist kein Millionär, schenkst mir keine Brillanten und so 'nen dämlichen Bestechungswelpenblick haste auch nicht. Aber ich glaub, wir müssen ein paar Sachen auf später verschieben."

Minuten später stand sie mit einem pinkfarbenen Pulli, der nicht verriet, was sie drunter anhatte, und in glänzenden, hauchzarten schwarzen Leggins vor ihm, die wie Jeans mit Taschen aussahen und wirkten, als seien sie aus glänzendem Leder. Durch ihren Schritt lief vom Bund vorne bis hinten ein breiter Reißverschluss. Mit einem leisen Pfiff sah er sie an.

„Das nennt man nicht Understatement, sondern Abfall, was nachher neben dir steht", lachte er gequält und deutete auf sich selbst. „Soll ich nicht doch besser nach Hause und was Anständiges anziehen?"

„Spinn nicht! Ist alles in Ordnung. Du bist der Kerl an meiner Seite, der mich beschützt und vor fremden Händen bewahrt. Ich find's einfach nur geil, mit dir zusammen zu sein. Die Jeans und das Hemd passen doch. Ich will dir ja ins Gesicht gucken und nicht ... egal. Der Reißverschluss funktioniert im Übrigen."

Sie nahm den Zipper zwischen die Finger und zog ihn eine Handbreit runter. Guido klemmte die Lippen ein, sah nur Haut und strich nahezu erkundend über ihren Po.

„Ich hab' nix drunter", griente Lina, „aber das mit dem Reißverschluss musst du auf später verschieben."

Die *Mucke* war tatsächlich toll. Der zum Festplatz umfunktionierte Parkplatz am Deich brechend voll. Guido kannte ziemlich viele Leute, die ihn allesamt in Ruhe ließen, Lina scheinbar wiederum all diese und den ganzen Rest. Bei jedem Gespräch mit irgendjemandem und in jeder Sekunde hielt sie zumindest eine Hand von ihm fest oder umarmte ihn gar.

„Schluss, vorbei! Ich geb dich nicht mehr her!"

Ab morgen gab es deshalb sicher ein neues Thema im Städtchen. Zumindest bei Drommer, in Linas Konditorei. Nils tauchte auf und schaute beide von oben bis unten mit einem bescheuerten Grinsen an. Natürlich blieb sein Blick nahezu lüstern an Linas Outfit kleben. Kaum stand er vor ihnen, schnauzte Lina ihn an:

„Mach dich vom Acker, du Idiot. Hab' gehört, hast schon das nächste Unglück hinterlassen." Und weil er nicht sofort reagierte, schubste sie ihn weg. Anschließend jubelte sie und meinte zu Guido:

„Das tut ja so was von gut."

Silke und Birgit waren auch da. Mit ihnen unterhielten sie sich am längsten. Auch wenn es nichts Weltbewegendes war.

„Na, wie gehts euch denn so?", schrie Lina gegen die Musik an. Gerade spielte Seargys Band ein Medley alter Rockklassiker. *Hey Jude, Satisfaction,* dem Schlagzeugeinsatz aus *In the Air tonight* und gleich darauf als Abschluss *Kashmir* von Led Zeppelin. Hammer. Lina ließ kurz ihre Mähne fliegen.

„Gut, danke. Und ... euch?", schrie Silke zurück und schaute Guido etwas nachdenklich an. Sie kannte Saya vom Aldi, aber das war schon lange her. Und gesehen hatte sie Saya auch seitdem nicht mehr. *Schade, die beiden hätten doch gut zusammengepasst,* ging ihr durch den Kopf. Aber es war offensichtlich vorbei.

„Auch gut. Die spielen doch crazy, oder?" Wieder war Lina schneller.

„Ja, die sind toll. Alles olle Kamellen. Erkennt man manchmal gar nicht wieder." Dieses Mal Birgit. Sie musterte die beiden ein wenig.

„Seargy, der Gitarrist, macht das schon ewig mit Knödel, dem Bassisten, und Hitty, dem Schlagzeuger. Hitty macht das sogar professionell, der hat mal in 'ner Band gespielt, die die Vorgruppe bei den Scorpions war. Ich mag das."

„Wir auch. Kann man gut drauf rumhüpfen."

„Ja echt cool! Was macht ihr sonst noch heute?"

„Wir haben nichts geplant. Je nachdem, wann's rum ist, gehen wir vielleicht noch was essen."

„Das klingt auch super. Wir gehen, glaub ich, dann nach Hause." Lina zwinkerte Guido an. „Euch noch 'nen feinen Abend!"

„Woher kennst du die?", wollte Guido wissen.

„Ach, wie fast alle hier, als Kunden. Ich bin ja nicht nur hinten in der Backstube, sondern auch ziemlich verquatscht, wie du siehst. Wenn ich meine Torten oder so vor bring und jemanden seh, sind fünf Minuten nix. Dann erfährste jede Menge. Find ich immer krass, was die Leute einem so anvertrauen. Vielleicht weil 'ne Theke dazwischen ist. Ist dann wie in 'nem Beichtstuhl vielleicht. Jedenfalls war Silke mal mit Alex zusammen. Also mit 'nem Typ. Birgit auch. Der hieß Michael. Ich glaub, Alex hatte mal 'ne gelbe Corvette. Zumindest hab' ich ihn mal damit rumfahren sehen. Ein ziemlich abgefahrenes Teil ... im Gegensatz zu ihm. Er ist 'ne echte Schlaftablette. Jedenfalls sind sich die zwei Frauen mal nach 'ner Party nähergekommen, kannst dir ja denken wie, und haben vor drei Jahren sogar geheiratet. Find ich ja irgendwie voll in Ordnung. Daran kannste aber auch sehen, was für Luschen die beiden Typen waren." Sie nahm Guido wieder in die Arme, sah an ihm hoch und seufzte ungewohnt ernst auf. „Ich hab's, nur, dass du es weißt, auch schon mal mit 'nem Mädchen gemacht, Evelyn hieß die. Da war ich siebzehn oder so. Ist also schon ein bisschen her. – Okay?"

Guido zuckte mit den Achseln. „Ist auch völlig in Ordnung und mir schnurzpiepegal. Ich kenn Kerle, die zusammen wichsen. Ist nicht ganz mein Fall. Warum gings bei euch auseinander oder wars nur einmal?"

Lina lächelte ihn an. Mit ihm konnte man wirklich über alles quatschen.

„Nee, nicht nur einmal. So um 'n halbes Jahr rum. Da hatte ich schon meine eigene Wohnung. War ehrlich gesagt verdammt schön, weil ich mich als Girl viel besser kennengelernt hab', auf nix aufpassen musste und mich deshalb richtig fallen lassen konnte. Dann weiß man zumindest, wie's mit Jungs besser klappen könnte. Ich sag, könnte! Hat ja, wie du siehst, ziemlich lang gedauert, bis du endlich aufgekreuzt bist. Bei dir kann ich mich auch fallen lassen. – So was von! – Ich glaub, am Ende war ich für Evelyn zu nervös und aufgedreht."

„Schade, oder?"

„Nee, alles gut. Ich sag, das war 'ne Phase. Sie wohnt inzwischen in Flensburg, mit 'ner anderen. Ich hab's danach wieder mit Kerlen versucht und einen Sündenfall nach dem anderen gehabt. Nils war dann die bescheuerte Krönung."

Auf dem Weg hinter die Bühne, um beim Abbauen zu helfen, Seargy kündigte die letzten Stücke an, wurden sie Zeugen, wie zwei Mädchen, höchstens sechzehn, sich in die Haare bekamen, gegenseitig schubsten und aufeinander losgingen.

„Was machst du denn hier Sven?", zickte das eine Mädchen und boxte dem Jungen, der unbeteiligt tat, in den Bauch. „Bist du bescheuert? Ich dachte, wir zwei ..."

Lina stupste Guido breit grinsend an: „Das kann ja spannend werden."

„Hä? Sven, dein Macker?", johlte schon die andere, „Kann nich sein. Ist ja bodenlos! Echt wild! Sven hat mich heute Nachmittag viel zu schön gefickt. Der is' 'n echter Macher. Der kann das."

„Was, du blöde Kuh? Sven, sag doch auch mal was! Ich lieb dich übertrieben krass! Hast du wirklich mit ihr gepoppt? Spinnst du jetzt?"

Bevor dieser Sven, dem das alles sichtlich peinlich war, etwas sagen konnte, zickte das andere Mädchen schon wieder rum:

„Ooooh, bitte! Madame is' plötzlich eifersüchtig. Ist ja echt nice! Wahrscheinlich langweilst du ihn. Nimm dir 'nen anderen und trainier mal. Vielleicht ist noch was zu retten."

„Was? Du bist ja nur noch lächerlich. Vollkommen plemplem, du billige Schlampe."

Guido und Lina grinsten sich wieder an und Lina zog Guido weiter.

„Will nicht sehen, wie die sich jetzt die Augen ausstechen. Komm, wir gucken, ob noch 'n paar Burger da sind und dann machen wir uns vom Acker, damit wir nach Hause kommen." Lina blieb stehen und lachte laut auf. „Merkste was? Ich sach immer nach Hause für uns zu meiner Dachhöhle?"

Tatsächlich waren sie erst weit nach Mitternacht wieder bei ihr daheim und trotz der ganzen Schlepperei von Seargys Equipment noch so aufgedreht, dass sie sich noch eine ganze Zeit lang an dem alten Tisch über die Musik, die Leute, die sie getroffen hatten, und Seargy unterhielten:

„Sorry, mit dem hatte ich auch mal was, aber der machts wie manchmal beim Gitarrespielen, nämlich ziemlich ruppig und hat mich dann wie sein Instrument einfach zur Seite gelegt."

Als Lina dann doch immer häufiger gähnte, machte sie sich gar nicht erst die Mühe, eines ihrer Nachthemden hervorzuholen, sondern zog sich vor ihm aus, machte auf dem Weg zum Bad das kleine Radio an. NDR-Schlagerradio, ihr seit jeher bevorzugter Sender. Minuten später kuschelte sie sich nackt unter die Decke und wartete, bis Guido sich endlich neben sie legte. Glasperlenspiel sang die letzten Zeilen ihres Hits, ... *ab jetzt wird es mir besser gehen. Hab viel gelernt, viel erlebt und auch viel gesehen ...*

„Passt ja voll, oder? Und ist das schön", gurrte sie in ein Ohr von ihm, „hab' mich schon voll dran gewöhnt, dass wir uns so einwrappen. Und an dich. An zu Hause mit dir und alles."

„Wie gesagt, ich bin auch nicht weit davon entfernt."

„Das klingt ja fast schon wie ein Heiratsantrag."

„Den hab' ich schon Saya vor über einem Jahr gemacht."

Lina verzog das Gesicht, boxte ihn in die Seite und grinste etwas gequält.

„Hat sie Ja gesagt?"

„Nee, nicht so richtig."

„Prima. Find ich geil. Die Frau ist gut. Sie soll ruhig dabei bleiben. Ich sag nämlich Ja … Ja … Ja. Ich glaub, dass ich das nämlich tu. Ich mein –, dich heiraten. Einverstanden?" Es klang tatsächlich erleichtert.

Guido grinste zurück, glitt mit einer Hand an ihrer Seite entlang und Lina lachte, bis sie japste, weil es kitzelte und sie einen kleinen Schwips hatte.

„Wir werden vielleicht irgendwann darüber reden müssen", erwiderte er und verschob seine Hand langsam in Richtung ihres Schoßes.

„Mein Ja muss reichen", seufzte sie.

„Zur Kenntnis genommen."

„Hoff ich doch." Sie tat es ihm gleich und krabbelte mit ihren Fingern auf seinem Bauch nach unten.

„Ich bin im Übrigen nicht blau, nur 'n bisschen wuschig – vielleicht. Magst du das endlich ausprobieren? Ich bin ja nicht umsonst schon die ganze Zeit nackig."

„Bin ja schon dabei", lachte er. Im Radio Roland Kaiser, *… dich zu lieben, dich berühren, mein Verlangen, dich zu spüren, deine Wärme, deine Nähe weckt die Sehnsucht in mir auf ein Leben mit dir …* Lina lachte mit Tränen in den Augen.

„Jetzt weißte, warum ich den Sender so mag. Seit wir zusammen sind, passt jeder Song."

Eine Stunde später strich er mit einem Finger versonnen über die schweißnass glitzernde Linie des etwas dunkleren Flaums unter ihrem Nabel. Im Radio die Münchner Freiheit, … *ohne dich schlaf ich heut Nacht nicht ein … ohne dich komm ich heut nicht zur Ruh, das, was ich will, bist Du!* Sie rekelte sich unter seiner Hand und verfolgte sie gleichzeitig.

„Sag ich's nicht? Jeder Song 'n Treffer. Soll ich das eigentlich auch wegrasieren?"

„Quatsch! Warum?"

„Nils wollte das immer."

„Der hat sie ja echt nicht mehr alle! Ich find das schön. Das bist auch du. Ich mag's, dich da zu kraulen und mit 'nem Finger drüberzustreicheln, fühlt sich irre an, wenn's dich nicht nervt."

„Mich nervt's, wenn du's nicht machst. Wie du siehst. Ich hab' ihm 'nen Vogel gezeigt und mich dann da nicht rasiert. Bin doch kein Baby. Mach ich nur an den Beinen und hier." Sie deutete auf die Stellen mit Stoppeln neben ihrem Busch in den Leisten. „Da gefällt mir die Perücke nicht. Ich will ja auch mal was Knappes tragen."

Guido ging derweil längst mit seinen Lippen genau da auf Wanderschaft, um sie dort zu küssen – *ich mag das voll* – und Lina zog ihn auf ihren Körper.

„Ist das geil, dass morgen erst Sonntag ist. Lange schlafen, bisschen noch liegen bleiben, streicheln und … lieb haben, bis mittags nebeneinander schlafen, ich in deinen Armen, lecker frühstücken, wieder hinlegen, streicheln und … lieb haben. Kannst bis Montag bleiben, wennde willst. Von mir aus auch für immer." Sie zog ihn noch ein wenig mehr auf sich und spürte ihn hart an ihrem Bauch und rollte deswegen etwas mit ihrem Becken. „Ich kann ja froh sein, ich will auch gar nicht ablenken, aber warum klappt das nicht mit dir und Saya?"

„*Das* hat eigentlich immer geklappt – eigentlich. Aber dann kam das mit den anderen Jungs dazwischen und Probleme von früher dazu. Und von denen hat sie einen ganzen Haufen, der immer größer oder beschissener oder ... ach ich weiß nicht ... wird. Und sie erzählt einfach nix. Egal wie ich frage."

„Willste noch mal hin?"

„Bin grad am Nachdenken darüber. Wie würdest du sagen? Mich käst es an, was ihr Leben mit ihr gemacht hat."

„Während du mich kirre machst?", stöhnte Lina auf, weil er in diesem Moment in sie glitt, während Roland Kaiser meinte, ... *geboren, um Liebe zu geben, verbotene Träume erleben, ohne Fragen an den Morgen danach.*

„Nee, denken ist bei dir und heute eingestellt. Bei dir und heute ist fühlen angesagt. Nämlich dich."

„Hammer! Ich kraule dich im Übrigen auch gerne da unten. Und morgen ist tatsächlich erst Sonntag", frohlockte Lina und fasste mit beiden Händen in seinen Po, um ihn an sich zu pressen.

Komme, was wolle

Die Geschäfte liefen nicht besonders gut. Nicht nur die Umwelt, Politik und Nationen steckten in einer enormen Krise, sondern auch die Wirtschaft. Kurzarbeit rettete für die Industrie ein wenig die Situation, war aber sicher nicht der Weisheit letzter Schluss. Von den Kollegen kamen schon besorgte Anfragen. In der Branche waren Alternativen bezüglich anderer Arbeitsplätze nämlich trotz angeblichen Fachkräftemangels rar gesät und oftmals zu weit entfernt. Verpflichtungen wie ein neues Haus, die noch nicht abbezahlte Wohnung oder zu pflegende Eltern konnte man nicht einfach Hunderte Kilometer entfernt zurücklassen. Kinder gingen zur Schule, hatten Freundschaften, einen gerade angetretenen Ausbildungsplatz. *Man muss nur wollen*, ist ein nicht immer hilfreicher Satz. Und an anderen Orten im Land lief es im Moment nicht viel besser. Guido kannte die Zahlen und wusste, wie er sich entscheiden konnte und deshalb wollte. Paps schluckte, als er Guidos Plan hörte, stimmte aber dann zu. *Ich hoffe, du weißt, was du machst?* Die vergangenen Wochen waren für ihn zu hart gewesen, als dass er sich um Guido und dieses Debakel hätte genug kümmern können. Das mit Saya durfte nicht auch noch seine Ehe zerstören. Er musste Yumi beruhigen, die oft an sich zweifelte und sich andauernd Vorwürfe machte, weil sie Saya bei sich haben wollte.

„Und ich haben dich um Hilfe gebeten."

„Du hast nicht um diese Hilfe gebeten. Ich hab' sie dir angeboten und Saya auch hier haben wollen. Nun gibt es ein Problem. Die Zeit wird es richten. Uns beide betrifft das nicht. Ich hab' dich lieb. – Punkt."

Die vergangenen Wochen waren nichts anderes als krude und ein Wechselbad der Gefühle gewesen. Saya, Bille und seine Besuche bei Lina. Vielmehr war er an manchen Tagen bei ihr schon fast eingezogen. Die letzten Wochenenden hatte er sogar nach dem Studio bis Dienstag und einmal bis Mittwoch bei ihr verbracht. Bei ihm war sie nur einmal gewesen. Lina fühlte sich zwar auch in seinem Häuschen wohl, *aber ich glaub deinem Paps und deiner Mommy gefällt es ... noch nicht.* Schon halb ausgezogen schälte sie sich auf dem Kuschelsofa aus seinen Armen, als es darum ging, ob sie nun in dieser Nacht bleiben sollte. Mit schmalen Lippen nickte er und versprach, den nächsten Freitag wieder zu ihr zu kommen und das Wochenende bei ihr zu bleiben.

Mit seiner vollgepackten Sporttasche ging es nach dem Studio zu ihr. Dort verbrachten sie den Abend, standen um fünf auf, frühstückten und er begleitete sie zu ihrer Arbeit, weil es auf dem Weg lag. Am Abend tat sie es ihm nach und holte ihn bei Höhler und Bach ab und sie gingen zu ihr nach Hause wie ein altes Ehepaar.

„Du weißt, dass ich deshalb jedes Mal heulen könnte vor Glück, oder?", fragte sie ihn und wusste, dass es ihm nicht anders erging, solange er nicht an Saya dachte.

„Du kannst gerne zu mir ziehen", schlug sie deshalb, während sie an ihrem Tisch zu Abend aßen, vor und er sah sie mit verliebtem Blick an, der aber gleichzeitig durch sie hindurchzugehen schien.

„Ich glaub, damit müssen wir vielleicht noch ein wenig warten, auch wenn ich weiß, dass ich dir damit dauernd weh tue."

„Du tust dir mehr weh als mir. Ich genieße es, wenn du hier bist. Das ist einfach nur schön. Und ... ich glaub so fest an uns, dass ich gern warte. Ich bin ... wie heißt das? ... unsterblich in dich verliebt, okay?"

Guido legte das Besteck zur Seite, fühlte sich Lina gegenüber wie ein Betrüger und begann zu weinen. Das alles war doch vollkommen verrückt. Sofort sprang sie auf, kurvte um den Tisch herum und kniete sich neben ihn, um ihn zu umarmen.

„Du machst dich fertig. Das macht mir mehr Kummer. Wenn's hilft, flieg hin, guck nach, wie's ihr geht und was für 'nen Typen sie hat, und komm wieder."

Am folgenden Abend saßen Guido, Mommy und Paps nach einem der vielen Gespräche müde geworden zusammen, sahen sich ein Fußballspiel im Fernsehen an, um sich abzulenken. Guido lenkte sich gleich mehrfach ab, gerade hatte er Lina eine Nachricht geschickt, dass er sich auf das Wochenende freue, nun sah er einerseits dem müden Kick im Fernsehen zu, scrollte sich zum weiß Gott wievielten Mal durch die Fotos in der Galerie seines Handys und hörte mit kleinen Kopfhörern die Songs einer Playlist an. Plötzlich wurde er sentimental, schluckte, in den In-Ears die Gruppe *Echt* mit ihrem Uralthit: ... es *scheint, das passiert dir immer wieder. Kannst nie lange bei jemandem sein.* Er hielt inne und mit einem Aufstöhnen summte er leise die Melodie der nächsten Zeilen mit:

„Deine Augen seh'n verzweifelt. Dein Lachen klingt so aufgesetzt ... Du fragst mich, ob wir uns wiedersehen ..." Die Hörer aus den Ohren reißend, drosch er mit einer Faust auf die Armlehne neben sich. „Scheiße Mann! So gehts nicht weiter. Entweder oder. Lina liebt mich und Saya hält mich davon ab."

Er hätt's nicht sagen müssen, beide wussten längst, dass es Lina gab. Mommy war zwar deshalb ein wenig traurig, aber nicht verstimmt.

„Ich dachte ...", fing sie daher an, als Guido erklärte, was er vorhatte, und sie deshalb unterbrach.

„So gehts aber nicht. Nennt es, wie ihr wollt, aber ich muss dafür Gewissheit haben. Immerhin wollte ich Saya mal heiraten. Und ich hab' sie ja nicht in mir abgeschaltet. Sondern mir tut es nach wie vor verdammt weh, wenn ich dran denk, dass es ihr dort scheiße geht oder sie einen Arsch von Macker hat. Wenn's nicht so ist, können wir doch alle aufatmen. Dann ist es halt so und basta. Mit Lina hab' ich auch schon ein paar Mal darüber gesprochen. Sie versteht's und hat mir sogar Mut gemacht. Nur dass ihr es wisst."

***

Nun stand er mehr als drei Monate nach ihrem Abflug und keine zwei Wochen vor ihrem dreiundzwanzigsten Geburtstag an der Rezeption des Hotels *Mariano Gomez* in Manila und einer sofort in Tränen aufgelösten Saya gegenüber. Vorgestern Nacht saß er nach dem Training noch bei Lina auf dem Bett, zuvor hatten sie den Freitagabend wie üblich mit Schnittchen und ihrer Liebe verbracht. Lina genoss seine Zärtlichkeit, weil sie seine Wärme auf ihrer Haut spüren wollte, obwohl sie seit ein paar Tagen seinen Plan kannte.

„Kannst mich für verrückt erklären, vielleicht bin ich's auch, aber das ändert nix an meiner Liebe zu dir."

„Ich weiß. Ich hab' dich auch lieb. Nicht nur irgendwie, aber das Ganze hat auch ein bisschen mit Paps und Mommy zu tun. Und mit so vielen anderen Sachen. Ich hoffe, in ein paar Wochen ist alles klarer. Wenn ich seh, dass alles gut ist, solls mir recht sein und wenn du nicht wärst, könnte ich's sowieso nicht durchziehen."

Bevor er durch die automatische Drehtür des *Mariano Gomez* trat, zögerte er noch, weil er mit einem Mal glaubte seine Aktion sei albern und tölpelhaft. Aber die

Varianten seiner Denkspiele, auch wie sie ihn empfangen würde, lösten sich genau in diesem Moment in Luft auf. Denn er hatte Mühe, nicht seinen ersten Schreck zu zeigen, den er bekam, als er Saya durch das Glas der Drehtür sah. Wenige Meter später stand ihm nichts anderes als so etwas wie der Geist von ihr gegenüber. Ihre Wangen eingefallen, die früher glitzernd dunklen, fast schwarzen Augen in geschminkten, aber dennoch grauen Höhlen verschwunden. Ihr ohnehin schlanker Körper nun nahezu androgyn. Er atmete mit einem verkrampften Lächeln durch und überlegte, was er sagen könnte. In Sekundenschnelle ging ihm alles Mögliche durch den Kopf. Der an diesem Abend gehörte Hit fiel ihm ein und statt sie auf irgendeine Art zu begrüßen, fragte er nach ein paar stillen Sekunden in einer für ihn ungewohnten Wortwahl:

„Hast du gerade ... jemanden ... einen Typ ... einen Freund, oder so? – Also was am Laufen?" Sie stutzte, schüttelte aber nur den Kopf. Er schluckte und sah in ihr so dramatisch verändertes Gesicht. Zwar kannte er sie als schlanke Turnerin aus ihren Nachrichten auf WhatsApp, bevor sie nach Deutschland kam. Aber damals war sie noch ein junges Mädchen, jetzt aber fast acht Jahre älter und damit eine junge Frau. Die geschminkten Augen, das Rouge und die dunkelroten Lippen retteten die insgesamt ausgemergelte und kantig, eckige Optik nur unwesentlich. Saya sagte immer noch nichts und starrte ihn lediglich an.

„Dann ist gut." Er sah ihr Kopfschütteln und wusste nicht, ob es stimmte, dass es gut war. Tief einatmend, räusperte er sich und mit einem Schnaufen wollte er wissen: „Wo bist du untergekommen? Bei Nana und Tata?" Er wusste, dass es nicht so war. Mommy hatte vor zwei Wochen Kontakt mit Nana. Wieder schüttelte sie den Kopf. Nun starrte er sie an. In seinem Kopf kam einfach kein anständiger Satz zusammen. Vorher hatte er sich alles ganz simpel vorgestellt. Hatte er im Flugzeug noch gegrinst, weil er wieder an eine Art Befreiungsaktion à la *Shape of Water* oder *A Beautiful Day* dachte. Nichts davon war mehr da. Der Film in seinem Kopf war stecken geblieben. Irgendwie fehlte ihm in diesem Moment Lina, weil sie alles von ihm zugelassen und ihm sogar noch Mut gemacht hatte. *Bringt doch nix, wenn du dabei an Saya denkst und es nicht so genießen kannst wie ich. Geh und guck, was du machen kannst. Ich bin die Letzte, die wegläuft. Und wenn es klappt, bin ich traurig, aber ich freu mich dann auch für dich. Du bist ein echt scheißnetter Typ, du Idiot!*

In Gedanken sah er Lina in seinen Armen, spürte ihre Lippen und schluckte deshalb. Saya sagte immer noch nichts. Ihr Blick zwischen Erstaunen und Leere. Zwischen Ungläubigkeit und Vorwurf. Vielleicht deshalb fiel ihm die Möglichkeit ein, dass Mommy Saya vielleicht bei einem Telefonat von den letzten Wochen und somit von Lina berichtet hatte. Was also hatte er hier zu suchen? Er seufzte ein weiteres Mal, es sollte keine Rolle spielen und erklärte leise:

„Ich setze mich jetzt in dieses Sofa da und warte, bis du Feierabend hast. Und mir ist es scheißegal, ob das heute um Mitternacht ist oder nächste Woche Montag. Verstanden?" Dabei klang er fremdartig ernst.

Schon drehte er sich um und ging zu den roten Ledersofas, die so oder ähnlich in jedem Hotel der Welt in den Foyers zu stehen schienen, sah dabei kopfschüttelnd zu den Fenstern auf das chaotisch wirkende und laute Treiben in der Straße hinaus, auf die unzähligen Trikes und bunten Jeepneys, die allesamt unaufhörlich hupten und kämmte sich mit zittrigen Fingern durch die kurzen, etwas lockigen schwarzen Haare. Wie ein alter Mann setzte er sich langsam hin, holte das Handy heraus und tat, als würde er im weltweiten Netz etwas suchen. Saya stand weiterhin wie vom Blitz getroffen hinter der mahagonifarbenen und hochglanzlackierten Theke, auf dem die fünf Sterne und der Name des Hotels *Mariano Gomez* silbern prangten.

Nach einer gefühlten Ewigkeit kam sie mit ein paar Zeitungen auf ihn zu, als hielte sie ein Tablett. Wie vor inzwischen über einem halben Jahr in dem Hotel bei Surigao in weißer Bluse, grauem, jetzt alles anderen als engem Rock, der über die Knie reichte, und einem Halstuch mit einem Aufdruck, den er auch jetzt nicht lesen konnte. Sie hatte wirklich stark abgenommen, war dünn geworden. Nein, tatsächlich dürr sogar. Ihre für ihn nicht mehr ganz so neue Frisur wohl erst vor ein paar Tagen aufgefrischt, ließ sie dennoch und trotz der Tränen viel zu elfenhaft und schön aussehen.

„Was zum Lesen. Aber alles in Englisch", schniefte sie und sah ihn an. Der Klang ihrer Stimme wie in den ersten Wochen in Deutschland, weich, mit überraschend deutlichem Akzent und Singsang und als hätte sie eine etwas dicke Zunge. Unweigerlich musste er deshalb schmunzeln, nahm die Zeitungen entgegen und erschrak doch wieder, als er ihren abgemagerten Körper betrachtete.

„Wann hast du Feierabend?"

Sie sah ihn verwundert und skeptisch an.

„Erst in etwas mehr als vier Stunden."

„Kein Problem. Ich habe fast unendlich Zeit."

Eine Strähne zurechtzupfend schaute sie zur Drehtür, durch die niemand kam, und nickte ganz langsam, als suchte sie nach der nächsten Antwort.

„Und wo übernachtest du?"

„Im *Red Planet Binondo*. Keine fünfhundert Meter von hier. Ist ganz in Ordnung."

Wieder dieses Nicken.

„Wie lang bleibst du?"

Überrascht registrierte er, dass sie nicht fragte, *bleibt ihr*, vielleicht wusste sie nichts von Lina, vielleicht hatte Mommy doch nichts erzählt.

„Bis mein Geld alle ist. Das kann dauern, einerseits habe ich unbezahlten Urlaub genommen. Die Geschäfte laufen gerade ... nicht besonders gut. Und andererseits habe ich ein bisschen Erspartes überwiesen und plündere nun das Konto."

„Wieder mal für mich – wie's aussieht", stellte sie ohne weiteren Kommentar nach einem nächsten langen Nicken fest, wischte sich endlich mit ihren Fingern eine Träne von ihrer Wange und rollte die Lippen ein und kaute auf der unteren herum. Wenigstens das, war wie früher. Das mit Lina hatte noch Zeit, deshalb:

„Ja. Es ist nämlich ziemlich beschissen, abends das Foto von dir über dem Bett hängen zu sehen und dabei an Dinge zu denken, die mal verdammt schön gewesen sind und von denen ich keine Ahnung hab', warum sie es auf einmal nicht mehr sein sollen. Du hast es ja nicht mitgenommen, sondern in den Flur zurückgestellt. Also hab' ich's wieder aufgehängt und dimme den Kronleuchter mal grün, mal blau, mal rosa und sehe dich an. Manchmal eine Stunde lang. Kannst du dir das vorstellen? Deshalb muss ich wenigstens ... versuchen rauszukriegen, was mit dir los ist, was mit uns los ist. Ich will Gewissheit haben, auch wegen Mommy und Paps. Und bevor du weiterrätselst, warum und wie lange ich hier bin, ich gehe nur zusammen mit dir wieder nach Hause. – Kapiert?"

Trotz Lina war auch das letzte nicht gelogen.

Längst war er aufgestanden und hielt sie mit ausgestreckten Armen fest. Zwischen den Händen ihr dünner, dürr gewordener Körper. Fassungslos schüttelte er immer wieder den Kopf. Seine Augen wurden feucht. Die Szene war so kitschig wie in ein paar blöden Liebesfilmen. Ihr Körper bebte ein wenig, seiner zitterte, hinter der Rezeption stand inzwischen ein durch eine dicke schwarze Brille ernst schauender Mann von Anfang dreißig in einem schicken Anzug und beobachtete sie. Guido kam sich wie ein Eindringling vor.

„*Okay na ba ang lahat, Saya?*" Ist alles in Ordnung, fragte der nicht ganz unattraktive Mann eher mit einem drohenden als besorgten Ton.

„*Ayos naman kami.* – Es geht uns gut", zischte Guido ihn an. Der Mann war ihm sofort unsympathisch, weil er etwas Herrisches an sich hatte. Der zuckte wohl vom Ton überrascht zusammen und hob die Brauen. Vielleicht hätte er was gesagt, aber auch Saya hob mit verkrampftem Lächeln beschwichtigend die Hände, drehte sich zu ihm um und sagte etwas fast liebevoll Klingendes, was Guido nicht verstand. Der Mann wiederholte, allerdings mächtig beleidigt wirkend seine Geste und verschwand wieder nach hinten in sein Büro.

„Dein Chef?"

„Ja." Mit zusammengepressten Lippen

„Einer wie Brian?" Guidos Ton unerwartet scharf, da der Klang ihrer Stimme zuvor verräterisch schien.

Sie zuckte mit einem Räuspern ertappt zusammen und schüttelte sofort den Kopf. Einer wie Brian. Guido wusste es also mit ihm. Wieder rollte sie die Lippen ein und sah vor sich auf den Boden. *Maldita!* Brians Brief hatte sie liegen lassen. In ihm stand sicherlich einiges drin von Liebe, Heirat und einer gemeinsamen Zukunft, die man zusammen meistern könnte. Nachdem wie sie zum Schluss miteinander umgegangen waren, vor allem in den Nächten, wäre dies auch kein Wunder. Es wäre jedenfalls die bessere Lösung gewesen.

„Fuck!", platzte es leise aus ihr heraus.

„Und trotzdem bin ich hier." Als wüsste er, was ihr gerade durch den Kopf ging, zitierte er eine Zeile aus dem Brief: *Sometimes people do things that are infinitely beautiful, but possibly infinitely stupid.* Manchmal tun Menschen Dinge, die unendlich schön, möglicherweise aber unendlich dumm sind. Du hast Übung in solchen Dingen, wie es scheint. Seine letzten Sätze in dem Brief finde ich aber sehr ... wie soll ich sagen ... ehrenvoll, auch wenn sie ein Widerspruch zu den vielen Zeilen davor sind. Und wenn ich dich jetzt so sehe, ärgere ich mich, dass ich ihn nicht schon eher gelesen habe, sonst wäre ich viel früher gekommen, oder hätte dich erst gar nicht gehen lassen. *I hope after everything we've both been through, you'll finally find happiness with Guido. I didn't want to destroy it these nights. Please forgive me for my selfishness.* Ich hab' ihm seine Gefühle und seinen Egoismus verziehen, den du wohl nur *dafür* hattest, sonst wärst du nicht hier. Wenn es also tatsächlich nur dieser Egoismus bei dir war, kann ich dir verzeihen und versuchen dich wieder zu lieben."

In diesem Moment bewegte sich die Drehtür und ein älteres Ehepaar betrat das Foyer. Saya wischte sich noch einmal mit den Fingern über die Wange und begrüßte die Leute einstudiert höflich.

„*Hello, Mrs Hoover. Good afternoon, Mr. Hoover. How's it going? Have you had a nice day? Have you been to your favourite museum again?*"

„*You are crying?*", antworteten die beiden.

„*Yes. Excuse me. My husband just told me that a very good friend of ours had died.*"

Die Herrschaften hoben die Brauen und nickten ihr zu. *We're sorry about that.* Mittlerweile war Saya hinter die Theke getreten und übergab den Leuten einen Prospekt und fügte schulterzuckend hinzu:

„*That's life. Unfortunately! Have a nice evening.*"

Die Leute sahen zu ihm hinüber und an ihm herunter. Es schien, als wollten sie etwas sagen. Vielleicht so etwas wie, *guck dir mal deine Frau an, ist das wegen dir? Bist du etwa einer von diesen Idioten?* Er lächelte und sie drehten sich mit einem missbilligenden Blick um. Saya wartete ab, bis die Leute im Fahrstuhl verschwunden waren, drehte sich dann ebenfalls um und ging in das Büro und schloss die Tür. Guido setzte sich derweil wieder aufs Sofa und atmete tief durch. Saya hatte ihn gegenüber diesen Hoovers gerade als Ehemann bezeichnet. Das allein war schon seine Reise wert gewesen.

Erst nach Minuten kam sie aus dem Büro heraus und legte mit schmalen Lippen ein paar Ausdrucke vor sich ab. Anschließend schob sie den Rock vor ihrem Bauch zurecht, stülpte den Bund um und zog ihn etwas auf die Hüfte runter, verwundert verfolgt von Guidos Blick. Dann sortierte sie mit einem Seufzen die mitgebrachten Blätter. Erst weitere Minuten später kam sie wieder zu ihm. Sie schien etwas aufgeräumter und lächelte.

„Du machst Sport, oder? Hast ja ein richtiges Kreuz bekommen. Auch 'n Sixpack?"

„Dreimal die Woche. Was soll ich sonst tun?"

„Allein? Oder mit jemandem zusammen?" Es klang, als wüsste sie doch Bescheid. Vielleicht hatte Mommy, ohne dass er davon wusste, eine Andeutung gemacht.

„Ja. – Nein. Sind natürlich immer noch ein paar andere da. Die Üblichen. Max, Arne und Co. Manchmal seh ich Lina und unterhalte mich mit ihr", erwiderte er vorsichtig. „Mit der warst du ja zusammen in der Schule und turnen. Ich soll dich schön grüßen."

Wieder ein langsames Nicken, das er nicht interpretieren konnte. Und als würde sie wie damals bei Scarlett *Hannah also* sagen, meinte sie:

„Mit Lina also." Mit wieder schmalen Lippen. Sie zog die Stirn in Falten. Einen Moment später sah sie zur Tür des Büros, dann an ihm vorbei auf den Boden. „Was hast du heute noch vor?"

„Wenn du fertig bist ...", er schaute nachdenklich auf seine Uhr, „... ist ja wohl erst gegen zweiundzwanzig Uhr, gehen wir beide was essen. Ich hab' auf dem Weg hierhin ein Restaurant gesehen. Das schien mir ganz in Ordnung. *Ambos Mundos* heißt es. Dann können wir reden. Sollten wir auch. Hier ist das Blödsinn. Wenn ich mich nicht täusche, gibt es ja wohl ein paar Sachen zu klären und vielleicht zu berichten."

Wieder nickte Saya seltsam langsam und sah ihn fast wie die Hoovers von oben bis unten an, als könne sie auf diese Weise all seine Aussagen überprüfen.

„Ist das okay für dich?", fragte er etwas ungeduldig, weil sie nichts sagte.

„Ja. – Ja." Nervös fuhr sie sich durch die Haare. „Natürlich. Ich kann immer noch nicht glauben, dass du hier bist."

„Wenn du das nicht willst, sag es gleich. Dann ist alles gesagt und klar und ich bin wieder weg."

„*Fuck!* – Nein. – *Shit!* – Bleib hier."

Nun fing sie doch etwas an zu zittern und in ihre Augen flossen Tränen. Guido schnaufte durch.

„Lass uns nachher über alles reden. Ich halte dich, wenn ich den Blick von deinem Chef richtig interpretiere, nur von der Arbeit ab und ich will nicht, dass du Ärger bekommst. Er sieht nicht so aus, als würde er mich als *husband* akzeptieren. Ich geh noch ein bisschen durch die Stadt und in mein Hotel und hol dich um zehn ab. Okay?"

„Ja. – Klar. – Ich freu mich. Ungelogen!"

***

Für eine halbe Sekunde lachte er auf, als er die Speisekarte las. Er wusste, was sie bestellen würde. Sie tat es. Wette gewonnen. Natürlich *Lumpias*. Dazu ein paar Dips. Er tippte auf was anderes – *Tortang Talong* – und sah sie fragend an.

„Ist 'ne Art Auberginenkuchen, wie ein Omelett", erklärte sie.

Er nickte, das klang lecker und nach nicht allzu viel. Noch etwas trinken und zwei Salate. Er hatte irgendwie noch keinen Hunger. Erst wollte er wissen, ob es sich lohnte, noch ein paar Tage oder sogar länger hierzubleiben. Saya beobachtete ihn die ganze Zeit, als würde sie ihn nach Jahren zum ersten Mal wiedersehen.

„Ich weiß nicht, was ich sagen soll", flüsterte sie leise, als sei es nicht für seine Ohren bestimmt und er versuchte sie anzulächeln und schob eine Hand über den Tisch. Etwas zögerlich verschränkte sie ihre Finger mit seinen. Die Welt schien wieder in Ordnung zu kommen. Es fragte sich nur, für wie lange. So dünn, wie sie war, hatte sie schon vor langer Zeit mit dieser Welt abgeschlossen. Er wusste nicht wie anfangen, die Situation erinnerte ihn an manches sonntägliche Frühstück, wenn sie wenig mitteilsam am Tisch sitzend die Schichten Reis, Ei, Speck und Gurkenscheiben miteinander zermatschte. Zermatschen war seit jeher ein schlechtes Zeichen. Lumpias ließen sich schlecht zermatschen.

„Kennst du das Lokal?", lenkte er ab.

Saya nickte.

„Ja. War schon ein paar Mal hier." Leise und ohne ihn dieses Mal anzuschauen. „Ist ja mehr oder weniger um die Ecke. Ist eines der ältesten in Manila, gabs angeblich schon zu Kolonialzeiten, wahrscheinlich gibts deshalb so viele spanische Gerichte."

Er starrte auf ihre Hand. Ihre Finger dünn und knochig wie sie. Mit dem Daumen strich er ruhelos über die harten Gelenke. Kein Ring. Weder der schöne breite Silberring mit dem großen Topas oder der mit dem Glitzerstein noch seine beiden goldenen mit den eingravierten Worten ihres Spruchs. Die Finger waren auch viel zu dürr dafür. Saya verfolgte seinen Blick.

„Ich hab' sie aber noch."

„Noch?", erwiderte er und sie rollte wieder mal nur ihre Lippen ein. Linas Finger fühlten sich jedenfalls anders an. Versprachen Zärtlichkeit. Ihre hingegen glichen einem Aufschrei. Mit einem Blick in den Raum lenkte er sich wieder ab. Aber statt zu fragen, was los sei, warum sie nichts aß, warum sie sich aufgegeben hatte und er mit jedem Kommentar Gefahr lief, dass sie bockig werden würde, überlegte er, was er aus den letzten Wochen und Monaten erzählen könnte.

„Stell dir vor, meine ... echte Mutter ist, kurz nachdem du weg warst, bei uns aufgekreuzt." Vielleicht war das kein schlechter Einstieg. „Paps und ich kommen von der Arbeit nach Hause und sie sitzt am Esstisch und trinkt Kaffee, als wenn nichts gewesen wäre. Ihre Eltern sind bei einem Autounfall ums Leben gekommen und sie musste angeblich ein paar Dinge erledigen. Über achtzehn Jahre, nachdem sie einfach abgehauen ist, fällt ihr ein, dass sie etwas zu erledigen hat, sich um ihre Eltern kümmern muss, die so gut wie nix von ihr gehört haben. Und sitzt da. Vielleicht hatte sie zum ersten Mal im Leben ein schlechtes Gewissen. Keine Ahnung. Mommy war jedenfalls danach vollkommen fertig und ich bin nach 'ner halben Stunde gegangen."

Tatsächlich froh darüber, nicht schon jetzt Thema zu sein, atmete sie leise etwas durch, beobachtete seinen ruhelosen Daumen auf ihren Fingern und tat neugierig.

„*Fuck!* Und wie war das für dich?"

„Extrem seltsam. Nach so vielen Jahren hab' ich die ganze Zeit darauf gewartet, dass sich etwas in mir tut, dass es mich berührt, dass irgendein verstecktes, altes, so was wie 'n Gefühl aufkommt, das ich von damals kannte. Aber es passierte nichts. Rein gar nichts. Ich war nur wütend. Mommy hat mich und Paps die ganze Zeit angeguckt und gedacht, dass wir vielleicht beide überschnappen oder so, auch wegen der ganzen Sache mit dir. – Deswegen … also wegen dir … war und bin ich auch … in Sorge. Aber Sybilles Aufkreuzen hat mich kalt gelassen. Leider oder auch nicht. Muss ich sagen. Mommy ist und bleibt meine Mommy und das ist verdammt noch mal okay."

Saya walkte die Lippen und versuchte krampfhaft nicht zu weinen, doch schon reichte ihr Guido mit der freien Hand ein Taschentuch über den Tisch, weil er den nahenden Gefühlsausbruch ahnte.

„*Maldita!* Immer vorbereitet", zischte sie und Guido zuckte mit einer Schulter.

Sie ließ seine Hand los und schnäuzte sich, laut und unfein und daher gar nicht zu ihrer Businesskleidung passend, die sie natürlich immer noch trug. Danach war sie unfähig etwas zu sagen. Was sollte sie auch sagen? Also berichtete Guido weiter. Lina musste jetzt noch nicht Thema werden. Über sie und die Zukunft, die möglicherweise damit zusammenhing, könnten sie reden, wenn klar war, dass Saya mitkommen würde. Aber die Sache mit Brians Brief war noch nicht gänzlich geklärt. Er sprach so ruhig wie möglich.

„Brians Ehe wurde im Übrigen zwei Jahre bevor ihr es miteinander gemacht habt, geschieden. Seiner Frau, sie lebt in Kalifornien, war die Entfernung zu groß, sie wollte nicht nach Surigao. Hat zwar versucht zu warten, aber sozusagen nicht durchgehalten und ein paar Monate später einen anderen Mann kennengelernt. Ursprünglich wollte Brian nur dieses eine Jahr in Surigao bleiben. Aber nun bleibt er nach dem Wiederaufbau vorerst dort. Er hat gehofft, dass aus euch mehr werden könnte. Er hat sich in dich verliebt. *Logically.* Das, was er mit dir erlebt hat, war zu eindeutig. – Auch deswegen bin ich gekommen. Ich will wissen was los ist. Mit uns. Womöglich wegen dieser Geschichte."

Jetzt schaute sie ihn doch verwundert an.

„Und das steht alles in Brians Brief? Oder woher weißt du das nun schon wieder?"

Guido seufzte auf, er schaute zur Seite und seine Finger schlossen sich um ihre, die sie ihm wieder entgegengestreckt hatte. Er merkte, dass er zornig wurde.

„Ja, woher? Du verschwindest, ohne dass ich 'ne leise Ahnung hab, was los ist. Machst, ohne zu zucken, die bescheuerte Unterschrift, was wie 'ne Trotzreaktion aussieht. Am nächsten Abend bist du schon weg, wieder ohne Nachricht, ohne Muh und Mäh. Also hab' ich den Brief gelesen. Den, den du nicht lesen wolltest. Und was lese ich in Brians Brief? Du pennst längst, nachdem ich ein Scheißgeld ausgegeben hab', um dich dreimal zu besuchen, mit anderen. Da darf ich ja vielleicht ein bisschen durchdrehen, oder? Ich wollte wissen, warum. Was das für welche sind. Was die alle besser können als ich. Vielleicht wusstest du auch so, was drinstand. Ich wollte eine Erklärung, nenn es, wie du willst. Also hab' ich in Surigao angerufen und nicht Brian, sondern die Schwedin, also Kina, am Telefon gehabt. War vielleicht besser so. Statt mit Brian hab' ich mit ihr gesprochen."

„Mit Kina also", erwiderte sie entspannter klingend und Guido hob eine Achsel, weil er den Grund für ihre Reaktion ahnte.

„Mein Englisch ist leider nicht das beste. Aber sie hat sich trotzdem ganz geduldig mit mir unterhalten."

Saya sah auf den Tisch vor sich. Das Essen kam. Mit Blick darauf nuschelte sie halblaut:

„Die anderen können nichts besser als du. Sie können auch *das* nicht besser als du."

„Und warum? Was hast du mit ihm vorgehabt? Oder er mit dir? Was waren eure Pläne? Oder ist das nur eine Marotte von dir, mit mir und anderen zu pennen, um anschließend zu sehen, dass sie sich alle vergeblich Hoffnung machen, und du lachst dir ins Fäustchen? Du kannst mir nicht erzählen, dass du hier in den letzten Monaten abstinent geblieben bist."

Marotte. Abstinent. Sie sah ihn durchdringend an. Sie war in seinen Augen also süchtig, krank, labil, gestört. Toller Einstieg für das, was auch immer er mit seinem Auftauchen hier vorgehabt hatte.

„Im Augenblick gibt's keinen. Jedenfalls nicht so."

„Ah! Nicht so, aber anders."

„Blödsinn! Ich weiß es nicht. Nein, es ist anders." Sie druckste herum. „Ich hab' die Umschläge da liegen sehen und mich nur noch geschämt, wie damals nach Berlin. Brian hat nach deinem zweiten Urlaub mit mir geredet und darauf gedrungen, dass ich auf mich aufpassen soll. Und Wochen vor deinem letzten Besuch ist es passiert. *Ich* hab' ihn verführt, bin dann öfter zu ihm nach Hause und wir haben auch nach deinem Kurzurlaub miteinander geschlafen. Tage später gab er mir die

Umschläge und ich ahnte, dass sein Brief ein Liebesbrief und was mit gemeinsamer Zukunft ist." Saya brach ab. „Als ich unterschrieb, kam Mommys Blick dazu. Ich konnte nicht anders und hab' unterschrieben. Ich sah die Enttäuschung in ihrem Gesicht, weil ich nicht mehr so war, wie sie mich in Erinnerung hatte. Sie hat jahrelang versucht mich zu beschützen und mit Paps dafür gesorgt, dass ich rauskam, und ich stoß sie und euch vor den Kopf. Okay, ein paar Jahre gings gut, aber nun wieder irgendwie daneben. Dabei dachte ich, hier kann ich keinem mehr wehtun. Hier stürze ich mich in Arbeit. Hier mach ich meine Arbeit. Hier *lässt* man mich in Ruhe und kassier vielleicht ein Schulterklopfen. Ich bin für mich. Komm zur Ruhe. Hier fickt mich keiner. Und wenn doch, wär's auch egal. – Zumindest war das die Idee. Wenn die funktionieren würde, wäre doch alles prima. Dann hätt's gepasst. – *Fuck!"*

Sie starrte auf die angebissene *Lumpia* in ihrer Hand und drehte sie mit einem rätselnden Blick hin und her. *Hier fickt mich keiner.* Was redete sie? Hatte sie nicht gerade erzählt, dass sie es gewesen war, die Brian verführt und öfter besucht hatte? Und *sie* war es doch, die die Hände all der anderen zugelassen hatte. *Sie* war es, die dies alles wollte. Und jetzt war sie hierhin geflohen, wo der ganze Mist auch noch angefangen hatte. Sie log sich durchs Leben, statt zu Hause mit Guido durchzuatmen und neu zu starten.

Schon in der ersten Woche hier hatte Kina sie vorsichtig gefragt, was sie vorhaben würde. Brian würde sich wirklich freuen, wenn sie käme. Doch war sie sich beim Abflug in Surigao einfach zu unsicher, ob Brian es tatsächlich täte, auch wenn er meinte, *Let's shape the future together.* Mit einem Kind so nicht möglich. Einige Tage später strich sie sich über den Bauch, der nicht wachsen würde, weil sie doch ihre Tage bekam. Kurz darauf folgte Brians nächste Nachricht, weil sie Kina nicht geantwortet hatte. *Komm hierher, wir können über alles reden.* An der Rezeption dachte sie immer wieder über eine Antwort nach. Spät in der Nacht schrieb sie nur einen Satz zurück. *I've cheated on too many people lately.* Ich habe in letzter Zeit zu viele Menschen betrogen. Keine Minute später las sie, *Where are you? In Manila?* Die Timestamps ihrer Posts auf Insta hatten sie verraten. Er wusste also, welchen Vertrag sie unterschrieben hatte. Sie warf das Handy zur Seite und fluchte. Morgen würde er sich in den Flieger setzen und kommen wollen. Minuten später nahm sie es wieder in die Hand, um Brians Status anzusehen. Er lächelte sympathisch. Genug für eine Zukunft? – Vielleicht.

No, I'm at Nana on holidays.

Guido sah ihr rätselhaftes Mienenspiel und erwiderte mit einem Grummeln im Bauch:

„So ein Schulterklopfen von Schule und Uni und von weiß Gott wem macht allerdings nicht glücklich genug, und so einer wie ich zu Hause, der dir dann auch noch dauernd hinterherhechelt, ist nicht sexy genug, um mit so einem einfach auch mal ein bisschen ... Spaß und Zukunft zu haben, stimmt's? Und Befriedigung ist bei allem auch nicht dabei. Also lässt du dich von Marvin, Nils, Brian und von wem sonst noch nächtelang ... bumsen. Aber nur aus Trotz hast du das ganz bestimmt nicht gemacht, da war sicher auch eine Menge Spaß, Lust und ... Leidenschaft dabei. Und wenn ich noch ein bisschen suche, finde ich ja vielleicht sogar noch mehr."

Das klang bissig, ja sogar zynisch. Ihre Antwort war ein leises Prusten. Fast hätte sie sich dabei an einem Bissen verschluckt und hustete. Mit einer Hand vor ihrem Mund erwiderte sie:

„Mit Nils war nicht so was, nur fummeln ... und nach Brian war eigentlich Schluss", kam leise von ihr zurück.

„Auch mit mir und ... eigentlich. Ich will gar nicht mehr wissen. Wahrscheinlich stimmt allein die Häufigkeit mit jedem schon nicht." Bissig und enttäuscht.

Schweigend biss sie in die nächste *Lumpia* und starrte den Teller an. *No, I'm at Nana on holidays.* Ihre Antwort seinerzeit war genauso dämlich. Brian wusste, dass Nana in Guadalupe wohnte. Wenn er es ernst mit ihr meinte – und sie konnte nach all den Nächten, die sie mit ihm wie längst verheiratet verbracht hatte, davon ausgehen – würde er herausbekommen, wo. Sie wollte damals ihre Antwort korrigieren, als ihr Handy schon klingelte. Brian. Sein Profilbild lächelte sie an. Statt auf den roten tippte sie auf den grünen Hörer. Der Finger machte andere Dinge, als sie eigentlich wollte.

„Was ist los, Saya?", fragte Brian mit viel zu sanfter Stimme, die zu diesem Lächeln passte. Sie sah ihn vor sich. Sie sah sich bei ihm in seiner Wohnung, seine Hand auf ihrer Haut und hörte ihn schlucken. Eine Handvoll Sekunden verstrichen ohne ein Wort.

„Du kannst nicht glücklich mit mir werden."

„Woher willst du das wissen?"

„Weil du nicht der Erste bist."

„Gib mir die Chance, der Letzte sein zu dürfen."

„Es ist besser, wenn ich das Verteilen von Chancen einstellen werde. Deshalb bin ich hier."

„Du bist nicht bei deiner Oma, sondern im *Mariano*."

„Ich muss mein Leben allein in Ordnung bringen."

„Kina hat mir genug darüber erzählt."

„Was heißt genug, Brian? Am meisten weiß *ich* über mein Leben, als Nächste käme meine Mommy. Schon Guido weiß viel weniger, zu wenig, aber trotzdem mehr als meine besten Freundinnen. Was heißt also genug?"

Sie hörte Brian am anderen Ende seufzen, glaubte zu sehen, wie er die Brille abnahm, sich mit einer Hand über das Gesicht fuhr und nach einer Antwort suchte, also erklärte sie ein weiteres Warum.

„Ich dachte, von dir schwanger zu sein. Wie hätten wir dann alles meistern sollen? Jetzt, wo die Schäden fast beseitigt sind und du dich um ganz anderes zu kümmern hast. – Und mit dir hab' ich Guido betrogen."

Nun atmete er durch und was er sagte, klang mehr als ehrlich.

„Mit der Liebe, die du mir in diesem Moment gezeigt und geschenkt hast. Denn ich war von dieser überzeugt und bin es immer noch. Guido wird es verstehen."

Sofort brach sie in Tränen aus und legte das Handy zur Seite, ohne aufzulegen. Minuten später war er immer noch dran, als sie es wieder in die Hand nahm.

„Bist du noch dran?", hörte sie ihn und sie zog nur die Nase hoch. „Nächsten Mittwoch bin ich da."

„Nein! Brian. – Nein."

Sie schrie es fast. Flehte: *Nein, bitte nicht, Brian!* Es half nichts, in diesem Moment hatte er längst aufgelegt. An jenem Mittwoch stand er wie Guido vor wenigen Stunden an der Rezeption, rief nach ihrem Chef und machte diesem klar, dass er für mindestens ein, zwei Stunden auf Saya verzichten müsste. In diesen saßen sie an genau diesem Tisch im *Ambos Mundos* und er hielt ihre Hand genauso fest wie gerade Guido. Da er Mitarbeiter im selben Konzern war, durfte er kostenlos eine Nacht im *Mariano Gomez* übernachten, was er tat.

Die Hälfte davon mit ihr.

In Erinnerung an all das wackelte ihr Kopf hin und her. Sie fluchte leise, ohne dass Guido eine Ahnung haben konnte, warum. Langsam schüttelte er den Kopf, ließ ihre Hand los und stemmte sich gegen die Lehne.

Wo sie mit ihren Gedanken war, konnte er nicht ahnen. Dass sie in Gedanken gerade bei Brian war auch nicht. In seinem Kopf summten all ihre Konjunktive und Einschränkungen. Alle Vielleichts und Eigentlichs. Warum war er *überhaupt* gekommen?

„Schmeckt's denn wenigstens?"

Er meinte es ironisch.

Statt mit dem Papiertuch wischte sie sich mit einer Hand über die Lippen und mit einem Finger unter der Nase durch, bevor sie, ohne den Blick zu heben, leise und gar nicht ironisch gemeint, antwortete, weil sie froh war, ein Schlupfloch aus dem Gedankenchaos gefunden zu haben.

„Nicht schlecht, aber nicht so lecker wie Mommys."

„Na, das freut mich doch. Vielleicht locken die dich dann wenigstens wieder nach Hause, wenn ich es schon nicht schaffen sollte."

Der letzte Bissen einer *Lumpia* verschwand zwischen Sayas Lippen. Drei warteten noch auf sie. Plötzlich sah sie auf, wischte sich mit dem Tuch die Finger ab und mit denen eine Strähne aus dem Gesicht. Ihr Blick eine Mischung aus genervt und empört. Am liebsten wollte sie jetzt allein sein. Mit vollem Mund und gereiztem Ton wollte sie daher wissen:

„Wie stellst du dir das Ganze eigentlich vor. Ich hab' hier ganz im Nebenbei einen Vertrag zu erfüllen."

Es war dieselbe Frage, die sie Brian gestellt hatte, als sie nur noch etwas widerwillig, weil viel zu gierig auf seine Wärme auf sein Zimmer gefolgt war und die Tür hinter ihnen ins Schloss fiel. Auch ihr Ton war da ein anderer. Liebevoll und lockend. Brian lächelte sie an, nahm sie in den Arm und drückte sie minutenlang an sich, ohne etwas zu sagen oder von ihr zu verlangen, bis sie dasselbe tat wie damals beim ersten Mal.

„Sehr schön. Ehrlich gesagt find ich's sogar ein wenig schade, dass du doch nicht schwanger bist", fing er an, „und du bist immerhin schon hier, quasi in der Nähe. Es ist für mich kein Problem, dich innerhalb der Gruppe nach Surigao zu holen. Dazu kommt, ich empfinde für dich viel mehr, als ich nach unseren Nächten beim Schreiben meines Briefes noch dachte. Mein Egoismus von damals hat sich in Liebe verwandelt und die reicht sicher für eine gemeinsame Zukunft."

Nun fragte sie wieder, dieses Mal Guido:

„Wie stellst du dir das Ganze jetzt vor. Ich hab' hier ganz im Nebenbei einen Vertrag zu erfüllen."

„Kein Grund, sich aufzuregen", schimpfte er und hob beschwichtigend die Hände, „es gibt sicher so was wie 'ne Probezeit. Auch für dich. Also kannst du gehen. Wär auch scheißegal, ob's so was gibt oder nicht. Du kannst immer gehen –, wenn du es willst. Kündige oder geh in ein paar Tagen einfach nicht mehr hin und komm mit. Klappt überall auf der Welt. – Sprich mit deinem Chef, erklär ihm, warum, und sei zu ihm und endlich auch zu dir selbst ehrlich."

„Ich bin ehrlich." Es klang nicht ehrlich.

„Der Vertrag, das Hotel, alles hier ist nichts anderes als ein Scheißversteck –, ist nur die nächste Flucht. Verdammt noch mal, sag mir, warum du dauernd davonläufst. Sag mir die Gründe, deine Ziele. Sag mir, was du von deinem Leben, von mir und all den anderen erwartest. Sag mir, ob deine ganzen Behauptungen und Beteuerungen mir gegenüber ehrlich waren und vielleicht noch sind. Mal sagst du hü mal hott. Irgendwas stimmt nicht. Sieh dich doch an. Du bist nichts anderes als ein Gespenst. Ich könnte auch sagen Wrack. Dein Körper macht das nicht mehr lange mit. Ist es das, was du willst? Kaputtgehen? Möglichst theatralisch?"

Wieder das Lippenwalken. Die nächsten Tränen kamen auch schon. Die kamen auch nach Brians ... Geständnis. Da hatte sie ihn schon längst angefangen auszuziehen und sackte tränenüberströmt in seinen Armen zusammen. Brian strich ihr über den Kopf, hielt sie fest, strich ihr über den Rücken und wusste nicht, was er außer diesen drei Dingen noch tun durfte.

„Brian ... es geht nicht", schluchzte sie und drückte ihn dennoch an sich. „Ich liebe dich, aber ich befürchte, ich liebe dich nicht genug. Ich weiß nicht einmal, ob ich überhaupt liebe. Und schon gar nicht, wen. Ich hab' das viel zu oft anderen gesagt und alle im Stich gelassen. Dich, Guido, Marvin, Nils, Karthik, und ich befürchte noch ein paar mehr. Dich zu spüren war ein Geschenk an mich und gleichzeitig auch ein Betrug an dir."

Nachts um drei schlich sie sich aus dem Zimmer und hinterließ ihm einen Zettel, den sie im Bad geschrieben hatte. *Brian, es tut mir leid. Es ist tatsächlich besser, wenn ich das Verteilen von Chancen einstellen werde. Deshalb bin ich hier. Wieder habe ich deine Wärme genießen dürfen. Aber ich glaube, nicht du bist der Egoist, sondern ich. Und damit will, kann und darf ich dich nicht belasten. Du wärst nur enttäuscht von mir. Ich hoffe, du kannst ohne mich glücklich werden.* Am nächsten Tag, war er vor Beginn ihrer Schicht abgereist.

Jetzt schaute sie zur Seite, an Guido vorbei, in das Spiegelband rechts von ihr, an die rötlich braune Wand mit Stierkampfplakaten und einem riesigen Gemälde mit einer Marktszene, dann zur Küche hinter der Theke am Kopfende des Raumes. Aus einem Lautsprecher trötete ein Durcheinander von spanischen und philippinischen Hits. Ein Fernseher plärrte in einer Ecke. Überhaupt war es hier laut, viel zu laut, um einen klaren Gedanken zu fassen.

Es passte zu dem Getöse in ihrem Kopf. Denn die Wochen nach Brian wären bis vor kurzem mit dem Wort Chaos nur schlecht zu beschreiben. Ausgerechnet jetzt, wo langsam Ruhe eintrat, taucht Guido auf und brachte sozusagen ihren Selbstverteidigungskurs in Sachen Liebe durcheinander. Hatte nicht auch Celso immer von Liebe gefaselt? Und sie deshalb seine fummelnden Finger zugelassen. *Sinta! Liebling, natürlich hab' ich dich lieb. Ich würde dir niemals wehtun wollen.* Bis er Wochen später doch grob, ja gewalttätig wurde und sie missbrauchte? Da redete er nicht mehr von Liebe, sondern schrie sie an, weil sie sich zu wehren versuchte. Ihn biss und schlug und trat und er ihr immer wieder eine schmierte. Das alles wollte sie ändern. Was Liebe ist und wie sie liebte, wollte sie bestimmen.

Am liebsten wäre sie deshalb jetzt aufgestanden, zur Tür raus und hätte Guido einfach sitzenlassen. Aber morgen stünde er sicher wieder auf der Matte. Damit das nicht geschehen würde, müsste sie ihm jetzt beibringen, dass Schluss wäre.

Sie atmete tief ein und mit der Luft, die aus ihren Lungen strömte, fragte sie:

„Woher willst du wissen, dass ich nicht genau das hier will, diesen Arbeitsplatz, diese Arbeit und so weiter? Also so ein Leben. Immerhin ist es *mein* Leben und sogar eines in meiner Heimat. Auch wenn es nicht so aussieht, seit Tagen nehme ich zu und komme langsam zur Ruhe. Und die würde ich gern behalten."

„Du kommst zur Ruhe? Hier? Spinn nicht rum, mein Gott! Guck dich doch an! Ich hab' dich trotz deiner Geschichte anders kennengelernt." Wieder leise in einem scharfen Ton. „Und eines kann ich dir noch sagen, das hier ist die letzte Möglichkeit auf so was wie ein Happy End. Wenn du nicht mitkommst, würde es sehr wehtun, vor allem Mommy. Egal, was seinerzeit vorgefallen und alles danebengegangen ist, so hat sie dir doch immer versucht zu helfen."

„Und wenn ich dir sage, dass ich dich nicht liebe?"

Guido hielt den Atem an, legte das Besteck zur Seite und ballte seine Hände zu Fäusten. Sein Gesicht war nichts anderes als eine Maske. Dann schloss er die Augen und zischte leise über den Tisch:

„Na und? Dann eben nicht. Deine dämlichen Aktionen sagen das doch schon lange. Aber dann kannst du immer noch im Dachzimmer bei Mommy wohnen oder zumindest in ihrer Nähe. Von mir aus mit Brian, Nils oder Marvin, wenn der noch mag. Such keine Ausreden, sondern Lösungen, verdammt noch mal! Statt dauernd davonzulaufen. Das ist nämlich langsam echt zu einem Scheißsport von dir geworden. Aber wenn es unbedingt sein muss, beschissen leben, kannst du auch irgendwo in unserer Nähe. Krepieren auch. Dann hätten wir aber ein Grab, das wir besuchen könnten."

Sie sah ihn erschrocken an und war nicht fähig, etwas zu erwidern. Deshalb fuhr er fort:

„Darf ich dich daran erinnern, wie es mit uns beiden angefangen hat? Wie eifersüchtig du auf Scarlett warst. Daran, dass *du* in mein Zimmer gekommen bist und meintest, du wolltest eine Freundin sein und Tage später hast *du* dich neben mich gelegt. Daran, was zwischen uns war und was du nun angeblich nicht mehr willst. Was du alles schon zu mir gesagt hast? Halt mich fest! Hilf mir! Lass mich nicht allein! Und was weiß ich. Vielleicht kannst du dich noch an all das erinnern. Und an *deine* angebliche Liebe. Oder hast du mit mir nur aus reiner Langeweile geschlafen? – Bin ich doch die Fehlbesetzung gewesen? Wie machst du das hier? Wie geil ist es mit den Männern hier – ohne Liebe?"

Guido holte Luft und Saya machte einen Flunsch, von dem er nicht wusste, was er davon halten sollte. Dann fing er an, an seinen Fingern abzuzählen.

„Ich hab' dich festgehalten, dich nicht alleingelassen, dich nicht verlassen. Im Gegenteil ich bin dir nachgereist. Hab' dir Hilfe angeboten und dich geliebt. – Haben die anderen dir auch alle Wünsche erfüllt? Oder bekommst du Geld dafür? Waren die dann wenigstens unanständig genug? Liebst du also Doggystyle? Dreier? Peitsche? Quickies? Sex im Aufzug? Oder gar Fesselspiele? – Dann lieb mich von mir aus nicht, aber reg dich ab und uns nicht auf! Dann schlepp ich dich eben als Bruder nach Hause. Und Schluss ist!"

Mit den letzten Sätzen war er nur wenig lauter geworden, aber zum ersten Mal in ihrem Leben fauchte er sie außerordentlich wütend an. Er öffnete eine Faust und schlug mit der flachen Hand auf den Tisch. Die Teller vor ihnen sprangen etwas in die Luft und das Besteck landete scheppernd auf diesen. An den anderen Tischen drehte man sich um. Die Musik aus den Lautsprechern störte es nicht, Mick Jagger schrie in den Raum: *Now she's giving my loving to somebody new. I invented the game but I lost like a fool.* Auch der viel zu laute Fernseher in der Ecke über der Theke zur Küche flimmerte weiter. Im Band des Senders rasten die Nachrichten des Tages durch. Laut denen war die Welt da draußen genauso am Explodieren. Putin und andere Idioten schienen nun gänzlich auszuflippen. Sofort wendete er sich an die Frau hinter der Theke.

„*Sorry.* – Entschuldigung."

Die schaute besorgte zu Saya und die winkte ab.

„Wollen wir zahlen?", meinte sie stattdessen. In ihr begann es zu toben. Bloß raus hier! Die nächsten Stunden wollte sie nichts anderes als allein sein und morgen wieder ungestört arbeiten. Die Ruhe, die sie zu spüren glaubte, behalten. Bloß nicht wieder so einen Abend wie mit Brian! Reines Gefühlschaos! Ihr musste was einfallen. Es gab einfach zu viele Fragen. Und zu wenig Antworten. Sie wickelte die restlichen *Lumpias* in eine Serviette und schob ihren Stuhl erregt nach hinten. Guido nickte. Er war nur noch sauer.

„Wo wohnst du?", wollte er trotzdem wissen.

„Nicht weit von hier."

„Darf ich dich ... nach Hause bringen?" Nun mit einem Schnaufen.

Saya seufzte und schaute wieder in das Spiegelband. Nein! Das nächste Chaos stünde bevor. Der Nachmittag und Abend nach Guidos Ankunft hatte gereicht. Ihr Kopf machte eine komische Bewegung.

„Ich weiß nicht. Ist grad ein bisschen viel für mich."

„Ach was?! Meinst du für mich nicht? Was soll das? Ich kann es mir auch einfacher machen. Aber ich will dich nicht verrecken sehen. Kapiert? Und das würdest du hier. Nichts anderes und viel schneller als du denkst. Guck dich doch an! – Verdammt noch mal, schmeiß dein Leben nicht einfach so weg!"

Dann stand er auf und ging an die Theke, um zu zahlen. Er hatte ungefähr überschlagen, was es kostete, und legte einen Tausender hin. Mit *Salamat* – Danke – nahm er einen strafenden Blick und die etwas mehr als zweihundert Peso Wechselgeld entgegen und legte mit einem Versuch eines freundlichen Lächelns einen Fünfziger als Trinkgeld auf die Theke. Saya stand neben ihm, legte eine Hand auf seinen Rücken – wie warm sich das anfühlte –, schloss deshalb kurz die Augen und rieb mit der Hand etwas hektisch auf ihm entlang. Auch wie bei Brian vor Wochen, der sie in diesem Moment an sich drückte und ihr einen Kuss auf die Stirn gab.

„Bist ganz schön spendabel", kommentierte sie.

„Das ist ja nicht mal ein Euro."

Draußen unter dem Vordach blieb sie stehen. Saya sah im Schutz des Vordachs in den rabenschwarzen Himmel und schloss die Augen. Brian hatte sie vor Wochen in den Arm genommen und festgehalten. Sie dabei an die gemeinsamen Nächte in Surigao gedacht. Seine Wärme durchdrang sie wie ein Heizstrahler. Nachdem sie sich minutenlang in den Armen lagen, war sie es, die ihn wie damals in Surigao auszog. Allerdings mit größerer Ruhe. *Im Himmel ein Kind zu bekommen, ist nichts anderes als einen Engel auf die Welt zu bringen.* Seine Wärme entschuldigte alles.

Nun regnete es in Strömen. Monsunzeit. Riesige Regentropfen knallten und hämmerten regelrecht auf das Vordach. Links von ihnen schoss das Wasser als fetter Strahl aus einem defekten Fallrohr auf die Straße. Hinter dem trubeligen Verkehr standen drei Trikes an der Ecke auf der anderen Seite neben einer Baustelle.

„Und?"

Die Wirkung der tobenden Klimaanlage drinnen war mit dem ersten Schritt vor die Tür schlagartig vorbei, die Schwüle unerträglich und die Lautstärke nicht weniger. Knatternde und meist stinkende Trikes, laute Laster, protzige SUVs, Mopeds ohne Auspuff, Geschrei. Damals nicht wahrgenommen. Ein paar Autos schienen ohne Grund immer wieder zu hupen. *Volkssport,* ging ihr durch den Kopf. Links von ihnen glühte die feuchte Straße im bunten Neonlicht. Sie grinste deshalb und wusste, es war blöde. Guido sah derweil in den strömenden Regen und dann Saya an. Als würde sie aufwachen, schüttelte sie den Kopf und fragte ihn genervt:

„Was … und?"

„Darf … ich … dich … nach Hause bringen?"

Er schaute wieder hoch in den Himmel, wie sie zuvor, sein Ton dieses Mal unerwartet normal.

„Nein." Es klang entschiedener, als sie in diesem Moment wollte. Brians Frage, „Magst du noch ein wenig mit zu mir aufs Zimmer kommen?", hatte sie hingegen sofort mit „Of course" beantwortet. Wie viele andere Fragen – allerdings nicht von ihm – danach auch.

„Also gut. Wie musst du morgen arbeiten?"

„Wie heute. Von zwölf bis zweiundzwanzig Uhr."

Der Grund, warum sie Brian dann nicht mehr im Hotel angetroffen hatte. Bei Guido wäre das morgen sicher nicht so.

„In Ordnung. Ich hole dich wieder ab. Hast du auch einen freien Tag?"

„Ja. Am Freitag." Nach einem langen Zögern.

Er nickte, statt ihr wenigstens einen Kuss auf die Wange zu geben. Liebe nein, Bruder ja. Vielleicht sogar nur noch für ein paar Tage. Mehr fühlte er gerade nicht. Ein paar Mokicks spritzten Wasser von der Straße vor ihre Füße und er zog Saya ein Stück zurück. Danach wendete er sich zu einem der Trikes und blieb stehen.

„Claire ist auch in der Stadt. Sie hat Semesterferien. Ich mache mit ihr, Angela und Yana etwas für Freitag aus. Da kommst du mit. – Keine Widerrede."

Ohne eine Antwort von ihr abzuwarten, rannte er durch den Regen zu einem der Trikes, wischte sich dort durch die klatschnassen Haare und nannte den Namen seines Hotels.

***

Zurück im Hotel fuhr er zu seinem Zimmer im siebten Stock. Der nicht ausgepackte Koffer stand seit seiner Ankunft an der Wand neben dem Bett. Er drehte die

Klimaanlage ein wenig runter, trat an das kleine Fenster und sah auf das Flimmern der Lichter in der Straße hinunter. Vor ein paar Jahren musste diese noch ganz anders ausgesehen haben. In der Dunkelheit, die keine war, gab es neben den neu entstehenden Hochhäusern noch ein paar kleine alte, inzwischen fast verfallene Häuser, die alt, wie sie waren, ebenfalls noch aus der Kolonialzeit stammen mussten. Daneben eine der vielen Baustellen. Egal was gebaut wurde, das Spinnennetz der Stromleitungen war geblieben. Es schien die Stadt in ungefähr drei Meter Höhe kreuz und quer zu bedecken. Nur die Spinnen fehlten. Er schmunzelte. Selbst um diese Zeit wuselte und knatterte es dort unten wie in einer Einkaufsstraße in Hamburg. Bunte Jeepneys fuhren vorbei. Er zog die nassen Sachen aus, ging ausgiebig duschen, auch um runterzukommen, und legte sich anschließend wie bei Lina nur im Slip aufs Bett und musste deshalb schmunzeln.

Wie in einem Zeitraffer liefen die letzten Tage vor seinem inneren Auge noch einmal ab. Der Freitag und die Nacht danach mit Lina, eigentlich viel zu schön, um sich so was wie heute mit Saya anzutun. Das anfänglich erhoffte, zumindest zweckdienliche Gefühl für eine solche Befreiungsaktion, das Gefühl, das er einst für Saya empfand, hatte sich durch den Tag bislang nicht, vielmehr erst recht nicht eingestellt. Für Lina hegte er inzwischen doch ganz andere Gefühle. Er liebte sie und ließ sie nun sitzen und warten. Ehrlicherweise sollte er sich deshalb Gedanken darüber machen, wann er wieder zurückflog. Seine Aktion schien Blödsinn.

Dazu kam der Flug mit fast sechsunddreißig Stunden, weil er fünfmal umsteigen musste. Dafür hatte dieser aber nur etwas mehr als vierhundert Euro gekostet. Für bisher knapp sechs Stunden Saya, eigentlich nur zwei. Was er von diesen Stunden halten sollte, wusste er beim besten Willen nicht. Jede Achterbahnfahrt war besser als dieser Abend mit seinen vielen Aufs und Abs. Nach so vielen Jahren mit ihr wirkte Saya ihm einerseits vertraut, deshalb ganz nah, andererseits, nicht nur wegen ihres dürren Körpers und des ungewohnten Gehabes, vollkommen fremd. So als wollte sie für sich selbst nur noch ein blasses Gespenst alter Erinnerungen sein und ihren Abschied vorbereiten wollen. Auch deswegen würde er nicht aufgeben wollen. Weniger wegen sich selbst, sondern wegen Mommy und Paps. Komme, was wolle! Er war fest davon überzeugt, dass Saya das Zurückkommen wenigstens ihrer Mommy schuldete.

Er beugte sich zu seinen Jeans am Boden herunter, fummelte sein Handy heraus und machte es an. Keine Nachricht von ihr. Das war klar, sie würde ja sonst vielleicht ihre neue Telefonnummer preisgeben, auch wenn sie die ja unterdrücken könnte. Er scrollte wieder mal ein wenig durch die alten Bilder, blieb an dem hängen, wie sie in Surigao nach diesem einen Morgen den Vorhang öffnete, das er dann vergrößert und nach Sayas Unterschriftsaktion doch wieder über sein Bett gehängt hatte. Dort hing es trotz Lina nach wie vor.

Warum sie es weder vor der Haustür stehen lassen, mitgenommen noch aus dem Rahmen geholt und anschließend weggeschmissen hatte, damit alles wirklich klar wäre, sondern, so wie es war, wieder in den kleinen Flur stellte, blieb vorerst noch ein Rätsel für ihn. In den nächsten, möglichst wenigen Tagen wollte er nach weiteren Erklärungen fahnden. Er schnaufte durch und schrieb über WhatsApp Mommy und Paps, dass er angekommen und zusammen mit Saya unverhofft essen war. Mehr könne er allerdings noch nicht sagen. Er würde aber behaupten, dass sie sich gefreut hätte. Wie sie aussah, schrieb er nicht. Auch nicht wie sie sich benommen hatte. Er hängte noch ein paar Emojis dran und versprach, morgen ein Foto von ihr zu senden. Er hoffte, Mommy wäre dann nicht geschockt. Er würde nur ihr Gesicht fotografieren.

Dann tippte er Linas Kontakt für eine Voicemail an.

Na du? Bin in Manila und war schon bei ihr und vorhin mit ihr essen. Allein optisch geht es ihr mehr als beschissen. Dürr wie ein Streichholz. Wenn das mit ihr was werden soll und ich es tatsächlich ernst mein, wird das unter Umständen eine längere Aktion. Von wegen nächste Woche bin ich wieder zu Hause. Aber ich hab's ja irgendwie schon geahnt. Vielleicht geht's aber auch ganz schnell, wenn alles danebengeht. Gerade weiß ich nämlich nicht, ob ich den Nerv dafür hab'. So wie sie heute war, kenne ich sie nicht. Völlig fremd. Gestritten haben wir auch. Im Grunde genommen das erste Mal. Sie ist total schräg drauf. – Abgerutscht. – Alles scheiße. – Irgendwie. Dicker Kuss. Ich hab' dich lieb, vermiss dich und ruf die Tage mal richtig an.

Kurz zögerte er, Lina schon jetzt anzurufen, doch seine Uhr verriet, dass sie noch zwei Stunden schlafen würde. Mit einem Prusten schloss er WhatsApp, öffnete Insta und rief Claires Konto auf. Seit sie in Frankreich studierte, waren zu den anfänglich drei, etliche Fotos und sogar kleine Videos dazugekommen. Bilder wie aus einem Modekatalog von Mango oder Zara. Mal modisch, mal frech und provokativ, mal vollkommen leger. Alles Selfies, die auch von einer selbstbewussten Influencerin hätten stammen können. Allerdings hielt Claire nie ein Fläschchen oder Etikett in die Linse. Ihr Lächeln immer etwas süffisant und distanziert wirkend. Er wusste, sie hatte keinen Freund, nur gelegentliche Bettgeschichten, die sie ihm gegenüber in ihren kleinen

Nachrichten offen zugab. *They can flirt, but the rest is average.* Dahinter ein GIF mit einer Frau, die gelangweilt ihr Gesicht verzog. *But life without sex sucks too.*

Claire hatte ebenfalls eine neue Frisur. Einen etwas längeren Bob mit Pony. Ohnehin glich sie den Schönheiten in mancher Frauenzeitschrift. Er versah alle mit einem Like. *You look like this brasilian girl on Insta.* Dafür erhielt er eine ganze Reihe Kuss-Emojis. Dass Saya seit Wochen, ja Monaten keinen Kontakt zu ihr suchte, wusste er ebenso. Wohl genauso zu Angela und Yana nicht. Auch das hatte Claire ihm geschrieben.

Gelegentlich schickte er nämlich den beiden eine Nachricht, auf die sie oft genug, ohne Saya zu erwähnen oder nach ihr zu fragen, antworteten. Somit wusste er, den vieren war etwas gemeinsam, feste Freunde gab es nicht. Tatsächlich sah er sich im Moment nicht als Sayas Freund, sondern, wenn überhaupt als Bruder. *Vielleicht sollten die Frauen eine Schicksals-WG aufmachen,* ging ihm durch den Kopf. Gerade wollte er ihr eine Nachricht schreiben, als Linas Antwort aufploppte. Verschlafen nuschelte sie in ihrer Voicemail:

Ja! Ruf mich an! Verdammt noch mal! Ich will deine Stimme hören. Wenn ich um halb vier zu Hause bin, ist es bei euch halb zehn abends. Kannste da? Oder musst du dann Saya streicheln, damit sie Ruhe gibt? Scheiße, ich darf gar nicht dran denken, was noch alles!?! Ich. Liebe. Dich. Kapiert? Mann! Erst drei Tage vorbei und ich fühl mich wie amputiert. Dauernd höre ich die olle Adele mit ihrem Song, Someone like you. *Kennste die Zeile?* Sometimes it lasts in love, but sometimes it hurts instead? *Der Rest wird hoffentlich nie wahr werden! Nie, nie, nie! Ich könnt kotzen. Aber keine Panik! Ich kann dich ja verstehen – irgendwie. Aber auch nur irgendwie!! Ich ... liebe ... dich! Wie oft soll ich das denn noch sagen?*

In der nächsten Zeile unzählige rote Herzen, Kuss-Emojis und ein GIF mit einer küssenden Frau, die leider nicht viel Ähnlichkeit mit Lina hatte. Keine Minute später eine weitere Nachricht von ihr. *Das GIF ist doof, hier was Besseres.* Ihr etwas verweintes und dennoch lachendes Gesicht als Selfie-Video, langsam näherte sie sich mit ihrem Kussmund der Linse. Das Bild wurde viel zu früh unscharf und dunkel. Er seufzte und stieß einen Fluch aus, so laut, dass er befürchtete, man könnte es im Zimmer nebenan gehört haben. Statt Lina sofort zu antworten, schrieb er Claire eine Nachricht.

Hallo Claire! Bin seit heute Nachmittag in Manila, schrieb er ihr auf Englisch, immer wieder mit Blick auf das Online-Wörterbuch, *ich war bereits bei Saya im Hotel und habe sogar mit ihr zu Abend gegessen. Es war etwas komisch wie ein roller coaster ride oder so. Sie ist dünn geworden. Am Freitag hat sie frei, vielleicht können wir alle zusammen etwas unternehmen. Ich frag Angela und Yana, okay?*

Auch von ihr keine zwei Minuten später schon die Antwort.

Wow, du hast es tatsächlich wahr gemacht. Bist 'n anständiger Kerl. Sag ich ja immer. Hätte ich mir ja denken können. Freitag. Kein Problem, ich lass alles stehen und liegen und mach mit Yana schon mal was aus. Angela kann leider nicht, so viel weiß ich. Sie bewirbt sich bei einer japanischen Firma für eine Stelle in Kōbe. Ich sehe Yana morgen Abend sowieso und gebe dir dann Bescheid. Was hast du morgen Nachmittag vor? Hast du Lust? Wollen wir uns treffen und quatschen?

Oh oh! Ein Treffen mit dir allein … Er fügte zwei lachende Emojis hinzu. *Aber okay. Saya muss zwischen zwölf und zweiundzwanzig Uhr arbeiten. Dann möchte ich sie wieder abholen. Mal sehen, wie sie dann drauf ist.*

Wo bist du untergekommen? Ich hol dich ab. Sagen wir um zwei am Nachmittag?

Ja. Prima. Im Red Planet Binondo. *Ist auf der anderen Seite vom Pasig.*

Kenn ich. Das ganze Viertel dort wird neu gebaut. Freu mich sehr. Zwei Uhr. Unten im Foyer.

Anschließend rief er die Insta-Accounts der anderen beiden Mädchen auf, auch bei ihnen gab es einige neue Einträge. Allerdings weniger welche, die Claires Modekatalog entsprachen. Er legte das Handy wieder neben sich und nickte ein. Ein Hupen auf der Straße ließ ihn aufwachen. Er stand auf und schaute hinaus in die Straßenschlucht unter dem Fenster. Es regnete immer noch. Hier halb zwei nachts. Auf der anderen Seite der Welt war Lina bereits seit eineinhalb Stunden in der Bäckerei und würde am Nachmittag im Studio versuchen die Zeit irgendwie ohne ihn totzuschlagen. Am Abend wollte er sie anrufen. Unter ihm hupte wieder jemand und Geschrei war zu hören. Ein Mann, der einen Karren voller Kartons und Tüten hinter sich herzog, fuchtelte wütend einem Autofahrer hinterher. Er wusste, die Stadt kam nicht zur Ruhe. Neben den Rufen schallte das Brummen der Jeepneys, das Geknatter von Mopeds, Trikes und ein Aufheulen eines anderen Motors trotz der guten Scheiben ungehindert zu ihm hoch. In das Rauschen der Geräusche schlich sich ein leises Klopfen. Er schielte nach links und rechts durch die Scheibe. Wieder das Klopfen. Wohl von der Tür. Jetzt sich bloß keine falschen Hoffnungen machen, ermahnte er sich selbst, ging langsam zur Tür und öffnete sie.

Saya.

Mit einem ungläubigen Lächeln im Gesicht blieb er wie versteinert stehen. Eine Hand an der Klinke, die andere halb an seiner Stirn und in den Haaren, weil er gerade in ihnen zugange war. Saya trug den langen Rock mit Schlitz und Gummizug, vermutlich das Einzige, das noch einigermaßen passte, darüber die weiße, etwas durchsichtige Bluse ohne BH – wofür auch? Der Regenschirm in ihrer Hand tropfte den Teppich vor der Zimmertür nass und ihre Tränen die Bluse.

Tränennass und überrascht starrte sie Guido an und zog unfein die Nase hoch. Ein wenig Déjà-vu war dabei, weil Guido wie Marvin in Berlin nur im Slip vor ihr stand und wie er ein Sixpack und etwas Bizeps hatte.

„Und wenn ich jetzt sage, dass ich dich vielleicht doch noch lieb hab', darf ich dann reinkommen?", flüsterte sie heiser und sah wieder vor sich auf den Boden.

Natürlich trat er zur Seite, schloss hinter ihr die Tür und nahm sie in die Arme. Ihr nasser Schirm auf seinem nackten Rücken.

***

Als er am nächsten Morgen aufwachte, lag Saya immer noch nackt und ohne Decke, aber schon etwas wach, halb auf und halb neben ihm. Ein Bein über seinem Unterleib. Im Zimmer war es zugleich warm und stickig. Ihre Haut glänzte. Sie zitterte ein wenig und hatte wohl geweint. Eine Träne lief an seiner Brust herunter. Einer der ersten Abende mit Lina ging ihm durch den Kopf. *Ist doch alles Schwachsinn. Ich sag dir was, Sex ist nicht alles, aber Sex ist, wenn beide ihn wollen und geil darauf sind, nicht nur schön, sondern auch heilsam. Sex ist dafür perfekt. Mit Sex kann man sogar Ehekrisen bewältigen. Man muss es nur wollen. Man, heißt beide!*

„Guten Morgen. – Saya", flüsterte er und dachte nun auch an Linas Voicemail auf WhatsApp. *Oder musst du dann Saya streicheln, damit sie Ruhe gibt? Scheiße, ich darf gar nicht dran denken, was noch alles!?!* Das Streicheln blieb aus, aber als Saya plötzlich auf ihn rutschte, war er zu erregt, um es nicht zu wollen.

„Was ist los? Ist dir kalt?", fragte er und suchte die Decke. Sie aber schüttelte den Kopf und hielt seine Hand fest. Dann zog sie sich an seinen Schultern etwas hoch und gab ihm einen eher flüchtigen Kuss auf eine Wange und er ihr hielt ihren Kopf fest und küsste sie auf die Lippen, was sie nicht erwiderte.

„Auch guten Morgen", erwiderte sie lediglich. „Ich bin die aus dem Film *Und täglich grüßt das Murmeltier.* Das muss dich doch nerven. Tut es sicher auch, sonst wärst du gestern Abend nicht so ... sauer gewesen. Und ich schäme mich, weil du da bist und vielleicht mehr weißt als ich, und weil ich blöd bin und wie damals immer noch nichts weiß und hier stattdessen wieder nach komischen Lösungen und ..."

Guido legte eine Hand auf ihren Mund und küsste sie auf die Stirn, ihr Mund schmeckte eigenartig.

„Weil alles gut ist, wie es ist", ergänzte er dann ihre Aufzählung, „aber vielleicht solltest du mal darüber nachdenken, dich einem Dritten anzuvertrauen. Lass dir doch helfen. Irgendwas in deiner Seele ist in meinen Augen gehörig kaputtgegangen."

Saya rollte kurz auf den Rücken und starrte an die Decke, bevor sie sich wieder zu ihm drehte und seine Brust zu streicheln anfing. Es stimmte, irgendwas in ihrer Seele war kaputtgegangen. Daran konnte nichts gut sein. Irgendwann hatte sie die Struktur, das Gerüst verloren, den berühmten Halt, um in der Spur zu bleiben. Um sich auf ein normales Leben einzulassen. Erst den Job und das Miteinander beim Aldi, dann das Turnen. Ihre Freundinnen wurden nach der Schule weniger. Dann gab es nur noch Mommy, Paps und Guido.

Damals in Guadalupe Nuevo gaben ihr die Schule und das Turnen noch einen Sinn, eine Ablenkung, beides war wie ein Deckel, der etwas normal erscheinen ließ, was nicht normal war. In der Hoffnung, wenn alles einmal vorbei wäre, eine gute Basis für das Leben *danach* zu haben. Etwas, das half zurechtzukommen. Aber schon damals hatte es nicht besonders gut geklappt. Eigentlich gar nicht. Der letzte Deckel dort hieß Karthik, der Topf war zu heiß und das Gericht verbrannte. Die Joints machten alles harmlos und ließen sie am nächsten Tag glauben, dass Celso es ehrlich meinte.

Es blieb bei den Lügen, aber sie stellte es viel zu spät fest. Guido wurde endlich die ersehnte Wärme, aber dann doch nicht die ersehnte Leitplanke, die sie in der Spur, auf ihrem Weg hielt und begleitete. Marvin so der erste Stein, über den sie stolperte, der nächste Nils, und von da an ergab sich das Durcheinander aus Guido, Marvin, Nils, Brian und ... Bhajan und ... das, was in den letzten Wochen schiefgelaufen war.

„*Shit!* Bislang dachte ich immer", begann sie zu erklären und zog die Nase hoch, „ich hätte den Mist überwunden. Dann, als es wieder passierte, dass die Scheißarbeit mich retten würde oder gerettet hätte, weil sie mich etwas durch den Alltag steuerte."

„Und jedes Mal Mommy und Paps und Claire und Angela und Yana und Lina und Anneke und all die anderen Mädels und dein Studium und ein bisschen auch ich. Aber du schlingerst nach wie vor durchs Leben."

Saya prustete, richtete sich ein wenig auf. Ihr Blick wanderte im Zimmer herum und blieb an dem Föhn hängen, der hier im Flürchen neben dem großen Spiegel statt im Bad hing. Der Tag und Abend gingen ihr durch den Kopf. Das plötzliche Auftauchen von ihm und die zwei Stunden nach dem Dienst, als Bhajan sie in einem

Zimmer im Hotel zur Rede stellte. Dazu Guidos Aktion und seine Version des Happy Ends – *Ich gehe nur zusammen mit dir wieder nach Hause. – Kapiert?* Begleitet von seinem in der Heftigkeit ungewohntem Wutausbruch im Restaurant. Ein solcher, Monate zuvor, hätte sie vielleicht anders entscheiden lassen. Hätte sie, wie von einer Leitplanke abgeprallt, mit einem Kratzer wieder auf Spur gebracht. Wäre vielleicht zu dem geworden, was sie glaubte, verloren zu haben. Zu einer Struktur, einem Gerüst, dem berühmten Halt.

Gestern Nacht, nachdem sie bei Bhajan war und bevor sie zu Guido ging, warf sie sich aufs Bett bei ihr und versuchte die letzten Stunden aus ihrem Gedächtnis zu tilgen, scrollte mit Flüchen in ihrem Handy herum, warf es immer wieder zur Seite, um in der Sekunde drauf durch das Chaos in ihrem im Prinzip unbewohnbaren Zimmer zu stolpern. Den Kopf freizubekommen, gelang auf diese Weise natürlich nicht. Sie machte den kleinen Lautsprecher an, ließ eine ihrer Playlists laufen, auch um den Lärm aus der Nachbarwohnung auszublenden, der aus Gekreische, Wutausbrüchen und Schlägen bestand, als Jolandas Mann wieder einmal zugange war.

Mindestens jeden zweiten Tag ging es dort drüben so zu. In diesem Moment konnte sie es erst recht nicht brauchen, eigentlich auch an all den anderen Tagen nicht. In den nächsten wenigen Minuten würde sie ein verzweifeltes *Hindo ko gusto ito* – ich mag das nicht – von Jolanda hören. Er mit ein paar Schlägen und *pero mahal kita* – ich liebe dich aber – antworten, ihr wieder eine knallen, dass sie es durch die dünne Wand hörte, und sie gleich darauf nehmen. Um das war sie bei einem ihrer komischen Versuche vor wenigen Wochen glücklicherweise noch rechtzeitig rumgekommen. Das genauso wackelige Bett, wie sie eines hatte, polterte an die dünne Wand und Jolanda feuerte ihn mit ihren Flüchen sogar noch an. Missbrauch und häusliche Gewalt waren hier in solchen Verhältnissen zumindest alltäglich, von den vielen Vergewaltigungen junger Mädchen ganz zu schweigen. Damit die Frauen alles aushielten, machten sie mit, duldeten den ein oder anderen Schlag, damit wenigstens ihre Seele einigermaßen unverletzt blieb. Was sie hörte, war das Spiegelbild von Celsos Angriffen, war das Spiegelbild von dem, was sie wenige Wochen zuvor zugelassen hatte. Warum suchte sie andauernd Kopien davon? Wie konnte sie nur so blöd sein und ausgerechnet hier einziehen?

Aus dem Lautsprecher sang derweil Jess Glynne viel zu leise: *I wanna laugh, I don't wanna cry. Don't want these tears inside my eyes.* Saya fummelte aus einer Tasche, die auf dem Boden herumlag, eine Packung Zigaretten heraus, steckte sich eine an und trat vor die Tür ihres Zimmers auf den schmalen, hölzernen, balkonartigen Umgang und lehnte sich gegen das schmutzige Wellblech des Hauses. Vor der Tür kam der Lärm der Straße dazu und der immer noch pladdernde Regen. Die Reste des Vordachs waren undicht. Ein Strahl patschte ihr wie vorm *Ambos Mundos* vor die Füße. Völlig egal. Dazu die lauten Motoren von Mokicks, Trikes und Jeepneys, deren Gestank, Gehupe, weitere, manchmal wütende, aber andere Schreie und die Schwüle.

Sie zog an der Zigarette, atmete tief ein, der heiße Rauch beruhigte etwas, und das Menthol kühlte zumindest ein wenig die Lunge. Seit einiger Zeit brauchte sie Kaffee, um anfangen zu können, Alkohol, um durchzuhalten, und ab und zu eine Zigarette, um nicht aufzugeben. Der heiße Rauch machte sie sozusagen darauf aufmerksam, dass sie noch lebte. Allein die Zigarette zu halten genügte. Etwas zwischen den Fingern zu haben, sorgte für eine genügend lange Pause, mit der sie eine Unsicherheit überspielen und einige Minuten rausschlagen konnte, bevor sie mit einer Antwort herausrücken musste, wenn sie Minuten später in Bhajans Büro stand und er fragte, ob sie nicht mal wieder ... Ihr gefiel dieser bittere Geschmack, dieses Brennen, das fast säuerlich an ihrem Gaumen klebte und nicht nur den Geschmack seiner Zunge übertönte.

Jess Glynne sang hinter ihr: *I'll build my own independence. I don't always need a man.* Das sollte eigentlich hier auch für sie die geplante Lösung sein, nachdem sie die Stelle im *Mariano Gomez* angetreten hatte. Dieser Plan war jedoch schon in der Woche nach ihrer Ankunft auch wegen Brian danebengegangen. Wieder ein Zug an der Zigarette. Der Rauch suchte sich einen Weg durch die Regenschlieren. Irgendetwas rebellierte in ihr. In der Nachbarwohnung ging es zu wie in einem abartigen Puff. Sie hörte die Schläge von ihm, das Poltern des Bettgestells und Jolandas Gestöhne, begleitet von Jess Glynne. *And there are many things that I could change so slightly. But why would I succumb to something so unlike me?* Ja, verdammt, warum sollte sie sich auf etwas einlassen, das gar nicht zu ihr passte. Das traf nicht nur auf Jolanda, sondern auch auf sie selbst zu. Der Magen rebellierte wieder. Sie hörte ihn grummeln, ließ den glühenden Stummel fallen, trat die Glut schnell mit einem nacktem Fuß in der Pfütze vor sich aus, spürte ihr Inneres steigen und lief hinein, weil sie sich auf dem Klo wieder einmal übergeben musste.

Guido sah an ihrem Körper herunter. Der Schreck wegen ihrer nicht mehr vorhandenen Figur nach seiner Ankunft kam für einen kurzen Moment zurück, ebenso der Geschmack des Kusses gerade eben und der der vergangenen Nacht. Bitter, scharf, säuerlich. Er war sich sicher, sie musste geraucht, etwas getrunken und sich übergeben haben. Aber kaum hatte er die Tür geschlossen, schob sie ihn mit einer Hand vor sich her, Richtung Bett, die andere grapschte alles andere als zärtlich in seinen Slip. Sie gluckste und schmatzte währenddessen an seinen Lippen, er würde wollen. Prompt fiel er hinterrücks aufs Bett und sie ließ sich auf ihn fallen, öffnete gleichzeitig den Rock am Schlitz, die andere Hand einer Zange gleich immer noch in seinem Schoß. Ihren Slip zu Seite geschoben spürte sie ihn Augenblicke später in sich und schon bald darauf, wie er kam. Doch ihr Höhepunkt blieb aus. Sie hatte es auch nicht darauf angelegt. Wie eine Stunde zuvor nicht bei Bhajan. Auch bei ihm wegen eines eigentümlichen Ekels, als sich seine Fingerspitzen dabei unterm Stoff des Rocks und ihres im Schritt ebenfalls nur zur Seite geschobenen Slips in den Po gruben. Wegen dieses Ekels konnte sie nicht los- und sich nicht fallen lassen. Wie auch? Guido war erst seit ein paar Stunden da. Und richtig vermisst hatte sie ihn in den letzten Wochen verschwindend wenig. Deshalb schob sie kurz darauf seine streichelnde Hand unerwartet schroff weg. *Geht noch nicht.*

In der Dunkelheit der vor Augenblicken vergangenen Nacht sah er da noch nicht das, was er jetzt durch das Morgenlicht sah, weil Saya anschließend, nachdem sie sich im Bad, wie sie meinte, etwas abgewischt hatte, sofort das Licht ausmachte, bevor sie nackt zu ihm zurückkam. Da fühlte er nur ihren schweißfeuchten, spitzen und hart gewordenen Körper, als sie sich nun weniger zärtlich wieder neben ihn legte.

Jetzt im heller werdenden Zimmer sah er also ihren Bauch und die Wangen, die nichts anderes als eingefallen waren. Ihre Hüfte knochig. Er konnte Rippen zählen. Ihre Brüste lediglich eine Andeutung.

„Du bist dürr geworden. – Ich hab' dir sicher weh-getan?"

„Nein. Natürlich nicht! Das hast *du* noch nie. Ich hoffe, es war schön für dich?! Und das mit dem Dürr-Sein war bis jetzt auch scheißegal. Ich sag ja: So sieht mich keiner. So bin ich nicht … sexy, nicht fraulich genug. So kann ich mich super vor mir selbst verstecken, denn ich guck mich ohnehin selten im Spiegel an."

„Nein. Es zeigt, dass etwas nicht stimmt."

„Außer dir weiß es niemand."

„Red keinen Blödsinn. Da sind noch ein paar andere. Auch das weißt du genau. Es gibt genug Gäste im Hotel und die Kolleginnen und dein Chef sehen es doch sicher auch."

„Ach, der … der glotzt nur."

„Solange es dabei bleibt …"

Saya grunzte und überlegte, wie sie Guido von dem Thema ablenken könnte. Es reichte, dass Jolanda, damit sie nicht noch mehr Schläge einstecken musste und ein wenig Ruhe hatte, diesen Sex zuließ. Saya schob deshalb wieder eine Hand in Guidos Schoß, die er sofort festhielt, als er meinte:

„Ich erinnere dich an deine bescheuerte Unterschrif-tenaktion in der Küche. Mommy ist das Herz stehen ge-blieben. Morgen Nachmittag treffe ich mich im Übrigen mit Claire und am Freitag treffen wir drei uns mit Yana. Angela kann leider nicht. Heißt, du bist dabei! Basta!"

Saya zog ihre Hand zurück und fuhr sich fahrig durch die Haare. Themawechsel. Wunderbar. Seit Mo-naten hatte sie, wenn überhaupt, nur sporadisch Kon-takt mit ihren Freundinnen gehabt. Bei Nana hatte sie sich gar nicht gemeldet. Warum auch? Es würde doch nur alte Dinge aufwühlen. Blöd nur, wenn man ausge-rechnet dorthin, nach Manila, zurückgekehrt war, wo die *alten Dinge* stattgefunden hatten und sie wegen diesen oft genug schlecht schlief, weil sie von dem ganzen Scheiß in ihren Träumen heimgesucht wurde und in denen Treppenhäuser oder Straßenschluchten hinunterstürzte. Zu Hause rief sie von sich aus seit Wochen auch nicht an. Kam Mommy dann mal zu ihr durch, stand Guido sicher daneben und sah an deren Gesicht, dass bei den am Ende kurzen Telefonaten nicht viel herausgekommen war. Sie igelte sich ein, Mommy sagte nichts und Guido quatschte erst gar nicht dazwischen.

„Aha, mit Claire. Die sieht geil aus. Ich hab' ihre Bilder auf Insta gesehen. Fang mit ihr was an. Die ist nicht so zickig wie ich. Du würdest ihr sicher gefallen. Vielmehr ich weiß, dass du der gefallen würdest."

Guido lachte auf.

„Ja klar. Deshalb treffen wir uns ja auch. Wir wollen damit gleich morgen im Café anfangen. – Nein. Natürlich nicht. Mein Gott, Saya!"

Sie räusperte sich, drehte sich zu ihm und strich über seine Brust. In den letzten Wochen die neunte Variation einer männlichen Brust, wenn sie richtig gezählt hatte.

„Du machst wohl ziemlich viel Sport?"

„Ich sag ja, dreimal die Woche."

„Mit Lina."

„Ja, sie aber an anderen Geräten. Sie meint, sonst zu dick zu werden, weil sie solche Torten macht. Brot backen kann sie ja auch erstklassig."

„Hast wieder welches gekauft?"

„Ja. – Und bevor du groß fragst, ich war ein paar Mal bei ihr. Nils hat mit ihr Schluss gemacht, da haben wir uns gegenseitig ausgeheult."

„Und?" Ihre Hand blieb auf seinen neuen Muskeln liegen. Das Und war eindeutig. Ausgeheult ... und. Es war klar, was sie wissen wollte.

„Ja. – Öfter. Tut mir leid. Vielmehr überhaupt nicht. Ich bin ja kein Mönch. Aber ich bin hierhergekommen, weil ich immer noch glaube, dass da irgendwo zwischen uns ein Rest von Liebe ist. Okay? Lina backt uns im Übrigen eine Hochzeitstorte, hat sie gemeint."

Saya schluckte und versuchte nicht schon wieder zu heulen. Mit einem Schniefen kam die nächste Frage.

„Und Scarlett?"

Saya schaute ihn prüfend von der Seite an. Guido überlegte kurz. Er war sich sicher, dass sie davon ausging, dass er auch mit ihr geschlafen hatte.

„Nein. Wir haben uns allerdings ein paar Mal getroffen. Aber nicht, weil ich etwas mit ihr anfangen wollte, okay? In der Regel schlafe ich nämlich nicht mit mehreren Frauen. Solltest du dir eigentlich denken können."

Saya machte nur ein eingeschnapptes *Hmh*.

„Sie hat inzwischen sogar einen Freund. William. Ist wie Joseph Amerikaner und genauso alt. Aber ein ganz anderer Kerl. Ruhig und sehr besorgt. Wie sagt man? Ein eher väterlicher Typ. Etwas korpulenter, mit Halbglatze und Brille. Wirklich nett und sympathisch. Arbeitet bei einer Zeitung, ist seit ein paar Jahren geschieden, aber das ist ja nix Besonderes heutzutage. Kinder hat er keine. Er war im Übrigen bei jedem unserer Treffen dabei, hat also aufgepasst. Hannah sagt zu ihm genauso Papi wie zu mir seinerzeit. Er liebt die Kleine und er tut Scarlett gut. Und sie ihm auch. Sie arbeitet im Übrigen in einem Übersetzungsbüro."

Saya rollte auf den Rücken zurück, machte wieder nur ein *Hmh* und blickte stumm an die Decke, während eine Hand von ihr ihren eigenen Körper zu kontrollieren schien. Guido sah sie von der Seite an, beobachtete sie dabei und wartete ab. Als die Hand unter einer Brust liegen blieb und sie nichts sagte, fuhr er fort.

„Da ist noch was. Mommy und Paps möchten ein gemeinsames Kind. Sie haben es immer versucht und dachten, es wäre für alle etwas Schönes. Stimmt doch auch?! Wir hätten dann gleichzeitig ein Geschwisterchen und einen Neffen oder eine Nichte. Fast hätte es auch geklappt, aber dann kam in letzter Zeit das mit dir und auch Sybille dazwischen. Leider! Die beiden haben nicht mehr viel Zeit. Ich glaube, wenn sie jetzt wüssten, dass du wieder nach Hause oder zumindest in ihre Nähe kämst, hätten sie wieder eine Chance."

„*Fuck!* Das hab' ich also auch versaut."

„Aber vielleicht kannst du, vielleicht können wir es … zusammen … noch retten."

Saya schnaufte und ihre Hand kämmte wieder durch die spärlichen Haare auf seiner Brust. So wie er sich anfühlte, war etwas Marvin dabei und sie schloss die Augen. Marvin war jedoch bis zu den Zehenspitzen rasiert. Sie schob Marvin im Kopf zur Seite und dachte an die eine Stunde gestern mit Bhajan. Die Hand stoppte.

„Ich kann hier nicht einfach weg. Wenn, dann dauert das einige Zeit. Keine Ahnung. Vielleicht Monate."

„Es … wird … sicher … keine … Monate … dauern. Außer du *willst*, dass es Monate dauert. Dann wäre allerdings Schluss. Wenn du *das* nicht willst, geh ich erst, wenn du neben mir im Flugzeug sitzt. Hauptsache, ich kann den beiden schreiben, dass du kommst. – Falls du dich noch daran erinnerst, wir haben heute Nacht miteinander geschlafen und ich weigere mich, zu glauben, dass du das aus einer Art Goodwill getan hast. Im Übrigen haben Lina und ich nicht in unserem Häuschen miteinander geschlafen. – Verdammt noch mal Saya, auch wenn das in diesem Zusammenhang verrückt klingt, ich will nicht nur ein Bruder, sondern ein Freund – *dein* Freund für dich sein, okay?"

„Bist du doch auch – eigentlich. Was ich an der Tür gesagt habe, stimmt. Ich hab' dich lieb. Irgendwie. – Alles andere kann ich dir nicht erklären."

„Musst du auch nicht. Wir müssen uns beide für nichts mehr rechtfertigen. Sag, dass du mitkommst, und alle und alles hat eine Chance."

Ihre während der ganzen Zeit über seine Brust unruhig streichelnde Hand blieb über seinem Herz liegen, fächerte auseinander und Saya merkte auf.

„Ich spür dein Herz. Das schlägt ganz schön wild."

„Ich reg mich auch ziemlich auf. Und ich mag nicht mehr nur zugucken und alles nur hinunterschlucken. Und damit du es weißt, auch in Zukunft nicht."

Sie lächelte verlegen.

„Wie viel Uhr ist es eigentlich?"

Guido schaute zur Seite und machte sein Handy an.

„Kurz nach neun."

„Verdammt! Dann sollte ich langsam los. Ich muss mich noch bei mir umziehen und um zwölf anfangen zu arbeiten. Ich komme immer sehr pünktlich."

„Das denke ich mir. Darf ich dich wenigstens heute Morgen begleiten?"

„Du bekommst einen Schock, wenn du mein Zimmer siehst."

„Den hab' ich schon in Surigao bekommen. Taifun hin oder her. Unser Häuschen hast du mit so viel Liebe eingerichtet und dein Zimmer dort lieblos wie ein Gefängnis. Vollkommen gruselig."

„War ja auch nur zum Schlafen gedacht."

„Mit Brian, wie ich inzwischen weiß, und nicht mit mir, den hat die Optik und das knarzende Bett nicht gestört. Der hatte ja dich und hat es sicher sehr genossen. *Das* hat mit Egoismus nicht viel zu tun. Ich weiß, wie schön es mit dir ist. Aber dort durfte ich bei meinen …

Besuchen auf dem harten Boden liegen und mich von Krabbelviechern anfressen lassen. Irre sexy!"

„Es …"

Er ließ sie nicht zu Wort kommen.

„Ich hol dich um zehn ab. Und dann werden wir sehen, was der Abend bringt. Und damit du es weißt, ich schreib nachher nach Hause, dass du kommst. Und zwar nicht nur auf Besuch. Wann, wird sich noch herausstellen. Ich helf dir, wenn es was zu regeln gibt, du musst es nur endlich mal sagen, okay?"

Saya nickte nur, war bereits aufgestanden, ging nackt, wie sie war, ans Fenster und schaute hinaus.

„Da draußen sieht es aus wie in meinem Leben. Nichts als Baustellen."

„Dann lass sie uns gemeinsam fertigstellen."

Er stellte sich hinter sie und umarmte sie, Haut an Haut und schnüffelte an ihrer Halsbeuge. Keine Orange, sondern etwas Wildes, fast Animalisches war dabei. Eine Mischung aus Nikotin, Alkohol, Süßlichem und … ja auch Kotze. Saya spürte seinen ganzen Körper, warm, umhüllend und sie beschützend. Brian hatte es hartnäckig versucht. Aber die Zeit mit ihm war vielleicht zu kurz. Leider. Glücklicherweise. *Please forgive me for my selfishness.* Ja ja, der liebe Egoismus. Wenn es um Sex ging, hatte sie den wohl auch. Leider mehr als genug. Nach ihm ging es ja weiter. *Would you like to accompany me?* Sie hielt seine Hände auf ihrem Bauch fest, seufzte, fing wieder an zu zittern und zu weinen.

„Vorher muss ich allerdings wie die da draußen einiges abreißen. Hilfst du mir? Und auf heute Abend freue ich mich. Ehrlich. – Gibts hier noch 'n Frühstück?"

„Klar. Mach dich fertig. Ich geh dann schon mal nach unten und guck, was es gibt, damit es schneller geht. Ich weiß ja, was du morgens gerne isst. Okay?"

Sie nickte, drehte sich um, fasste seinen Kopf und zog sich ein wenig an ihm hoch, um ihn zu küssen. Kurz blitzte Lina in ihrem Bad in seinem Kopf auf. Doch an Lina war nicht nur etwas mehr ... Speck dran und auf ihren Lippen nicht der Geschmack. Er zog sie ganz hoch und sein wieder steif werdendes Glied flutschte zwischen ihre Schenkel. Sie grinste etwas verlegen, gab ihm noch einen Kuss und ging ins Bad.

„Was hast du eigentlich in den ganzen Wochen nach Feierabend sonst noch gemacht?", fragte er durch die offene Tür und zog sich dabei an. Waschen oder Duschen könnte er am Nachmittag.

Saya stand vor dem Spiegel und hielt ein großes Handtuch vor ihren Körper und betrachtete nur ihr Gesicht. Die Frisur konnte sie wiederherstellen. Das Gesicht würde sicher Tage brauchen. Es war eingefallen, die Wangenknochen stachen hervor, die Augen versanken in grauen Gruben. Der Liebreiz verschwunden. Wie konnten damals Brian und jetzt Bhajan Lust empfinden? Wie all die Männer zwischen den beiden? Wie Guido in der letzten Nacht? Anscheinend hatte er doch nun Lina. Hatte er nicht sogar von ein paar Mal mit ihr gesprochen? Somit war sie nichts anderes als ein Ersatzfick. Mehr war es sicher nicht. Langsam ließ sie das Handtuch zentimeterweise sinken.

Zwei Wochen nach Brian gab sie sich nämlich einen Ruck, raffte sich auf, räumte ihr Zimmer auf und zog sich absichtlich auffallend an, um sich freitags in einer Mall, im Einkaufsviertel von Makati oder am Baywalk herumzutreiben. String, dessen dünne Riemchen an der Seite über dem Bund einer weiten Militaryhose zu sehen waren, die sie mit einem Gürtel tief auf ihrer da noch vorhandenen Hüfte, weit unterm Nabel hängen ließ. Darüber ein strahlend weißes Bustier, teilweise aus

Spitze, das in seinem Schnitt einem Korsett glich und vorne von einem Riemchen zusammengehalten wurde. Der gepolsterte Teil log schönere und größere Brüste. An ihren Füßen schwarze Stilettos. Zuvor verbrachte sie eine halbe Stunde vor dem Spiegel im Minibad der nun sauberer wirkenden Wohnung und verwandelte ihr Gesicht. Mit Primer, Concealer, getöntem Puder gegen den Glanz und einem getönten Lidschatten. Es folgten Eyeliner, Wimperntusche und ein knallroter Lippenstift. Zum Schluss setzte sie sich noch eine große Sonnenbrille auf, die sie hin und wieder in ihre Haare schob und hängte sich einen olivfarbenen Shopper über die Schulter. Noch ein, zwei Sprüher *Narciso Rodriguez* und ein letzter kontrollierender Blick in den Spiegel. Sie wusste zwar, dass sie es war, freute sich aber, wie verändert sie wirkte.

Nicht in der Mall of Asia, sondern in der noblen Century City Mall setzte sie sich ins *Starbucks* und trank einen Kaffee, ohne etwas zu essen, oder in *Edi's Bistro* in einen der ledernen Stühle und schob ihn so, dass sie die Menschen beobachten konnte. Tatsächlich setzte sich beim zweiten oder dritten Mal ein Mann an ihren Tisch und schob ihr ein Glas Weißwein zu. Sie hatte ihn nicht kommen sehen, blickte zu ihm, stutzte, zog deshalb verwundert die Brauen hoch. Seine Brille, modisch und sicher teuer, dennoch ein wenig an die große von Karthik erinnernd, startete kurz einen Film in ihrem Kopf.

„Nichts." Saya schüttelte den Kopf. Der Film endete und sie beantwortete Guidos Frage. „Manchmal lang gearbeitet und dann nach Hause in mein Bett. Vorher vielleicht noch in der Bar nebenan etwas zu essen geholt. Aber vor allem in letzter Zeit war ich oft genug dafür zu müde. Ich hatte auch keinen Hunger."

Das Handtuch auf halber Höhe unter ihren Brüsten. Inzwischen sah sie ganz anders aus als noch in der Mall vor fast drei Monaten. Seitdem vergaß sie an manchen Tagen zu essen. Vielmehr wollte es nicht.

Hinter der großen Brille asiatische Augen. Vermutlich war er Japaner. Auf den Bügeln stand *Emporio Armani* in einem silbernen Plättchen. Der Mann sah extrem gut aus. War etwa Mitte dreißig und ähnelte trotz der Brille ein wenig Hiroki Hasegawa, den sie aus der Fernsehserie, *I'm Mita, your Housekeeper*, kannte, in der er Keiichi Asuda spielte, dessen Frau sich umbrachte, weil er sie betrogen hatte. Die Haare des Mannes etwas wild wie Guidos, sein Oberkörper breit wie Marvins, seine Stimme weich wie Brians.

„*You are a very beautiful woman. – Model?*" Auch seine Stimme ähnelte dem Schauspieler.

Saya trank einen Schluck, schmunzelte, sah ihn einen Moment still an und erwiderte erst dann:

„*Thanks. – No. – Just a woman.*"

Kurz zuckten seine Brauen und er trank wie sie einen nächsten Schluck.

„*From here?*"

Es reichte, wenn sie nickte.

„*And you from Japan?*"

Nun nickte er.

Es brauchte keine Erklärung, dass er nur beruflich hier war. Er musste auch nicht das Glas Wein erklären. Nicht die Absicht. Was er wollte, war klar. Sie würde nicht nein sagen. Mit einem Lächeln stand er auf und streckte eine Hand mit einer kleinen, eher angedeuteten, aber galanten Verbeugung aus.

„Harry."

Nun zuckten ihre Brauen. *Niemals*, ging ihr durch den Kopf. Kein Japaner, den sie kannte, hieß Harry.

Wohin dieser Nachmittag also führen würde, war nun tatsächlich mehr als klar. Doch in keiner Sekunde kam ihr in den Sinn, den Kopf zu schütteln oder aufzustehen, um alles zu beenden, sich für den Wein zu bedanken oder jetzt schon einfach und vorsorglich ein Nein zu sagen. Der Mann gefiel ihr. *Dafür* auf jeden Fall.

„Saya.“

Minuten später waren ihre Gläser leer. Ohne ihre Namen weiter zu erklären, ihr Alter zu nennen oder ihren Beruf, hatten sie sich über die Mall unterhalten, dass sie beide gerne, ohne etwas zu kaufen, durch solche Häuser schlenderten, dass Makati in den letzten Jahren eine hochmoderne Stadt geworden war. Aus dem, was er erzählte, schloss sie, dass Harry wohl für irgendeine Bank tätig war. Nun fragte er:

„*Would you like to accompany me?*“

Sie lächelte unmerklich. Wohin sie ihn dann begleiten könnte oder sollte, musste nicht weiter erklärt werden. Ja, sie würde wollen. Diesen Mann auf jeden Fall. Mit Haut und Haaren. Das andere Leben lag hinter ihr. Sie fühlte sich sonderbar frei. Keine Angst. Keine Scham. Keine Rechtfertigungen mehr nötig. Sie durfte egoistisch sein. Nur kurz wünschte sie es wäre bei Brian auch so gewesen.

„*Yes. Why not?*“

Schon standen sie beide, sie hakte sich bei ihm ein und legte die andere Hand auch auf seinen Arm.

Das Handtuch sank langsam weiter. Ihre Schultern bleich und knochig. Die Schlüsselbeine Schranken auf dem Weg zu ihren Brüsten, die maximal flachen Untertassen glichen. In deren Mitte im Vergleich zu ihrer Haut, wie sie fand, viel zu dunkle Höfe mit Nippeln, als seien sie kleine Nugatpralinen und dennoch hart wie Druckknöpfe von dicken Kugelschreibern.

In den ersten Wochen fotografierte sie sich zweimal in der Woche in ihrer kleinen, von Anfang an schmuddeligen Wohnung. Immer montagabends und freitagsmorgens. Immer auf dem Boden vor dem klapprigen Bett sitzend. An der Wand hinter ihr ein Poster von New York, das nur deshalb hing, weil es einen ehemaligen Wasserfleck verbarg. Den linken Arm etwas weggestreckt, damit er nicht im Weg war. Frisch aufgestanden im Slip und vollkommen gerädert, weil sie kaum eine Nacht richtig schlafen konnte, oder abends nach der Arbeit. Sichtbar müde und ausgelaugt in Jeans und Bluse oder noch etwas feucht glitzernd in ein Handtuch gehüllt oder nackt auf einem Kissen hockend, nachdem sie es sich selbst gemacht. Mal in provozierend kurzen Sachen, bevor sie sich in Makati in den Trubel stürzte und Aufmerksamkeit zu erringen versuchte, mal züchtig in gewöhnlichen Klamotten, kurz bevor sie in eine der Malls ging, um irgendwas einzukaufen. Ihre Miene meist ausdruckslos, eher abschätzig, Preise würde sie nach den letzten Selfies ohnehin nicht mehr gewinnen.

Ein Fototagebuch, das den Weg zur nächsten Katastrophe dokumentierte. Auch in den Wochen nach Harry. Das Zimmer, in dem sie hauste, war ja bereits eine. Ein Fototagebuch für irgendeine Nachwelt bestimmt, vielleicht schon in ein paar Monaten anzuschauen. Außer der nach Harry allmählich keimende Plan würde doch noch aufgehen.

Auch im Harry-Outfit machte sie Fotos von sich. Ausnahmsweise vorher nachher. Einmal nackt, einmal in diesem Dress, mit dem sie Männer bezirzen wollte und als sie noch nicht wusste, dass Harry am Ende nur der erste war. Ihr Blick dieses Mal ausnahmsweise erwartungsvoll und entschlossen. Ihre kleinen Brüste da noch spitz und keck, ihr Körper schien bereit zu sein.

Ihre Brüste waren dennoch das Einzige, was Harry kurz stutzen ließ, er hatte sie größer erwartet, aber sie waren fest und schön und streckten ihre Spitzen ihm aufgeregt entgegen. Unten im Hotel verzog er wenige Minuten vorher sein Gesicht, weil man an der Rezeption seinen Namen rief, als sie die Halle betraten. *Mister Tanaka, please,* und man übergab ihm einen Umschlag. *Fetter Minuspunkt,* schoss es Saya durch den Kopf und hätte fast etwas gesagt. Begrüßte ein Gast nicht selbst, hatte man ihm nur zu zunicken, erst recht, wenn derjenige in unbekannter Begleitung war. Harry Tanaka, vermutlich eher Haruki Tanaka, sah entsprechend zu dem Mann hinter der Rezeption und nahm, nein riss den Umschlag an sich.

Sie ließ das Handtuch sinken und dann hinunterfallen. Unter den Brüsten konnte sie die Rippen erkennen, deutlich sichtbar wie schwarze Tasten eines Klaviers. Ein Gürtel würde die Armyhose nicht mehr halten können. Ihr Unterleib kam mit den Hüftknochen kantig wie die Seiten eines offenen Kartons zum Vorschein. Auf dessen Boden nur noch ein Rest ihres Busches. Ihre Silhouette bestenfalls androgyn. Was sie sah, reichte nicht einmal, um sich selbst zu lieben.

Harry konnte das noch nicht sehen. Harry hatte eine vollkommen andere Saya in und unter seinen Händen. Eine, der man ansah, dass sie einst Sport gemacht hatte. Eine Frau mit festen Muskeln, schön geformten Beinen, glatter Haut. Zwar extrem schlank, aber ohne Ecken und Kanten. Schnell wie Marvin kam er zur Sache, dabei aber zärtlich wie Guido und bubenhaft ungestüm wie Brian. Sie rutschte an seinem Körper herunter, küsste und glitt mit den Lippen und der Zunge über die warme Haut, die nach einem männlichen Duschgel duftete und fragte: *May I?*

Harry nickte, erregt, ja fast aufgewühlt und sie ließ ihn wenige Minuten später auf ihrer flirrenden Zunge kommen. Kind ausgeschlossen. Bis hierhin. Sie konnte genießen und ließ ihrer Fantasie freien Lauf.

Anschließend legte sie sich neben ihn, streichelte seinen Körper, der gleichzeitig Marvins, Brians und Guidos war, und fragte ihn wieder: *May I?*

Erst da küsste sie ihn zum ersten Mal.

„Can you stay overnight? – Would you like to stay overnight? Unfortunately it's my last night here."

„Sure. If you want."

„Niemanden besucht, mit niemandem ausgegangen, sich mit niemandem getroffen!?"

Auf das, weil er am Abend zuvor vor ihrem Hotel und in der Nacht an der Tür glaubte, dass sie geraucht hatte, wollte Guido nicht eingehen. Auch nicht auf das Geräusch im Hintergrund bei ihrem Telefonat vor Wochen, als er bei Lina war. Noch nicht. Ihre Antwort ließ ein wenig auf sich warten. Er würde noch dahinterkommen, warum. Dann stand Guido in der Badezimmertür. Gerade strich sie mit den Händen von oben bis unten über die Vorderseite ihres Körpers. Die Haut war wie durch ein Wunder immer noch einigermaßen zart. Einen Zentimeter über ihrem Busch, der solidarisch mit ihrem dürrer werdenden Körper unter Haarausfall zu leiden schien, verharrte sie. Irokesenschnitt hatte Guido immer dazu gesagt. Da waren die Härchen noch glatt und lang und als hätte sie der liebe Gott, oder wer auch immer, in die Mitte wie eine Irokesenfrisur hinaufgekämmt. Jetzt ein kringeliger Rest. Ihr Lächeln deswegen erstarb im selben Moment.

In der Nacht schliefen Harry und sie immer wieder miteinander. So wie er es mit ihr tat, war ihr klar, dass er sie für eine ganz andere Frau hielt. Aber vielleicht war alles genau das, was ihr Spaß gemacht hatte. Denn mit ihm hatte *es* nichts anderes als Spaß gemacht. Die Distanz und gleichzeitige Vertrautheit. Die Zärtlichkeit gepaart mit forderndem Verlangen und einer gewissen Härte. Eine Wiederholung leider ausgeschlossen. Viel schlimmer, nahezu unmöglich. Der Schatten des abgelegten Eherings an seiner Hand war der eine Grund. Dass dies sein letzter Besuch in Makati war, der zweite. Den dritten fand sie in ihrem Shopper am nächsten Morgen, nachdem er sich von ihr im Bad verabschiedete. Sie stand kurz unter der Dusche und er meinte mit schmalen Lippen, nachdem er eine ihrer nassen Schulterspitzen geküsst hatte:

„Unfortunately my plane leaves in just under two hours. – I ordered a taxi for you. – In an hour."

In ihrem Shopper ein Hundert-Dollar-Schein. Keine Adresse. Keine Telefonnummer. Leider. Sie war tatsächlich traurig. Harry wäre ein Mann gewesen, an den sie sich hätte gewöhnen können. Unbekannt, fremd, aber von der ersten Sekunde an vertraut und mehr als alle anderen zuvor von ihr ausgewählt. Sie hätte vielleicht über die Hotelbuchungssysteme etwas herausbekommen können. Aber ihr fiel die Fernsehserie ein. Sie sah ihn nach Hause kommen und an der Tür wieder seinen Ehering über den Finger streifen. Allein das Bild und der Hunderter in ihrem Shopper verrieten, sie war nicht die Erste. Nun galt es, ihn ganz zu vergessen. Von der ersten Sekunde nach ihm, *musste* sie ihn vergessen. Auch konnte sie einen weiteren solchen Abend vergessen. Jeder würde nur in unmöglichen Vergleichen enden. Eine Wiederholung würde in ein anderes Desaster führen. Bezahlt werden wollte sie für anderes. Zurück in ihrer Wohnung setzte sie sich auf den Plastikstuhl vor die Tür und schmiedete den nächsten Plan.

Die übrig gebliebenen Härchen wirkten fremd an ihr. Wie ein eingebrannter Essensrest auf dem Boden eines weißen Emailtopfs. Ohnehin glich sie mit ihrer fahlen Haut eher Gollum aus *Herr der Ringe* oder einem Ghul als einer Frau, mit der man schlafen wollte, so wie Harry es getan hatte oder die man lieb haben könnte, so wie Guido es immer noch behauptete. Die Nacht mit ihm hatte sie sich ja nicht eingebildet.

„Nein. Nichts davon. Ich hab' tatsächlich keinen anderen Typ ..." Sie rollte die Lippen ein, verschluckte *im Moment*, dachte an Bhajan und dessen erste im Grunde genommen billigen, primitiven und unverschämten ... Grapscher und Zudringlichkeiten in seinem Büro und Tage später auf dem Zimmer, schluckte deshalb und sah Guido an: „... im Bett. – Allein ins Bett, geschlafen, aufstehen, arbeiten. Da hat man keine Zeit für irgendwas. Nicht mal für Essen. Und ehrlich gesagt auch keine Lust auf irgendwas. Das Ergebnis siehst du."

Kaum zwei Wochen nach der Nacht mit Harry begannen die Fummeleien von Bhajan als sie einmal allein in sein Büro trat und sie dann neben ihm stand, um ihm etwas zu zeigen. Fast noch vorsichtig schob er eine Hand auf den Rock über ihrem Po, ließ sie bewegungslos liegen und tat, als würde er aufmerksam zuhören. Sie war zu überrascht oder geschockt, als dass sie sich hätte wehren können und meinte stattdessen und dummerweise: „Vielleicht später mal Bhajan, hmh?" Ihre Aussage sollte sich rächen, als er Tage später spätabends nach ihrer Schicht ihr im Personalraum gegenüberstand. Von da an störte ihn ihre Optik, die sich seitdem langsam veränderte, nicht. Auch andere nicht.

Erklärungsbedarf

Ich schaue in den Spiegel. Natürlich sehe ich das Desaster. Natürlich sehe ich das, was Guido kurz nach seiner Ankunft im Mariano gesehen hat. Natürlich sehe ich das, was eigentlich die anderen hier auch sehen müssten. Nämlich nichts. Nichts, was liebenswert wäre. Eine leere Hülse, die darüber hinaus tatsächlich nichts umhüllt, die vor Wochen das letzte Mal glücklich war, vergessen hat, warum ich es nun wieder werden muss.

Muss.

Muss.

Muss.

Ich könnte mit dem Wort ganze Seiten füllen. Guido ist hier und gibt vor, es sei sein Wunsch. Ich denke, auch weil es andere wollen! Dass ich es nicht will, kann ich nicht einmal behaupten, aber ich habe keine Vorstellung mehr davon. Wiederum andere, leider auch Bhajan und Co., sind nicht wirklich daran interessiert. Schon Celso kümmerten nicht meine Faustschläge, Nils nicht meine Ohrfeigen, einer guten Handvoll Männer in den letzten Wochen nicht mein Getue und einem weiteren nicht meine Treffer mit dem Ellenbogen. Ihnen allen lag und liegt nichts an meinem Glück. Es galt und gilt, freundlich zu lächeln und meine Arbeit zu tun, das tue ich den ganzen Tag lang. Dafür werde ich bezahlt. Mit glücklich sein, hat es nichts zu tun. Freundlich lächeln, können sogar blöde Plastiktüten mit 'nem Smiley drauf. Auch diese können leer sein und grinsen dennoch. Beschweren kann sich darüber keiner. Ich weiß, was ich in dieser Hinsicht kann und leiste. – In dieser Hinsicht.

Doch ein Teil meines Plans ging gehörig daneben. Ausgerechnet Bhajan wurde mein nächster ... Retter.

Seitdem versuche ich mich zu beherrschen. Zu sammeln. Zu erinnern. Warum alles so geworden ist, wie es jetzt ist. Ich kenne die Gründe. Zumindest glaube ich es. Zumindest einen. Vielleicht sind es auch zwei. Wenn ich je nach Hause fahren sollte, in diesem Moment weiß ich es noch nicht, müsste ich über den ersten oder zweiten irgendwann mit Mommy sprechen. In den seltenen Telefongesprächen ist weder Platz noch eine Idee dafür, wie ich mit ihr darüber reden könnte. Es bleibt bei wenigen Sätzen, bei Ermahnungen und somit wenig mitleidvollen Feststellungen über ein Leben voller Scherben und Frakturen. *Pass auf dich auf! Was ist nur passiert, dass du dich so benimmst? Es liegt doch alles hinter dir. Warum sagst du nichts? Warum erklärst du nichts?* – Und ich denke: wenn du Teile deiner Fragen nicht selbst beantworten kannst, warum fragst du dann mich?

Inzwischen sucht mich manche Nacht derselbe Traum heim. Der hat irgendwie mit dem Anfang zu tun. Mit meinem. Mit meiner Geschichte. Mit den Gründen, warum ich hier bin. Dass ich dachte schwanger zu sein, ist nämlich fast nur eine Ausrede. Hätte ich das ernst gemeint, was ich damals mit Karthik gesucht habe, hätte ich schon lange keine Probleme mehr, hätte ich höchstens welche hinterlassen. Nebenan liegt Guido auf dem Bett und erwartet, dass ich vernünftig werde, ohne dies auszusprechen. In der Nacht habe ich ihn zugelassen, um einerseits seine Fragen abzustellen, andererseits, weil ich weiß, dass es nicht weh tut, wenn *wir* es machen. Vielleicht wartet er trotz seiner Fragen darauf, dass ich komme und wir *es* wieder machen. Aber ehrlich gesagt habe ich keine Lust auf ihn. Und ich will es mit ihm nicht so tun, wie ich es einige Male in den letzten Wochen getan habe. Mit blöden Sätzen: Leg dich hin! – Gefällt es dir? – Nein, das kostet leider mehr.

Wieder denke ich an Karthik und das, was er mir eigentlich versprochen hat. Ich lege das Handtuch zur Seite, betrachte die Ecken und Kanten meines Körpers, schließe die Tür des kleinen Bades und mache das Licht aus. Augen sind träge. Aber die plötzliche Dunkelheit schafft es dennoch nicht, mir eine Vorstellung davon zu geben, wie es sein könnte, wenn ich tot wäre. Ich höre dumpf den Herzschlag in den Ohren, mein, wenn auch leises Atmen und gedämpft durch die Tür und Scheiben des Zimmers draußen den Lärm auf der Straße. Ich steige nicht gen Himmel, sehe mich nicht irgendwo liegen, niemanden neben mir, der bedauert, dass ich nicht mehr da bin und deshalb sogar Tränen vergießt. Ich lebe und tappe lediglich im Dunklen.

Dass ich das tue, ist der eine Grund. Auch dass ich befürchte, von nun an öfter an Brian, Harry, ein paar andere (von denen ich vielleicht später einmal erzählen werde) und auch Marvin zu denken. Sie alle wären der zweite. Gleichzeitig muss ich auflachen, weil das in dieser Kombination einfach nur lachhaft ist. Das, was mit Mommy zu tun hat, und das, was mit Brian, Harry, Marvin und … egal … zu tun hat. Es gehört nicht zusammen. Kann es auch gar nicht. Es hat nichts miteinander zu tun. Sie haben nichts damit zu tun. Ich hab' sie nur zu einer Lösung erkoren, die keine sein konnte.

Manchmal bilde ich mir ein, wäre es nicht Harrys letzte Nacht in Manila, vielmehr Makati gewesen, wäre ich mit ihm zu allem fähig gewesen. Vielleicht mache ich mir auch nur etwas vor, weil ich nach Marvin und Brian geflohen bin. Das musste ich bei Harry nicht. In mancher Nacht träume ich davon, wie ich ihn ein, zwei Tage früher treffe. In diesen Nächten sage ich am nächsten Tag Bhajan im Büro Adieu und komme am nächsten Tag nicht wieder. Das, was Guido meinte, funktioniert in diesem Traum: Meine Wohnung, vielmehr diese Bruchbude von Zimmer hab' ich mit dem letzten Geld kündigen können, alles sitzen und stehen lassen und nur die schönsten Sachen eingepackt. Mayari hat den Rest des Chaos übernommen, weil es weniger schlimm war als ihr Leben. An Harrys letztem Tag wäre ich mit ihm gegangen. *Und so lebten sie glücklich und zufrieden bis ans Ende ihrer Tage.*

Wie bescheuert kann man träumen?

Nun ist alles anders gekommen. So wie in meinem Leben alles anders gekommen ist. Was würde der eine Grund daran ändern, wenn er stimmen würde? Ich wäre dennoch da. Mich würde es dennoch geben. Andere kennen nicht einmal ihre Herkunft und sind doch etwas geworden. Sind keine leeren Hüllen, die sich in einem blöden Spiegel betrachten und sich solche Gedanken machen, die nichts anderes sind als so etwas wie Popcorn. Heiß gemacht platzen sie auf und fliegen sinnlos durch die Gegend, durch meinen Kopf. Eine riesige Tüte davon zu essen, bringt nichts. Der Hunger nach Leben sollte anders schmecken als diese aufgeblasene Pappe, die nicht satt macht.

Draußen sitzt Guido und wartet auf mich, vielleicht liegt er auch auf dem Bett und wundert sich, dass ich so lange brauche, vielleicht freut es ihn auch und er träumt von Lina. Vielleicht macht er es sich gerade selbst.

Er hat immerhin andere Möglichkeiten, wenn er nach Hause kommt, was Zweisamkeit angeht. Die sind mir im Moment verwehrt. Auch was die Gefühle angeht. Solche Gefühle habe ich nicht mehr. Dass ich Guido heute Nacht … zugelassen habe, hat nichts mit Liebe zu tun. Nicht einmal annähernd. Sondern leider damit, danach endlich schlafen zu können, weil seine Fragen aufhören und ich meine Ruhe habe.

Was mache ich also, wenn ich mit ihm zurückfliege? Was mache ich am Tag danach? Andererseits, was mache ich hier in ein, zwei oder drei Monaten außer wie eine dämliche Plastiktüte mit Smiley zu lächeln? Ich befürchte, ich hätte doch noch weitere Versuche in einem Café einer Mall oder wie in den letzten Wochen auf der Burgos oder sogar in Ermita gemacht, um irgendwann in hundert Jahren nach tausenden von Männern endlich einen Harry 2.0 zu treffen.

Ruben, der letzte von allen (auch zu ihm vielleicht später mal mehr), hätte recht behalten. Einen Harry 2.0 hätte es nicht gegeben. Und wenn doch, wäre ich bis dahin von Bhajan oder einem anderen wie Popcorn vertilgt worden und ich somit endlich tot. Weg von der Bildfläche. Im wahrsten Sinne des Wortes. Ein Eintrag in meinem Oktavheftchen. Deshalb lache ich auf und halte mir sofort eine Hand vor dem Mund, lausche wieder einige Sekunden, aber Guido hat nichts gehört. Ich hätte keine Antwort auf irgendeine Frage von ihm gewusst und mache das Licht wieder an. Besonders erhellend ist es nicht. Ich sehe immer noch mich im Spiegel.

Aber ich schweife ab. Millionen Frauen haben ganz andere Probleme. Mussten und müssen ganz anderes aushalten. Und mein Problem heißt nicht Brian, Harry, Marvin oder aktuell Bhajan, auch nicht Guido oder Lina, sondern hört auf nichts anderes als meinen Namen. Es hat damit zu tun, dass ich bis zu meiner ersten Vergewaltigung keinen Schmerz gespürt, kein Aber, sondern den Lügen von Celso geglaubt habe. Vielleicht hätte ich es noch Jahre. Ja sogar über den Moment hinaus, als er es das erste Mal tat und dieser unfassbare Schmerz ausgeblieben wäre, weil er doch nicht gelogen und mich nicht geschlagen, ja geprügelt hätte. Tatsächlich nicht auszudenken, wenn er es nicht getan hätte.

Mommys Fragen wären plötzlich ganz andere gewesen. Aber er log und es passierte. Es ist für jemanden, der das noch nie erlebt hat, nicht zu beschreiben. Man kann eine Hand auf eine glühende Herdplatte legen oder statt schnell, langsam durch ein Feuer laufen. Alles würde sich im Vergleich dazu wie ein Kitzeln anfühlen. Widerspruch ist wirklich zwecklos, wenn man es nicht selbst erlebt hat.

Diesen Schmerz habe ich in Deutschland angekommen lange nicht gespürt. Ich hatte ja alles hinter mir gelassen. Er kam zum ersten Mal auf, als Marvin, mein Schwarm, seine blöden Sprüche machte und ich mich dennoch auf ihn einließ, ihn zuließ, an Liebe glaubte. Und als ich das erste Mal dachte, deshalb schwanger zu sein, und zu lügen und Guido wieder und wieder zu betrügen begann. Dass ich es tat, immer wieder, nicht nur mit Marvin, kann ich nicht erklären, und weil ich es nicht konnte und immer noch nicht kann oder mich davor drücke – auch jetzt noch denke ich oft an ihn –, lief ich weg, wie jetzt nach den Nächten mit Brian. Das ist mein Debakel. An dem würde sich auch nichts ändern, wenn ich mit Mommy rede und alles, was in meinem Kopf durcheinanderging und -geht, bestätigt bekomme.

Trotzdem höre ich Mommy in meinem Kopf mit mir sprechen, so wie sie es auch in Guadalupe Nuevo getan hat, als sie sich um mich sorgte, sich neben mich setzte und fragte und ich dummerweise verneinte. So wie sie es genauso immer wieder nach meiner Ankunft getan hat und ich ohne Probleme log und deswegen mit Nein antwortete. Dennoch habe ich ihren tröstenden Sätzen gelauscht, weil sie guttaten. Aber schlussendlich erklärten sie doch nicht, was sie selbst hatte erleben müssen, und waren deshalb nicht besonders hilfreich. Jetzt ist das, was ich von ihr höre, erst recht nicht hilfreich. Ihre

Geschichte mit Datu hört sich an wie ein unvollendetes Märchen der Liebe, deren Hauptperson unerwartet abhandengekommen war. Dass manches an dem Märchen nicht wahr sein konnte, fiel mir erst in den Jahren danach auf. Gleiche und ähnliche Schicksale halbieren vielleicht den Schmerz, machen ihn aber nicht ungeschehen und reduzieren ihn leider auch nicht auf das Maß einer Schnittwunde, die man sich durch ein splitterndes Glas zugefügt hat.

Stimmt meine Ahnung, kann Mommys Geschichte also unmöglich wahr sein. Sie ist unlogisch und gelogen. Das glaube ich inzwischen zu wissen. Was ich nicht weiß, ist, was würde es ändern, wenn meine Version wahr ist. Ich wäre wie oft genug auf der Welt ein Produkt aus einem Verhältnis, das eigentlich nicht sein sollte. So bleibt es dabei, vermutlich kenne ich meinen Vater. Liebe, Zärtlichkeit und Fürsorge sind nicht mehr von ihm zu erwarten. Alles hätte ich von dem erhalten, der drüben im anderen Zimmer auf mich wartet. Den ich vor Jahren vorgab zu lieben. Es vielleicht oder wahrscheinlich oder sicher getan habe, vielmehr hatte.

Aber mit Marvins bescheuertem Satz auf dem Schulhof, kehrte die Erinnerung zurück. Mit diesen klangen die Sätze von Celso in meinem Kopf nach. Und ich gab Marvin die Chance, es wieder gutzumachen, und verliebte mich in ihn. Verliebte mich in einen Schrank, in dem ich hoffte, mich verstecken zu können. Doch seine Pläne passten nicht zu meinen. Vielleicht war ich auch nicht mutig genug, als er mich in Berlin fragte.

Ich schaue in den Spiegel. Natürlich sehe ich das Desaster. Natürlich sehe ich das, was Guido kurz nach seiner Ankunft im *Mariano* gesehen hat. Natürlich sehe ich das, was eigentlich die anderen hier, auch Bhajan, sehen müssten. Nämlich nichts. Ich habe abgenommen, bin dünn und dürr geworden, bald kann ich mich hinter Streichhölzern verstecken. So sagt man. Hinter jedem Laternenpfahl, hinter jedem Bäumchen, hinter jedem Nichts. Dass ich zu Guido ins Hotel gekommen bin, vereitelt die Chance, vielleicht doch noch ein anderes Leben zu beginnen und zu finden, in dem ich mich ebenso verstecken könnte. Mit dem ich aber sicher gescheitert wäre. So wird irgendwann morgen im Verlauf des Tages in einem unbeobachteten Moment wieder eine Hand von Bhajan zwischen meinen Schenkeln die nächste Suche starten. So werde ich irgendwann morgen ihm auf ein Zimmer folgen und ihn *zulassen*. Weil mir nichts einfällt, wie ich es verhindern könnte. Ein Automatismus, in dem ich so etwas wie Zuneigung sehe.

Ich schweife schon wieder ab. Guido ist da und wartet. Auch wenn er Lina nun hat, ist er hierhergekommen, möchte er mich mit nach Hause nehmen, möchte er mich an seiner Seite haben. Und sei es als Schwester. So hat er es gesagt. Er hat mir Hilfe versprochen. Nur kann ich mir gerade keine vorstellen.

Das Schlimme bei allem, irgendwann hatte ich den Moment verpasst, gegenüber ihm ehrlich genug für ein gemeinsames Leben zu sein. In meinem Oktavheftchen steht leider ein weiterer treffender Spruch: Wer einmal lügt, dem glaubt man nicht, auch wenn er *mal* die Wahrheit spricht. Dieses *Mal* kam in den letzten wenigen Jahren zu selten vor. Stattdessen meine nicht erklärbare Suche nach ..., ich weiß es nicht. Ich fand jede Menge, was ich nicht brauchen konnte, und stopfte es in mein Leben. Die letzten Jahre, vor allem Wochen davon gleichen einer Wohnung eines Messies. Bis vor ein paar Tagen lebte ich sogar in einer solchen. Bewusst unwohl war mir deswegen nicht.

Ich habe Erklärungsbedarf.

Was nun?

Saya war arbeiten, er hatte sie wieder zum *Mariano* begleitet und lag zurück im Hotelzimmer auf dem Bett, starrte die Decke an und überlegte, was er nun alles machen, was sich lohnen könnte. Wenn sein Verdacht stimmte, flögen sie nächste Woche nicht nach Hause. Im Internet hatte er daher nach einem Fitnessstudio gegoogelt und beschlossen, sich die in der Nähe mal anzugucken. Die Preise waren nicht anders als in Deutschland. Mit fünfzig Euro musste er rechnen, das war finanzierbar. Das Leben ansonsten war ja hier alles andere als teuer. Die kleinen Bars und Straßenküchen boten gutes und preiswertes Essen an, wenn man Experimente nicht scheute. Kwek-Kweks, Fisballs und Pig Skin waren lecker. Am Tag kam man locker mit fünf Euro durch. Er schaute seinen Kontostand an, zwei, drei Wochen waren drin, danach käme der Pleitegeier.

Sein Handy brummte auf der Ablage. Er schnaufte, kippte es, um zu sehen, was los war. Lina stand in der Nachrichtenzeile. Lina. Jeden Tag schickte er ihr eine kurze Voicemail. Jeden Tag sie eine zurück. Gestern war seine etwas länger, weil er einfach zu durcheinander war. Eins war sicher, die Verbindung zu ihr durfte auf keinen Fall abreißen. Was sie in den fast drei Monaten miteinander erlebt hatten, war einfach zu wichtig, schön, vielversprechend ... ihm fielen tausend Wörter ein. Alle passten, alle passten aber auch nicht, keines beschrieb gut genug, was zwischen ihnen war.

Hallo du Lieber! Sitz grad hier noch im Nachthemd und heule. Er hörte es. *Ich weiß, das ist zwar nicht besonders konstruktiv im Moment, aber du glaubst nicht, wie sehr ich dich vermisse, beim Sport, beim Smoothie, grins, beim Nicht-Hintendraufsitzen auf deinem Rad (müssen wir dringend wiederholen, weil du dich dann nicht wehren kannst), beim Pornfood, beim Erzählen, beim Zuhören, beim Stillsein, beim Nebeneinanderliegen, beim Küssen und Küssen, ach ja, und beim Küssen, das alles seitdem nicht mehr stattfindet, wie du dir denken kannst, beim Schnüffeln an deiner Haut, ja verdammt – und auch bei dem. Ich mag dich noch viel mehr, als ich gesagt habe. Viel mehr. Weißt du, warum ich dich so gerne hab'? So liebe? Weil du nichts verlangst, nicht sagst, was und wie ich es oder sonst was tun soll, weil du annimmst und gibst, als sei es selbstverständlich. Das hat von den anderen keiner. Zum Glück. Ich geb ja zu, ich hab's sicher mit vier oder fünf Kerlen getan, vielleicht waren's auch noch zwei, drei mehr, aber darum gehts auch nicht. Ich sag mal so, Nils ist im Vergleich zu dir ein Arsch. Der war am Schluss total creepy und blöd. Du bist nun mal ein echt scheißnetter Typ –, du Idiot! Du hast nie irgendeinen blöden Spruch drauf. Irgendwie bist du wie Weihnachten und Ostern zusammen, du hast immer nur gegeben. Mal sehen, wie ich alles hinbekomme, wie ich zurechtkomme. Wir hätten eine Chance gehabt, wenn alles irgendwie eindeutiger gewesen wäre. Meinste nicht auch? Andererseits kann ich dich verstehen. Meld dich ruhig immer wieder. Nein! Meld dich bitte immer. Jeden Tag am besten! Keine Widerrede! Auch einen fetten Kuss. – Scheiße! – Ich hab' grad lauter Mist erzählt. – Ehrlich. – Rufste mal an?*

Er sah auf die Zeitleiste. Samstag. Bei ihr war es erst oder schon halb acht am Morgen. Wahrscheinlich konnte sie nicht schlafen. Im Anhang fünf Fotos. Das erste, sie in ihrem stahlblauen Einteiler im Studio. Die Schweißflecken deutlich sichtbar, somit auch wieder die Konturen ihrer Figur. Gerade hatte sie wie nach jedem Gerät ihre Mähne in Ordnung gebracht und sich mit einem Handtuch das Gesicht abgewischt. Mit zusammengepressten Lippen versuchte sie zu lächeln. Es gelang wohl nicht, ihre Augen schimmerten feucht. Das nächste ein Berg von Schnittchen. Pornfood. Er erkannte es wieder. Es war das von ihrem ersten gemeinsamen Abend bei ihr. Von ihm hatte sie auch Fotos gemacht, die sie nicht zeigen wollte. *Das sind meine Fantasiebeschleuniger, okay?* Er grinste und tippte auf das nächste Bild. Lina bis zu den Knien nur in einem weißen Slip auf ihrem Bett. Etwas breitbeinig. Die dunklen Härchen ihres Buschs sorgten für einen genauso dunklen Schatten unter dem Stoff. Er zoomte und grinste. Rechts und links davon sah er neben dem Stoff in den Leisten die Stoppeln, die sie jeden zweiten Tag mit Rasieren versuchte zu eliminieren. *Der Dschungel muss ja nicht raushängen und kratzt dich das nicht?* Nein es kratzte ihn nicht, so oder so, er mochte es. Auch die weiche schmale Linie des dunklen Flaums zwischen Nabel und dem Saum des Höschens war auf dem Bild gut zu erkennen und er musste wieder schmunzeln. Eine ausgestreckte Hand hielt das Handy, die andere lag zwischen ihren nackten Brüsten und dem Nabel. Das nächste ein grübelndes Profil von ihr. Sie trug eine dicke Jacke, den Kragen hochgeschlagen. Im Hintergrund sah er das Eidersperrwerk. Ihr Blick ging hinaus aufs offene Meer. Die Stirn etwas in Falten. Ihre Lippen schmal. Sie dachte über etwas nach. Das Haarband hatte Mühe, ihre Mähne, die immer nach Kokosnuss-Shampoo duftete, im Zaum zu halten. Auf dem letzten, steht sie vor dem großen Spiegel hinter ihrer Wohnungstür. Lina trägt eine hellblaue Palazzo-Hose, leger von einem breiten, dunkelbraunen Ledergürtel gehalten und eine pludrige weiße Bluse. Dazu ihre dunkelblauen Lieblingssneaker. Obwohl alles weit und luftig, unterstrich beides ihre sportliche Figur. Es sah schlichtweg hinreißend aus. Ein roter, von ihr hineingemalter Pfeil zeigte auf die Hose.

Alle Fotos waren mit einem Untertitel von ihr versehen. *Letzten Freitag ohne dich, scheiße, jetzt versucht mich Max, dieser Idiot, anzubaggern, null Chance, sag ich dir. Lieber geh ich ins Kloster.* – *Die Schnittchen mach ich dir/euch. Du/ihr hast/habt gefälligst an einem Freitag zu kommen. Keine Widerrede!* Unter dem Profil stand: *Hat Nils noch gemacht. Find ich aber ganz schön. Weiber mögen ja selten Bilder von sich, die andere machen. Ich selbst mach von mir Hunderte, bis mir keins gefällt und ich sie alle lösch.* Unter dem mit dem Slip: *Ich hab' tausend gemacht, und obwohl wir miteinander schlafen, hab' ich mich nicht mehr getraut. Aber ich versprech dir beim nächsten Mal – vielleicht, nicht dass Saya und so ...* Dahinter ein Smiley. Und unter dem Bild mit der Hose. *Musste sein. Hab' ich gestern Abend noch gekauft. Gefällt sie dir? Ist verdammt gemütlich und ganz easy auszuziehen. Hihi. Musst du unbedingt ausprobieren.*

Fünf Fotos, die mehr als nur Schnappschüsse waren. Sie erzählten ihre Geschichte. Ihre gemeinsame. Ab dem zweiten Abend galten die Spielregeln, bis auf die, nicht über Liebe zu reden, nicht mehr. Er wusste inzwischen, wie Lina tickte, roch, sich anfühlte, seit dem vierten Abend sogar wie nicht nur ihre Küsse oder die Haut auf ihrem Bauch schmeckte. Inzwischen ... liebte er sie.

Konnte, besser durfte man gleichzeitig zwei Frauen lieben? Ginge das überhaupt? Gab es solche Gefühle? Würden Lina und Saya es zulassen? Saya hatte ein Gefühlschaos nach dem anderen erlebt, zugegeben dramatisch provoziert, nun er – eher selbst gewählt. Er setzte sich auf. Am besten sofort mit einer Voicemail antworten, bevor er um seine Gefühle herumdruckste.

Hallo du! Ich weiß gar nicht wie anfangen. Ist wahrscheinlich eine Ausrede. Denn eigentlich könnte ich jetzt ohne Mühe und ohne zu lügen sagen, dass ich dich erstens auch ziemlich extrem vermisse, zweitens viel mehr als nur mag, drittens mich frage, ob ich zwei Frauen lieben darf. Es gibt in dieser Hinsicht sicher noch ein Viertens, Fünftens, Sechstens und so weiter. Ich bin schuld, ich hätte alles mit uns beiden so lassen können. Es war einfach nur gut. Und es wäre sicher auch so geblieben. All die vielen Jahre, die gefolgt wären. Aber wer weiß ... Aber ... ach, scheiß Aber ... Zweifel und ein schlechtes Gewissen ... warum eigentlich? ... jemanden unter Umständen im Stich zu lassen und zu denken, dass derjenige dann vielleicht nicht mehr ist, sind echt kacke. Klar werde ich mich jeden Tag melden und versuchen, dich ab und zu anzurufen, irgendwie kriegen wir das hin mit der Liebe, mit unserer Liebe ... So jetzt ist es auch schriftlich heraus, ich hab' dich nämlich auch lieb. Verdammt sehr sogar. Dicker Kuss! Dein Guido

Ihre Antwort kam prompt.

... ich dich doch auch. Danke dir! So was von! Schick mir mal 'n Foto, wie es da aussieht ... mit dir natürlich!!

Er grinste und sah auf die Uhr. Inzwischen wars halb zehn bei ihr. Kurz zögerte er, dann tippte er auf ihre Nummer. Es klingelte nur ein halbes Mal, schon war sie dran.

„Mann!", hörte er sie ausrufen und dann, wie sie wohl auf ihr Bett plumpste.

„Na?", fragte er.

„Kommste zum Frühstück?"

„Wird heute nicht reichen."

„Allein hab' ich nicht so richtig Appetit."

„Mach kein Scheiß! Mir reicht ein Skelett."

„So schlimm?"

„Ich glaub, Saya wiegt keine vierzig Kilo. Nix mehr dran. Haut und Knochen, wie man so sagt."

„Hmh."

Haut und Knochen. Sie wusste sofort, dass Saya und er miteinander geschlafen hatten und schluckte. Und er wusste, dass sie es ahnte, und konnte nichts erwidern. Stattdessen meinte er:

„Du klingst, als wärst du direkt neben mir."

„Ich *bin* direkt neben dir. Und du in mir drin. Ganz tief, du ... du Blödmann."

„Was machste heute noch?"

„Auspowern bis zur Bewusstlosigkeit und dann geh ich mit Max ins Bett und mach's mit ihm bis morgen früh. Dann stehts unentschieden. Genehmigt?"

„Ich weiß nicht."

„Ich weiß nicht, heißt ja."

„Nein."

„Also gut, ich werd's mir überlegen. Und du? Was machst du –, Liebling?"

„Ich meld mich hier in einem Studio an. Muss unbedingt was für mich tun. Das hat in den Wochen mit uns beiden wunderbar geklappt. Da war ich Ich und du hoffentlich Du. Hier fühl ich mich wie einer vom Rettungsdienst, der eine Verschüttete ausbuddeln muss."

„Warum tust du dir das an?"

„Ich glaub, wegen der Gewissheit, die ich wiederum glaube, haben zu müssen, damit nichts Schlimmeres passiert."

„Super! Und ich steh dann irgendwann am Deich und guck doof aus der Wäsche. Dann kannste *mich* retten. Oder tuste das dann nicht?"

Weil er nichts sagte und nur ein komisches Geräusch machte, fragte sie nach.

„Wie lang wird's dauern?"

„In jedem Fall zu lang."

„Zu lang für was?", fragte sie konsterniert.

„Ich hoffe, nicht für uns."

Lina seufzte auf.

„Na, immerhin. Ich warte. Das mit Max war natürlich gelogen. Vorher würde ich kotzen. – Wie ist das mit ihr zu pennen? Tut ihr doch, oder?"

„Ganz komisch. Längst nicht mehr so wie früher."

Wieder ein Seufzen von Lina.

„Pass mal auf. Mir ist egal, was ihr in den nächsten Tagen miteinander macht. Klingt vielleicht blöd. Aber wenn du nach Hause kommst, gehen wir wieder zusammen ins Studio und am Freitag zu mir. Dann sprechen wir darüber, ob es mit mir auch komisch ist, okay?"

Er nickte und sie konnte es nicht sehen.

„Okay?", fragte sie deshalb noch mal.

„Ich hab' genickt."

„Super. Hab' ich leider nicht gesehen. Du weißt, dass man auch mit Kamera telefonieren kann?!"

„Nächstes Mal."

„Hoff ich doch. Scheiße, jetzt muss ich schon wieder heulen. Also dann bis morgen. Ich hab' dich lieb!"

„Ich dich auch", krächzte Guido und wollte auflegen.

„Liebling?", rief sie plötzlich hinterher.

„Ja?"

„Du bist mein Liebling! Kapiert? Kein Scheißdarling oder so, sondern mein Liebling – und wenn mir noch was Schönes einfällt, bist du das auch." Sie stockte, fing an noch mehr zu weinen und er hörte ihr mit Tränen in den Augen zu. „Und du kannst mit ihr da so oft pennen, wie du willst, aber ich will nichts mehr davon hören."

„Okay", erwiderte er leise und nach einer Handvoll Sekunden:

„Liebling!"

Freitag

Wie in den letzten Tagen war Saya spät aufgewacht. Die vierte Nacht hintereinander neben ihm im Hotel. In der ersten hatte sie ihn noch verführt, in den letzten lag sie nur neben ihm und sie redeten. Viel zu lang nicht getan. Sie erschrak, als sie daran dachte, wie lang nicht mehr. Sicher seit mehr als einem Jahr nicht. Vielleicht noch nie. Vielleicht auch nur, weil es ihr doch keine Ruhe ließ, was er in den Monaten ohne sie gemacht hatte. Vielleicht. Es war jedenfalls klar, weil er kein Mönch sei, was *vorgefallen* war.

„Mit Lina also", stellte sie fest und Guido hielt die Luft an.

„Ja. Ich mag sie, sonst hätte ich's nicht gemacht. Und ich gebe gleich zu, dass es nicht nur ein Trost für mich war. Aber deswegen hast du auch nicht mit Marvin, Brian und weiß Gott wem gepennt."

Sie seufzte auf und schwieg. *Nein, wegen Trost nicht*, ging ihr durch den Kopf, *wohl eher aus Lust*. Plötzlich da und zügellos ausgelebt. Mit Marvin mehr als ein Dutzend Mal. Und auch mit Brian und Harry. Wieso, weshalb, warum wusste sie nicht. Vielleicht wusste sie es aber auch und scheute die Antwort. Ihr Leben hielt diese im Grunde doch bereit. Daran war auf diese Weise allerdings nichts geradezubiegen.

Nun beugte sie sich über Guido, versuchte zu lächeln und strich mit den Fingerspitzen forschend und langsam über seine nackte Brust. In deren Mitte stoppte sie ihre Hand und fächerte sie auseinander. Wie in der Nacht vor ein paar Tagen schlich sich zwar das Bild von Marvin ein, als sie in Berlin Nacht für Nacht nicht genug von ihm bekommen konnte. Nun spürte sie wieder

Guidos Herzschlag. Ganz schön kräftig sogar. Es funktionierte noch. Ob es wohl noch für sie schlug? Ohne eine weitere Zärtlichkeit setzte sie sich nach ein paar Sekunden mit gerunzelter Stirn auf und sagte:

„Ich geh mal duschen. So kann ich ja heute Nachmittag nicht unter die Leute. Claire mosert sonst."

Guido nickte nur und verschränkte die Arme hinter dem Kopf, während sie das Leintuch zur Seite schlug. Kurz blieb sie neben dem Bett stehen und sah auf ihn runter. Guido hatte sich verändert. Sowohl sein Körper als auch seine Art. Das Bubenhafte war verschwunden. Innerhalb von ein paar Monaten? Aber sie hatte ihn ja im Grunde genommen mehr als ein Jahr nicht richtig gesehen. Deshalb glich mit ihm zu pennen eher dem, was sie in den letzten Monaten mit Bhajan und ... gemacht hatte. Er sah zu ihr hoch und sein Blick verriet, dass er über sie nachdachte. Prompt fragte er:

„Was ist?"

„Ich muss dich nur immer wieder ansehen." Sie schüttelte den Kopf und versuchte zu lächeln. „Du hast dich ... ein wenig verändert."

„Ja. Ich weiß. Ich fühl mich aber wohl. Und dennoch bin ich froh, dass ich gekommen bin."

Er schien sie mit seinem Blick zu röntgen und als müsste sie sich dafür schämen, was er sah, hob sie automatisch ihre Hände vor die inzwischen flachen Brüste und rollte wieder einmal die Lippen ein. Ohne etwas zu erwidern, drehte sie sich langsam um und ging ins Bad.

Gestern hatte sie ihr Zimmer kündigen und am selben Tag noch der Kollegin übergeben können, die im *Mariano Gomez* beim Frühstück half. Saya musste zwar dem Vermieter zwanzigtausend Peso zahlen, viel mehr als ein normaler Monatslohn für viele Manileños, aber Guido winkte ab und übergab dem Mann das Geld. Ihm war wichtiger, dass sie nun ein wenig öfter in seiner Nähe war und er dadurch wusste, wie sich alles entwickelte. Die chaotisch zusammengewürfelten Möbel, die noch zu gebrauchen waren, machten sie sauber und ließen sie stehen.

Guido hatte recht, stellte Saya prustend fest, während sie den kleinen Koffer packte und sich umschaute. Dieses Zimmer war nichts anderes als gruselig. Noch schlimmer als das in Surigao. Im ersten Stock eines dreistöckigen mit Wellblech verkleideten Haus, das sich mit einem neuen Hochhaus daneben tarnte. Unter ihr ein Laden, mehr ein simpler Kiosk, an dem sie ab und zu etwas zu trinken kaufte. Daneben eine Werkstatt für alle Arten von Motorrädern und Trikes. Liefen die Motoren, sie taten es im Grunde dauernd, stank es durch den Boden nach oben oder das Fenster, das es nicht einmal schaffte, den Regen draußen zu halten, wenn er dagegen schlug. Dann rollte sie ein, zwei Handtücher zusammen und klemmte sie unter den Rahmen.

Durch die dünnen Wände auf der einen Seite hörte man Kindergeschrei und durch die andere häufig genug auch anderes, nämlich das Streiten und Gestöhne von Jolanda und ihrem Mann. An der Wand auf ihrer Zimmerseite nur ein altes Bettgestell, ein Stuhl als Alleskönner, zugleich Nachttischchen, Ablage, Trockenständer, nicht mal Sitzplatz. Ein zwar neu gekaufter Stoffschrank, dessen Reißverschluss aber nach wenigen Tagen kaputt ging. An der gegenüberliegenden Wand ein Gasherd, den sie wie in Surigao noch nie benutzt hatte. Auf dem ein schmutziger Wasserkocher. Mittendrin ein verratzter klappbarer Campingtisch als Esstisch und Ablage für den verstaubten Laptop, schon seit Wochen nicht mehr benutzt. Darüber lediglich eine nackte, flackernde Glühbirne an der Decke und in einem kleinen, notdürftig abgetrennten Miniraum Dusche und Klo. Im Lauf der letzten Monate schmuddelig geworden. Vor dem einzigen Fenster eine Gardine, die wie eine löchrige Nebelschwade aussah, als sei sie zuvor durch ein Industriegebiet gezogen. In den Kanten der irgendwann einmal weiß gestrichenen Wände zum Boden verdächtig blaugraue Flecken. Der Boden selbst aus häufig zerbrochenen und dunkelbraunen Fliesen. Darüber hinaus roch es nicht nur nach Abgasen, sondern muffig, modrig und als hätte hier mal ein Kettenraucher gewohnt, der sich weiß Gott was zwischen die Lippen gesteckt hatte. Ohnehin roch es hier jeden Tag anders. Oft nach Essen, häufig nach Klo, manchmal nach Tod. Sie war froh für ihre Kleidung einen Spind im Hotel zu haben.

Prompt fragte Guido, ob sie etwa *auch* das Rauchen angefangen hätte, und sie schüttelte wenig überzeugend aussehend den Kopf und drehte sich sofort um, um seinem forschenden Blick auszuweichen. Doch wegen des Kusses am ersten Abend, als er sie im Hotel abholte, wusste er, dass sie wieder einmal log. Es war egal, hier hätte weder Brian, noch Harry, noch ihr Chef sie berührt, geschweige angefasst, geschweige ... Auch niemand anderes. Auch er nicht. Wie konnte man nur so tief fallen, ein solches Zimmer als Versteck nehmen, es vielleicht sogar so betteln? Wie konnte man sich nur so aufgeben und gehen lassen und jeden Tag hinter der Theke eines Sterne-Hotels dennoch so tun, als sei alles gut und nichts gewesen? Waren die Kolleginnen und Kollegen etwa alle blind? Sie stand ja nicht allein an der Rezeption – oder mochte der Chef sie als Bohnenstange oder weil sie deswegen leicht zu haben war?

Da sie am Abend zuvor schon alles gepackt hatte – mehr als das, was in ihren Koffer, den Rucksack, aus dem Blue ein wenig skeptisch herausschaute, und eine

Umhängetasche passte, gab es nicht – waren sie nach einer ausgiebigen Reinigungs- und Instandsetzungsaktion im Laufe des nächsten Morgens umgezogen. In einem kleinen Miniladen um die Ecke kaufte Guido noch für fünfzig Pesos Stoff, der mit Clips zu einem neuen Vorhang wurde. Erst dann machte er heimlich noch ein paar Fotos, ansonsten hätte jeder geglaubt, diese hätte er in einem der Slums gemacht. Aber vielleicht musste er ihr irgendwann einmal einen Spiegel vorhalten, um das einstmalige Desaster darzustellen. Nur Minuten später quetschte er sich mit dem Koffer in einen brechend vollen Jeepney und sie fuhr mit ihrem E-Scooter hinterher.

„Von null auf hundert", meinte sie, als er den Koffer abstellte und sie die Tür zum Hotelzimmer hinter sich schloss. Lange Augenblicke sah sie sich in dem im Gegensatz zum Wellblechhüttenzimmer klinisch rein wirkenden Raum um.

„Vom Nichts ins Leben", erwiderte Guido.

Nun stand sie seit einer halben Stunde unter der Dusche, vielmehr saß hinter der Glastür in dieser zusammengekauert auf dem grau gefliesten Boden in einer Ecke und ließ den manchmal stotternden Wasserguss den Staub und Schmutz ihres Lebens von sich herunterspülen, wie sie meinte. Er schaute derweil grob, damit es nicht auffiel, und so heimlich wie möglich ihre Sachen durch und fand bei dieser Suche keine Zigaretten, Alkoholfläschchen, falsche Pillen, Kondome oder Liebesbriefe. Nicht mal ein Feuerzeug war drin. Im Gegenteil, ihre nicht besonders kleine Tasche war verdächtig leer und im Gegensatz zu ihrem Wellblechhüttenzimmer aufgeräumt. Vielleicht hatte sie manches im Hotel versteckt oder, wie er hoffte, weggeworfen. Letzteres würde wenigstens Hoffnung machen.

Schon vor ein paar Tagen hatte er im Internet ge-googelt, was ein Mensch in einer Krise sich auf legalem Weg außer Alkohol besorgen konnte, um die Welt zu vergessen oder sich diese wenigstens für ein paar Minuten schöner zu machen oder die Dinge, die passierten, noch angenehmer zu gestalten. Er fand Klebstoff, Äther und Ibocain, das in so einem Land sicher nicht so leicht zu beschaffen war, und irgendwelche Gräser, die man sich hingegen auch in Manila nahezu überall besorgen konnte, wie Muskatnuss, Lebermoos und Salbei. Der gewöhnliche, so hieß es, funktionierte allerdings nicht gut genug, um sich wegzubeamen.

Dann nahm er ihr Handy, war verwundert, dass er keine Pin eingeben musste, und spionierte ihrem Alltag der letzten Wochen nach. Jede Menge neue Apps. Telegram, Azar, Discord, GCash, Elite-Partner, Tinder. Er schüttelte den Kopf. Die letzten beiden sicher nicht besonders gut geeignet, um hier neue Beziehungen zu finden. Er lauschte, noch lief das Wasser, und öffnete Telegram. Die ersten Chats Brian, Bhajan, Mayari. Es folgten welche, die schon ein paar Tage älter waren, mit Namen, die ihm nichts sagten. Er tippte auf den mit Brian. Die letzten Einträge des Chats gelöscht, der erste lesbare in Englisch. Soweit er verstand, musste Brian da gewesen sein. *Why did you leave that night? Believe me, we can shape our future together. Even with a child.* Ihre Antwort: *I'm sorry, I hope that you can be happy without me.* Er prustete, als er von Brian noch etwas von Liebe las, wohl nach einigen gemeinsamen Nächten. Er beließ es beim vagen Plural und forschte im Chat nicht weiter nach und tippte auf den mit Bhajan. Auch in Englisch. *You know how much I like looking at you. – Put on your mini-skirt. Leave out the tights.* Er stieß ein wütendes *Scheiße* aus. Minirock ohne Strumpfhose. Auch seine anderen Nachrichten lauter kurze Sätze, eindeutig und anzüglich, ja sogar mehr als schlüpfrig und ohne eine Antwort von ihr, als sei es eine stille Vereinbarung, die diesen Bhajan besonders aufgeilte.

Nur den Namen Mayari kannte er noch von den aktuelleren Chats, das war die Kollegin, die nun in ihrem ehemaligen Zimmer wohnte. Die Texte länger als all die anderen und natürlich in Tagalog. Die Dusche lief nicht mehr und er klickte statt der Chats mit unbekannten Namen ihr Album an. Ein Durcheinander von Aufnahmen aus der Stadt, ein paar aus dem Hotel von Kolleginnen und Kollegen, Screenshots von Dingen, die sie sich vielleicht mal kaufen wollte, dazwischen ein paar Gesichter von Männern, irgendwelche Asiaten, nackte Kerle waren auch dabei, aber Brian oder Bhajan erkannte er nicht. Er stutzte, er fand wilde Nacktaufnahmen von ihr, des Weiteren Bilder, alle schon älter, von Marvin und Nils. Sehr weit hinten, ein paar von ihm selbst. Er schüttelte den Kopf und legte das Handy zurück, nachdem er das Display abgewischt hatte. Am liebsten würde er sie mit allem konfrontieren.

Alles andere als erleichtert nahm er sein Handy und starrte an die Decke. Was hatte er jetzt noch für Möglichkeiten? Jedenfalls war Saya auf einem ganz anderen Weg, als sie ihn in den letzten Tagen glauben lassen wollte. Sie hatte nichts anderes als einen Absturz hinter sich. Käme sie mit, *musste* sie sich zu Hause helfen lassen. Er konnte es nicht. Nicht allein. Er war zu dicht dran. Auch das hatte er im Internet gefunden. Die Ehefrau eines Alkoholikers berichtete von dessen und ihrem Schicksal in einem Interview. Und ein Psychologe erklärte, dass eine emotionale Bindung in der Regel eher als Einmischung statt als Hilfe wahrgenommen wird, was zu Konflikten und Krisen führen kann.

Aber beistehen wollte er ihr dennoch – als Bruder. Beistand empfahl auch dieser Psychologe. *Ich seh ja, es geht dir nicht gut. Ich mache mir Sorgen. Lass dich doch mal durchchecken. Ich begleite dich bei Bedarf gerne.* Ein solcher Satz kann eine erste Hilfe sein, die wollte er anbieten. Wieder. Wäre doch gelacht. Noch einmal lauschend nutzte er die Zeit, Mommy eine WhatsApp zu schreiben. Bei ihr war es vier Uhr nachmittags. Paps nicht, aber sie war sicher zu Hause und würde daher die Nachricht sicher gleich lesen. Gegen später, vielleicht nach dem Abendessen, wollte er Saya überzeugen und mit ihr zusammen zu Hause anrufen.

Ihr Lieben, liebe Mommy! Saya duscht. Seit gestern wohnt sie endlich bei mir im Hotel. Wie schon lange nicht mehr reden wir miteinander. Auch heute wieder fast die ganze Nacht. Nachher treffen wir uns mit Claire und Yana. Ich denke, das wird und ist wichtig für sie. Claire zumindest weiß ja über Sayas Leben ein wenig Bescheid. Wie viel, weiß ich nicht genau. Nächste Woche Montag kündigt sie im Hotel. Sie hat ihren Chef schon mal vorgewarnt. Allerdings wird es noch etwas dauern, bis wir nach Hause kommen. Sie muss jemanden einarbeiten, was ich allerdings seltsam finde, denn sie ist ja nicht allein. – Ich überlege, ob ich mit ihr auf dem Weg nach Hause noch für eine Woche oder ein paar Tage irgendwohin fliege. Keine Ahnung, vielleicht nach Barcelona. Da hatte es ihr auf unserer Kreuzfahrt damals so gut gefallen. Es tut ihr vielleicht gut, wenn sie sich langsam aus diesem doch ziemlich chaotischen Leben hier ausblenden kann. Sie sollte die Zeit, denke ich, auch nutzen, um wenigstens Nana zu besuchen oder sich mit ihr zu treffen. Ich bin kein Psychologe, aber der Abschied von hier sollte dieses Mal vielleicht doch bewusster erfolgen. Wir haben euch lieb! Guido

Nachdem er auf Senden gedrückt hatte, schmunzelte er, weil er hinter der Nachricht seinen Namen geschrieben hatte. Dabei konnte Mommy doch sehen, von wem sie kam. Dann noch schnell eine Voicemail an Lina, sie hatte es verdient informiert zu werden und dabei seine Stimme zu hören.

Hallo, mein ... Schatz! Gehts dir gut? Ich denk oft, nee, eigentlich ununterbrochen an dich und guck mir die ganze Zeit die Fotos an, sonst würde ich das hier vielleicht nicht überleben und durchdrehen, tät ich auch jetzt, wenn ich dich jetzt nicht zutexten würde. Saya weiß inzwischen das mit uns. Scheint aber bis jetzt kein großes Problem für sie zu sein. Warum auch? Wär mir ohnehin egal. Es gibt gerade genug ... ich sag mal ... Auseinandersetzungen mit ihr. Das erzähle ich dir mal, wenn ich anrufe. Sie hat auf jeden Fall einen megalangen Weg vor sich, wenn sie nicht gänzlich abstürzen will. Und braucht andere Hilfe als durch mich. Sonst wird das nix. Ich hab' schon ein paar Adressen rausgesucht. Und ... ich hab' dich lieb ... bin und bleib dein Liebling, okay?

Er sendete noch ein Smiley und einen Haufen Kuss-Emojis hinterher und hängte noch ein Bild von sich an, aus dem Fitnessstudio ganz in der Nähe, in das er seit ein paar Tagen ging. Nur halb abgetrocknet nach dem Duschen aufgenommen. Für seine Verhältnisse war er mutig, sein Oberkörper auf dem Foto bis eine gute Handbreit unterhalb des Nabels nackt.

Kurz darauf stand eine Badezimmermumie neben ihm am Bett. Um den Körper eines der großen weißen Hotel-Handtücher gewickelt, das sie nur wenig dicker log. Über der rechten Brust in roten Buchstaben *...ed Plan...*, der Rest verschwand in den Falten des Stoffs. In der Nacht hatte er mit einem Fingerring seiner Hände, bevor sie zu ihm ins Bett kam, einen ihrer Oberschenkel umfasst. Dünn wie früher ein Oberarm von ihr. Zwischen seinen Handflächen und ihrer Haut noch eine Menge Platz, als sich seine Fingerspitzen berührten. Ihr Blick jetzt ein wenig fröhlicher als sonst. Ihren Kopf zierte ein zweites Handtuch als Turban.

„Bin sauber", meinte sie, sah wieder auf ihn runter und er versuchte die Texte und Bilder abzuschalten, die er in ihrem Handy gelesen und gesehen hatte. Mit einem wohl etwas bemühten Lächeln sah er sie an.

„Na denn."

„Um drei hast du gesagt, oder?"

Guido nickte, streckte eine Hand aus und streichelte unter dem Handtuch ihren linken Unterschenkel. Als er ihre Haut berührte, spürte er seine Saya von früher und bekam Lust. Sie konnte es sehen.

„Ja. Um drei."

Sie sah auf seinen Bauch, der Marvins zu ähneln begann, und die werdende Beule in seinem Slip, walkte ihre Lippen und biss in ihre Oberlippe. Verflucht, warum fiel ihr in den letzten Tagen dauernd Marvin ein? Mit einem Seufzen und nachdenklichen Blick aus dem Fenster antwortete sie:

„Klingt blöd, aber ich hab' frisch geduscht. Okay?"

„Kein Problem. Klingt nicht blöd. Ich hätte Lust, weil du da bist und ich mich an früher erinnere."

Saya nickte. Plötzlich noch ernster geworden mit gerunzelter Stirn. Dann setzte sie sich neben ihn aufs Bett. Er zog seine Hand zurück.

„So richtig hab' ich die gerade nicht mehr", erklärte sie leise. „Die Lust, mein ich."

„Auf mich. Ich weiß. – Du hast es für mich getan."

Saya stutzte nur kurz. Denn die Nacht vor ein paar Tagen angezogen mit lediglich zur Seite geschobenen Slip war in dieser Hinsicht ja selbsterklärend gewesen.

Das anfängliche Gefühl, was sie an der Zimmertüre noch glaubte, Liebe nennen zu können, war schnell verschwunden. Auch das, was ihre Zugehörigkeit betraf, als Freundin oder Schwester. Im Gegenteil. Sie fühlte in diesem Moment ihm gegenüber eher eine Verpflichtung. Ja, sich sogar unter Druck gesetzt, aufgrund der vielen Aktionen, die er mittlerweile wegen ihr gestartet hatte. Selbst das auf vielfältige Weise Harmonische war nur noch in Teilen vorhanden. Er war ihr zwar vertraut, aber fremd zugleich und zudem eine Mischung aus zu vielen geworden. Der Beweis, dass sie die Orientierung im Leben, den Boden unter den Füßen, wie es in ihrem kleinen Oktavheftchen stand, verloren hatte.

„Ich hab' unter der Dusche nachgedacht und mich an Scarletts Brief von damals erinnert. In dem hat sie geschrieben, sie wäre wie eine Zwölfjährige gewesen. Dabei war sie da schon achtzehn. Ich glaub, manchmal bin ich auch 'ne Zwölfjährige. Ich seh sogar so aus. Irgendwie ungefährlich. Aber sobald ich die Erwachsene mime, löst sich das auf und ... Was ich damit sagen will, jedes Mal, wenn ich dachte, ich sei zwölf, hab ich's mit den anderen gemacht, die ich nicht liebe, anstatt *dabei* an demjenigen zu wachsen, dem ich gesagt habe, dass ich ihn liebe. – Aber ich habe diese Liebe stattdessen immer wieder betrogen. Hier wollte ich mich als dünne Zwölfjährige verstecken. – Das war der Plan. Hier muss ich nur hin und wieder die Hand von Bhajan, meinem Chef, auf meinem Hintern aushalten. Vielleicht wäre ich irgendwann auch gestorben, weil nichts mehr von mir übrig geblieben wäre. Ich möchte aber vielleicht doch lieber wachsen und leben. Hilf mir bitte, dieses eine Mal noch. Auch wenn ich dich gerade nicht so lieben kann, wie ich es mal behauptet habe. Vielleicht kehrt diese Liebe aber wieder zurück."

Guido zog die Brauen hoch, weniger wegen ihres letzten Satzes als wegen der Hand ihres Chefs. Nun war klar, was Bhajan, der Chef, von ihr wollte. Das Geräusch, das er bei Lina in der Wohnung gehört hatte, wollte zwar nicht unbedingt passen, aber wer weiß, wo er sie mit ihrem Handy erwischt hatte. Sie war sicher nicht in ihrem chaotischen Zimmer gewesen. Schon sah er sie, im Büro oder irgendwo im Hotel in einem Dienstraum oder gar Keller. Er musste schlucken, richtete sich ein wenig auf und zog sie zu sich herunter.

„Ich lass dich nicht im Stich. Wir beide werden einen Plan schmieden. Miteinander und zusammen. Wir werden aber ganz bestimmt beide Hilfe brauchen."

„Weil ich dir fast acht Jahre deines Lebens kaputtgemacht habe."

„Quatsch! Das stimmt doch gar nicht", erwiderte er verärgert und nahezu ungehalten. „Das waren schöne Jahre. Inzwischen kenne ich ja ein paar Details deines Lebens. Also Gründe für manches. Aber wir haben uns nicht versteckt. Denk an die ganzen Fahrradtouren, Kinobesuche, Musicals, Chris Rea in Hamburg. Ohnehin, wie oft waren wir in Hamburg und Kiel?! Das alles war verdammt schön. Unsere Kreuzfahrt im Mittelmeer mit all den Städten ..." Er brach ab, nachdenklich streichelte er durch das Handtuch ihren Rücken. „Barcelona hat dir so gefallen. Lass uns doch, bevor es nach Hause geht, dorthin fliegen. Was hältst du davon? Dann hast du etwas Abstand von dem Scheiß hier und zu dem, was kommt. Ich hab' keine Lust, all die Jahre gegeneinander aufzurechnen."

Sie hatten tatsächlich schöne Zeiten gehabt, erinnerte er sich. Oft genug miteinander, untergehakt, einander in den Armen oder Händchen haltend und auch mit Lust im Bett. Leise grinste er in sich hinein, weil er dabei an das Liebes-Wochenende am Timmendorfer Strand mit dem Whirlpool und an das Toy denken musste, das sie in Hamburg auf der Reeperbahn gekauft und kichernd zu Hause ausprobiert hatten. Auch das hatte sie nicht mitgenommen und mit Brians Brief in der Schublade liegen lassen, obwohl er sicher war, dass sie es bis dahin hin und wieder benutzt hatte.

Seine Hand streichelte ihren Po. So klein wie in der allerersten Nacht. Mehr als acht Jahre her. In der war *sie* zu ihm gekommen. Er seufzte. Er hatte längst einen Steifen. *Auch wenn ich dich gerade nicht so lieben kann, wie ich es mal behauptet habe.* Hatte sie ihn etwa da schon nicht geliebt? Egal, es musste unbedingt mehr Speck an sie dran. Es fehlten sicher mehr als zehn Kilo.

„Wir haben noch nicht gefrühstückt. Unten ist sicher alles weg. Lass uns irgendwohin gehen. Zu dem Spanier vielleicht. Auf Empanadas hätte ich gerade Lust."

Saya schob sich etwas von ihm herunter, spürte dabei sein hartes Glied, das gegen ihren Bauch drückte, und lächelte ihn verschämt an, als müsste sie sowohl über das eine als auch andere nachdenken. Etwas umständlich stand sie auf. Das Handtuch rutschte runter.

„Wo treffen wir uns?"

Nun nackig blieb sie vor ihm stehen. Sie sah gleichzeitig schön und schrecklich dürr aus. Bilder aus Somalia, Syrien und Mali aus einer Zeitung fielen ihm ein.

„Mall of Asia. – Natürlich. Und da stopf ich dich mit *Lumpias* voll, bis sie dir zu den Ohren rauskommen. Mit der 1 sind wir ganz schnell da. In nicht mal zehn Minuten. Hab's schon ausprobiert. Hab' ja bis auf das bisschen Studio sonst nichts zu tun."

„Ich seh schon. Du kennst dich hier bald besser aus als ich. – Also gut. Anziehen, Empanadas, Mall of Asia. Eine Futtertour, wie ich sehe." Ihr Grinsen misslang.

Guido stand bereits neben ihr, gab ihr einen Kuss auf eine Wange und ging ins Bad. Ein bisschen frisch machen, wie er meinte. Die Badtür ließ er offen und rief:

„Ich möchte dich als Saya im Ganzen mit nach Hause nehmen und Mommy übergeben können und nicht als Klappergestell, das gestorben ist. Mich hats grad geschüttelt, als du das gesagt hast."

Aus den Augenwinkeln beobachtete er, wie sie sich vor dem Spiegel im kleinen Gang anzog. Ein BH war wirklich nicht nötig. Sie zog den Ausschnitt des Hemdchens ein wenig vom Körper und sah auf ihre Brüste. Die Spitzen schienen größer als diese. *Fuck*, meinte sie tonlos. Anschließend zog sie die weiße Bluse und den Rock mit Schlitz und Gummizug an. Es waren in der Tat die einzigen Sachen, die noch passten, ohne an ihr herumzuschlabbern. Den grauen Rock fürs Hotel, eigentlich eng genug, stülpte sie am Bund jeden Tag um, damit er nicht rutschte. Dass er trotz Gürtel nicht richtig passte, fiel hinter der Theke der Rezeption nicht besonders auf. Ihr Chef freute sich sicher darüber.

„Wenn wir in der Mall sind, kaufen wir ein paar neue Sachen. Hosen, Shirts und Unterwäsche. Wir haben ja ein wenig Übung darin. Siehe Kiel. Und du nimmst in nächster Zeit ja hoffentlich wieder zu, dann können wir das alles von mir aus hierlassen, oder auch einer Kollegin für die Kinder geben, weil dir die Klamotten hoffentlich nicht mehr passen."

Er sah im Spiegel, wie Saya ihre Lippen einrollte, wieder an sich herunterschaute und dann an ihren Haaren zu zupfen begann.

„Claire wird mich zusammenscheißen."

„Wird sie nicht."

„Weil du sie schon vorbereitet und ihr alles haarklein berichtet hast vor ein paar Tagen."

Guido rollte mit den Augen.

„Dadurch, dass du dich nicht gemeldet hast, ahnt sie genug. Ihr kennt euch seit weiß Gott wie vielen Jahren, und sie weiß mehr von dir, als du denkst. Da muss *ich* nichts mehr ... haarklein erzählen."

„Worüber habt ihr dann gesprochen?"

Er hielt die Luft an, in Gedanken sah er Claires Hand auf seinem Oberschenkel, klatschte die Hände voller Wasser in sein Gesicht und wiederholte das Ganze noch mal. Zeit genug, um eine Antwort zu finden.

„Darüber, was sie in Frankreich so erlebt. Und dass sie uns mal besuchen will, wenn sie wieder dort ist."

Die nächste Fuhre Wasser spritzte gegens Gesicht, dann angelte er nach dem Handtuch.

„Und worüber noch?"

Saya stand immer noch vor dem großen Spiegel, betrachtete sich und drehte sich dabei etwas zur Seite.

„Dass ihr das mit dir verdammt leidtut. Und dass sie es schade findet, dass man so wenig Kontakt miteinander hat. Wie wären doch ein tolles Team."

Saya stampfte etwas auf.

„Team. Typisch. Pass auf! Die verdreht dir ruckzuck den Kopf und ... und ... ach scheiße! Und ... deine Lina guckt dann auch in die Röhre."

In dieser Beziehung war Saya wenigsten wieder normal. Ihre Eifersucht zurück und diese phänomenal. Das beruhigte etwas.

„Keine Chance. Ich geb' zu, ich mag Claire. Aber egal wie sie ist. Egal wie sie sich kleidet. Ich glaub, sie versteckt sich manchmal ebenso hinter ihrer provozierenden und forschen Art. Sie strahlt damit ziemlich viel Selbstbewusstsein aus. Vielleicht hat sie das gar nicht. Das ist auch so eine Art von Schutzschild."

Mit dem Handtuch in der Hand sah er zu Saya.

„Ich provozier mich immer nur selbst und tue dann etwas, was ich eigentlich nicht will. *Fuck!*", entgegnete Saya plötzlich kleinlaut und untersuchte ihre Haut auf den Innenseiten ihrer Oberschenkel. Warf sie dort nicht Falten? Guido sah es, schüttelte den Kopf und wollte nicht weiter darauf eingehen. Stattdessen meinte Saya:

„Claire konnte das alles nicht so passieren. Die hat als Jugendliche einen Selbstverteidigungskurs gemacht und so einen Idioten ins Krankenhaus gekickt."

Guido lachte auf, die gar nicht lustige Geschichte dazu hatte Claire ihm erzählt. Er prustete deshalb und schlüpfte in seinen Slip. Hinter ihr stehend sah er zusammen mit ihr in den Spiegel. Sie sah in diesem an ihm runter und verzog den Mund, während er meinte:

„Ich glaube, so etwas solltest du auch mal machen. Nicht wegen potenziellen Idioten, sondern fürs Selbstbewusstsein. Was hältst du davon?"

Sie zuckte mit den Schultern.

„Mal sehen. So wie ich gerade aussehe, bin ich alles andere als wehrhaft. Das sieht bei dir inzwischen schon ganz anders aus. – Wie ich sehe."

„Kann sein. Aber den Arschlöchern der Welt ist es scheißegal, wie dünn die Frau ist, die sie vergewaltigen wollen. Hauptsache, sie kann sich nicht wehren. Nach Schichtende im Büro von deinem Chef zum Beispiel. Der macht die Tür zu. Von wegen nur die Hand auf den Hintern. Die schiebt er dir nämlich dann unter den Rock. Und wie willst du dich wehren? Schreien? Das hört dann keiner. Du kennst doch die Typen."

Saya zuckte zusammen und räusperte sich. Guidos bescheuerter sechster Sinn. Automatisch hielt sie seine Hand auf ihrem Schenkel fest, als wäre sie Bhajans.

„Ach der. Du kannst einem echt Angst machen."

„Nee, ich mach mir tatsächlich Sorgen."

***

Die beiden Mädels, wie Guido zu Sayas Freundinnen immer schmunzelnd sagte, warteten bereits im dritten Stock im *But First*, als sie mit ihren zwei Tüten in der Hand sich an deren Tisch setzten. Claire nahm ihm die beiden Tüten aus der Hand und schielte hinein.

„*Fuck! Damned! You paid?*" Sie sah Guido fragend an und er hob nur mit einem halben Grinsen die Schultern. Dann lachte Claire Saya an und meinte: „*I want a friend like that too. Can you lend me him?*"

„*Naff off!* Du spinnst wohl! Guido gehört mir. Auch wenn er jetzt vielleicht nur noch Bruder sein sollte", erwiderte Saya, verzog säuerlich das Gesicht und schielte, als müsse sie den Inhalt ihrer Aussage kontrollieren zu Guido. Gleichzeitig dachte sie an Lina und an Dessous, Ringe und Zeugs, das Guido für Lina womöglich bereits gekauft hatte. Sie musste sich deshalb zusammenreißen und nahm Claire genervt lächelnd in die Arme. Claire wusste mit Sayas Eifersüchteleien umzugehen.

„Schön, dass du sie mitgebracht hast", meinte sie zu Guido und zu Saya: „*Huwag kang magalit.*"

„Tu ich ja nicht", gab Saya wieder etwas gereizt zurück und Guido sah beide fragend an.

„Was ist los?"

„Ich soll mich nicht aufregen. Guck sie dir an. Minirock nur breit wie 'n Gürtel, enges Shirt, keine Strumpfhose. Pumps mit meterlangen Absätzen. Die provoziert andauernd. Was hatte sie vorgestern an?"

„Nichts. Aber sie kann Karate", griente er und dachte an Claires Outfit von vor zwei Tagen. Und an die verräterischen Zeilen von diesem Bhajan in Sayas Handy. *Put on your mini-skirt. Leave out the tights.*

„Darf ich auch mal?", protestierte Yana, schob sich dazwischen, begrüßte Saya mit einer schwingenden Umarmung und sah dabei an ihrem Körper herunter. *You have to eat more.* Aber Saya reagierte nicht darauf, sondern lächelte verlegen. Yana streichelte über einen Arm von Saya und wendete sich Guido zu.

„*Musta?* – Wie gehts?"

„*Okey naman!* – Gut." Er schielte dabei zu Saya, nickte und hoffte, dass es überzeugend genug klang.

Wenige Minuten später schien alles kein Thema mehr zu sein und die Mädels fragten nicht weiter nach, was alles in den letzten Monaten passiert war, sondern quatschten miteinander, als seien nur ein, zwei Tage zwischen dem letzten Treffen vor vielen Monaten und diesem Nachmittag vergangen. Saya machte zunächst nur in knappen Sätzen mit und fing dann doch mit an zu lachen. In seiner Schule früher hätten seine Kumpels und er von Gegacker gesprochen.

Guido lehnte sich zurück und warf Claire, die wie beim letzten Mal hier in der Mall ihm gegenübersaß und immer wieder zu ihm schaute, einen angedeuteten Kuss und *Thanks* zu. Sie schloss mit einem Lächeln kurz die Augen. Sie verstand seine Mimik und Zeichensprache. *Keiner Rede wert.*

Die nächsten zwei Stunden verstand er so gut wie kein Wort. Er blieb aber neben Saya sitzen, streichelte ihr ab und zu über den Rücken oder legte wie früher eine Hand auf ihren Oberschenkel, die sie dann festhielt. Ab und zu glaubte er etwas aufzuschnappen, den Inhalt des Hin und Her erraten zu haben. Ein rätselndes *Anong bago?* – Was ist los? – von Yana oder ein kleinlautes *Oo nga!* – Du hast recht! – von Saya mit hochgezogenen Brauen und einem Blick zu ihm und *Nakatutuwa, alam ko ...* – glücklicherweise, ich weiß ...

178

Ab und zu wurden die jungen Frauen doch wieder so ernst, dass es sich nur um Sayas Hiersein und ihre nächsten Schritte drehen konnte. Er verstand *mag-trabaho* – arbeiten –, *hindi ko alam* – ich weiß nicht – und wenig später den Namen des Hotels. Yana machte ein verwundertes *Ahhh* und tat, als hätte sie keine Ahnung – *I'll just pop round. Ich komm mal vorbei.* Keine schlechte Idee, glaubte er. So käme Saya sicher leichter ins Diesseits zurück.

„*Maybe there is a nice hotel in Germany!?*", meinte Yana zu ihm.

„*It doesn't necessarily have to be a hotel*", erwiderte Guido, machte eine Pause, weil er überlegen musste, wie es auf Englisch hieß. „*It can also be a tour operator or another travel agency. There is a lot of tourism where we live.*"

„Dann hat sie vielleicht da eine Chance auf einen guten Job. Hier ist es doch trotz aller wirtschaftlichen Erfolge ziemlich schwer für uns Frauen."

„Wir ... ich meine, sie wird sicher etwas finden. Aber jetzt muss sie erst mal alles ... verarbeiten. Es ist doch eine ganze Menge passiert, was sie sicher nicht wollte."

Die zwei Mädels nickten ernst. *Was sie sicher nicht wollte.* Saya seufzte mit hochgezogenen Brauen.

„Ich möchte auch nach Europa", entgegnete Yana, „da lebt es sich bestimmt entspannter. Vor allem für junge Frauen. Vielleicht komm ich dann in ein paar Jahren wieder zurück, wenn die Lage hier besser ist, und kann mir eine schöne Wohnung in Quezon leisten. Hier hab' ich Angst. Inzwischen sogar weniger wegen der Männer als wegen der Politik. Die Chinesen regen mich auf. Die Muslime auch und die Regierung ist hochgradig korrupt. Claire ist ohnehin in Paris, Angela wohl in Japan und Saya bald wieder in Deutschland."

„Jetzt muss sie erst mal ... runterkommen. Die letzten Wochen waren nun mal nicht so, wie sie sich das gedacht hatte."

„Man sieht es ihr ja an", meinte Claire leise.

„*Maldita!* – Ihr tut alle so, als wäre ich krank oder durchgeknallt oder nicht mehr ganz ... dicht", schimpfte Saya.

„Man sieht doch, dass es dir nicht gut geht." Claire todernst: „Schau dich an. Du siehst aus wie damals, als der andere Mist war."

Claire redete wieder Filipino. Ihr Ton ungewohnt ernst, wie Paps klingend, als er Sayas Unterschrift kommentierte. Saya widersprach wohl, wenn er ihre genervte Reaktion richtig interpretierte. Claire ließ sich nicht beeindrucken. *Ang iyong boss ay tiyak na hindi mas mahusay. – boss ... hindi mas mahusay* – Chef ... nicht besser – verstand Guido. Und Saya sah betreten in die leere Tasse vor sich.

Nein, der war nicht besser. Keineswegs. Sie zuckte. Es lag an ihr, mit ihm war sie genauso blöd wie bei Celso. Bereits ein paar Tage nach ihrer Ankunft im Mariano passierte es. Da wohnte sie noch im Hotel. Auch das alles wusste Guido nicht. Es fing damit an, dass Bhajan ihr ein Appartement vermitteln wollte. Überrascht blieb sie neben ihm stehen.

„Wirklich?", fragte sie ihn ungläubig.

Sie beugte sich vor, legte Formulare ab, während er sie anlächelte und nickte. „Ja. Warum nicht. Dann bist du ungestört." Gleichzeitig glitt er dieses Mal mit einer Hand auf einem Bein unter ihren Rock und streichelte ihren Schenkel bis zum Po hinauf. Verdattert sah sie ihn an, schluckte und war unfähig sich zu bewegen. Inzwischen hatte seine Hand sich unter den Saum geschoben und sie schaffte es endlich, sich wegzudrehen.

Nach Dienstschluss stand er plötzlich in ihrem Zimmer, als sie gerade dabei war, sich auszuziehen. Als sie die Tür hörte, war es schon zu spät. Sie wusste sofort, dass er es war. Sie kannte das Geräusch. Warum hatte sie verdammt nochmal nicht abgeschlossen? Nur noch in Unterwäsche stand sie ihm gegenüber und er schloss hinter sich mit einem Lächeln die Türe ab. Was dann folgte, war nichts anderes als die Ohnmacht, die sie auch gegenüber Celso damals empfunden hatte.

„Bhajan, nicht! Nein! – Lass das!"

Sie hoffte es würde helfen, ihn wie einen ungehörigen Freund zu behandeln. Doch schon war er auf sie zugegangen und nahm sie in die Arme und presste sie so fest an sich, dass sie keine Chance hatte, sich herauszuwinden. Begleitet von heftigen Küssen auf ihren Hals rutschten seine Hände ohne Stopp unter den BH über ihre Brüste, den nackten Bauch und in den Slip. Längst spürte sie die Erektion durch den Stoff der Hose an ihrer Seite.

„Ich hab' nichts da", versuchte sie ihn noch zu bremsen. Die Kraft sich in solchen Momenten zu wehren, hatte sie auch bei Celso nicht gehabt.

„Kein Problem", keuchte er seine Hose längst offen, darunter kein Slip. „Ich pass auf." Er küsste sich über ihr Gesicht, drückte sie gegen die Wand und schob eine Hand grob zwischen ihre Schenkel und zog Sekunden später ihren Slip über die Knie. Dann hielt er sie fest, verhinderte mit einem Kuss ihren möglichen Schrei. Stattdessen versuchte sie in seine Hand zu beißen, mit dem Erfolg, dass er sie noch fester umarmte. Nach einer halben Minute ließ er sie los und sie sank atemlos auf die Knie. Sie dachte daran einen Schuh zu nehmen, der neben ihr lag, und ihn damit zu ohrfeigen, aber sie zitterte viel zu sehr. Vorsichtig legte er sie aufs Bett.

„Es tut mir leid", meinte er nur.

An der Tür drehte er sich noch einmal um, kam zurück, streichelte ihr weinendes Gesicht und wollte sie küssen. Aber sie schaffte es, ihre Lippen aufeinanderzupressen und den Kopf wegzudrehen. Was für ein Flashback! Als er endlich wieder in der Tür stand, warf sie ihm ein viel zu schwaches Arschloch hinterher. Mit schmalen Lippen meinte er nur:

„Ich mein die Entschuldigung ernst. Aber ich dachte, du wolltest, weil du *vielleicht später einmal* gesagt hast." Dann fügte er noch „bis morgen" hinzu.

Bis morgen, das hatte Celso allzu oft gesagt, bis er sich doch brutal über sie hermachte. Würde nun Bhajan folgen? Am ganzen Leib zitternd blieb sie die halbe Nacht liegen und fragte sich, warum sie sich nach Celso nie richtig wehrte, und warum sie solche Idioten wie Nils und jetzt Bhajan zuließ. Warum sie nicht einfach abhaute und wieder nach Hause flog. Irgendwann am frühen Morgen fand sie im Internet das Angebot einer Wohnung. 13.500 Peso. Ein Einzimmerappartement. Teilmöbliert. Zentrumsnah. Mit Adresse. Ganz in der Nähe. Ihre Schicht begann um zwölf. Gleich nachher würde sie hingehen. Die würde sie sich nehmen und nach einer Lösung suchen. Vielleicht hatte sie Glück.

Sie hatte es – und erschrak.

Nichts anderes als eine Bruchbude.

Schon wollte sie absagen, dann stimmte sie doch zu und zahlte eine horrende Kaution. Sie konnte sofort einziehen und tat es. Sie war ja schon von zu Hause geflohen. Und weil sie blöde Andeutungen machte, dachte ihr Chef an mehr. Sie musste dahin, wo sie hingehörte, nämlich genau in eine solche Bruchbude. Perfekt für ihr kaputtes Leben. Mommy hatte einst die Lüge vom charmant wilden Datu erzählt. Längst war sie sich sicher, dass es eine Lüge war. Diese musste einen Grund haben. Den könnte sie vielleicht hier herausfinden. Ansonsten passte das Loch hundertprozentig zu ihrem Leben.

Mommy sehnte sich damals vielleicht auch ins Abseits, weil sie Celso hatte zulassen müssen und von zu Hause nicht wegkam. Sogar Mommys Eltern hatten ihr die im Grunde unmögliche Geschichte mit Datu vom Baseco Beach aufgetischt. Tata mit ernster Stimme, so einen Scheiß nicht zu machen, aber als Celso sich an sie heranmachte, schien er plötzlich blind. Und sie war so blöd, dessen Lügen auch noch zu glauben.

Gleich am ersten Abend stand sie immer noch zitternd und gleich mehrere Zigaretten rauchend auf dem hölzernen Umgang vor der Tür ihrer neuen Behausung und musste nun statt Bhajan das Geschrei von Jolanda nebenan, während ihrer von da an fast täglichen Vergewaltigung ertragen, die sie Minuten später mit einem viel zu lauten und langen Stöhnen belohnte. Mehrfach in der Woche, sogar mehrfach in manchen Nächten. Ihr Mann war unersättlich. Sie aber wohl auch.

All das war nur mit dem heißen Rauch der Zigaretten und einem Glas Schnaps zu ertragen. Mit dem Geschmack des Menthols, der von den Vorstellungen und Erinnerungen ablenkte, die jedes Mal in ihr hochkamen, wenn sie das Bettgestell gegen die Wand donnern, Jolandas Schreie und das Toben ihres Mannes hörte. Schreie verhinderte Celso mit einer auf ihren Mund gepressten Hand. Ihr wehrhaftes Toben mit klammernden Armen, die sich wie Fangarme eines Oktopusses um sie schlossen. Bhajan umarmte sie, bis sie kaum Luft bekam. Sie überlegte doch Brian anzurufen. Der hatte sich aber sicher längst einer neuen zugewendet, weil sie ja nicht gewollt hatte. Kofferpacken und abhauen wären im Grunde die besseren Lösungen.

Müsste sie das jemals Guido oder wem auch immer versuchen zu erklären, würde alles in einem Brei aus Ausreden und falschen Begründungen steckenbleiben, damit wenigstens ihre Seele sauber blieb. Statt abzuhauen, ließ sie Bhajan Tage später nachts richtig zu.

Vielleicht hatte Guido recht und sie hoffte darauf, eines Morgens nicht mehr aufzuwachen. Alles wäre gut und sie hätte ihren Frieden. Immerhin wohnte sie seitdem nicht mehr im Hotel. So versuchte sie wie damals als Vierzehnjährige alles zu vergessen, zu verdrängen, zu verhindern, vor allem aber zu verschweigen. Zu ertragen, zu erdulden, ja zu erlauben und sich zu ergeben. Sie hielt es für ihr Schicksal. Anderswo wäre es auch nicht besser, log sie sich vor.

Celsos Lügen glaubte sie viel zu lang. *Syempre mahal kita!* Natürlich hab' ich dich lieb! – Dies immer und immer wieder geschworen, gekrächzt, gestöhnt und dennoch gelogen. Tatsächlich tat es jedes Mal dann weniger weh, wenn er mit seinen Fingern an ihr und sich zugange war. Mit ihnen in sie eindrang, und sie deshalb schon glaubte, es sei zärtlich, weil er sie dann nicht mehr schlug. Und nachdem sie Karthik kennengelernt hatte, stellte sie sich vor, es wären dessen Hände und Finger. Und es tat noch weniger weh, wenn sie die Augen schloss und Celso dieselben Lügen erzählte. *Wenn du zärtlich bist, verrate ich niemandem etwas.* Er war es nicht, nicht mehr in den letzten Wochen, höchstens zu Beginn. Dennoch blieb sie viel zu lange still. Sie erduldete ihn. Nun erduldete sie Bhajan. Sie konnte sich selbst nicht erklären, warum sie nicht abhaute.

Ihr Leben konnte sie nicht ausprobieren, das war einfach da. Liebe kann man auch nicht ausprobieren, sie ist einfach da. Behauptet, vorgetäuscht, geschauspielert und gelogen. Wie der Glaube an Gott, der ebenso nicht da war, und wenn doch, sie längst verlassen hatte. Alle, die ganze Welt verlassen hatte! Er verhinderte nicht ihren Missbrauch, er verhinderte gar nichts, keine Armut, keine Ungerechtigkeit, keine Lügen, keine Falschheit, keine Schläge, keinen Krieg. Vielleicht gab es ihn auch nicht – diesen Gott – wie die Liebe. Wie sollte sie dann also lieben können? Die nächste Rauchwolke.

Nebenan hörte sie wieder Schläge und keine halbe Minute später Jolandas lang gezogenen Schrei. Sie sah über das wackelnde Geländer hinunter zu dem tosenden Verkehr, der viel zu leise für die Scheiße in ihrem Kopf war. Kopfschüttelnd und fluchend legte sie die glühende Zigarette vor sich ab, ging hinein und trank einen weiteren kräftigen Schluck vom hochprozentigen *Lambanog*, dem Palmschnaps. Mit der Flasche in der Hand kehrte sie zu ihrer Zigarette zurück, und zusammen mit dem Menthol und einem weiteren Schluck aus der Flasche stand Karthik keine Handvoll Sekunden darauf vor ihr und lachte und ihr wurde warm.

Dennoch: Schon lange passte nichts mehr zusammen, passte nichts mehr zu den Erzählungen der Freundinnen, zu den Gefühlen und Widersprüchen in ihrem Körper, zu der Angst, die sich jedes Mal mehr und mehr ergab. Besonders nachdem Karthik verschwunden war und Celso sich nur eine Woche später zwischen ihre Schenkel drängelte und sie ohne jegliche, die versprochene Liebe brutal und schmerzhaft vergewaltigte. Am nächsten Tag blutete sie, die nächsten war sie unzurechnungsfähig und log sich mit Unwohlsein durch die Zeit. Dann endlich hatte sie den Mut, Nana etwas anzudeuten. Und in der Woche drauf auch Claire.

Von alldem wusste Guido viel und doch zu wenig. Mit ihm würde ein Neustart schon daher nicht funktionieren. Obwohl er sie liebte. Wohl wirklich liebte und es nicht nur behauptete und sie hier nicht nur rausholen wollte. Aber sie hätte immer das Gefühl, wie ein Rucksack auf seinem Rücken zu hängen. Wie eine Last, die ihn daran hinderte, sich unbefangen und frei zu fühlen. Sie wäre ein Störenfried für seine Liebe. Für seine für sie inzwischen *unbegreifliche* Liebe. Von der sie am Anfang behauptet hatte, sie auch für ihn zu empfinden. Wie konnte das sein, wenn sie nicht einmal wusste, was Liebe war, außer diesem verlogenen Befummeln? Liebe ist vielleicht nur eine Einbildung. Etwas für gutgläubige Menschen. Für welche, die glaubten, wenn nicht dasselbe, wenigstens das Ähnliche zu empfinden. Liebe als Liebe war viel zu kompliziert. Sie gab damit an, plötzlich da zu sein. Auf den ersten Blick. Nach dem ersten Kuss. Verschwand bisweilen, um sich, neugierig auf sie, wieder hervorfühlen zu lassen, um sich neu aufzutun und zu beweisen. Um mit einer nächsten Lüge wieder beendet zu werden. Celso hatte jedenfalls keine Ahnung von Liebe. Aber sie hatte bei ihm lügen gelernt. Also konnte sie auch anderen Liebe vorgaukeln. Die waren an ihr wenig interessiert. Sie musste nur vollzogen werden. Das fiel ihr leicht, weil sie bestimmte wie. Bis vor ein paar Tagen auch bei Bhajan. Für das, was er von ihr wollte, gab es Betten im Hotel. Für das, was sie zulassen würde, mehr als genug.

Nach der vorletzten Nacht mit ihm kam Guido. Als wenn er es gewusst hätte. Bhajan griff ihr aber auch kurz nach dessen Ankunft, *nakatutuwa* – glücklicherweise, wieder eher harmlos unter den Rock, als sie Formulare ins Büro brachte, und mit einer Ahnung die Tür hinter sich schloss. Guido wartete, erst Minuten später kam sie mit neuen Ausdrucken heraus und richtete sich den Rock. Nicht auszudenken, was Bhajan noch alles eingefallen und sie nur wieder weich geworden wäre.

„Tut mir leid, Guido, es wird doch später."

Saya seufzte auf, schüttelte sich, als müsste sie vollends wach werden und kam in der nächsten Sekunde wieder im Diesseits an. Claire schimpfte immer noch etwas auf Filipino und Yana hörte etwas verstört, verwirrt und verlegen zu. Guido sah sofort, dass irgendwas in Saya Karussell fuhr, verstand aber von ihrem Gezeter natürlich kein Wort. Claire und sie sprachen nahezu aufgebracht Filipino. Beide wurden dabei lauter. Auch an ihren nahezu zornigen Blicken sah er, dass sich beide aufregten. Tief einatmend hob er seine Hände und Brauen. Er musste dazwischengehen, egal wie und was er nun sagte.

„*Stop arguing. Saya will do it*", meinte er in einem scharfen Ton, der beide jungen Frauen sichtlich überraschte, „*You'll see it when we come back sometime.*"

Ihre Hand auf seinem Oberschenkel lief wie früher heiß und mit einem lauten Schnaufen sank ihr Kopf auf seine Schulter.

„Ist alles gut, Schatz. Sie sagt dasselbe wie du seit Tagen", meinte sie mit einem traurigen Lächeln. Guido stutzte. Schatz hatte sie noch nie gesagt. Ihre Hand blieb auf dem Schenkel liegen. Ein kurzer Augenblick Liebe und zwei Sekunden Stille. Die Gesichter der Mädels zeigten in Millisekunden Abstand tausende Gefühle wie ein Pantomimentheather. Claire und Saya glichen dabei Spiegelbilder.

„Ende Oktober kommt Sam Smith in die Arena, wär doch ein Grund für euren nächsten Besuch", versuchte diesmal Yana mit einem aufgesetzten Lächeln alle auf andere Gedanken zu bringen.

„Das wird dann die teuerste Eintrittskarte der Welt", lachte Guido auf, „mehr als tausend für den Flug und dann zerreißen sie das Ticket am Eingang."

„Noch einen Kaffee und dann machen wir zusammen einen Bummel durch die Mall, okay?"

Wieder Claire, nun mit einem Aufatmen. Sie war der General der Truppe. Das wusste er seit vorgestern. Da sagte sie allein schon optisch, obwohl auffallend wenig geschminkt, wo es langging. Er kam aus dem Fahrstuhl und sie saß auf einem roten Lederwürfel gegenüber der Rezeption. Ihre schwarzen Haare offen und etwas gelockt. Eine fast genauso schwarze, etwas verwaschene und hautenge Jeans mit hohem Bund, die ihre Figur betonte, darüber eine dünne dunkelpurpurne knopflose, daher offene Bluse mit sehr kurzem Leibchen und weiten Ärmeln, unter der nur ein schwarzes, nahtloses und knappes Top. Bauchfrei. In ihrem Nabel ein glitzernder Kristall. Er konnte nicht anders, prustete und schaute hin. Claire freute sich und lachte. Dann kämmte sie sich bühnenreif die Haare nach hinten und kam auf ihn zu, weil er wie eine Salzsäule stehen geblieben war. Sie umarmte ihn mit einem Arm und gab ihm einen Kuss. Auf den Mund! Gut, dass Saya nicht da war. Die Szene, die gefolgt wäre, konnte er sich mittlerweile gut vorstellen.

„Hi", meinte sie nur, immer noch mit einer Hand an einer Wange von ihm und blinzelte ihn an.

„Hi", krächzte er, versuchte den Klang wegzuräuspern und spürte, wie ihm das Blut ins Gesicht schoss. Automatisch schaute er an sich herunter. Mit seiner kurzen Hose und dem Shirt konnte er nicht mithalten. „Hi", wiederholte er leise, räusperte sich wieder und es klang nicht besser. „Was hast du vor?"

„Das werden wir noch sehen", grinste sie, hängte sich an seinen Hals und gab ihm links und rechts Küsschen. „Magst du mein Begleitschutz sein? Dann lass uns vor zum Pasig ins *Grand Café* gehen. – Und ... *I'm glad I seem to look pretty good"*, lachte sie nun.

Seine Antwort nur ein Hüsteln und Nicken.

„Ja. Du siehst ... äh ... sehr gut aus. Wie immer. Und wie auf den Bildern auf Insta."

„*Oh, kay sweet. Mahal mo ba ako, Gee?*", fragte sie frech und grinste. „Liebst du mich, Gee?"

Ihr Gee klang wie Dschi. Guido lief knallrot an. Was sollte das werden? Claire testete ihn und er stotterte:

„*Gusto kita.* – Ich mag dich. – Okay?"

„Dann ist gut", erwiderte sie, streckte sich und gab ihm den nächsten Kuss. „Und wie geht's dir wirklich?" Ihre Brauen plötzlich zusammengezogen, der Blick mit einem Mal ernst. „Du machst Sport, oder? Sieht ziemlich gut aus. Nein, sieht sehr gut aus."

Ihre Hand verschwand von der Wange und die Fingerspitzen strichen kurz in Brusthöhe über sein Hemd. Einen Augenblick später schwenkte Claire die Ausgangstür auf. Wie so oft in dieser Stadt endete augenblicklich die Wirkung der Klimaanlage und die Schwüle kroch unter seine kurzen Hosenbeine.

„Ja ich geh ein bisschen ins Studio, mich auspowern. Hilft, mich abzulenken", erwiderte er beim Hinaustreten. „Vielleicht gehts mir auch dadurch inzwischen besser. Aber ich glaube, Saya nicht allzu gut. Du wirst es ja sehen, sie ist fürchterlich dünn geworden. Und ich weiß noch nicht, was ich denken soll. Sie ist zwar jetzt bei mir, aber ihre ...", er schaute in seinem Handy nach, was Laune auf Englisch hieß, „... schwankt noch."

„Weißt du, seit ich acht war, kenne ich Saya. Auch wenn sie Yana als Freundin im letzten Jahr hier vorgezogen hat, war ich bis dahin so was wie die beste Freundin. Bis ich das mit Celso anfing zu ahnen und versucht hab' meine Meinung zu sagen. Ich wollte ihr klarmachen, wohl zu energisch, dass das nicht geht und sie sich wehren müsste. Das war wohl zu viel für sie, und wir sahen uns seltener. Saya hatte Angst vor Großvater. Vor allem, nachdem ihre Mommy weg war. Er hat ihr angeblich immer wieder Prügel angedroht. Kann auch sein, dass das eine Ausrede war, weil ich vielleicht bei ihr daheim ansonsten mal den Mund aufgemacht hätte. Aber die Chance gab sie mir nicht mehr. *Ich sag dir, der schließt mich ein oder setzt mich auf die Straße*, meinte sie. Mein Angebot – dann komm halt zu mir – schlug sie aus. Inzwischen glaub ich zu wissen warum."

Minuten später öffnete sie die Tür zum Café und er stieß ein *Ups!* hervor. Drinnen ein riesiger Raum, hoch, mit einer Empore, glänzenden, holzvertäfelten Wänden, glitzernden Lampen, Lichterketten und unerwartetem Luxus. Bunte Ledersessel und andersfarbige Sofas neben genauso bunten Stühlen und schweren, blank polierten Holztischen. Das Café war voll, unerwartet laut, lauter, als er es von einem Café erwartet hätte. Sich umschauend suchte er einen freien Platz.

„Erinnert mich immer ein wenig an die großen Cafés in Frankreich. *Café de Flore* oder *Pouchkine*", meinte Claire und steuerte auf ein gelbes, freies Ledersofa zu und wollte, dass Guido sich neben sie setzte, und klopfte auf das Polster rechts neben sich. *Gee!* Sie hatte einen neuen Namen für ihn gefunden.

„Red doch keinen Blödsinn! Hab' ich ihr gesagt", erzählte sie ohne Pause weiter. „Sag's vor versammelter Mannschaft, sag's deiner Oma. Red mit ihr! Das hat sie dann angeblich getan, aber es half wohl nicht besonders viel. Aber ich bin mir auch da nicht sicher, ob es stimmt. Jedenfalls hatte Tatas Bruder einen Schlüssel zur Wohnung und stand daher oft genug in ihrem Zimmer."

Wie erwartet rückte Claire dichter an ihn ran und legte unvermittelt mit einem Seufzer eine Hand auf den nackten Teil eines Oberschenkels. Der Stoff der kurzen

Hose war ein wenig raufgerutscht. Zugleich sagte sie etwas zu einem elegant schwarz gekleideten Kellner mit Mundschutz. Der mit *Salamat! Madam* antwortete, sich verbeugte und abschob.

„Du musst wissen, dass dieser Idiot nicht nur gefummelt hat. Was sie alles aushalten musste, weiß ich nicht. Saya sagte schon immer viel zu wenig. Aber wir beide können es uns ja denken. – Er ist jedenfalls das größte Arschloch! Im ersten Urlaub von euch durfte ich nichts sagen, okay? Sie wusste angeblich nicht, wie du reagieren würdest. Aber eure Tage im ... gelben Haus mit all den Erinnerungen haben das sicher wieder aufgewühlt und ihr Angst gemacht. Und dann ist da noch die andre Geschichte, von der du nichts wissen kannst, die muss sie dir selbst erzählen. Sie hat mit 'nem Typ zu tun, mit dem sie sich in dieser Zeit öfter getroffen hat, um ... auf andere Gedanken zu kommen. – Alles genauso beschissen. Mit dem ist erst recht einiges in ihrem Kopf kaputt gegangen. Es war am Ende ein scheiß Jahr.“

Wie sonst Saya walkte nun er still seine Lippen, sah Claires streichelnde Hand, die ihn beruhigen sollte, auf der Haut seines Oberschenkels zu und versuchte sich aus dem, was sie sagte, etwas zusammenzureimen. Es gab also noch mehr Kerle und wie befürchtet wohl auch so etwas wie Gewalt und ... Er schaute auf, hielt ihre Hand fest und streichelte nachdenklich mit dem Daumen ihre Finger. Mit einem ahnenden Kopfschütteln hielt er die Luft an.

„Drogen also?“, stieß er kurz darauf aus.

Der Kellner brachte in diesem Moment Kaffees, einen Teller gefüllt mit verschiedenen Gebäcken, Gläser und zwei Flaschen San Pellegrino. Kurz sah er auf die beiden Hände auf dem Oberschenkel und zog unmerklich die Brauen hoch. *Ausländer mit einer Pinay. Alles klar!* Claires Hand lag nun still, sie bedankte sich und der Kellner schielte auf ihren gepiercten Bauch und das Outfit und ging mit einem Nicken davon. Sie forschte in Guidos Blick, zog die Hand weg, umarmte ihn und gab ihm einen Kuss auf die Wange, weil sie seine Augen feucht werden sah. Erst dann nickte sie.

„Scheiße!", kam leise auf Deutsch aus ihm heraus. Und dann gleich noch mal und: „Also doch."

Noch ein Kuss auf die Wange.

„Du bist der Einzige, der ihr helfen kann."

Wieder ein Achselzucken von ihm.

„Zurzeit geht sie eher auf Distanz. Wir sind im Moment Bruder und Schwester mehr nicht. Keine Ahnung, was sie von mir zulassen wird."

„Mist! Tut weh, oder?"

„Es tut grad so vieles weh."

Sie ließ ihn los, trank einen Schluck Kaffee, seufzte wieder auf und deutete auf den Teller mit Gebäck.

„Das da ist *Buko Pie.* Musst du unbedingt probieren. Ist so was wie ’n Kokosnuss-Kuchen. Verdammt lecker. Und das frittierte Bananenrollen. Auch ziemlich lecker. Ich sag nur Kraftfutter."

Sie grinste ihn etwas verunglückt an und er nickte blass geworden. Nach einer Sekunde flüsterte er leise:

„Danke! – Für alles."

Claire umarmte ihn wieder und schüttelte den Kopf.

„*Rubbish!* Gee! Jetzt bitte nicht falsch verstehen, aber so einen wie dich hab’ ich echt noch nie kennengelernt. Keiner wär weder mir, Saya noch einer anderen Freundin nachgereist. Die hätten Schluss gemacht. Zack! Fertig! Vorbei! Vielleicht bist du aber auch nur ’ne fucking seltene Ausnahme. Keine Ahnung. Die Typen, mit denen ich ab und zu rumknutsche und ins Bett geh, würden sich jedenfalls einen *fucking shit* drum kümmern, dass ich 'nen Problem haben könnte. Ist in Frankreich übrigens nicht viel anders. Wahrscheinlich nirgendwo auf der Welt. Du bist echt ein scheißnetter und anständiger Kerl. Ich hoffe, ihr zwei bekommt alles wieder hin. Und wenn's als Bruder und Schwester sein sollte. Aber sie muss hier endlich aus diesem verfluchten Tunnel raus. Ich kenn sie zu lang und mag euch beide viel zu sehr, okay? *Gusto kita!* – Ehrlich! – Gee!"

Guido lächelte leise und dachte an Lina und Saya, die beide zu ihm Ähnliches gesagt hatten. *Du bist echt ziemlich anders als die meisten Jungs, die ich kenne. Ziemlich viel anders,* meinte Saya und Lina: *Du bist nun mal ein echt scheißnetter Typ, du Idiot!*

„Du hast eine viel zu hohe Meinung von mir. Ich hab' Saya inzwischen auch betrogen."

„Jetzt? Mit mir? – Gee! – *Rubbish!* Okay, so wie ich mich neben dich klemme, könnte man glatt meinen ... Und ehrlich gesagt, könnte ich mir mit dir ziemlich viel vorstellen." Claire lachte auf und sah ihn an. Sein Blick wie so oft ernst, nachdenklich und immer etwas traurig wirkend. Auf ihr sicher nicht ernst gemeintes Angebot wollte er aber nicht eingehen.

„Nein. Mit einer ehemaligen Klassenkameradin von Saya. Lina. Jetzt in den Wochen beziehungsweise Monaten, die Saya hier ist. Wir treffen uns öfter im Studio. Ihr zwei könntet fast Schwestern sein. Eigentlich wollten wir uns nur gegenseitig trösten. Aber dann ist es doch passiert. Ich kann dir auch deswegen nicht sagen, wie es mit Saya und mir weitergeht. Ich mag Lina inzwischen nämlich sehr. Vielleicht zu sehr."

Claire nickte erstaunt.

„Und ehrlich bist du auch noch. Und was daran ist Betrug? Immerhin hat Saya dich sitzen lassen. Hast du ein Bild von dieser ... Lina? Darf ich's mal sehen?"

Guido zögerte, zog dann doch sein Handy raus und scrollte zu den Bildern mit Lina. Zum ersten Selfie, auf dem sie nur im Slip auf dem Bett lag. Er zoomte das Gesicht größer und gab Claire das Handy. Die schielte ihn von der Seite an, grinste frech und tippte prompt zweimal aufs Display und hob die Vergrößerung auf. Lina wieder im Slip und er seufzte auf. Dann zoomte sie das Bild größer und kleiner und schob es hin und her.

„Wow! Sie macht auch Sport", stellte sie fest. „Sie ist echt hammerhübsch. Tolle Figur. Hätte ich mir aber ja denken können. In dem Zusammenhang danke für das mit der Schwester. Da hab' ich natürlich null Chancen." Mit nun gerunzelter Stirn gab sie ihm sein Handy wieder zurück.

„Aber trotzdem bist du jetzt hier und versuchst Saya zu helfen. Unglaublich! Allein das ehrt dich."

„Danke, aber ..."

Claire drehte sich wieder zu ihm und die Hand landete ein weiteres Mal auf dem Oberschenkel, verfolgt von seinen Augen streichelte sie ihn, als sei sie Lina an der Bar im Sportstudio. Er beugte sich vor und er nahm sich ein Stück Gebäck. Der *Buko Pie* schmeckte tatsächlich fantastisch und duftete zudem wie Linas Haare. Kurz schloss er die Augen und dachte an den letzten Freitag. Bald eine Woche her.

„Nur dass du es weißt, ich hatte früher auch Probleme – nenn mir ein Mädchen, das keine hat – vor allem hier –, aber wie gesagt, so etwas interessiert die ... Typen, die mich bumsen, nicht. Ich lauf auch nicht jeden Tag so rum wie jetzt. Höchstens mal in einer Mall oder am Baywalk. Das mit dem Karate nützt nämlich nichts, wenn fünf Mann dir an den Arsch greifen. Und bin ich nicht in der Uni, bin ich selbst in Frankreich nichts anderes als ein *couch potato*. Da gaffen einem die Kerle auch nur hinterher und versuchen so eine wie mich anzubaggern. Dabei gibt es leider genug Webseiten mit Frauen von hier. Die sind ja so herrlich exotisch und sicher sehr … anschmiegsam. *Fuck!* Schade also, dass du schon so mannigfaltig umschwärmt bist. Würd mich ehrlich gesagt reizen, es mal mit dir zu machen." Wieder lachte sie auf, flutschte für eine Sekunde mit ein paar Fingern unter sein Hosenbein, knetete die Haut und winkte mit der anderen Hand ab. „Aber wie gesagt, ich find's irre, dass du trotz Lina hier bist und Saya helfen willst. Wartet ab, wie alles geht und wird. Jetzt ist jetzt. Die Zukunft findet ab morgen statt. Und egal wie sie dann heißen wird, lass uns nicht den Kontakt verlieren. – Weil … *gusto kita*, Gee, okay? – Das mein ich so wie ich's sag. Ich geb zu, deshalb hab' ich mich für dich auch so aufgepeppt. Falls du also … Ich mein Frankreich ist ja nicht aus der Welt."

Guido nickte rot geworden.

Jetzt stupste Claire Yana neben sich an und kniff ein Auge zu. Claire war vielleicht zu Hause ein *couch potato*, war sie unter Leuten, allerdings nichts anderes als eine zweibeinige Überraschung. Er schielte zu ihr hinüber. *Gusto kita* – Ich mag dich. Auch er hatte es an dem Nachmittag zu ihr gesagt. Sie sah in diesem Moment auf ihre Uhr und klatschte in die Hände.

„Wie in alten Zeiten! Etwas kaufen, etwas zufällig nicht bezahlen. – Okay?"

Die Mädels lachten. Guido zog die Brauen hoch. So was Ähnliches hatte er geahnt.

„Ich bring euch morgen früh dann Empanadas ins Gefängnis. Ist ja ganz in der Nähe vom *Red Planet*."

Schon hatten Claire und Yana Saya in die Mitte genommen und sich bei ihr untergehakt. Kurs *Happy Skin* im ersten Stock.

Binondo

Die Stadt empfing ihn wie jeden Morgen und wie vor Jahren beim ersten Besuch. Brüllend laut, feucht und daher schwülwarm. Eines war sicher, verhungern würde er hier nicht. Fünfzig Meter links vom Hotel an der nächsten Ecke gab es unter bunten Sonnenschirmen eine der vielen Garküchen, wie nahezu an jeder Ecke. Gleich am ersten Tag probierte er dort *Fried Siopao*, eine mit Schweinefleisch gefüllte, würzige Variante der Dampfnudel. Stück 30 Pesos, keine 50 Cent also. Wieder nur ein paar Meter weiter rechts ein kleiner Kiosk, an dem er sich täglich ein paar Wasserflaschen kaufte. Gleich um die Ecke herum der *Plaza Lorenzo Ruiz* und die gleichnamige Kirche. An ihr vorbei führte eine Straße, die er bisher missachtet hatte, wenn er Saya zum Hotel brachte, nicht nur zum *Ramada-Hotel*, sondern auch ins Chinesenviertel mit seinen Läden, etlichen Essensständen und kleinen Imbissen. Die obligatorischen Stromleitungen über ihm sorgten hier zu breiten Strängen zusammengebunden sogar für Schatten. Bunte Lampione hingen dazwischen.

Nach zwei Stunden im Studio, hatte er genug Zeit das Stadtviertel zu erkunden, in dem sie nur einmal in ihren beiden Urlauben gewesen waren, als sie den herrlich chaotischen Divisoria-Markt besucht hatten. Der Pasig wirkte für ihre Spaziergänge seinerzeit ansonsten wie eine Grenze, die Saya erst mit dem *Mariano Gomez* wieder überschritten hatte.

Nachdem er durch Claire nun auch das mit dem anderen, vermutlich drogensüchtigen Kerl mehr oder weniger wusste, und er das eher ungewohnte Durcheinander hier sah, ahnte er, was es damals wohl genau hier zu organisieren gab. Bislang hatte er zwar nicht einmal Zigaretten bei ihr gefunden, obwohl er täglich hinter einer abgestandenen Pfefferminz-Schwade Zigaretten roch. Aber irgendwelche Pillen und Drogen schien sie nicht zu nehmen. Die gab es, so hoffte er, nur damals. Vielleicht hier in diesem Stadtviertel organisiert. Egal wie brutal irgendwelche Strafen waren.

Bereits als er das Mariano betrat, hatte er den Eindruck, Saya hätte sich ein fatales Ziel ausgesucht. Was auch immer seinerzeit nicht mit Drogen funktioniert hatte, er wollte lieber nicht daran denken, sollte ausgerechnet hier wohl nun durch Hungern, Rauchen und Alkohol klappen. Auf seine Fragen – *dein Körper macht das nicht mehr lange mit. Ist es das, was du willst? Kaputt gehen?* – hatte er keine Antwort erhalten, sondern nur: *Woher willst du wissen, dass ich nicht genau das will, diesen Arbeitsplatz, diese Arbeit und so weiter?* Ihn schüttelte es, als er an das *Und-so-weiter* und zum Beispiel an die ärmlichen Straßen und Lebensumstände in Baseco denken musste.

Seit einer Stunde erst war er unterwegs und dennoch in einer gänzlich anderen Welt. Irgendwann war er nach einer Brücke über einen muffig riechenden Kanal nach links abgebogen. Wieder umgeben von wolkenkratzerähnlichen Wohnsilos, Baracken mit Lebensmittelgeschäften, Kiosken und Garküchen und dringend zu renovierenden Häusern. Über ihm Stromleitungen oder riesige Baugerüste, die sich über Dutzende von Metern über die ganze Straße spannten. Die Orientierung fiel schwer, im Grunde war sie nicht möglich. Das Gewirr beschwichtigte aber seinen Kopf.

Laut der Karte im Handy ging er gerade die Felipe II entlang, eine schmale zugeparkte Straße mitten in diesem Viertel. Rechts von ihm eine der vielen Malls. 999

Shopping Mall prangte in roter riesiger Schrift auf der Seite. Die Pinoys liebten nun mal Shopping. In Deutschland begann seit langem das sogenannte Ladensterben, hier reihte sich ein Marktstand, ein Laden, ein Restaurant oder Imbiss an den anderen. Die Straße wirkte wie viele zwar etwas staubig und löchrig, aber längst nicht so chaotisch, wie mancher in den sozialen Netzwerken meinte, verkünden zu müssen. Darüber hinaus waren viele Stadtviertel überraschend sauber. Manche Ecke in Hamburg oder Kiel könnte sich ein Beispiel nehmen. Der Verkehr allerdings unbeschreiblich. Meter für Meter standen dicht an dicht, fast ineinander geparkt Roller, Mopeds und Trikes und vollendeten auf diese Weise das Chaos. Das sicher noch größer wurde, wenn nur einer damit nach Hause fahren wollte.

Manila war nichts für den üblichen Massentourismus. Nichts für denjenigen, der Paris als schönste Stadt der Welt empfand. Nichts für den, der Hamburg die südlichste Stadt Deutschlands nannte. Es war nur stellenweise aufgeräumt und an diesen Stellen wirkte es im Vergleich schon fast wie eine Fassade. In fast jeder Straße des Viertels, durch die er bisher gegangen war, entstand etwas Neues. Ohne Staub und Dreck nicht hinzubekommen. Alles wurde in riesigen Säcken gesammelt. Nicht immer sah er Bauarbeiter.

In einem der zahlreichen Internet-Reiseführer las er, dass Binondo die älteste Chinatown der Welt wäre und vor über vierhundert Jahren von den spanischen Eroberern gegründet wurde, um die vielen chinesischen Einwanderer unterzubringen. Absichtlich auf der anderen Seite des hier breit fließenden Pasigs, damit Spanier und Chinesen sich nicht miteinander vermischten. Mögliche Unterwanderungen und Angriffe drohten durch Kanonen aus dem durch dicke Mauern geschützten Teil auf der spanischen Seite abgewehrt zu werden, den man Intramuros nannte. Den Chinesen war es egal. Sie machten aus Binondo einen florierenden Stadtteil.

Inzwischen war diese Vermischung längst perfekt. Auch in den Sprachen. An nahezu jedem Laden klebten Plakate, Firmenschilder und Preislisten in Englisch und Chinesisch nebeneinander. An der Tür manchmal noch ein Zettel in Tagalog. Die Preise waren häufig sogar in Dollars umgerechnet. Selbst in von außen teuer anmutenden Restaurants war kaum ein Essen teurer als zehn Euro.

Um die 999-Mall wuselte es wie in einem Bienenstock. Es gab unzählige Verkaufsstände und Garküchen und genauso viele Düfte. Irgendwo in der Nähe angeblich auch eines der besten Restaurants. Er blieb in dem Tohuwabohu von klapprig wirkenden Ständen stehen. Alles, was in Deutschland auf Krämermärkten angeboten wurde, gab es hier im Vergleich zu dort zu Spottpreisen. Der vor ihm war mit lauter roten und blinkenden Lampions verziert. Links hinter einer Acrylglas-Konstruktion auf einer Art Biertisch leere Teller und allerlei Schüsseln voller klein geschnittenem Gemüse, bleiche Hühnerschenkel, verschiedene Fläschchen und kleine Schalen mit Gewürzen und eine große, dampfende Schüssel mit fertiggegartem Reis.

Aus zwei Lautsprechern, die im riesigen Pagodenschirm hingen, tönte ein philippinischer Hit mit großem Orchester, hinter ihm ein startendes Moped, laute Stimmen und Gelächter. Ein Laster quetschte sich hupend durch das Gedränge. Zwei Stände weiter Geschrei oder zumindest ein sehr laut geführtes Gespräch, um sich in dem ganzen Lärm verständlich zu machen. Der Song toll zu hören, wie er fand. Wahrscheinlich deshalb war er stehen geblieben. Die Frauenstimme, etwas rau und rauchig, so wie Saya inzwischen klang, sang gerade eine Zeile in Englisch, *...but if it's raining in Manila ...* Der Rest Tagalog, von dem er nur eine Zeile verstand. *Kamusta ka na?* – Wie geht's dir? Gut, hätte er am liebsten in diesem Moment gesagt. Er erwischte sich dabei, wie er mit seinem Kopf im Rhythmus mitwippte.

„*Ano ito?*" Er deutete gut gelaunt in einen gut riechenden Topf vor ihm.

„*Adobo*", erwiderte die etwas ältere, freundlich lachende Pinay, die sofort erkannt hatte, dass er zwar fragen konnte, was das wäre, aber eine genaue Antwort nicht verstehen würde. Sie war noch kleiner als Saya und wie viele Pinays nicht besonders schlank. Sie zeigte auf ein paar Dinge hinter der Acrylglasscheibe. Guido nickte und streckte einen Zeigefinger. Auf seinem Teller, tatsächlich aus weißem Porzellan, ein kleiner Berg Reis, mehrere Stücke gebratenes Hühnerfleisch und darüber eine Kelle bräunlicher Soße. Dazu erhielt er eine Gabel. Auf einem extra für ihn aufgeklappten Stuhl durfte er neben dem Stand Platz nehmen. Er hielt seine Nase über den Teller, es duftete nach Sojasoße, etwas Essig und viel geröstetem Knoblauch. Das Fleisch butterweich, exotisch gewürzt, aber keineswegs scharf. Es schmeckte ausgezeichnet. Er schlug heimlich im Translator des Handys nach und rief zur Frau hinüber:

„*Sarap naman!* – Sehr lecker!"

„*Maraming salamat!*", bedankte sie sich erfreut. „*Saan ka nanggaling? America?*"

Er überlegte, glaubte aber, verstanden zu haben. Sie wollte wissen, woher er kam.

„*Hindi. Alemanya.* – Nein. Deutschland."

„*Bakasyon?*"

Nein, Urlaub war das nicht, wenn er ehrlich wäre.

„*Do you speak english?*", fragte er zurück.

Sie lachte, nickte vage und machte eine entsprechende Handbewegung.

„It's enough to sell."

„My wife is working here. Ich gehe in ein, zwei Wochen mit ihr wieder zurück nach Deutschland."

Wieder nickte sie.

„Taga dito ba siya?" Englisch war nicht ihre Stärke.

Taga dito – ja, sie ist von hier. Auch er nickte.

„Yes. Guadalupe Nuevo."

Ein Mann in Arbeitskleidung trat an den Tisch und unterbrach das Minigespräch. Guido verstand nichts. Es klang gänzlich fremd, vielleicht war es auch kein Tagalog. Der Mann wirkte eher wie ein Chinese und bekam einen vollen Teller. Allerdings etwas anderes. Guido stand auf, aß den letzten Bissen und bot ihm seinen Stuhl an. Dann gab er seinen Teller zurück und deutete auf den anderen.

„Ano ito?"

„Pancit bihon."

„Masarap din", antwortete nun der Mann mit vollem Mund nuschelnd und lächelte. Auch köstlich.

„Sa susunod", erwiderte Guido zu der Frau gewandt und winkte zum Abschied. Er hoffte auf ein nächstes und genauso entspanntes Essen zusammen mit Saya. Nun hieß es aber, auf zu neuen Zielen. Escolta Street. Laut Handy angeblich eine Straße mit schönen Häuserfassaden. Gut um sich von dem eigenen Durcheinander im Kopf abzulenken. Auf dem Weg dorthin an der Ecke Ongpin, Tomas Pinpin, ein in einer bunten Hauswand eingelassener Altar mit einem großen Metallkreuz, Kerzen, Blumenschmuck und allerlei Tinnef als Opfergaben. Kurz blieb er stehen, sah das Kruzifix an und meinte mit erhobenem Zeigefinger:

„Du weißt, was du zu tun hast."

Baustelle

Gut, dass der Elektriker da war. Guido kruschtelte in dessen Kiste. Alles da. Aber nichts davon in dem Schrank verbaut, vor dem sie standen. Nichts, was das Unglück hätte vermeiden können. Irgendjemand hatte beim Neubau des *Mariano Gomez* geschlampt. Kam auch in Deutschland vor. Aber durch den Kabelsalat, den Guido betrachtete, blickte er nicht durch. In diesem alle Farben verwendet. Er hatte den Eindruck, so wie sie gerade zu greifen waren. Am Morgen schrieb Saya ihm eine knappe WhatsApp. *Was kannst du als Anlagenbauer?* Er hätte flapsig antworten können: *Anlagen bauen.* Aber eine innere Stimme sagte ihm, dass etwas anderes dahintersteckte, eine Art Notfall. Daher schrieb er zurück: *Wir konzipieren und produzieren industriell verwendbare Maschinen und auch Roboter. Warum? Was ist passiert?* Prompt kam ihre Antwort: *Unsere Tiefkühlmaschine ist in der Nacht ausgefallen und wir hatten in der Stadt ausnahmsweise keinen Stromausfall. Nur ein Elektriker ist da und das Ding hält maximal noch vier Stunden durch.* Gerade noch hatte er mit Lina über WhatsApp telefoniert und die neuesten Entwicklungen gebeichtet.

Verdammt, ich seh schon, du wirst mich vergessen.

Nein! Quatsch! Bestimmt nicht. Aber wie's im Endeffekt ausgeht, weiß ich wirklich noch nicht.

Ich will dich aber nicht nur als Foto. Ich will dich hier und mit niemanden teilen. Höchstens vorübergehend.

Warte doch ab, wie alles geht. Jetzt ist jetzt entscheidend. Die Zukunft findet ab morgen statt. Ich hab' dich lieb. Trotz allem ziemlich sehr sogar.

Grrr, okay, ich schick noch was als Motivation.

Diesmal lag sie frech grinsend und nackt auf ihrem Bett. Ein Bein etwas zur Seite angewinkelt. Die feine Linie ihres etwas dunkleren Flaums, den er so mochte und der vom wilden Busch in ihrem Schoß bis zum Nabel reichte, deutlich zu sehen.

Du hast gewonnen, schrieb er zurück.

Nur jetzt oder für immer?

Für immer kann ich nicht garantieren ... obwohl ...

Nun stand er neben einem Mann, der kein Englisch und natürlich erst recht kein Deutsch, sondern nur Filipino sprach. Der Fehler war schnell gefunden. Auf der Rückseite des Schaltschrankes hatte ein mangelhaft montiertes und in der Nacht herabgestürztes, scharfkantiges Blech die Leitung durchtrennt. Diesen Kasten wegzubekommen, schaffte nicht eine Person allein.

Sayas Chef stand dem armen Elektriker gegenüber und schnauzte ihn an. Guido verstand kein Wort und Saya konnte nicht übersetzen, sie war an der Rezeption unabkömmlich. Guido stellte sich hinter den maulenden Bhajan und deutete dem Elektriker an, dass er ihm den Hals durchschneiden solle –, er machte die entsprechende Geste und tippte sich nickend an den Kopf. Sie beide wüssten ja wohl, was zu tun wäre.

Tatsächlich schob der Stinkstiefel ab und zehn Sekunden später lachten sie darüber. Allerdings verging noch eine gute Stunde, bis das Ungetüm von Schaltschrank so weit von der Wand entfernt war, dass sie an die beschädigten Kabel kamen und diese ersetzen konnten. Mit Anlagenbau hatte das Ganze nicht viel zu tun. Sie schwitzten und schimpften und lachten und sprachen die ganze Zeit miteinander in fremden Sprachen und verstanden sich dennoch blind. Kurz vor Ablauf der vier Stunden floss endlich wieder der Strom und sie klatschten sich ab. Das war international.

Oben an der Theke erstattete der Elektriker Bericht, Guido erfuhr, dass er Jomel hieß, der schaute auf seine Uhr, deutete dann auf sich und ihn und machte mit einer Hand eine Bewegung, als würde er etwas trinken. Guido lachte, nickte und klopfte ihm auf die Schulter. Jomel sagte etwas zu Saya. Nun lachten die zwei und sie meinte zu Guido nur:

„Viel Spaß! Ich hol dich nachher bei James ab."

In einer vollen und stickigen Bar gleich um die Ecke, die in Deutschland höchstens Kaschemme genannt werden würde, tranken sie zwei Bier und nach wenigen Minuten wussten alle Anwesenden, dass sie beide zuvor die Welt gerettet hatten. Um sie herum alles Männer in Arbeitskluft und zwei schwerere Frauen. Die meisten Männer verschwanden nach ein paar Minuten wieder, dafür kamen dann neue herein. Die Frauen hingegen blieben. Der Typ an der Theke, seine beiden Arme jeweils Gemälde, konnte etwas Englisch und der Abend zog sich dadurch weniger schwierig hin.

„Was machst du?", fragte der Typ, von dem Saya vorher gesagt hatte, dass er James hieß.

Guido sinnierte, wie das Wort auf Englisch hieß und rettete sich mit:

„*A kind of engineer. But I'm not an engineer.*"

„Er sagt, du bist gut."

„Oh. *Salamat!* – Danke!" Guido sah zu Jomel und klopfte ihm auf die Schulter. *Salamat!*

„Warum bist du hier?", fragte wieder James.

„Meine Freundin arbeitet im *Mariano Gomez.*"

„Die am Empfang?"

„Ja."

„Saya?"

Guido wunderte sich.

„Ja. Woher kennst du sie?"

204

James schob einem anderen ein Glas zu.

„Die kommen alle und holen Essen oder trinken Kaffee. Machen kurze Pause."

„Sie arbeitet viel."

„Zu viel. Sie ist immer von morgens bis abends oder oft auch nachts da." Der Typ wusste anscheinend ziemlich gut Bescheid und Guido stutzte deswegen.

„Sie sagt von zwölf bis zweiundzwanzig Uhr?!"

James schüttelte energisch den Kopf.

„Nee. Sorry! Oft auch bis Mitternacht und länger. Im Hotel lacht sie immer. Hier ist sie immer traurig."

„Sie hat gerade ein paar Probleme."

„Mit dir?"

„Ich hoffe nicht. Ich möchte sie deshalb wieder mit nach Deutschland nehmen."

„Das wäre vielleicht besser. Der Chef ist streng und hart. Er ist Inder." Jetzt verzog er das Gesicht, beugte sich über den Tresen und meinte leise: „Alle Inder sind Gott. Und er leider ein gut aussehender Idiot."

Guido prustete. Auch auf den Philippinen hatte man seine Vorurteile.

„Ich hoffe, er ist gut zu ihr. Und ..." er überlegte, wie es auf Englisch heißen könnte, „... kein Grapscher."

„Keine Ahnung. Aber er ist zu niemandem gut. Frag Jomel. Vielleicht weiß er mehr."

Jomel und James wechselten ein paar Worte. Nach ein paar Sekunden sah Jomel ihn an, zog die Brauen hoch und ließ eine Hand vor seinem Bauch wackeln. Dann sagte er etwas zu James, und der übersetzte.

„Er würde dafür keine Hand ins Feuer legen."

Guido schnaufte. Somit unter Umständen nicht nur Grapscher. Es wurde Zeit, dass es aufhörte. Er trank in einem Zug sein Bier leer und sie unterhielten sich noch darüber, wie lange er hierbliebe.

„Bis sie mitkommt."

Eine Viertelstunde später stand Saya hinter ihm, gab ihm einen Kuss auf die Wange und fragte sichtlich müde und etwas genervt, ob sie nun gehen könnten.

„Klar. Wohin willst du? Magst du noch was essen? Ich lad dich ein."

„James kann uns sicher schnell was machen. Zum Beispiel seine leckeren Minipizzen. Dann gehen wir ins Red Planet, okay?"

***

Saya schleckte sich ihre Finger ab und ließ sich auf den Rücken fallen. Sie hatte nur ein enges Trikotshirt und einen Slip an, beides ließ sie noch dünner erscheinen. Ihre ohnehin kaum noch vorhandenen Brüste verschwanden, wenn sie lag. James hatte ihr die zwölf Pizzen vielleicht deshalb mit verwundertem Blick gegeben und daran gezweifelt, dass sie allein die Hälfte schafften. Auch Guido schaute in die gut gefüllte und etwas fettige Tüte aus Zeitungspapier und hatte seine Zweifel. James und er sollten sich täuschen. Es blieben nur drei übrig. Der Preis war ohnehin lächerlich. Alle zwölf zusammen kosteten umgerechnet nicht einmal acht Euro.

„Die drei da kann ich morgen ins Hotel mitnehmen. Die schmecken auch kalt und am nächsten Tag."

„Dein Chef hat nichts dagegen?"

„Hä? Warum sollte der? Ich futter in meiner Pause nicht an der Rezeption, sondern hinterm Haus. Bhajan qualmt da und ich ess was."

„Behandelt ... er euch gut?"

Saya kniff die Augen zusammen und schielte zu ihm. Was ahnte er jetzt schon wieder?

„Warum fragst du?"

„Jomel hat etwas angedeutet."

„Wie das? Der spricht doch kein Englisch."

„Wir haben uns die ganze Zeit mit Händen und Füßen unterhalten und James hat geholfen. Dabei hat er angedeutet, dass der Kerl wohl ein Grapscher sei."

Saya schnaufte durch.

„Hab' ja gesagt, er legt schon mal gerne eine Hand auf meinen Hintern, wie so viele andere Idioten vor ihm. Das macht der sicher auch bei den anderen. Auch bei Mutya und Rhea. Damit kommt er sich unwiderstehlich vor. Ist doch typisch für solche Kerle. Okay, ist scheiße, was soll ich machen? Kickboxen wie Claire kann ich nicht. Also kann ich *das* aushalten."

„Und das nächste Mal fasst er dir an die Brüste oder sogar zwischen die Beine. Oder er ist doch wie Brian und darf längst mehr." Wieder dachte er an das komische Geräusch im Hintergrund, als er bei Lina mit ihr telefonierte. „Von wegen typisch für solche Kerle."

„Was redest du?", krächzte sie und wurde nervös. Er hatte den nächsten wunden Punkt getroffen. „Brüste hab' ich ja eh keine mehr. Was will er da finden? Sieh mich doch an. Ansonsten schmier ich ihm eine."

„Und schmierst ihm eine." Er lachte bitter auf. „Du kleines, dünnes Persönchen. Ganz klar! Langsam dämmert's mir. Hättest du den Vertrag für Surigao unterschrieben, wäre Brian vielleicht doch dein Mann geworden. Laut seinem Brief dachte er an ein Leben mit dir, Ehe nicht ausgeschlossen, weil, *Sometimes people do things that are infinitely beautiful.* Und in Berlin hat dir Marvin sicherlich dasselbe Angebot gemacht: *War geil mit uns, lass es uns doch mal probieren. Warum nicht heiraten?* Kinder kein Problem. Und dann komm ich auch noch mit 'nem Antrag. Eine regelrechte Armada ehewütiger Männer tollt um die schöne Saya herum. Nee, dann lieber doch keinen von allen, also blöde Ausflüchte und abhauen. Und es solo versuchen. Vielleicht ist was dabei. Es wird Zeit, diesen Mist hier zu beenden. Wie's dann mit uns weitergeht, sehen wir dann."

Guido war auf hundertachtzig. Saya biss sich auf die Unterlippe, drehte sich zu ihm und schob eine Hand auf seinen Bauch.

„Das mit Brian und Marvin stimmt nur zur Hälfte."

Ihre Hand glitt langsam weiter bis in seinen Schritt. Umstimmen war angesagt. Er schob sie zurück.

„Mensch Saya!"

„Nein. Du verstehst es falsch. Es war nicht nur *infinitely beautiful*, sondern *infinitely stupid*. Weil ... wir es immer ohne gemacht haben. Die ganzen Wochen bevor ich nach Hause bin. Also ohne Gummis oder Pille. Mir blieb nur zu verschwinden. So schnell wie möglich. Mit einem Kind von ihm im Bauch. Schon damals bei Marvin dachte ich schwanger zu sein und wollte dir schon da das Baby unterschieben. Jetzt war ich wieder überzeugt, es zu sein, deshalb total kopflos und hatte nur diese drei Verträge für einen Grund, um wegzukommen. Aber ich wollte zu keinem der Männer mehr. Auch nicht dir noch mal das Kind unterschieben. Dafür war es ohnehin zu spät. Ich hab' gerechnet und war mehr als drei Wochen über die Zeit. Dass ich dann doch nicht schwanger war, kam erst raus, als ich schon zwei Wochen im *Mariano* war. Da hab' ich meine Tage umso heftiger bekommen und nicht mal mehr dran gedacht, zurückzufliegen. War eh alles schon kaputt und zu spät und ich schon wieder eine Nacht mit Brian zusammen gewesen. Also ... finito. Zurück auf Anfang ... sozusagen."

Eigentlich ganz einfach

Wenn sie recht überlegte, hatte Liebe etwas bemerkenswert Simples. Sie war also eigentlich gar nicht so schwer. Wenn es Liebe war, konnte man sie zulassen. Sie annehmen. Sie machen. Sie gestalten. Sie schenken. Nur manchmal schien sie unwägbar, mitunter überraschend, auch nicht immer einschätzbar. – Wenn es denn Liebe war!

Manchmal blockierte die falsche Liebe das wahre Leben. Nur, wie stellte man das alles fest? Sowohl die richtige wie die falsche? Liebe konnte man nicht halbieren, obwohl sie oft genug einseitig war. Liebe kam, sah und – versiegte – dann.

Könnte man sagen – allenfalls.

Liebe kribbelte, summte, brummte, machte schöne Gefühle im Bauch, manchmal herrlich kopflos, als wär man betrunken oder bekifft. Vor lauter Liebe konnte einem daher schlecht werden. Liebe besaß etwas Unbeherrschtes, Zügelloses, Großartiges, Verwegenes, im schönsten Moment der Liebe nicht mehr Kontrollierbares. Etwas, was einen benommen machte und fortriss. Liebe konnte peng machen und Pech bedeuten.

Wer wollte nicht geliebt werden? Wer wollte nicht wenigstens *einmal* geliebt werden, *einmal* die große Liebe von jemandem sein? Und *einmal* reichte im Grunde genommen ja auch nicht.

Liebe brauchte hin und wieder Ausstattung, mal lackierte Fingernägel, etwas Lippenstift, verwegene Frisuren, betörende High Heels, enge Kleidung, schöne BHs zum Ausziehen oder auch – nichts. Liebe konnte man kaufen, dann bezahlte man sofort mit drei Währungen, Geld, Lügen und Ehrlichkeit.

Liebe kannten auch die vielen Religionen, deren Prediger fanden Sex aber schmutzig. So konnten sie ihn aber im Verborgenen selbst bestens ausüben, ohne das Wort Liebe zu verwenden. Gott, wenn es ihn denn gab, hatte sie aber dafür nicht erfunden. Bestrafen tat er solche allerdings auch nicht.

Liebe tat weh. Leider. Manchmal. Aber selten – und das viel zu häufig. Das war die Liebe, die sie verabscheute, weil sie schmerzte. Sie hatte nichts mit dem Hunger, der mit ihr gestillt werden sollte zu tun, nichts mit dem Kribbeln im Magen, das einen schneller atmen und weniger denken ließ. Nichts mit dem überwältigenden Gefühl, das sich danach ergab –, wenn es denn Liebe war. Das war in ihrem Leben bisher das Entscheidende gewesen. Liebe kann sich nur selbst zerstören. Tut es ein anderer, war sie durchsichtig, also leicht zu durchschauen und glich Glas. Die Scherben sind dann nichts wert, auch wenn sie aus Porzellan gewesen sein sollten und dann angeblich Glück bringen, aber nun mal nicht – Liebe. Die große schon gar nicht. Deshalb tat Liebe weh, bedeutet Tränen und schwimmt davon. Vielleicht schwemmt sie dann sogar alles fort. Dann bleibt übrig, was eine Schlammschlacht hinterlässt. Wer Liebe kritisierte oder gar verachtete, musste sich nicht wundern, wenn sie sich zurückzog. Auf Nimmerwiedersehen. Wohlgemerkt!

Liebe ist, das wusste sie seit einer Buchhandlung in Kiel, ein kleines Buch voller Comics aus der Bild-Zeitung. Konnte also bei Bedarf wie Altpapier entsorgt werden. Aber ein Recycling war nur eingeschränkt möglich. Auch aus dem besten, handgeschöpften Papier wurde meistens schlichte Pappe oder ein einfacher Karton. Immerhin konnte man in diesem etwas verstauen. Vielleicht ein paar Erinnerungen an eine oder gar *die* große Liebe. Die einzig wahre, wie es hieß. Wenn man ihr im Leben ein zweites Mal begegnete, finge alles wieder von vorne an. So hieß es auch.

Liebe konnte einem dicken Buch gleichen, besonders, wenn es eine lange Liebe geworden war. Mit vielen Kapiteln, schönen Bildern und Erinnerungen, mit viel Licht und manchmal traurigen Schatten. Am Ende einer langen Liebe blieb einer allein. Immer. Die teuer bezahlte Liebe war alles andere als ein Pappenstiel. Aber immerhin konnte man mit der Geld verdienen.

Das war es, was sie in den letzten Wochen auf der Burgos ein paar Mal versucht und ohne Liebe dennoch alle Varianten dieser kennengelernt hatte. Meistens reduzierte sie sich auf eine schnöde Lust. Die ist ohnehin die beste Schauspielerin für Liebe. Physisch betrachtet. Da gab es Jack, der recht anspruchslos war, den besoffenen Belgier, den jungen Koreaner, der Jack ähnelte, aber sicher mehr als zwanzig Jahre jünger war, den militärischen Ami, der es eher zackig und korrekt mochte und den brutalen Russen, der glaubte, er könnte für ein paar Dollars, es sich wie Celso holen und sie daher schlug. Gott sei Dank konnte sie fliehen, und Ruben ein junger Pinoy las sie aus der Nase blutend von der Straße auf und brachte sie in Sicherheit. Danach durfte Bhajan die schlechte Kopie von Brian spielen. Denn Liebe bedeutete vielleicht auch ein Arrangement und Kompromisse einzugehen. Liebe könnte also an Lust wachsen.

All das könnte sie niemanden erzählen, schon gar nicht erklären. Erst recht nicht Guido, der im richtigen und zugleich falschen Moment gekommen war und ihr die im Grunde falsche Antwort gegenüber Bhajan unmöglich machte, weil der sie einen Tag zuvor etwas Ähnliches fragte wie Brian.

Doch Lust verkürzt den Weg.

Aber welche Lust kann größer sein als der Ekel an der Lust selbst?

Es gab eine Menge Sprüche über die Lust und die Liebe. Diese standen in einem der Oktavheftchen. Sie ist nun mal das, was sie ist. Liebe und Eros sind wie Schlüssel und Schloss. Wer Liebe erfährt, versteht den Sinn des Lebens. Liebe hält die Zeit an und lässt die Ewigkeit beginnen. Die Summe unseres Lebens sind die Stunden, in denen wir liebten. Alles besiegt die Liebe.

Auch das Unglück.

Dachte sie.

Selbstliebe konnte helfen, tat es auch. Man lernte den eigenen Wert kennen, sich selbst und nicht der Meinung anderer zu vertrauen. Selbstliebe half dem körperlichen Empfinden und Wohlbefinden und damit der Seele und den Emotionen. Ohne Selbstliebe funktionierte die Liebe nicht. Befriedigte die eine, tat es auch die andere. Manchmal reichte das. – Allerdings nur für Augenblicke. Ob es dann nur Lust gewesen ist, ließ sich erst im Nachhinein oder gar nicht feststellen.

Wenn sie also recht überlegte, hatte Liebe etwas bemerkenswert Simples. Vielleicht deshalb warf sie sich selbst einen Kuss zu, als sie im kleinen Bad vor dem Spiegel stand. Sicher eine gute Variation von Selbstliebe oder zumindest ein guter Anfang. Nach so vielen halben Lieben, die sich nicht zu einer ganzen zusammensetzen ließen und lassen. Wohl auch jetzt nicht.

Zurück auf Anfang

Am Morgen danach war die ohnehin wackelige Stimmung passé. Guido wusch sich gerade im Bad, als Saya auf seinem Handy eine Nachricht von Lina eintreffen sah. Sie zögerte, sah kurz in seine Richtung und zog die ersten Zeilen der Nachricht herunter. *Hallo Liebling! Bin noch zu Hause und komm nicht in die Pötte. Sitze immer noch nur im Nachthemd im Schneidersitz auf unserem Bett und ...*

„Lina will von dir gefickt werden", schrie sie wütend in seine Richtung.

„Was?"

Guido fluchte etwas Unverständliches, trocknete sich hektisch ab und stand in der Badezimmertür. Schon hielt Saya ihm sein Handy mit ausgestrecktem Arm unter die Nase und er wich mit seinem Kopf nach hinten.

„Auf *unserem* Bett ...", zitierte sie aufgebracht den Text, „... dann kann ich ja doch hierbleiben."

Guido las blass geworden die Zeilen, wollte Saya das Handy aus der Hand nehmen, es aufs Bett werfen und sie in den Arm nehmen. Sie schwenkte den Arm zur Seite, traf sein Gesicht mit dem Handy. Es flog weg, knallte gegens Kopfende, prallte von dort auf die Matratze und hüpfte dann auf den Boden herunter. Schon stand sie am Fenster und schubste das Rollo so heftig nach oben, dass es fast aus der Halterung sprang.

„Doof, wenn man den Moralapostel spielen will und die ... heulende ... Geliebte einem dann in die Suppe spuckt", fauchte sie gegen die Scheibe, zog die Nase hoch und boxte neben sich gegen den Fensterrahmen.

„Ich spiele nicht den Moralapostel, sondern versuche dein Leben ..."

„... zu *retten*. Ich weiß. Wie gnädig und großzügig! Du großer Lebensretter! Schon kapiert, bin ja nicht ganz blöd", gab sie theatralisch klingend zurück.

Wie recht er aber hatte. Vier Wochen nach Brian und zwei Wochen nach Harry, zwei Wochen nach diesem Glücksempfinden und dem Beginn ihres Hungerns und der Selbstaufgabe, überlegte sie, alles umzukrempeln. Neue Wohnung, neues Handy, neues Leben. Das alte über Bord werfen, vergessen und auslöschen. Was war in diesem Leben noch vorhanden, was sie behalten wollte? Also Schranke runter, Brücke weg, Abriss.

Ausgerechnet in Makati, ausgerechnet in der Nähe der Century City Mall fand sie ein Apartment in einem neuen Hochhaus. Klein wie Marvins in Berlin, mit schickem Bad und schöner Aussicht im elften Stock. Achtzehn Quadratmeter für 30.000 Pesos zuzüglich Nebenkosten. Um die fünfhundert Euro. Fast die Hälfte ihres jetzigen Lohns. Am selben Abend noch setzte sie sich mit Zigaretten und einem Becher voll Schnaps an die offene Tür zu ihrer Kammer. Draußen regnete es mal wieder. Ein Vorhang von Wassertropfen kam vom Vordach herunter und sie begann zu rechnen. Um zu überleben, bräuchte sie in etwa mindestens so viel, wie sie nun verdiente. Harry hatte ihr, ohne zu fragen, hundert Dollar in ihren Shopper gelegt. Sie konnte nicht davon ausgehen, jedes Mal so viel zu erhalten. Auch nicht davon, dass sie dann über Nacht bliebe. So etwas war ein Stunden-Job –. Bestenfalls. Auch wenn sie sich bemühen wollte, nicht ins Billige abzurutschen. Bekäme sie jedoch im Schnitt viereinhalbtausend Pesos, also 75 Euro oder Dollar, müsste sie mit fünfzehn Männern im Monat schlafen. Jeden zweiten Tag. Jeden zweiten Tag ein ... Fick. Gänzlich ohne Liebe und wahrscheinlich ohne Lust. Daher vollkommen gefühlsneutral.

Die Zahl erschreckte sie nicht allzu sehr. Aber die wenigsten Typen würden Harry ähneln. Sie musste also davon ausgehen, dass sie manche von ihnen aushalten, zulassen und ertragen müsste. Vor allem, wenn ihr Kontostand es in gewisser Weise erzwingen würde. Aber Bhajan konnte sie ja auch aushalten.

Sie dachte daran, was Celso ihr angetan hatte und wie – und schenkte sich mit einem lauten Prusten und Stöhnen das nächsten Palmschnaps ein, trank den Becher zur Hälfte leer und steckte sich die nächste Zigarette an. Beides undenkbar, wenn sie ihr Vorhaben ernst meinte. Alkoholisiert zu sein und nach Zigaretten zu riechen, müsste sie ausschließen, wenn sie die Hoffnung haben wollte, *es* mit einigermaßen anständigen Männern zu machen, damit es zumindest etwas Spaß machen würde. Zumindest jedes zweite Mal.

Sie zog an der Zigarette und übte sich darin Qualmkringel zu fabrizieren. In ihrem Kopf machte sich der Alkohol breit und sie glaubte Harrys Körper zu fühlen. Als Ersatz schob sie eine Hand auf ihren Schenkeln hin und her, schloss kurz die Augen und dachte an ihn. Mit einem Kopfschütteln beendete sie den kurzen Tagtraum. Ein Testlauf musste her. Sie lachte auf, als das Wort in ihren Gedanken auftauchte. Dennoch beschloss sie, es an ihrem nächsten freien Tag zu versuchen.

An diesem schlief sie lang. Unwahrscheinlich, dass ein Kandidat schon am Vormittag so eine wie sie suchen würde. Das erste Mal nach Wochen räumte sie die Wohnung wieder auf und säuberte ein wenig das Bad, dann duschte sie und merkte, als sie in den Spiegel sah, dass sie etwas mehr Aufwand betreiben müsste, um ähnlich auszusehen wie vor knapp zwei Wochen bei Harry. Sie hatte begonnen abzunehmen und das nicht nur ein wenig. Die letzte richtige Mahlzeit war bereits mehr als drei Tage her. Sie kramte aus dem kleinen Kosmetiktäschchen wieder Primer, Concealer und das getönte Puder gegen den Glanz auf der Haut und den getönten Lidschatten heraus. Sowie den Eyeliner, die Wimperntusche und einen knallroten Lippenstift. Nach einer Stunde nickte sie sich im Spiegel zu. Akzeptabel, ihr erster Gedanke.

Guido hatte natürlich keine Ahnung von dem, was gerade in ihr vorging, oder an was sie sich erinnerte. Er schloss die Augen, ermahnte sich ruhig zu bleiben, aber in ihm brodelte es. Also platzte es aus ihm heraus.

„Ich könnte *es* wieder gut machen, was meinste. – Kennst du den Spruch noch? Hab *ich* lesen dürfen, als wir noch *zusammen* waren, *zusammen* gelebt haben, einen wunderschönen Tag in Kiel hatten. Wochen später warst du in Berlin. Nur Monate später in Surigao. Dann hier im Mariano. Ich bin weder ein Moralapostel noch Mönch." Er holte tief Luft und flüsterte fast, als er zornig hinzufügte: „Ich bring dich jetzt zu … *deinem* Hotel. Vielleicht freut sich Bhajan auf *deinen* Hintern, wenn ihr zusammen hinterm Haus eine schmaucht."

Ja. Genau. Bhajan. Der *durfte* ja schon mehr. Er oder wer auch immer könnte, wenn schon dafür bezahlen. An das dachte sie, als sie ihren Plan versuchte umzusetzen. Aber am liebsten einer wie Harry, gut aussehend, elegant und höflich. Ein bisschen männlich, aber zärtlich wie er, das war an diesem Nachmittag ihre Vorstellung, der Traum, die Hoffnung, die Chance, die sie hoffte, für ein neues Leben zu erhalten. Vielleicht wäre irgendwann einmal einer unter ihnen, der es ernst mit ihr meinte und sie tatsächlich retten wollte. *Was macht so eine wie du hier? Hast du nicht Lust, mit mir zu kommen? Wir könnten* … es versuchen. Dafür würde Lust vielleicht sogar genügen.

Am beginnenden Nachmittag um vier setzte sie sich in denselben ledernen Stuhl in *Edis Bistro*, trank einen Kaffee und aß einen Insalata Mozza dazu. In ihren Händen die englische Ausgabe der Cosmopolitan, in die sie eher beiläufig hineinschaute, weil sie häufiger die Menschen um sich herum beobachtete. Eine bunte Mischung aus Filipinos und Touristen. Gut aussehende, aber in ihren Augen zu junge Männer waren auch dabei. Allerdings zeigte keiner von denen Interesse an ihr. Nach dem zweiten Kaffee zahlte sie, stand auf, ging zu eine der Toiletten und besserte ihr Aussehen nach. Stülpte dafür den Bund ihrer Militaryhose großzügig nach außen um, bis drei Fingerbreit über ihren kleinen Busch, und zog die dieses Mal schwarzen Riemchen ihres Strings besonders hoch über ihre Hüfte.

Guido drehte sich brüsk um, ging wieder ins Bad und schloss ab. Er starrte sein Spiegelbild an. In seinem Kopf ratterte es. Gleichzeitig fühlte der sich wie vakuumiert an. Das Wasser aus dem Hahn war alles andere als kalt. Einen klareren Kopf zu bekommen somit ausgeschlossen. Er trocknete sich ab und beschloss, statt nachzugeben, in der Offensive zu bleiben. Seine Armbanduhr neben dem Waschbecken bestätigte: Wenn er Saya zum Hotel gebracht hätte und sich beeilen würde, könnte er Lina noch kurz vor ihrem Arbeitsantritt in der Konditorei erwischen und ihre sicher besänftigende Stimme hören. Die Badtür schlug gegen die Wand, als er in den kleinen Flur trat. Saya stand immer noch am Fenster, sagte nichts, verfolgte allenfalls in der Scheibe, wie er sich anzog. Sah aber in dieser auch, wie der Nachmittag damals am Ende danebenging.

Als sie von der Toilette zurückkehrte, war ihr Stuhl nämlich besetzt. Sie musste auf einem anderen Platz nehmen und erlaubte sich doch ein Glas Weißwein und blätterte im Gegensatz zu vorher häufiger in der Cosmopolitan herum. Es dauerte jedoch ein paar Stunden. Erst kurz vor acht beugte sich ein Mann zu ihr herunter. Eher dickleibig, mit Wülsten im Gesicht und alles andere als gut aussehend. Erschrocken sah sie ihn an. Vermutlich ein Amerikaner.

„*Fifty?*", fragte der.

Saya tat nicht nur so, sie war entsetzt.

„*Go away! Otherwise I'll call security.*"

Zurück auf dem Umgang vor ihrer Bude beschloss sie trotzdem einen nächsten Versuch zu wagen. Wenn solche Typen etwas von ihr wollten, musste sie von Anfang die Kontrolle behalten. Sie scrollte sich im Internet durch Berichte, fahndete nach Vorgehens- und Verhaltensweisen und nach Preisen für bestimmte Leistungen. Eine Woche später stand sie mit Minirock, schwarzen Stockings und gleichfarbigen Stilettos und demselben Bustier, das sie schon bei Harry getragen hatte, in der Burgos Ecke Durban. Würde sie jemand ansprechen und fragen, würde sie zunächst Happy-End-Massagen in einem Hostel anbieten. Auf diese Weise würde sie vielleicht das *Geschäft* besser verstehen, die Wünsche der Männer besser kapieren. Fünfundzwanzig Dollar war wohl der Preis für solche *Services*. Für eine halbe bis dreiviertel Stunde gutes Geld.

An diesem Abend dampfte die Straße nach einem nachmittäglichen Regenguss die nächtliche Luft voll und hinderte nicht nur die Abgase daran sich zu verziehen, sondern ließ sie wie Wolken über dem Asphalt wabern. Den nach Abfällen riechenden Smog konnte man regelrecht sehen. Den *Mädchen* hier schien es nichts auszumachen. Als sie ankam, hatte sie in einer Ecke der Abfahrt neben dem *Oculto* eines gesehen, das sich unten am Tor vermutlich wegen der Schwüle eine Feinstrumpfhose unter ihrem Minirock von den Beinen pulen wollte, während eine andere neben ihr eine Flasche Perrier lehrte. Das Girl lachte kurz laut auf, als sie merkte, dass sie auch ihren String in Händen hielt.

„*Gago! Ako ay walanghiya!* So was Dummes! Ich bin ganz schön schamlos! Aber die rupft mir nachher sowieso einer vom Leib.", sagte sie zu der mit der Flasche und stopfte beides zusammengeknüllt in ihre Mini-Handtasche. Die andere lachte ebenso auf und musste prompt rülpsen. Zappelnd wischte sie sich mit einem Handrücken über den Mund. Saya grinste, deren Etuikleid bewies, dass sie auch nur ein Nichts unter dem Stretch trug. So freizügig beziehungsweise nackt wollte Saya, wenn sie einen ... *massierte*, sich nicht von der ersten Sekunde an zeigen. Nicht beim ersten. Höchstens er sah entsprechend aus und würde noch ein paar Dollars – mindestens fünfzig – drauflegen. Sie wusste, dafür durfte sie nicht allzu anspruchsvoll sein. So einen wie Harry würde sie hier nicht finden. Und einem es mit der Hand zu machen war für sie ja nichts neues. All ihren ... *Freunden* hatte sie es schon auf diese Weise ... besorgt. Und Bhajan war es an manchem Abend nach Dienstschluss genug. Dennoch spürte sie, dass sie immer nervöser wurde.

Plötzlich musste sie an Karthik denken. Daran, wie locker sie jedes Mal bei ihm war. Kurz kam ihr deshalb die Idee, die lachenden Girls dort zu fragen, ob sie so etwas ähnliches wie Karthik hätten. Zeugs, das er an den Abenden mitgebracht hatte, als sie in der Kammer im Hochhaus versuchten, andere Welten zu finden. Zeugs, das alles machbar werden ließ. Da war sie fern von den Zugriffen Celsos, den Vorhaltungen von Tata und bewegte sich leicht und fröhlich, als würde sie tanzen. Kein Gefummel, kein Gezerre, keine Gewalt. Keine gelogene Liebe. Nur dieser herrliche Taumel und farbige Strudel, der sie leicht werden ließ und in eine andere Welt beförderte. Die zwei schienen ihr dafür aufgedreht genug. Vielleicht hatten sie was dabei, dann würde nachher alles noch lockerer gehen. Wenn sie nur wüsste, wie das Zeugs geheißen hatte. Auch hatte sie keine Ahnung, wie teuer so etwas wäre. Automatisch schaute sie in ihre Geldbörse. Ein paar Hunderter und Zweihunderter. Auf ein paar lächelten ihr Benigno und Corazon Aquino entgegen. Zusammen über fünftausend Peso. Also über achtzig Dollar. Wenn, müsste sie jetzt hin. Die Girls waren schon wieder auf dem Weg ans andere Ende der Straße.

Stattdessen sah sie in die entgegengesetzte Richtung der Burgos, an gut aussehenden Typen mangelte es hier tatsächlich im Moment. Ein schwarzer Nissan Murano mit getönten Seitenscheiben fuhr langsam an ihr vorbei. Der Fahrer schien sie zu mustern. Kurz konnte sie durch die frischgeputzte Frontscheibe einen Mittvierziger erkennen, der sie für einen Augenblick lang an Harry erinnerte. Vielleicht auch nur, weil sie in letzter Zeit dauernd an ihn dachte. So oder so der wäre als Einstieg genau der Richtige. Auch für weniger als fünfzig. Sie schaute ihm hinterher, ob er anhalten würde. Doch schon war er weg. Sie ging in die Richtung der zwei Girls. Auch die waren verschwunden. Nach etwas mehr als einer Viertelstunde sprachen zwei andere Mädchen sie an, die wohl für jemanden liefen. „Dich haben wir hier noch nie gesehen ..." Isidora, die sicher nicht so hieß, und Arabella. Sie unterhielten sich kurz. Auch die beiden musterten sie, als sei sie eine gefährliche Konkurrenz.

„Wenn du 'ne Freelancerin bist, solltest du nicht hier bleiben. Die ... Chefs da drüben haben was dagegen."

Die Positionen hatte das Internet nicht verraten, sie bedankte sich, lief die Burgos auf und ab und überlegte, ob sie sich zur Einstimmung ein, zwei Gläschen gönnen dürfte und wurde angesprochen.

„Na? Langeweile? Hast du Lust? Ich mag nicht allein sein heute Abend."

Sicher wieder ein Ami. Typ Nils, plus dreißig Jahre, mit etwas Bauch. Kein Adonis, aber manierlich. Vor allem nicht so schlimm wie der in der Mall. Ihre Erfahrungen bezüglich Menschen sagten zudem, harmlos.

„Kommt drauf an, was du erwartest?! Wie heißt du?"

„Jack." Niemals, dachte sie.

„Angel." Saya grinste. „Also gut, Jack. Magst du ... vorher was trinken?" Ein Gläschen wäre jetzt wirklich nicht schlecht. „Und was machst du hier?", hakte sie nach und sich bei ihm unter.

„Vier Wochen Urlaub in Südostasien."

„Fein. Dann hast du sicher schon viel ... erlebt. Wo warst du schon?"

„Vietnam, Thailand und Bali. Jetzt hier. Nächste Woche flieg ich noch nach Cebu."

Jack sah sie an, als überlegte er, ob er ihr nun sagen würde, dass die Girls dort überall bisher ganz in Ordnung waren, also fragte sie:

„Und waren die Girls in Ordnung?"

Im Cubana auf der leicht erhöhten Terrasse davor war noch Platz. Drinnen spielte eine Band. Sie setzte sich, Beine für Jack gut sichtbar. Der Mini flutschte rauf und ließ die Spitzen ihrer Stockings hervorblinzeln. Vielleicht auch mehr. Sie lehnte sich zurück, um es zu provozieren und sah sich um. Auf der Straße lief ein lautes Russen-Trio vorbei. Von denen war sicher keiner dreißig Jahre alt. Vermutlich waren sie mit ihrem Ersparten getürmt, damit sie nicht an die Front mussten.

Die drei sahen auf die andere Straßenseite und spöttelten über Mädchen, die knapp bekleidet auf Kundschaft warteten und lachten. Die Blicke des Trios wirkten abfällig und süffisant. Vielleicht nahmen die Girls deshalb absichtlich keine Notiz von ihnen und wandten sich ab. Sie schaute Jack an, im Vergleich zu den drei Russen ein Volltreffer. Das Heineken kühlte runter.

„So viele waren es nicht." Jacks Antwort, während er tatsächlich verschämt sein Glas mit beiden Händen vor sich auf dem Tisch drehte.

Saya trank den letzten Schluck.

„Magst du? Sollen wir mal los? Drüben hat's sicher was für uns." Sie wunderte sich über sich selbst, wie professionell sie tat. Die Artikel im Internet hatte sie wohl gut verinnerlicht. Jack nickte und sie legte sechshundert Pesos unters Glas und machte dem Typ, der gleichzeitig Bedienung und Security spielte, ein Zeichen.

Eine halbe Stunde später kniete sie nur im Slip und den Stockings im Hostel, Stunde 350 Pesos, dicht neben ihm und hatte ihm nach zwanzig Minuten animierender – sie grinste – Bein- und Rückenmassage, etwas sie anfassen lassen und ein paar Minuten Rumgeknutschte dabei einen runtergeholt. Natürlich wollte er mehr, als sie dabei mit ihrem halbausgezogenen Körper an seinem nackten entlangglitt, aber die zusätzlichen fünfzig waren Jack mit einem Mal zu teuer.

„Ich weiß, du magst noch nach Cebu. Tut mir echt leid. Aber mein Chef wird mir was husten, wenn er es rausbekommt. Er ist darin leider sehr genau." Sie reichte ihm ein paar Blätter Papiertücher, damit er sich abwischen konnte und gab ihm als Extra einen Kuss auf den Bauch. Noch so ein paar Jacks und sie würde über eine andere Zukunft nachdenken.

Aber morgens um vier saß sie nach einem ungehobelten Belgier, der nach Bier stank und furzte als es ihm kam, auf ihrem Plastikstuhl. Sie rauchte die bereits dritte Zigarette und trank Schnaps. Nach Abzug der insgesamt drei Stunden Hotel und vier Heineken hielt sie neununddreißig Dollar in Händen und fühlte sich schäbig, scheußlich und schmutzig und hatte sich deshalb übergeben.

Eine Woche später folgte ein neuer Versuch, der vielversprechend mit einem jungen Koreaner begann und mit einem brutalen Russen endete. Vielleicht waren er und sie auch nur zu besoffen. Sie konnte sich jedoch wehren und flüchten und wurde von Ruben, einem jungen Pinoy, in einer Seitenstraße aufgesammelt und in ein anderes Hotel verfrachtet. Dort kümmerte er sich um sie, als sei sie eine Kranke und er so etwas wie ein Rettungssanitäter. Beides traf nicht zu, aber von ihr wollte er auch nichts. Am Ende bedauerte sie es fast. Stattdessen half er ihr zu kotzen, duschte sie ab und verfrachtete sie, ohne dass sie sich später noch daran erinnern konnte, ins Bett. Am Morgen redete er auf sie ein, dass er sie hier nicht mehr sehen wollte. Also beschloss sie lieber Bhajan auszuhalten. Sie würde ihm schon noch beibringen, wie es ginge.

Kurz bevor sie am nächsten Tag ins Mariano ging, rief sie die Immobiliengesellschaft an und stornierte die Reservierung. Brian anzurufen oder wenigsten die Koffer zu packen, kam ihr schon nicht mehr in den Sinn. Und jetzt kam auch noch Guido dazwischen.

Als der in die Schuhe schlüpfte, stand sie bereits an der Tür und wartete ungeduldig.

„Sind ja seit gestern Abend deutliche Ansagen von dir", meinte sie nur und ging hinaus.

Guido blieb in der Tür stehen und holte Luft.

„Vielleicht sollten wir für die nächste Zeit den Bruder-Schwester-Status beibehalten."

Saya antwortete nur mit einem beiläufigen Schulterzucken und erwiderte kaum hörbar:

„Auch egal." Jeden Tag vierzig Dollar waren immerhin fast so viel, wie sie jetzt verdiente.

Mit Abstand und ohne ein Wort miteinander zu wechseln, gingen sie zum *Mariano*. Vorne an der Ecke, keine zwanzig Meter davor, blieb Saya stehen und griff nach einer Hand von ihm, ohne zu ihm hochzuschauen. Nein! Kein weiterer Versuch!

„Scheiße alles! Holst du mich trotzdem ab? Ich sag dem Chef heute, dass ich kündige."

„Ja", war alles, was er sagte.

„Also. Dann bis später. Vielleicht schreib ich mal."

Guido nickte, beugte sich runter und gab ihr einen Kuss auf die Stirn. Ohne sich noch einmal umzudrehen, ging sie hinein. Nein, ein Flittchen wollte sie nicht sein.

Eine Minute blieb er stehen, sah ihr hinterher, dann ging er vor an die Ecke und tippte auf Linas Nummer.

„Wann?", war alles, was sie sagte.

„Hängt vielleicht von heute ab. Sie hat gemeint, sie kündigt. Sie hat im Übrigen deine Nachricht gelesen, ohne dass ich es mitbekommen hab'."

„Hmh."

„Ich hab' ihr gesagt, dass wir den Bruder-Schwester-Status beibehalten werden."

Am anderen Ende blieb es still, aber er glaubte, sie grinsen zu sehen. Verzögert war ein Seufzen zu hören und dann:

„Ich kann dir nur eines sagen, mit sich allein im Nachthemd zu sein, ist echt kacke. Sag mir 'ne Zahl, damit ich 'n Schloss unten dran mache und nicht doch noch etwas mit Max anfange."

„Zwei, höchstens drei Wochen."

„Was? Bist du blöd? Ich mach kein Schloss dran", drohte sie: „Geht das nich schneller?"

„Weiß nicht. Ich schreib dir."

„Ich sag dir, Max übernimmt und dann kannst du zu meiner Beerdigung kommen, weil ich mich danach umbringen werde. – Ich muss jetzt rein. Ich geb dir höchstens die drei Wochen. Ich küss dich. – Kacke! – Ich könnt grad ausflippen. Falls ich's noch nicht gesagt hab', *ich – hab' – dich – lieb!* Kannste der doofen Nudel sagen." Ohne eine Antwort von ihm abzuwarten, legte sie auf und er schrieb schnell *Ich dich auch* hinterher.

Zurück auf seinem Zimmer packte er seine Tasche und ging ins Studio. Zwei oder drei Stunden Auspowern würde sicher guttun, wenn er überhaupt so lange durchhalten würde.

Halb vier. *Erst* halb vier, dachte er. Guido stand vor dem Gebäude, in dem das Fitnesscenter war, unter dem Vordach. Es regnete. *Pisswarm*, schoss ihm durch den Kopf. Missmutig kramte er in der Tasche und zog die Plastiktüte mit den Schuhen heraus, schlitzte sie an einer Seite auf und stülpte sie sich als Kapuzenersatz über den Kopf. So schnell es ging, lief er zum Hotel. Zurück auf dem Zimmer stopfte er schmutzige Wäsche und den feucht gewordenen Trainingsanzug in einen Sack, der an eine Wäscherei oder Reinigung weitergegeben wurde. Zwei Tage später lag immer alles frisch gewaschen auf seinem Bett. Anschließend legte er sich auch aufs Bett und machte erst jetzt wieder sein Handy an. Zwei Nachrichten. Eine von Lina. Eine von Saya.

Prustend überlegte er, welche er als Erstes öffnen sollte. Er entschied sich für Saya. *Hallo du, hab's ihm gesagt. Er hat getobt. Bin unsicher geworden. Hab' aber*

dann doch gesagt, dass ich nicht mehr will. Ende des Mo-
nats ist Schluss. Also in etwas mehr als zwei Wochen.
Vielleicht ein paar Tage früher. Okay? Saya

Ende des Monats. Keine drei Wochen. Er rief den Kalender auf und zählte die Tage. Neunzehn. Das sollte
auszuhalten sein, seufzte er und rief Linas Nachricht
auf. Ein Foto mit einem dunkelbraunen, fast schwarzen
Etwas. Darunter lediglich ihr Kommentar. *Sch..., ist mir*
noch nie passiert. Drei Biskuits zu heiß gebacken und zu
schnell aus dem Ofen geholt, weil ich dachte, ich könnte
sie noch retten. Gott sei Dank hab' ich 'nen lieben Chef.
Seh zu, dass du nach Hause kommst. Verdammt. Weißt
du inzwischen was Genaueres?

Seine Antwort nur drei Wörter. *Ende des Monats.* Er
legte das Handy neben sich. Neunzehn. Er beschloss
von heute an rückwärts zu zählen.

Bhajan hatte sie tags darauf freundlich, aber gleichzeitig ernst in sein Büro bestellt, die Tür hinter sich geschlossen und gefragt, was das ganze sollte.

„In den letzten Wochen pennst du bei mir und dann
taucht plötzlich dein angeblicher Ehemann auf und
nimmt dich wieder mit, oder was? Was war das hier?
Was spielst du für ein Theater? Einen Test, wie sehr er
dich liebt? Oder, ob es andere in der alten Heimat doch
besser können? Also so was wie Heimatgefühle? Ich
wäre für eine Erklärung ziemlich dankbar. So wie du
dich vom ersten Tag an hier benommen hast, bin ich
leider von etwas anderem ausgegangen."

Saya sah ihn mit eingerollten Lippen eingeschüch-
tert an. Hatte sie sich ihm gegenüber tatsächlich so provozierend benommen? Er war's doch, der ihr schon
nach wenigen Tagen auf den Hintern gefasst hatte. Sie
hätte sich also doch gleich wehren müssen.

„Vielleicht haben wir uns beide missverstanden", erwiderte sie kleinlaut.

„Missverstanden? Weißt du noch, was du zu mir gesagt hast? Vielleicht später mal Bhajan. Schon vergessen? Dann beschwerst du dich darüber, wie ich's mache, weil ich tatsächlich keine Ahnung hab' und Wochen später pennst du mit mir, bleibst über Nacht und bist in der nächsten wieder da. Und wir sollen uns missverstanden haben? Ist das ein Hobby von dir unglückliche Männer zurückzulassen?"

Bhajan hatte recht, er konnte von anderem ausgehen. Vielleicht habe ich mein eigenes Leben missverstanden, ging ihr durch den Kopf und sah ihn an.

„Vielleicht hab' ich mein eigenes Leben missverstanden, sagte sie deshalb auch zu ihm, beugte sich vor und gab ihm einen Kuss.

Nach zwei Nächten mit daher wieder aufgekommenen Zweifeln, den damit verbundenen Auseinandersetzungen und dem daraus resultierenden Hin und Her, weil sie auch darüber hinaus zweimal Nachrichten von Lina aufleuchten sah und nicht wusste, wohin sie gehörte, tobte Saya:

„Was soll ich zu Hause? Da kann ich auch hierbleiben und meinen Hintern meinem Chef oder einem anderen Kerl anvertrauen. Bruder-Schwester-Status. Dass ich nicht lache. Kaum zurück sitz ich vor der Tür. Weil Lina eingezogen ist."

Guido schüttelte in diesen Tagen permanent und sauer den Kopf.

„Echt, du benimmst dich wirklich super! Ist aber alles kein Problem. Wir suchen dir hier eine neue schöne Bruchbude, und in der kannst du dann vor dich hin vegetieren. Ich versprech dir, in weniger als acht Wochen musst du nicht mehr kündigen, Bhajan lässt dich auch in Ruhe, weil er dich nämlich rausgeschmissen hat und Rheas Hintern inzwischen viel schöner findet. Und Mutyas und Mayaris sind sicher auch nicht schlecht. – Alles vorbei. Dann kannst du Klos putzen. – Super!"

Sie zuckte nur mit den Schultern, scrollte in ihrem Handy herum und spät in der Nacht kroch sie doch wieder zu ihm rüber und meinte:

„Als Bruder kannst du mich wenigstens wärmen."

Auch in den zwei Nächten danach schlief sie in seinen Armen, in den zwei folgenden wollte sie nichts von ihm wissen. In seinen Nachrichten berichtete er Lina davon und fragte, *Was mach ich hier? Das Rückwärtszählen ist verdammt zäh.* Auf ihre Antwort - *Mach dich nicht kaputt! Komm gefälligst her! Vielleicht braucht sie auch nur mal 'ne richtige Tracht Prügel!* - musste er nie länger als fünf Minuten warten.

Tagsüber trieb er sich in der Stadt, im Studio oder in einer der Malls herum. Die Stadt begann ihn langsam aufzufressen. Egal wie interessant, dynamisch, modern und gleichzeitig verkommen sie auch war. Müsste er sich hier noch länger aufhalten, würde er vielleicht doch ohne sie nach Hause fliegen. Manila, der Schmelztiegel, war wie ein dunkler Eintopf, dessen Zutaten man nicht erkennen konnte, und der nun viel zu oft, vielleicht auch wegen Saya, einen unangenehmen Beigeschmack erzeugte, der ihn, wie Sayas Drogen damals, wenn es stimmte, was sie erzählte, eher betäubte und lähmte und ihn deshalb zu einer Art Leidensgenossen machte, statt Saya die Koffer packen zu lassen, um mit ihr sofort und endlich nach Hause zu fliegen.

Guido startete an diesem Tag also mit neunzehn. Die Tage nach seiner Ankunft rechnete er nicht mehr mit. Die dadurch entstehende Anzahl der Wochen gruselte ihn zu sehr.

Zwölf. Sie trafen sich wieder mit Claire und Yana in der Mall und er ging in der Mall herum auf der Suche nach einem Geschenk für Saya zu ihrem dreiundzwanzigsten Geburtstag am nächsten Tag. Kettchen, Ringe, irgendeinen Schmuck schloss er aus. Schminksachen sollte es auch nicht geben. In einer kleinen Boutique für Dessous fand er Slips mit Sprüchen. Die ersten legte er sofort zur Seite und wollte schon gehen, *Lick it before you stick it* oder *Warning! Extremly horny*. Aufforderungen solcher Art sollten es logischerweise nicht sein. Dann fand er doch noch einen hellroten Slip mit passendem Aufdruck und schmunzelte über den Spruch, *Don't take off without asking*, und hoffte, dass sie die Nachricht verstehen würde.

An ihrem Geburtstag tönte bereits kurz nach sechs am Morgen das Telefon und die ersten Glückwünsche trudelten auf WhatsApp ein. Saya war noch im Tiefschlaf und Guido schielte auf das Display. Guido prustete. Marvin. Verdammt! Marvin war beim besten Willen nicht der, den er sich als ersten Gratulanten gewünscht hätte. Bevor er Saya in den Arm nehmen konnte, um wenigstens auf diese Weise doch noch der erste zu sein, las sie abgewendet von ihm bereits dessen Nachricht, verschwieg allerdings den Text. Aber so lang wie sie las und dabei lächelte, schien es sich nicht nur um eine kurze Nachricht zu handeln.

Kurz darauf Mayari, ihre Kollegin im Hotel, *Maligayang bati* - herzlichen Glückwunsch zum Geburtstag. Keine fünf Minuten später auch Brian. Sie lagen immer noch im Bett, jetzt stöhnte Saya auf und er drehte sich ein weiteres Mal zu ihr und las mit. *Maligayang kaarawan, Mahal*. – Herzlichen Glückwunsch, Liebling. Am liebsten hätte nun Guido aufgestöhnt. *Mahal!* – Liebling! Ihre ehemaligen Liebschaften schienen alle nicht locker zu lassen. Dahinter ein grinsendes Smiley und *I thought for a long time whether I should visit you. Have a nice day.* Brian war jedoch nicht zu Besuch gekommen. Gut, dass er es sich anders überlegt hatte. Später folgten Mommy und Paps, Anneke, Claire und Yana und kurz nach Mitternacht in Deutschland sogar Lina. Guido lag neben ihr und kam nicht an die Reihe.

Unten beim Frühstück übergab er Saya dann endlich mit einem verzogenen Grinsen sein Geschenk.

„Herzlichen Glückwunsch. – Endlich auch von mir."

Sofort begann sie zu weinen. Sie hatte nach den letzten Tagen mit nichts von ihm gerechnet. Zögerlich wickelte sie das Papier ab, nahm eine Ansichtskarte, auf der viele *Lumpias* auf einem Teller zu sehen waren, heraus und las den kurzen Text auf der Rückseite. *Ich werde dich immer mehr als nur gern haben, egal was alles passieren wird.* Er sah, dass sie es las, und meinte leise:

„Hier ganz in der Nähe soll es einen Chinesen geben, der gute *Lumpias* macht. Das ist also ’n Gutschein."

Sie nickte, faltete langsam den Stoff auseinander und biss sich auf die Unterlippe, als sie den Spruch las. Wieder einmal walkte sie die Lippen und flüsterte leise:

„Du brauchst natürlich nie zu fragen."

Zwei Tage später beim nächsten Treffen mit den Mädels bekam sie nachträglich von jeder ein kleines Geschenk. Von Claire einen dunkelroten Lippenstift und gleichfarbigen Nagellack. Guido grinste, wahrscheinlich hatte Claire beides in der Woche zuvor in der Mall *vergessen* zu bezahlen. Von Yana ein T-Shirt mit dem Aufdruck *Made in Manila.* Nun lächelte Saya. *Ihr seid beide doof und lieb zugleich.* Angela war auch wieder mit dabei, und strahlte, denn sie würde in Harrys Japan anfangen zu arbeiten.

Am Tag drauf, bei neun, flog Claire zurück nach Frankreich. Er sagte Saya, dass er Claire zum Flughafen begleiten würde, die anderen hätten keine Zeit und er war erstaunt, dass sie nicht protestierte.

Natürlich war er pünktlich am Flughafen, sogar einige Minuten vor ihr. Deshalb sah er sie mit einem Taxi und ihren Koffern ankommen.

„Das trifft sich gut", meinte sie, „ich glaub, ich bin schon zu sehr auf die Franzmänner geeicht. Der Arsch von Taxifahrer hat die ganze Zeit blöd geguckt."

Belustigt sah er sie an. Wieder ihr Minirock ohne Strumpfhose. Aber immerhin nicht die Stilettos.

„Hast du etwa hinten gesessen?"

Claire nickte verwundert.

„Logisch, Gee. Man sitzt hier immer hinten."

„Dann hat ihn gefreut, was er im Rückspiegel zu sehen bekommen hat."

Er deutete auf ihre nackten Schenkel und Claire sah an sich herunter. Sofort verdrehte sie die Augen. Der Minirock war kurz genug, um mehr als nur die Knie zu sehen, wenn sie die Beine nicht zusammenhielt.

„Hab' ich nicht dran gedacht. Mann, warum hab' ich nicht so einen Aufpasser wie dich? Einem die Nase brechen kann ich. Mehr wohl nicht. Hoffentlich sitzt im Flieger nicht noch 'nen Grapscher neben mir."

„Nee, sicher nur ein Franzose. *They can flirt, but the rest is average*", zog er sie auf und sie knuffte ihn.

Die Koffer verschwanden am Check-in hinter einer Wand und sie hatten noch etwas Zeit für einen Kaffee.

„Ich hoffe, wir bleiben in Kontakt. Komm doch mal nach Frankreich, gern auch mit Lina. Wie wär's? Kann sein, dass ich in Europa bleibe. Auf jeden Fall komm ich euch besuchen. Ehrlich! Wär echt scheiße, wenn wir uns alle wieder aus den Augen verlören, oder?"

Guido nickte, wieder einmal rot geworden.

„Was macht Saya?", fragte sie zum Schluss und sah auf die Uhr.

„Es wird langsam. Manchmal stottert der Motor noch, dann muss ich sie in Ruhe lassen. Wäre ja auch nicht schlimm, wenn sie dann nicht so ... zickig wäre. Ihr Chef ist auch so ein Arsch. Irgendwie hat sie es mit solchen Typen, die autoritär sind. Er hats auch auf ihren Hintern abgesehen. Und das nicht nur einmal. Ich befürchte, auch anders als Saya es zugibt."

„Dann hau ihm die Nase blutig, Gee!"

„Mach ich demnächst. Sie hat wegen ihrer Kündigung schon Schwierigkeiten genug. Und die nicht nur mit ihm, sondern auch mit sich selbst. Sie ist einfach noch nicht so belastbar. Ich weiß auch nicht, wie solche Typen ticken. Hinterher wird der noch handgreiflicher. Bis jetzt hält er angeblich seine Finger zurück."

„Besorg ihr einen Arzt und schönen Arbeitsplatz bei euch in der Nähe. Oder mach ihr ein Kind." Claire lachte und Guido zog die Brauen hoch. *Kinderproduktion, füttern, 'ne brave Mami werden, dich und 's Kind jeden Abend anlächeln, wenn du von der Arbeit kommst, und euch alle dann fein bekochen, oder was?* Manchmal hatte er ein Hirn wie ein Elefant. Und ein Kind war nach dem letzten Zoff nicht mehr die erste Wahl.

„Ich denke, das hat noch ein wenig Zeit. Ich weiß ja nicht einmal, was aus uns wird. Aber 'nen Doc und einen schönen Arbeitsplatz ..., dabei will ich wohl helfen."

Claire runzelte die Stirn.

„Und was macht deine ... andere Freundin?"

Wie so oft schnaufte er durch. Am Morgen hatte er Lina noch eine Nachricht geschickt, dass es nicht mehr allzu lange dauern würde, bis er sich vielleicht mal wieder daheim im Studio rumtreiben würde. Sie musste

232

schon wach gewesen sein, denn ihre Antwort kam wie sonst auch umgehend. *Wird auch langsam Zeit, ich hab' bereits schwerwiegende Entzugserscheinungen.*

„Sie wartet auf mich."

„Du kannst auch Mädchenhändler werden. Hast lauter Groupies um dich herum. Pass auf, mein Lieber!"

„Das sagt sie auch."

„Bin gespannt, wie alles ausgeht. Egal wie, bleib auch mir treu! *Ang tatlong beses ay bundok.*"

Guido lächelte und schaute sie fragend an.

„Hat meine Großmutter immer gesagt. Bedeutet so viel wie drei Löffel voll ist ein Berg. Bei euch: Aller guten Dinge sind drei. Weiß ich von Saya."

Sie schüttelte mit einem lauten Lachen den Kopf und sah wieder auf die Uhr.

„*Maldita!* Wird leider Zeit. Mensch Gee, machts gut. Kümmer dich um Saya. Aber vergiss mich bitte nicht, ja? *Gusto kita! – Hindi! Mahal kita, okay?*"

Dann nahm sie seinen Kopf, zog sich an ihm hoch und küsste ihn. Voll auf den Mund. Ihre Zunge leckte dabei nicht nur eine Sekunde über seine Lippen. Fast hätte seine ihrer geantwortet. Dann war sie weg. Minuten später ploppte eine Nachricht von ihr auf. *Du schmeckst gut, ich kann all deine Groupies verstehen.* Guido wurde rot. Von heute könnte er Saya wieder nur die Hälfte erzählen. *Ich mag dich! Nein! Ich liebe dich!*

Natürlich holte er Saya wie all die Abende zuvor von der Arbeit ab. Manchmal gingen sie etwas essen oder nahmen von James oder dem Spanier oder einer der Garküchen etwas mit aufs Zimmer. Die *Lumpias* beim Chinesen war ihr nicht dünn und knusprig genug. *Deren Frühlingsrollen sind halt dauernd frittiert. Mommy macht die in der Pfanne*, maulte sie. In der Regel konnte sie ausschlafen, deshalb hatten sie Zeit, sich noch für ein paar Stunden zu unterhalten. Inzwischen kuschelte sie sich wieder regelmäßiger in seine Arme und schlief nach wenigen Sekunden ein. So auch heute.

Nur zwei Tage später, er war bereits bei sieben angekommen, stand Angela spätabends vor dem *Mariano* und verabschiedete sich nach Japan. Um fünf am nächsten Morgen ging ihr Flug. Das Adieu verlief im Vergleich zu Claires schnell, still und leise. *Ja mata ne, genki de ne.* – Bis bald und bleib gesund, meinte sie auf Japanisch. Saya verdrückte ein paar Tränen.

Schon am nächsten Tag änderte er seinen Plan und suchte heimlich den Hintereingang des Hotels. Raucher brauchten eine regelmäßige Dosis. Tatsächlich musste er nicht allzu lange warten. Brillen-Chef Bhajan trat mit einer Zigarette zwischen den Lippen vor die Tür und sah in den noch nicht fertiggestellten Hinterhof und in den Himmel über sich. Als er sich die Zigarette anzünden wollte, kam Guido aus seinem Versteck hervor und zupfte sie von dessen Lippen.

„If you touch her again, I'll beat the soul out of you. Geddit?"

Seine Stimme zitterte zwar ein wenig, aber der Inder war verdutzt genug. Guido schob sich noch die Ärmel seines langärmeligen Hemdes hoch, das er extra deswegen angezogen hatte, und der Typ stoppte in seiner Bewegung. Studiobesuche konnten helfen.

„I think you understood me."

Anschließend drehte er sich um und ging davon. Einige Meter später lehnte er sich an einen der zahllosen Bauzäune, vollgepflastert mit Plakaten, *Warehouse for rent, No Parking.* Er musste lachen und atmete durch. Einsatz erfolgreich abgeschlossen. Irgendwie hatte die *Aktion Saya* auch mit seinem Selbstbewusstsein zu tun. Er krempelte die Ärmel richtig hoch und schrieb Claire, was er getan hatte. Sofort erhielt er als GIF einen tanzenden und jubelnden Avatar von ihr. Abends suchte er in Sayas Gesicht nach einer Reaktion. Doch sie gab ihm lediglich lächelnd und etwas müde einen Kuss.

Am nächsten Morgen kroch sie wieder zu ihm unter das dünne Leinentuch, schmiegte sich ungewohnt zärtlich an ihn und grinste ihn ein wenig frech an:

„Überraschung! Hab' ich ganz vergessen zu sagen. Ich hab' heut frei."

Ihm blieb wie so oft in den letzten Tagen nur, den Kopf zu schütteln. Die Aktion mit Bhajan, dem Inder, hatte wohl ihren ganz eigenen Erfolg gehabt.

„Das hast du dir mehr als verdient. Eigentlich könntest du ganz aufhören zu arbeiten, bei so vielen Überstunden, die du dauernd machst."

Am nächsten Tag stellte Saya sich in einer Mall auf dem Weg ins *Mariano Gomez* auf eine Waage. Nur etwas mehr als zweiundvierzig Kilo. Guido wurde bleich. Mindestens zehn Kilo weniger als zu den Zeiten, als sie zum Beispiel auf Kreuzfahrt waren. Das hieß aber auch, vor fast vier Wochen, als er ihr an der Rezeption gegenüberstand, hatte sie noch weniger gewogen. Inzwischen futterte sie – wie man so schön sagte – ihm glücklicherweise die Haare vom Kopf. Auf ihren Lippen herumbeißend stieg sie von der Waage herunter, zuckte mit den Achseln, ohne ihn anzusehen, und ihm rutschte ein „Scheiße" heraus.

Nur ein paar Meter weiter an einem Stand mit Zeitschriften blätterte sie in einer mit lauter Tattoos herum, sah sich eines genauer an, machte sich ein Foto davon und war mit einem Mal wild entschlossen sich auch eines stechen zu lassen. Sie zeigte ihm das Bild, auf dem er kaum etwas erkannte, ihr Plan war wohl schon ein paar Tage älter und brauchte so was wie einen Beleg.

„Ist hier auch überhaupt nicht teuer."

Diesmal zuckte Guido amüsiert, weil wieder einmal überrascht, nur mit den Schultern und meinte:

„Okay, dann mach mal. Warum nicht?!"

Schon am selben späten Abend gingen sie zusammen in ein Tattoo-Studio – *die haben bis Mitternacht auf* –, das ihnen James empfohlen hatte. Er musste es ja wissen. Seine Gemälde, wie Guido immer sagte, waren sehr gut gestochen. Saya wollte so etwas wie eine ständige Erinnerung an die letzten drei Jahre bei sich tragen. Besser so etwas wie eine kleine Mahnung. Sozusagen unauslöschlich. Nichts anderes als der Spruch *Naghangad ng kagitna, isang salop ang nawala* sollte zu einem Tattoo werden. Natürlich!

Die junge Frau im Studio, Kimberley, lustig und etwas aufgedreht, verbrachte ihre Freizeit sicher auch in einem Studio. In beiden Ohren und einer Augenbraue glitzerte eine ganze Abordnung von Piercings und ihre Arme waren bis zum Hals ähnlich tätowiert wie bei James. Guido verzog ein wenig das Gesicht. Er stellte sich vor, wie Saya in ein paar Monaten wohl aussehen könnte, und sah an Kimberley herunter. Schwarze weite Cargo-Hose, mit einem Gürtel eng geschnürt, darüber ein dünnes schwarzes Top, so eines, wie Claire es getragen hatte. Auf dem Bauch ein Dschungel mit wilden Tieren. Ein Gesamtkunstwerk, wie Guido fand.

Nachdenklich schaute sie sich derweil Sayas Arm und den Spruch an. Er war ein wenig zu lang, um als Ring noch gut lesbar zu sein. Kimberley zeigte Saya ein paar Fotos mit Vorschlägen und nach einigen Minuten stand fest, dass die Wörter, die Schrift ein wenig mit Verzierungen versehen und dadurch länger, sich wie ein Gewinde um den Arm schlingen sollten. *Es wird wehtun an dieser Stelle*, meinte Kimberley noch. Aber

Saya für die nächsten eineinhalb Stunden mal auf dem Rücken, mal auf dem Bauch, mal mit gestrecktem Arm zuckte nur hin und wieder.

Drei Tage später, vier Tage vor ihrem Abflug nach Hause, auch Saya sagte inzwischen nach Hause, hatte sie das obligatorische, in diesem Fall verbandsartige Pflaster entfernt und das Tattoo vorsichtig gewaschen. Der Spruch wand sich nun tiefschwarz, etwas mehr als zweimal oberhalb des Ellenbogens um ihren Arm und ähnelte auf diese Weise einer Ranke; so einer, wie Saya sie zu Hause in dem kleinen Flur auf die Wand gemalt hatte. Jedoch erstaunlich zart, gleichzeitig schwungvoll und gut lesbar. Mit einem sanften Lächeln und Nicken strich sie immer wieder und sichtlich stolz darüber.

„Ich find, es sieht ... einfach nur geil aus, oder?"

„An dir ganz ungewohnt", erklärte Guido mit einem überraschten Blick und tupfte sanft mit einem Finger drauf, „aber ... ziemlich sexy."

Saya rollte mit einem zufriedenen Grinsen die Lippen ein.

„Sexy? Echt jetzt? Ich glaub, ich lass mir noch eins machen. Hier ist das ziemlich preiswert, finde ich. Unsere philippinische Sonne zum Beispiel."

Guido sah sie verblüfft an, er hatte wohl recht. Die Sonne sicher nur der Anfang. Was würde wohl noch alles kommen? Piercings durch die Brauen und die Nase? Oder ...? Schon sah er ihren Bauch voller Wölfe, Bären und Blumen. Auf einem Arm all die durchgestrichenen Namen ihrer Liebschaften. Entsprechend zögernd, aber nicht dagegen, klang seine Antwort.

„Ja. – Wenn du meinst. – Und wohin die dann?"

Sie sah ihn verschmitzt an.

„Ganz klein. Vielleicht kennst nur du dann die Stelle. Die zeig ich dir heute Nacht."

Stunden später lag sie neben ihm auf dem Rücken, schob ihren Slip zu den Knien und legte zwei, drei Fingerbreit neben ihrem kleinen schwarzen Irokesen-Busch, fast genau in die Leiste und nur etwas unterhalb des Hüftknochens eine silberne 2-Peso-Münze hin und machte lediglich ein fragendes *Hmh?*

„Darf ich?"

„Du musst nicht mich fragen, wenn dir das gefällt. Das ist dein Körper", gab er zurück und sie seufzte ein weiteres Mal zufrieden. Und Guido rätselte, wer das Tattoo – *vielleicht* – noch sehen würde. Die junge Frau von *Ink Army* lächelte die beiden schon am nächsten Morgen an und meinte grinsend zu ihm:

„*You'll want to take her clothes off every night.*"

„*Either way.* So oder so", erwiderte unsicher.

Natürlich berichtete er Lina davon. Neben dem Mehl und ihren Zutaten musste wohl auch ihr Handy liegen. Ihre knappe Antwort: *Wart's ab.*

***

Die Tage vergingen immer zäher. Auch für Lina. Jeden Tag beziehungsweise späten Abend auf dem Weg zum *Mariano Gomez*, meist in der Nähe der Iglesia Ni Cristo, nachdem er sich durch die wegen der vielen Verkaufsstände eng gewordenen Straßen gewühlt hatte, rief er deshalb bei ihr an. Sie kam um diese Zeit nach Hause.

„Nächste Woche Samstagabend bin ich wieder da. Ich fahr mit ihr noch ein paar Tage nach Barcelona. Sie muss runterkommen. Seit ein paar Tagen ist sie total aufgeregt, nervös, überdreht, keine Ahnung. "

„Barcelona. – Super. Runtergekommen bin ich schon längst. Und vernachlässigt. Ich knutsch nachts schon mein Kopfkissen. Sehen wir uns dann Sonntag?"

„Mal sehen. Ich kanns dir nicht versprechen. Wahrscheinlich bestehen Mommy und Paps aufs Frühstück."

„Scheiße! – Montag?"

„Ich liebe dich", war seine Antwort und er wusste nicht, ob die Tage in Barcelona nicht für ihn wichtiger sein würden als für Saya, weil nicht sie, sondern er keine Ahnung mehr hatte, wohin er gehörte.

Jeder der drei restlichen Tage bot eine nächste kleine Überraschung. Er holte Saya vor dem Hotel ab und nur wenige Meter später blieb sie stehen, drehte sich aufgedreht, wie so oft in den letzten Tagen, zu ihm um. Lachend, hüpfend und mit flackernden Augen hielt sie einen 1000-Peso-Schein zwischen ihren Händen wie ein breites Gummiband.

„Hab' ich von 'nem Ehepaar aus Japan bekommen. Ich wär immer so fröhlich gewesen und hätte ihnen immer gute Tipps gegeben. Ich hab' ihnen gesagt, fröhlich bin ich, weil ich mit meinem zukünftigen Mann bald zu ihm nach Hause fliege. – Heute Morgen sind sie abgereist und wünschen uns alles Gute. Ist das nicht nett? – Jetzt lad *ich* dich jedenfalls mal zum Essen ein."

Guido stutzte. Zukünftiger Mann. Saya verstand es, zu überraschen.

„Zukünftiger Mann?"

Sie hob nur ihre Achseln und schmunzelte.

„Könnte doch sein, oder? Ich muss mir nur noch überlegen, wie ich die Konkurrenz ausschalten kann."

Guido schüttelte wenig amüsiert den Kopf, sah Saya und Lina miteinander boxen und verzog das Gesicht.

„Kein Mord und Totschlag, bitte", stellte er mit schmalen Lippen leise fest.

Das *Ling Nam* war nicht weit vom Hotel entfernt. Von außen hübsch und einladend mit einer rotbraunen Holzfront wirkte es innen wie eine weiße Mensa mit vielen Kühlschränken. Draußen in der Straßenschlucht der laut knatternde und stinkende Verkehr, darüber ein besonders dichtes Spinnennetz aus Stromleitungen.

„Ist auch schon ziemlich alt", erklärte Saya, „und lecker ist es hier auch."

Es schmeckte tatsächlich gut. Dazu tranken sie ein *Colt45* und zum Abschluss gab es als Dessert noch ein *Mango Tapioca*. Saya zahlte. Mit Trinkgeld kostete alles zusammen gerade mal fünfzehn Euro. Guido schüttelte deswegen den Kopf.

„Manchmal hab' ich daran gedacht, ob wir uns nicht hier niederlassen sollten."

Saya verzog lachend das Gesicht.

„Aber dann nur als Deutsche in deutschen Unternehmen. Dann hast du dein normales Gehalt. So etwas können sich hier die wenigsten leisten."

„Was hast du eigentlich verdient?"

„Fünfundsechzigtausend im Monat."

Er zog die Brauen hoch und rechnete.

„Ist das viel?"

„1080 Euro. Ungefähr. Ist fast das Drei- bis Vierfache von dem, was sonst die sogenannten einfachen Leute verdienen. Und wenn du die Preise siehst, trotzdem ziemlich wenig. Ein Auto kostet hier zum Beispiel nicht viel weniger als bei uns. Ich sag ja, nur die Ausländer bekommen hier ihre ... normalen Gehälter."

Ihr Handy klingelte. Yana. Er wartete auf dem Gehweg und sah durch die gläserne Tür Saya überlegen, nicken, lachen und eine Hand durch die Luft wirbeln. Sie grinste, als sie neben ihm stand.

„Wir treffen uns in der *Sky Deck View Bar*. Ziemlich edel. Du wirst Augen machen. Ist nur 'ne Viertelstunde von hier. Sie hält grade 'nen Tisch frei. Haben wir noch 'n bisschen Geld?"

„Ja ja, wird schon schiefgehen. Für zwei, drei Wasser wird es reichen."

Er beschloss sich nur noch zu wundern.

Es wurde ein feucht-fröhlicher Abend mit einer fantastischen Aussicht auf die Stadt und den grünen Gürtel um die Altstadt Intramuros und eine überaus skurrile Nacht, die Stunden später folgte. Die beiden Mädels tranken jeweils drei süße Cocktails und er die alkoholfreie Variante, weil er nicht wusste, wie es Saya mit dem Alkohol später ergehen würde. Ihre manchmal extremen Stimmungsschwankungen in den letzten Tagen waren ihm einfach nicht geheuer. Er wollte ihr aber den Abend auch nicht verderben.

Morgens um eins zahlte er. Die Mädels quasselten und kicherten und blieben vor der alten Stadtmauer auf der anderen Straßenseite stehen. Jeepneys, stinkende Mopeds, motorisierte Rikschas und eine ganze Menge teurer Autos quälten sich an ihnen vorbei. Nur unwesentlich weniger als über Tag. Meist junge Leute. Ausnahmsweise regnete es nicht, aber wie jede Nacht war es brühwarm und die Luft mit allerlei Düften geschwängert. Die Minuten vergingen und wurden zu einer Viertel-, halben und Dreiviertelstunde. Er lehnte sich an die Mauer, versuchte etwas zu verstehen und überlegte, was er vorschlagen könnte. So aufgedreht wie die beiden waren, konnten sie sich nicht trennen.

„Ehrlich gesagt bin ich müde und ich bezweifle, dass ihr noch großartig was vertragt. Also gehen wir ins Hotel und ihr quatscht auf dem Zimmer weiter." Er verdrehte die Augen, als er die giggelnden Gesichter sah.

„Im Notfall passt Yana dann sicher noch ins Bett."

Er meinte es als Witz, aber die Mädels saßen eine halbe Stunde später nach wie vor aufgedreht und beschwipst auf der Kante des Betts und unterhielten sich.

Vielmehr kicherten, prusteten und quasselten in einer Tour. Er saß auf dem Stuhl, erlaubte sich eine Dose *Colt45* und verstand natürlich wieder kein einziges Wort. Er war ohnehin Nebensache. Manchmal glaubte er einzunicken. Als er es wirklich tat, stand er auf.

„Macht, was ihr wollt, ich geh schlafen. Yana kann hierbleiben. Ich mach mich schmal."

Schmunzelnd schlurfte er ins Bad, machte sich fertig und lauschte. Yana machte keine Anstalten zu gehen. Kurz zögerte er, kam aber dann doch nur mit Slip Minuten später raus und gab Saya einen Gute-Nacht-Kuss auf die Wange. Yana verfolgte ihn mit ihren Blicken und reklamierte kichernd auch einen haben zu wollen, den sie, nun argwöhnisch von Sayas Blicken verfolgt, sogar auf den Mund bekam. Mit einer Ahnung nahm er die dünne Decke, legte sich fast an den Rand ins Bett und schlief trotz des Gequatsches kurz darauf ein.

Gefühlte Stunden später hörte er ein Giggeln, das nicht zu seinem Traum passte. Lina giggelte nicht. Gerade noch kniff er durch den Stoff ihres obligatorischen Nachthemds den Po. Er spürte eine Bewegung neben sich, hörte wieder dieses Kichern, rubbelte sich übers Gesicht und blinzelte. In diesem Moment stupste ihn nicht Lina, sondern Saya. Sie gab ihm ein Küsschen und er roch wieder abgestandenen Alkohol. Die Luft im Zimmer war stickig. Geschwängert von ihren eigenen Gerüchen. Die Klimaanlage musste in der Nacht ausgefallen sein. Er hob ein wenig den Kopf, sortierte die Gedanken und schielte rüber. Tatsächlich lagen sie zu dritt im Bett und alle drei nur im Slip.

„*Magandang umaga sa inyo*", meinte Yana in diesem Moment, als sie seinen Blick sah. Guten Morgen allerseits. Schlapp hob sie eine Hand und ließ sie aufs Bett zurückfallen, dann stützte sie sich etwas auf. Die Decke lag neben dem Bett auf dem Boden. In der Wärme der Nacht hatten sie sich ihrer entledigt. So konnte sie nichts mehr bedecken und er hatte die übliche, morgendliche Erektion.

„Scheiße", entfuhr es ihm und er drehte sich weg.

Saya lachte auf und sagte irgendwas zu Yana, was er nicht verstand. Dann beugte sie sich über ihn, angelte ihr Handy von der Ablage und zog Yana anschließend an sich. Sofort lachten die beiden. Saya machte die Kamera an, *hindi siya mangangagat* – er beißt nicht.

„Komm! Guck mal!", befahl sie und er drehte seinen Kopf. „Nee, richtig, du Feigling!" Mindestens fünfmal machte es über ihnen klick, als er auf dem Rücken lag. Beide Mädchen grinsten, als sie die Fotos sahen

„Aber wehe ihr stellt die auf Insta!"

„That would be another idea", meinte Saya frech auf Englisch. „Vielleicht schneid ich aber den Teil mit deinem Steifen weg." Sie pikste auf seine Beule im Slip. Die Mädels lachten. Sein Grinsen verunglückte.

„May I use your shower? Before it becomes dangerous. I think my head would appreciate it", fragte Yana dann.

Guido zog die Decke vom Boden hoch und Saya schlüpfte aus ihrem Slip, bevor sie antwortete:

„Sure! I'll come right away. My head is also pounding a bit. Aber du, mein Schatz, bleibst brav hier liegen. Verstanden? Und guck sie nicht so an!"

Guido schüttelte mittlerweile doch amüsiert den Kopf. Angesichts dessen, was er in den letzten Monaten und vor allem bis vor ein paar Tagen alles mit Saya erlebt hatte, waren die letzten Stunden mehr als nur ungewöhnlich, ja sogar skurril gewesen und zeigten eine vollkommen neue und unbekannte Seite von Saya. Dazu kam *mein Mann, Schatz* und das mit den Fotos von gerade eben. Vor allem das mit den Bildern war nach allem überraschend. Er forschte in ihrem Gesicht, wie sehr sie nun schauspielerte oder sich nun beherrschen musste, fand aber nichts Verdächtiges.

Derweil war Yana aufgestanden und ging ins Bad. Er sah ihr hinterher. Yana war von den drei Mädels immer schon die etwas fraulichere gewesen, wie Lina inzwischen, und es sah schlichtweg gut aus.

„Guck sie dir an!" Guido zeigte auf Yana. „Du darfst wegen mir ruhig auch so aussehen. Unsere Winter sind kalt, falls du dich nicht mehr an die erinnern kannst."

„Männer!", erwiderte Saya und tat beleidigt, boxte ihn in die Seite und stand mit einem nassen Kuss auf seinen Bauch auf. Er japste und schüttelte den Kopf. Im Bad hörte er die Dusche rauschen, die Mädels wieder kichern und ohne Unterbrechung tratschen.

Derweil scrollte er sich durch die gerade gemachten Fotos. Jedes zeigte alles gestochen scharf von den Knien bis zum Kopf. Er zoomte Saya und Yana größer. Saya fehlten nicht nur zehn Kilo zu Yana. Saya nahm viel zu langsam zu. Ihre Brüste flache Untertassen im Vergleich zu Yanas, die ihn tatsächlich an Linas erinnerten. Kurz schloss er die Augen und dachte an sie.

Eine Stunde später, bei einem verspäteten Frühstück im *Jollibee* nur zwei Ecken weiter war alles kein Thema mehr. Guido ging von einer Mutprobe für Saya mithilfe von Yana aus. Wer weiß, was Claire mit ihr alles vorher besprochen hatte. Obwohl die letzte Nacht sicher so nicht planbar gewesen war. Als sie danach auseinandergegangen waren, meinte er nur:

„So kenne ich dich gar nicht."

„Du bist doch … ungefährlich", prustete Saya mit einem Schmunzeln.

„Ich sag ja, langweilig." Guido schüttelte etwas genervt den Kopf.

„Ach Quatsch, was hat sie denn gesehen?", gab sie mit einem Mal ernst zurück. „Meinst du, sie hätte noch nie 'nen Typen gesehen. Als junges Mädchen hab' ich manchmal bei Yana übernachten dürfen. Da war Celso noch kein Thema. Sondern mit zwölf Schminken, Klamotten und na ja ... wie *das* wohl sein könnte. Wir haben in einem Bett gepennt, uns gekitzelt, in den Armen gelegen und auch schon mal geknutscht. Wir wollten wissen, wie sichs anfühlen würde. So wie andere Mädchen auch. Als dann das ganze Gedöns richtig losging – so sagt man doch, oder? – war irgendwann Schluss. Keine Ahnung, warum. Bei ihr ging das alles auch viel schneller. Mit zwölf hatte Yana schon 'nen Busen wie ich erst mit zwanzig. Wenn ich dran denke, was uns beiden dann passiert ist, finde ich es im Nachhinein schade, dass ich nicht mehr bei ihr übernachtet habe, sondern wir nur noch ... Modeschauen gespielt haben. Auch darüber haben wir gestern Nacht geredet. Vielleicht hätte es uns gutgetan, *das* Mädchenwerden gemeinsam zu erleben und uns stärker gemacht. Keine Ahnung. Du warst jedenfalls süß und manchmal ist es gut, dass du uns nicht verstehst."

„Wenn ich das gewusst hätte, hätte ...", grinste er.

„Entschuldige, wenn ich lach", erwiderte Saya überraschend verächtlich. „Vor allem und gerade du hättest bei 'nem Dreier mitgemacht. – Gerade du."

Der Countdown sagte zwei. Heute wollten sie ihr Konto auflösen. Nahezu fünf Monate Arbeit lagen hinter ihr. Angeblich war der restliche Lohn überwiesen, angeblich auch ein paar Überstunden. Die Formalitäten dauerten über eine halbe Stunde, dann schob der Mann hinter der Glasscheibe ihr einen Zettel mit der Summe ihres Guthabens rüber und Saya wurde rot. 167.787,56 Pesos. Irgendwas um 2.700 Euro.

„Fuck!", fluchte sie leise, „ich dachte, reicher zu sein."
Sie sah zu Guido hoch. „Ich dachte, dir wenigstens etwas zurückzahlen zu können. – Scheiße!"

„Alles in Ordnung. Wie soll in so kurzer Zeit 'ne Million zusammenkommen? Und zurückzahlen musst du gar nix, okay? Iss lieber anständig, und lass dir verdammt noch mal helfen! Ich hätte ein paar Adressen."

Sie stampfte auf und begann auf Filipino zu fluchen.

„Hab' ziemlich viel Mist gebaut, oder?"

Er drückte sie kurz an sich und schnaufte.

„Lass uns morgen mal Nana besuchen ..."

„Ich glaub, du tickst nicht richtig", spie sie sofort aus und hämmerte sich mit einem Finger gegen die Stirn. „Da geh ich auf keinen Fall mehr hin. Bin ja nicht bescheuert. Das bin ich die ganzen letzten Monate nicht. Und vermissen tu ich die auch nicht. Kein bisschen. Das Haus betrete ich nicht mehr. – Nie mehr."

Die Scheine wanderten in einen Umschlag, Guido nickte dem Mann zu, der sichtlich nichts verstanden hatte und deswegen verblüfft war. Der schob den gefüllten Umschlag unter der Glasscheibe Saya zu. Eine Unterschrift noch. Ihr Gesicht war nicht viel besser als bei der schicksalhaften anderen. Fertig. Sie seufzte ein paar Mal, riss den Umschlag fast an sich und verabschiedete sich dann doch wieder freundlich. Wieder draußen wollte sie Guido das Geld geben.

„Nix da. Nimm's und tu's auf dein Konto ... zu Hause. Dann sehen wir weiter. Und warum nicht wenigstens zu Nana?"

„Die ist auch mit an allem schuld."

„Was hätte sie tun können?"

„Sie hätte Celso und Tata rausschmeißen können. Aber sie hat's nich getan. Zum Schluss vom Jahr hat der Idiot mein Leben kaputtgemacht und noch 'ne ganze

Menge mehr. Komischerweise immer dann, wenn sie nicht zu Hause war. Das nenn ich Mittäterschaft."

„Aber ich dachte ..."

„... schon mal darüber nachgedacht, wie das bei Mommy war? Wer weiß."

„Wie, wer weiß?"

„Vielleicht hat er Mommy auch mehr angetan."

„Auch?" Guido verstand trotz seines Verdachts, der aufgekommen war, die Welt nicht mehr.

Abrupt blieb sie stehen und holte tief Luft.

„Celso ... hat zwar jedes Mal von Liebe gefaselt ... aber mich ... in diesen letzten paar Wochen, die ich hier war, nichts anderes als ... gefickt. – Alles klar?"

Schlagartig wurde er blass. Reflexartig hielt er sich an einem stählernen Mast fest, an dem ein paar Fäden des Spinnennetzes über ihm festgemacht waren, und Sayas Stimme überschlug sich.

„Vielleicht hat er sie das auch. Ich behaupte, ganz bestimmt sogar. Obwohl sie das so noch nie zugegeben hat. Dann denk mal weiter! – Onkel hin oder her. Man nennt das Inzucht. Und ich bin das Produkt!"

Guido boxte gegen den blöden Mast.

„Ihr braucht beide Hilfe. Wir müssen mit Mommy reden", entgegnete er leise und nach Luft schnappend.

„Ich kann das nicht." Saya nun genauso leise.

Guido hatte keine Antwort darauf. Mit einem Mal waren sein Kopf und Akku leer und die letzten Tage unwirklich geworden.

***

In den folgenden zwei Nächten wollte sich für beide kein Schlaf einstellen und wenn er doch kam, dann mit blöden Träumen. Saya kuschelte sich zwar wie früher für die erste Minute in einen Arm von ihm, mehr allerdings nicht. Dann begann sie sich halb wach hin und her zu wälzen. Er wollte sie allerdings nicht mit Fragen nach dem Warum traktieren. Die letzten Wochen hatten auch bei ihm genug aufgewühlt. Nach Sayas Erklärung glaubte er, die Gründe für vieles verstanden zu haben, aber er fühlte sich platt und leer. Wie einst zu glauben, die Zeit würde alles richten und heilen, war jedenfalls zu einfach gedacht. Alles war auf den Kopf gestellt und bestätigte die schlimmen Befürchtungen. Erklärte in großen Teilen Sayas Wesen und Reaktionen.

Die nächsten Tränen flossen mit Nana. Sie trafen sich doch. Nach einem langen Telefonat mit Mommy, in dem Saya aber nicht ihre Behauptung bezüglich Celso wiederholte. Jedoch nicht im gelben Haus. *Nein, dort nicht mehr! Niemals!* Sondern mitten in der Mall unter vielen Menschen und natürlich ohne Tata. Der war ohnehin nicht da. Nana behauptete, er hätte Verpflichtungen. So wie sie es sagte, war aber klar, dass sie ihn vom Treffen am Nachmittag ausgeschlossen, vielleicht sogar zu Hause rausgeschmissen hatte.

Auch Guido hatte mit Mommy telefoniert und die Hoffnung gehabt, etwas zu erfahren, weil er den Umstand, dass Saya nicht ins gelbe Haus wollte, andeutete. Doch Mommy ging nicht darauf ein. Tat, als wenn es sie freute, dass sich die beiden trafen. *Es ist wichtiger, dass sie miteinander reden.* Am Telefon weiter darüber zu sprechen und nachzuhaken – *Warum?* – machte keinen Sinn. Ohnehin waren auch die Telefonate mit ihr in den letzten Tagen emotional genug und oft sekundenlang still, wegen der Freude auf das baldige Wiedersehen. Was hätte auch erklärt werden können? Saya legte anschließend nach wenigen Minuten das Handy zur Seite, weil sie nichts mehr sagen konnte außer: *Ich hab' dich lieb Mommy*, und das mehrfach hintereinander. *Und Paps auch und ... ja auch Guido.* Die Sätze stellte sie lediglich immer wieder um. Mehr war nicht drin. Alles in ihr fuhr Karussell. Danach war sie für lange Zeit nicht ansprechbar. Großvater und Celso waren schuld und hatten Nana gezwungen, still zu sein.

Am Ende des Nachmittags gab Nana Saya einen Umschlag, den sie bitte erst im Hotel öffnen sollte. Tata durfte und sollte davon nichts erfahren. Saya biss sich auf die Lippen und Nana verabschiedete sich schnell mit nicht mehr als zwei jeweils kurzen Umarmungen bei Saya und Guido und war verschwunden. Zurück auf dem Zimmer setzte sich Saya auf den Stuhl und gab mit zitternden Händen Guido den Umschlag.

„Mach du ihn auf!"

Zögernd tat er es. Sie sah, was er herausholte, wurde wütend und fluchte etwas auf Filipino. Sie hoffte auf einen Brief mit Erklärungen, Entschuldigungen und Eingeständnissen. Aber in ihm lagen eine Viertelmillion Pesos und ein kleiner Zettel mit nur drei Wörter, *Patawad, Mahal ko!* - Es tut mir leid, Schatz! Nach ihrem Aufschrei stand sie abrupt auf, stieß dabei den Stuhl um und trommelte mit den Fäusten gegen die Wand.

Guido wollte sie trösten. Aber sie schubste ihn weg, nahm ihre Handtasche und knallte die Tür hinter sich zu. Er ahnte, was in ihr vorging. Ihr hinterherzueilen machte keinen Sinn.

Als sie nach über zwei Stunden zurückkam, wusste er auch, dass er mit der anderen Vermutung recht hatte. Ihr Atem und ihre Kleider rochen nach Rauch und Alkohol. Sie ahnte es, als er sie in den Arm nehmen wollte, schüttelte nur den Kopf und schob ihn mit beiden Händen weg. Die etwas mehr als 4000 Euro waren das Schlimmste, was man ihr nach allem antun konnte.

„Du fragst mich nichts. Ich sag dir nichts. – Okay?"

Sie zog sich bis auf die Unterwäsche aus, sah ihn mit unfassbarer Wut vollkommen aufgelöst an und bevor sie im Bad verschwand, meinte sie unter Tränen:

„Jetzt bin ich dafür auch noch bezahlt worden. Also bin ich doch nichts anderes als eine billige Nutte, Hure oder wie auch immer. – Nachträglich bezahlt."

Sie schloss ab und er hörte, wie sie sich mehrmals übergab und anschließend lange duschte. Von dem, was noch in ihr vorging, hatte er keine Ahnung.

Im prasselnden Wasser hockend ploppten die Bilder mit Harry, Jack, Ruben und den anderen auf, ihr verschrobener Plan, genau damit Geld zu verdienen, aber auch die Erkenntnis, damit fast unter die Räder geraten zu sein, weil sie beinahe einen Schritt in den Abgrund getan hatte. Schon bald wäre sie tatsächlich sicher nichts anderes als eine billige Nutte gewesen.

***

Erst am nächsten Morgen hinterließ er Lina eine lange Sprachnachricht und diese endete mit: *Ich hoffe, Barcelona wird ihr guttun, eine Woche noch.* Wie immer nahezu postwendend ihre Antwort: *Das gibts doch nicht! So ... eine ... gottverdammte ... Scheiße! Bring sie alle um und mir was Schönes aus Barcelona mit. Entschuldige, das war jetzt blöd von mir. Ich liebe dich!*

Zum Abschluss trafen sie sich wieder mit Yana, aber dieses Mal verlief das Miteinander gänzlich anders als im Hotel. Sie saßen zu dritt auf dem steinernen Geländer des Fußgängerumlaufs bei der Baluarte de Santa Barbara und ließen ihre Beine über dem graugrünen und trüben Pasig baumeln. Kein Gegacker, keine verrückten Ideen, kein Lachen, keine, wenn auch witzig gemeinte Frivolität. Eher Nachdenklichkeit und ein Revue-passieren-Lassen der vielen vergangenen Jahre. Saya starrte in den Fluss, auf dem dieses Mal nur wenige Inseln aus abgestorbenen Mangroventeile, Plastiktüten, Ästen und leeren Flaschen trieben.

Guido glaubte, dass Saya empört vom Umschlag erzählte. *Dalawang daan* – zweihundert - verstand er, den Rest ... fünfzigtausend ... konnte er sich denken. Yana rieb ihr immer wieder über den Rücken und drückte sie an sich. Manchmal hörte er auch ein paar bekannte Namen. Saya nickte nur und schniefte die ganze Zeit. Irgendwann konnten die beiden jungen Frauen vor lauter Emotionen nicht mehr und stierten lediglich zusammen vor sich hin. Plötzlich sprang Yana vom Geländer runter, hatte es unerwartet eilig oder einfach zu viel Bilder, die ihre eigenen Miseren beinhalteten im Kopf. Sie blieb neben ihnen stehen, zupfte an seinem Hemd und sagte ihm in einen ungewohnt ernsten Ton:

„Remember, if you marry Saya, you also marry a little bit of me and Claire – and this town, okay?"

Mit feuchten Augen gab sie ihm einen jeweils langen Kuss auf beide Wangen, streichelte sie seufzend, als wäre es ein Abschied für immer, umarmte dann Saya lang und eilte davon. Saya lehnte sich wieder leise fluchend ans Geländer, während eine laut plappernde, asiatische Reisegruppe mit aufgespannten Regenschirmen – die Sonne schien ausnahmsweise heftig – an ihnen vorbeigeleitet wurde. Als die trippelnde und palavernde Truppe vorbei war, wischte sie sich die Tränen weg und sah ihn starr an.

„Das wird 'ne große Hochzeit, sag ich dir. Drei Frauen. Hat dann auch nicht jeder."

Ihr Lachen missglückte. Das Wort Hochzeit erhielt ein riesiges Fragezeichen in ihrem Kopf.

James stand als Nächstes auf ihrer Liste, er war für Saya in den letzten Monaten eine wichtigere Anlaufstelle, als Guido gedacht hatte. Dieser Bär von Mann wurde ganz klein, als sie – eigentlich nur schnell – Auf Wiedersehen sagen wollte. Er jagte drei Männer von einem wackelnden Tisch weg, legte unter ein Bein eine zusammengeknüllte Serviette, anschließend schwungvoll eine etwas löchrige, aber weiße Decke darüber und hieß die beiden, sich an diesen zu setzen. Saya bekam seinen Befehlston ab.

„*Now. You. Sit. Down. There.*"

Minuten später standen zwei Bier vor ihnen und ein riesiger Teller voller kleiner Mini-Pizzen, die sie so gerne gegessen hatte. Daneben legte er eine zusammengerollte Bahn Alufolie, damit sie die Reste einpacken und mitnehmen konnten.

„Wer weiß, hinterher verhungert ihr noch."

Dann baute er sich neben Guido auf, verschränkte seine Arme und schaute ihn ernst an.

„Und ich sag dir eines: Pass in Zukunft besser auf sie auf! Du Idiot! Wer weiß, wann ich euch wiedersehen werde, ums zu kontrollieren."

Guido verzog das Gesicht. Er wusste nicht, ob und wann sie zusammen wiederkommen würden. Vielleicht käme Saya irgendwann allein oder mit einem anderen. Er wusste nicht, wie es mit ihr weitergehen würde. Er hatte zwar viel darüber nachgedacht, aber weit war er nicht gekommen. James' Gesicht wurde wieder freundlich und er zog gleich darauf einen Stuhl an den Tisch heran. Beim Hinsetzen entdeckte er Sayas Tattoo, umfasste ihren Arm und las den Spruch. Nach einem heftigen Nicken und einem nach oben gestreckten Daumen schob er die kurzen Ärmel seines Shirts ganz hinauf und deutete auf seine Tattoos.

„Da hast du noch viel Platz." Er deutete auf seine und erklärte, es seien seine drei Kinder, seine Frau, seine Mutter, seine beiden Schwestern. Alle Männer in der Familie waren abgehauen. Dazu ein Bild von seinem kleinen Restaurant, dem ersten Hund, der mittlerweile vor schon über zehn Jahren gestorben war, und einige Dinge, die mit Manila, seiner Heimat, zu tun hatten, wie die Sonne zum Beispiel.

„Das bleibt alles, bis du stirbst. Das ist das, was ich liebe. Für deine Lieben hast du noch viel Platz auf deiner Haut. Für deine Kinder, deine Mutter und wenn du hast für deinen Vater, für all deine Männer, aber nur, wenn du sie lieben solltest. Für deine Freundinnen, für die Katzen und Hunde, wenn du welche haben solltest, und für deine Heimat. – Der Spruch ist gut. Den hat meine Großmutter auch immer gesagt. Der ist schon so etwas wie ein Stück Heimat. Mit Gier wäre ich vielleicht reich, aber nicht glücklich."

Er drehte sich um und rief etwas hinter die Theke. Keine zehn Sekunden vergingen und eine kleine, nicht besonders schlanke Frau kam lachend und sich die Hände an einer Schürze abwischend zu ihm. Knallte ihm, kaum dass sie neben ihm stand, mit einem Kommentar eine flache Hand gegen seinen Hinterkopf und bruddelte immer noch laut lachend etwas in die Runde. Saya grinste, sie hatte natürlich alles verstanden, und James lachte dröhnend auf und umarmte mit einem seiner mächtigen Gemäldearme ihre Hüfte.

„Das ist Amihan. Amihan bedeutet Monsunregen. Das passt. So ist sie auch über mich gekommen, wie ein warmer Regen, der nicht enden wollte. Mutter meiner drei Kinder. Geduldet von meiner Mutter. Allein das ist schon eine Kunst. Ich konnte ihr vor zweiundzwanzig Jahren nicht widerstehen. – Und das Beste daran ist, sie auch mir nicht. Deshalb nehm ich sie mit in mein Grab." Er deutete auf ihr Gesicht am linken Arm und hielt es Guido und Saya unter die Augen. „Egal, wann das ist. Ich hab' keine Lust, allein zu bleiben. Kapiert?"

Er stand auf und gab Amihan einen Kuss, dann Saya auf beide Wangen, fauchte die glotzenden Männer um sich herum an und scheuchte sie vom Tisch weg. Guido sah Saya fragend an und sie flüsterte:

„Sie sollen nicht so dumm gucken."

„Jetzt esst, meine Freunde." Er klopfte Guido auf die Schulter und ergänzte: „Deine Frau braucht ein paar Kilos mehr auf den Rippen. Das Leben ist zu hart für dünne Menschen, es sterben genug deshalb – *and this city too hard to live in alone.* Denn, ob ihr es glaubt oder nicht, ich war auch mal so dünn und hatte keine Ahnung. Dann hat mich Amihan gerettet. *Salamat sa Diyos!* Und jetzt bist du dran."

Wieder schlug er Guido auf die Schulter und mit einem Schniefen und lauten Lachen ging er hinter die Theke und als wäre ein Schalter umgelegt, ging alles so weiter, wie an all den anderen Tagen, wenn sie bei ihm etwas zu essen geholt oder etwas getrunken hatten.

Abends war Saya mit all den Emotionen überfordert. Vollkommen fertig legte sie sich angezogen ins Bett, umgeben von einer Wolke aus Pizza, etwas Bier und dem Duft der Stadt. Guido beugte sich nachdenklich zu ihr hinunter und gab ihr lediglich einen Kuss auf die Stirn und es dauerte keine fünf Sekunden und sie war eingeschlafen. Er betrachtete sie, ein paar wenige Kilos waren inzwischen dazugekommen, aber es ging ihm immer noch viel zu langsam. An einem Finger wieder seine beiden goldenen Ringe, die von einem anderen, silbernen Ring, den sie enger gemacht hatte, daran gehindert wurden, herunterzurutschen. Wie stabil sie war, würde sich erst in den nächsten Wochen zeigen. Vor allem nach dem, was sie ihm bezüglich ihres Groß-onkels gesagt hatte.

Nämlich: über Celso und Mommy – ihre Eltern.

Er sinnierte darüber, was es bedeuten könnte, ob *er* den Konsequenzen, die damit verknüpft wären, über-haupt gewachsen war. Immerhin war Lina ja auch noch da und sie spielte alles andere als eine Nebenrolle. Wel-che musste er so schnell wie möglich herausfinden. Be-züglich Saya galt im Moment ein weich gewordener Bruder-Schwester-Status, aber vielleicht musste dieser noch ein wenig länger aufrechterhalten bleiben, damit er selbst wusste, wohin er gehörte. Er war inzwischen derjenige, der sich nicht richtig entscheiden konnte. Saya oder Lina. Lina oder Saya. Hinter beiden Namen klang Kollberg irgendwie gut. Aber er fühlte sich aus-gelaugt und wünschte sich, um darüber nachdenken zu können, eine Auszeit. Gleichzeitig glaubte er, damit ge-genüber beiden ungerecht zu sein und fluchte leise. Be-vor ein schlechtes Gewissen Zeit hatte, als Sieger der Gedanken hervorzugehen, tippte er auf Linas Kontakt und hinterließ ihr eine Nachricht.

Hallo du Liebe! Karussellfahren ist langweilig, wenn ich die letzten Tage hier betrachte. Saya wird zwar stabi-ler, aber es wird ein langer Weg für sie. Es sind womöglich ein paar Sachen herausgekommen, die, wenn sie stimmen, nicht leicht zu verdauen sind. Für alle nicht. Ich freu mich jedenfalls, bald wieder zu Hause sein und auch etwas für mich tun zu können. Muss ich auch, auch wenn es egois-tisch klingt, aber irgendwie geht mein Benzin grad aus. Ich freu mich auf das eigene Bett, auf Paps und Mommy, aufs Studio und ... auf dich. Freust du dich auch noch? Wie wir zwei miteinander umgehen werden oder können oder dürfen, oder du es von mir zulassen kannst, werden

255

wir sehen. ALLES ist möglich. Seit Wochen gilt zwischen Saya und mir der Bruder-Schwester-Status. Das klappt besser als alles andere. Wir haben in denen nur dieses eine Mal miteinander geschlafen, als sie zu mir ins Hotel kam – nur zur Info. Jetzt versuch ich abzuschalten und von dir zu träumen. Ich hab' dich lieb. Dein Guido.

Kaum dass er sich hingelegt hatte, brummte wieder das Handy in seiner Hand. Lina. Dieses Mal nur ein Satz als Antwort:

Mach dich endlich auf die Socken!

Am letzten Tag gab sie vor, kurz arbeiten und anschließend mit ein paar Kollegen und Kolleginnen noch etwas trinken zu gehen. Es könnte also etwas später werden. Guido kontrollierte ihren Blick, nickte mit einem Seufzer und hoffte, sie würde sich nicht doch noch davonstehlen. Ihre beiden Koffer standen bereits gepackt an der Wand, morgen in aller Frühe ging der Flieger.

Tatsächlich lud sie die Handvoll Kollegen und Kolleginnen in deren Pause am frühen Nachmittag in eine kleine Bar ein. Nach einer Stunde erklärte sie, nun packen und früh aufstehen zu müssen und verabschiedete sich. Doch statt zurück ins Red Planet zu gehen, schlenderte sie durch die Stadt und ging am frühen Abend zu Bhajan. Egal, was alles zwischen ihnen passiert war, so wollte sie nicht in seinen Erinnerungen bleiben.

„Und warum bleibst du nicht hier?", fragte er, nachdem er sie unerwartet zärtlich geliebt und ihren langsam wieder in Ordnung kommenden Körper ausgiebig gestreichelt hatte.

Saya sah ihn lange an und streichelte auch ihn.

„Du kennst meine Geschichte nicht. Selbst, wenn deine Gefühle ehrlich sein sollten, weiß ich nicht, welche ich für dich habe. Oder ob sie reichen würden."

Dann zog sie ihn mit Tränen in den Augen ein letztes Mal auf sich, überkreuzte ihre Beine auf seinem Rücken und dachte an all die Männer, die sie schon zugelassen hatte, und von denen sie nicht wusste, aus welchen Gefühlen heraus. Mit jedem zweiten Stoß von ihm fiel ihr ein anderer Name ein.

***

Morgens um Viertel vor neun standen Mommy und Paps, als gingen sie in ein Konzert oder zu einem Festgottesdienst, in der Ankunftshalle des Hamburger Flughafens vor der Tür, hinter der die Reisenden ankamen. Der Flug aus Barcelona sollte laut Guidos Nachricht vor ihrem Abflug pünktlich sein.

In ihre Koffer wollte niemand mehr schauen. Der Zoll hatte seine Aufgaben schon vor Tagen in Barcelona erledigt, als sie aus Dubai kommend gelandet waren. Mit einem Pulk von Menschen näherten sie sich nun der Tür. Durch die Scheiben sahen sie, wie Mommy die Hände vors Gesicht schlug, aufschluchzte und in Tränen ausbrach. Paps stand hinter ihr und hielt ihren zitternden Körper, so gut es ging, in den Armen und gab ihr einen Kuss nach dem anderen in die Haare. *Ich sagte doch, wir kriegen das alles geregelt.* Guido sah, dass auch Paps weinte. Was für ein Empfang. Er hatte allerdings das Gefühl, noch im Flieger zu sitzen und war fast versucht, Saya an Mommy und Paps wie ein Geschenk oder ähnliches zu übergeben, „Hier, ich hab' sie mitgebracht" und dann wieder zu verschwinden.

Zu Hause

Seit mehr als drei Wochen waren wir wieder da, zurück, zu Hause, daheim, in unserem Häuschen, gut aufgehoben. Ich wusste noch nicht genau, wie Saya es empfand, hatte aber den Eindruck, dass es ihr allmählich besser ging. Wir schliefen nebeneinander in unserem großen Bett und ließen uns im Prinzip in Ruhe. Jedoch den Tag über nur zu Hause zu bleiben, kam nicht infrage. Also ging sie spazieren, nachmittags zu Mommy hinüber oder einkaufen, was eingekauft werden musste, und ließ sich dabei Zeit.

Manchmal schickte sie mir dann eine Nachricht und fragte, wann ich Feierabend haben würde, damit ich sie auf dem Nachhauseweg vom Einkauf abholen konnte. Meist stand sie dann schon seit etlichen Minuten vorm Aldi oder einem der anderen Supermärkte und wartete mit Tüten zu ihren Füßen auf mich. Bei den ersten Malen erschnüffelte ich, nachdem sie mich mit einem Küsschen begrüßt hatte, dass sie in diesen Minuten geraucht haben musste, verzog deshalb das Gesicht, sagte aber nichts. Was wollte ich damit auch bezwecken? Ich behauptete ja, kein Moralapostel zu sein.

Zu Hause wurden dann die Tüten nahezu feierlich ausgepackt und alles, was sie eingekauft hatte, mit einem Kommentar versehen, als müsste sie sich dafür rechtfertigen. *Dachte, das könnte uns auch mal schmecken. Fand ich hübsch. Hatten wir nicht mehr. Muss aufgefüllt werden* oder besonders amüsiert nach einer Einkaufstour im Tedi: *Guck dir das mal an, kommt aus Spanien, die ehemalige Kolonialmacht lässt grüßen.* Sie legte drei Stangen einer bunten Plastikverpackung auf den Tisch, auf diesen stand *Filipinos.*

„Das Schlimme ist, das Zeugs schmeckt auch noch gut. Gesalzenes Karamell mit weißer Schokolade. Hab' schon eine Stange gefuttert. Morgen wiege ich sicher wieder ein Kilo mehr."

Ich lachte und sah mir die Verpackung an. Ich lachte noch mehr, schüttelte den Kopf und meinte:

„Wenigstens bist du in dieser Beziehung auf dem Weg wieder eine ganz normale Frau zu werden. Ein Kilo mehr, weil du hundert Gramm gefuttert hast."

Ich öffnete eine Packung und probierte ein Filipino-Karamell.

„Schmeckt ja tatsächlich mega."

Auch Tage nach unserer Rückkehr hatte ich noch keine Ahnung, wie wichtig für sie der Kurzurlaub in Barcelona gewesen sein könnte. Von dem ich mir Wochen zuvor erhofft hatte, er würde uns beiden helfen können. Aber auch der verlief in vielen Dingen anders als ich mir vielleicht vorgestellt oder gedacht hatte. Doch was hatte ich mir vorgestellt? Am Ende blieb ich mir selbst eine Antwort schuldig, ich fühlte mich zu leer und müde. Ich hoffte, sie würde sich später ergeben. – Und ich wusste da Lina bald wieder in meiner Nähe.

In Barcelona angekommen, schaute Saya sich die Stadt ganz anders an als in den Tagen vor und nach unserer Kreuzfahrt. So, als sei sie in einer neuen, anderen Welt als damals gelandet. Zunächst weniger quirlig und unternehmungslustig, weniger in der Menschenmenge badend, weniger sich von dieser treiben lassend, blieb sie hin und wieder stehen und lachte. Vor allem die Kaufhäuser verglich sie mit manchem Gigantismus in Manila. Mit den meist riesigen Malls konnte in ihren Augen kaum etwas mithalten. „Ist doch witzig. Hier ist jedes Kaufhaus gerade mal so groß wie 'ne Abteilung in der Mall of Asia", meinte sie lachend, als wir vor dem futuristisch anmutenden Bau des *El Corte Inglés* am Plaza de Catalunya standen.

„Ich find, in der Altstadt sehen einige Straßen aus wie in Intramuros. Die Häuser sind zwar da nicht so hoch. Aber der Stil ist doch ziemlich ähnlich, oder?"

Saya sah mich belustigt von der Seite an.

„Ganz anders."

„Drüben in Binondo. Wie hießen die Straßen noch? Ich glaub, Escolta und Desmariñas. Fast dieselbe Optik und Höhe."

Sie schüttelte den Kopf. „Nee, find ich nicht." Dann trat sie ein paar Schritte zurück, lehnte sich an einen Mast und beobachtete die Menschen, die an dem Bau vorbeiflanierten oder hineingingen. Vor allem die jungen Frauen, die ungefähr ihrem Alter entsprachen.

„Mann! Die haben echt keine Scheu", stellte sie nahezu emotionslos fest. „Guck! Shorts oder dünne Leggins und 'nen Top ... fertig. Die haben keine Komplexe. Das ist doch was für dich, oder?"

Natürlich schaute ich den jungen Frauen hinterher. Sie unterschieden sich in dieser Beiziehung nicht so besonders von den Mädchen in Manila. Ich hatte eher den Eindruck, Saya war in diesem Moment neidisch und frustriert. Prompt wollte sie ins Hostal zurück. Dort zog sie sich um und sah mich Minuten später, dabei sich selbst in einem Spiegel betrachtend, prüfend an. Kurze, eher knappe und ausgefranste Jeans-Shorts, darüber lediglich ein weißes Bustier, teilweise aus Spitze, das so eng einem Korsett glich und vorne von einem Riemchen zusammengehalten wurde. Der gepolsterte Teil log schönere und größere Brüste. Ich schaute sie ungläubig mit hochgezogenen Brauen an und schnaufte.

„Wirklich?"

„Ich zieh mich wieder um, wenn sie zu gaffen anfangen. Du hast doch gesehen, was die hier anhaben, und keiner guckt? Ich will wissen, wie weit ich gehen kann."

Sofort erinnerte ich mich an die Aktion vor wenigen Jahren, als sie eine extrem grobmaschige Netzstrumpfhose an- und diese weit über ihren Bauch zog. Darüber trug sie nur die wahrscheinlich selbe zerfranste Shorts und ihren Oberkörper bedeckte sie lediglich mit einem schwarzen, eher schmalen Top und dünnem Spenzer. In ihren Haaren waren viele, verschieden bunte Kordeln eingeflochten und die Lippen und Augen schwarz geschminkt. Sie sah gleichzeitig zum Fürchten, verrucht und doch verführerisch aus. Damals wusste ich auch nicht, ob sie nun Vamp oder Vampir sein wollte. Schon da stutzte und prustete ich. Aber seinerzeit wusste ich auch: Widerspruch zwecklos. Sie führte damit etwas im Schilde und ich hatte keine Ahnung was.

Somit war ein verblüfftes „Ups!" meine einzige Reaktion. Ich grinste, prustete und hob die Schultern. Dabei hätte ich ihr damals wie heute am liebsten einen Vogel gezeigt. Sie versteckte sich in ihrem Outfit und wollte gleichzeitig Aufmerksamkeit. Seinerzeit begutachtete sie sich nicht im Spiegel, sondern auf der Bettkante sitzend mich, die Bilder über dem Bett, überhaupt den Raum, als hätte sie alles noch nie gesehen.

„Was haste jetzt vor?", fragte ich an jenem Tag und wusste nicht, ob ich lachen oder weinen sollte. Ihre Optik total verändert, ihre Sprache plötzlich auch.

„Nich' viel. Chillen, etwas abchecken und so. Es gibt Typen, die bumsen solche Tanten gerne, und die wiederum mögen so einen Fick. Vielleicht kapier ich so, was dran ist und wieso s'e so was machen."

„Und jetzt willst du so einen finden und das ausprobieren?", fragte ich belustigt und dennoch verwirrt.

„Nee, vielleicht doch nicht. Ich will wissen, warum ich so bin, wie ich bin. – *Fuck!*"

Wie damals schüttelte ich nun wieder nur den Kopf und weil sie ansonsten nichts sagte, stellte ich etwas fassungslos fest:

„Wie weit? – Das war in den ersten Wochen im Mariano wohl nicht von der Kleidung abhängig."

„Sondern?"

„Wenn ich nicht ganz falsch liege, von dem, was du zugelassen hast." Mein Tonfall war unabsichtlich etwas schärfer geworden. Ich dachte an Bhajan.

Sie musterte mich beinahe verächtlich, zuckte nur mit den Schultern und schlüpfte wieder in ihre Sneaker. Anschließend verbrachten wir den Nachmittag mit Spazierengehen und durch ein paar Läden bummeln. Dabei beobachtete ich sie, wie sie sich bewegte und benahm, und versuchte zu ergründen, was sie dieses Mal mit ihrem Vorhaben herausfinden wollte. In einem der kleinen Supermercats in der Altstadt kauften wir etwas zu essen und zu trinken. Der Typ hinter der Theke, aus irgendeinem fernen Land, *gaffte* nur kurz, in dem er Saya von unten bis oben abzuscannen schien. Aber Mädchen in engen Leggins, knappen Shorts und Tops, durch die die Brüste sprießten, waren hier wohl alltäglich. Sich mit ihm zu unterhalten, lohnte nicht.

Das tat sie dann mit einigen Verkäufern in der Boqueria. Sie konnte Spanisch ja so gut wie fließend, sie liebte die Sprache und fragte, wo es sich ergab, nach irgendwelchen Dingen. Dort in der Markthalle hatte jeder Stand seinen eigenen Geruch, duftete nach Bekanntem oder Fremdem, Orangen, Pfirsichen, Felsenbirnen, Fischen, Würsten, Bananen, Quenips, Mangos, Schinken, Gewürzen, Brot und frisch Gegartem, Kaffee und ein Stand unwiderstehlich nach gerösteten Nüssen. Sie blieb stehen, deutete auf das ein oder andere und fragte immer wieder, woher die Sachen kamen, was man mit ihnen machen konnte, wie sie schmeckten. Und beobachtete dabei die Männer, wie die wiederum sie währenddessen anschauten. Aber *gaffen* tat auch keiner von denen. An einem Stand kauften wir ein bisschen Obst, an einem anderen blieben wir stehen und tranken Kaffee. Zurück auf der Straße umgab uns der Lärm des Verkehrs, auch ähnlich wie der in Manila und wir rochen nichts anderes als die Stadt und ein wenig Meer.

„Wir müssen uns die Tage einteilen, dann sehen wir sicher mehr, sonst rennen wir ja nur ziellos durch die Gegend", schlug sie mit vollem Mund am Abend in einer kleinen Tapasbar in der Altstadt vor. Sekunden zuvor hatte sie das Riemchen des Bustiers etwas gelockert und dabei unseren Ober studiert. Pechschwarze Haare, wahrscheinlich nicht viel älter als wir, dunkler Teint oder braungebrannt, etwas grobschlächtig wirkend, mit Dreitagebart. Ich vermutete absichtlich portionsweise brachte er dann nacheinander die bestellten Pinchos, Pas amb tomàquets, Pimientos und Patatas bravas. Wie vielleicht von ihr gehofft immer mit Blick auf ihre nackten Schenkel und Schultern und die gelogenen Brüste. Und sie tat, als würde sie es nicht merken.

Am nächsten Tag hieß die erste Portion: *Lass uns mal an den Strand gehen.* Und ich wunderte mich. Dort saß sie, da die eigentlich milden Temperaturen nicht an die in Manila herankamen, im Gegensatz zum Tag zuvor, nun mit dem gefühlt halben Inhalt des Koffers dick eingepackt, etwas zusammengekauert auf dem Geländer einer Mole beim Parc de la Barceloneta. „Ich bin ja kein Sexobjekt." Stumm sah sie auf das kaum bewegte, aber glitzernde Meer. Hinter uns lärmten Kinder an Turngeräten oder kickten rum und auf der Promenade bummelten die Menschenmassen, fuhren Skateboards, Fahrrad oder rasten auf Elektro-Scootern durch die Gegend wie Saya einen hatte. Neben ihr stehend betrachtete ich das Glitzern der Wellen und beobachtete sie wieder rätselnd.

Wir müssen uns die Tage einteilen, hatte keine Gütigkeit mehr, ich grinste, denn als wir während der Kreuzfahrt und davor und danach in Barcelona Station machten, konnte ihr das ziellose Mal-hier-gucken-und-mal-da-Schauen nicht wuselig genug sein. Und während ich all das schreibe, merke ich, wie distanziert alles klingen muss, wenn ich nun darüber erzähle.

Sieht fast so aus wie bei uns daheim, war ihr einziger Kommentar und sie lächelte. Nach über zwei Stunden tippte ihr ein Uniformierter auf die Schulter und hieß sie mit recht rüdem Ton vom Geländer runterzusteigen. Sie schaute ihn vorwurfsvoll von oben bis unten an.

„*Desafortunadamente interrumpiste mi pensamiento*", hörte ich sie fauchen und verblüfft sah der Uniformierte sie an. Ich denke, weil Touristen für gewöhnlich nicht fließend Spanisch sprechen können. Sie sprang, ohne ihn aus den Augen zu lassen, von dem Geländer herunter, tat als balancierte sie auf einem unsichtbaren Seil und streckte ihm die Zunge raus. Der Polizist drohte mit einem Finger, wollte etwas sagen, ließ es aber dann doch. Ich hatte nichts verstanden, aber einige Meter entfernt zog Saya den Reißverschluss ihrer Jacke auf und erklärte: „Der Typ hat meine Gedanken unterbrochen." Anschließend wanderten wir dann doch ziellos in der Stadt herum, bis wir am Abend wieder in die kleine Tapas-Bar einkehrten – *war doch lecker da, oder?*

Wie am Tag zuvor blieb der Ober länger an unserem Tisch als an den anderen stehen. Natürlich sprach sie mit ihm auf Spanisch, worüber sollte ich nicht erfahren.

Ich ging aber davon aus, dass es sich nicht um unser Essen handelte. Sie lachte nur und er musterte sie. Dabei leckte er sich, ich nahm an, unabsichtlich über die Lippen. Ich verfolgte seinen Blick, der dieses Mal keine nackten, sondern gut verpackte Schenkel sah. Auch von ihrem Tattoo am Arm war nichts mehr zu sehen. Ihr Sexappeal beschränkte sich auf ihr Gesicht. Vielleicht wollte sie erfahren, ob es ausreichen würde. Prompt spürte ich, dass Saya nur so tat, als würde ihr seine offensichtlich enttäuschte Reaktion egal sein. Als er die nächsten Tapas brachte, zog sie ihre Jacke aus, als er neben uns stand, und gönnte ihm ihre darunter nackten Schultern.

„Gefällt der dir etwa? Ist das dein Typ?", wollte ich in der Sekunde drauf wissen.

„Na, hässlich sieht er ja nicht aus, oder? Vielleicht hätten mir noch ganz andere gefallen ... müssen", stellte sie ganz lapidar fest und spießte eine Patata auf. Bevor ich etwas entgegnen konnte, fragte sie mit gerunzelter Stirn: „Was ist, wenn einem Liebe versprochen und dieses Versprechen nicht eingehalten wird? Du aber auf dieses schon reingefallen bist?"

Ich lehnte mich an die Stuhllehne und sah sie lange nachdenklich an.

„Das heißt, dir hat jemand gesagt, dass er dich liebt, aber dich stattdessen ... bumsen wollen", vermutete ich.

Mit schmalen Lippen sah sie an mir vorbei. Was war nur passiert in all den Monaten? In meinem Kopf spukten allerlei Erklärungen dafür mit irgendwelchen Typen herum. Die Harmloseste: einer hatte sie betrunken genug mitgenommen und seinen Spaß gehabt.

„Einer der Jemands hat mir nichts versprochen. Der war nur so gut ... dabei, dass er mich dadurch davon abgehalten hat, einer Idee länger nachzugehen."

„Hätte er dir aber noch dazu die Liebe versprochen, wärst du nicht mit mir zurück, sondern bei ihm geblieben? Vielleicht hätte ich dich nicht mal angetroffen."

Wieder zögerte sie mit einer Antwort.

„Ich glaube, ich werde dir nicht alles sagen."

„Und ich glaube, ich habe verstanden." Ich war sauer.

„Kannst du nicht, weil du meine Geschichte doch nicht genug kennst."

„Dann erzähl mir wenigstens die."

„Das hätte ich früher tun müssen."

Der Ober brachte eine weitere Portion Patatas bravas, *die schmecken echt super,* und Saya zog in diesem Moment den Ausschnitt ihres Bustier nach vorne und ich schüttelte mal wieder den Kopf.

Weil es regnete, verbrachten wir den nächsten Tag im Schifffahrtsmuseum und im Kunstzentrum Santa Mònica. Saya hatte in einer Tourist-Info ein Blatt über eine Ausstellung gefunden, die sie interessierte. Dort blieb Saya lange auf einer Bank in einem Raum sitzen, in dem eine Retrospektive mit Bildern zu einer vergangenen Performance gezeigt wurde. *¿Dónde estás corazón?* – Wo bist du Herz? Bilder mit nackten Frauen und Männern, festgehalten in einer Tanzbewegung, in einer täglichen Situation, beim gemeinsamen Kochen, Fernsehen, Autofahren, wie sie nebeneinander stehen oder sitzen und sich berühren. Mit den Fingerspitzen, den Seiten ihrer Oberarme, mit den Schenkeln, Rücken an Rücken. Manchmal kalt wirkend, manchmal ungeheuer intim. Zwei, drei Bilder erinnerten mich an die Schwarz-Weiß-Fotos bei Lina über dem Bett und ich musste deswegen schmunzeln.

Saya zeigte auf eins, das etwas zugeschnitten wirkte. Ein offensichtlich durchtrainierter Mann, gänzlich rasiert, stand neben einer üppigen Frau und seine Hand streichelte ihren Bauch. Sofort musste ich an Marvin denken und schnaufte deshalb, obwohl die Frau ganz und gar nicht Saya glich. Auf der kräftigen Hand des Mannes traten die Adern hervor und die Finger griffen ein wenig in die weiche Haut der Frau. Ihre Schöße waren nicht vollständig zu sehen. Doch sicher sah auch Saya, dass er eine beginnende Erektion hatte. Von ihren Gesichtern, die sich aufeinander zuzubewegen schienen, waren nur ihre Münder sichtbar. Seiner lächelte, ihrer zeigte den letzten Moment vor einem Kuss. Ihre Zunge berührte von innen schon die leicht offenen und feucht glitzernden Lippen.

„Schade, dass wir die Performance nicht gesehen haben", meinte Saya leise und strich mit ihren Fingerspitzen über das Bild, vielmehr über den Teil des Bildes mit dem Mann und machte anschließend ein Foto davon.

„Wir haben zu Hause so ein Video", erwiderte ich eifersüchtig und wusste, es war nicht nur die falsche, sondern eine blöde Antwort.

„Nein, *das* meine ich nicht. Ich hätte gern gewusst, wie ihre Gesichter und das Gefühl aussahen, als sie sich geküsst und berührt haben. Verstehst du? Das Gefühl. Nicht nur der Blick dabei, oder so."

Wieder strich sie mit den Fingern über seinen Körper und ich atmete scharf ein. Sie schien es nicht gehört oder wahrgenommen zu haben und fuhr fort:

„Schade also, dass wir nicht ihre Gesichter sehen, den Ausdruck in ihnen. Wie sie ihn ansieht, während er sie so streichelt. Weißt du, was für mich das Wichtigste an dem Gefühl der Liebe ist? Das Gesicht. Ohne Augen siehst du sie nicht, ohne Nase riechst du sie nicht, ohne Mund sagst du sie nicht, ohne Zunge schmeckst du sie nicht und ohne Ohren hörst du nix von ihr. Und dennoch lügen Gesichter – mitunter."

Wieder wunderte ich mich und nickte nur, weil ich davon überzeugt war, dass *früher* viele Gefühle von uns *dabei* sichtbar, hörbar und schmeckbar waren. Wir hatten es eigentlich nie versäumt, uns *dabei* und währenddessen zuzuschauen. Welche Gesichter hatten *dabei* in ihrem Leben und den letzten Monaten gelogen?

Der Regen hatte etwas nachgelassen und wir gingen zurück in die Markthalle. Dort aß sie nachdenklich eine Tortilla und eine Portion Croquetas, legte ihr Handy neben sich und schaute minutenlang das Foto an. Ich wartete darauf, dass sie etwas sagen würde, doch sie blieb still. Vielleicht sah sie den Mann und dachte an Marvin, Bhajan oder sonst wen. Bedächtig aß sie den Teller leer.

Anschließend, im *El Corte Inglés*, einem in meinen Augen riesigen Kaufhaus, schmunzelte sie mich an und meinte wieder:

„Alles ziemlich putzig im Vergleich zur Mall of Asia, findest du nicht auch?"

„Na ja, das hier ist *ein* Laden. In der Mall ist es ein Sammelsurium aus vielen. Ansonsten ist das Durcheinander von Läden in der Stadt genauso wie in Manila", erwiderte ich belustigt und grinste. Als Saya ein paar Sachen anprobierte, nutzte ich die Minuten und kaufte für Lina zwei Dessous, jeweils einen transparenten Slip und BH, beides ein hellblaues Nichts aus Spitze. Dazu einen kleinen bunten Gecko aus Keramik, der neben der Kasse auf mich zu warten schien und wie eine Miniskulptur von Gaudí aussah. Beides versteckte ich als Geschenk eingepackt in den Innentaschen meiner Jacke. Dieses Mal war ich mir sicher, dass Saya sich mit der Suche nach Verräterischem zurückhalten würde.

Mitten in der folgenden Nacht kroch Saya zu mir unter die Decke. Nackt. Das erste Mal nach Wochen. Bevor ich richtig wach werden konnte, hatte sie schon die

Decke zur Seite geschlagen, eine Hand unter meine Pyjamahose geschoben. Natürlich bekam ich einen Steifen und sie begann mich zu befriedigen.

„Du brauchst mich nicht mehr lieben, aber schlaf mit mir", fauchte sie mir ins Ohr. „Und dann sag mir, ob du etwas anderes fühlst als bei Lina."

Nur Sekunden später hatte sie mich ausgezogen, mir ein Gummi übergestülpt und sich auf meinen Schoß gesetzt. Im Gegensatz zu früher begann sie einen wilden, ungeduldigen Ritt ohne einen Kuss oder eine andere Zärtlichkeit und ließ mich nicht aus den Augen. Als sie spürte, dass es mir kommen würde, schaute sie mich nur mit schmalen Lippen, etwas atemlos und flackernden Augen an. *Ich hätte gern das Gefühl gesehen*, schoss mir durch den Kopf, als ich ihren Blick sah. Ob sie etwas gefühlt hatte, sagte sie nicht. In diesem Moment hatte ich jedenfalls Lina betrogen. Statt eine Antwort von mir auf ihre Frage abzuwarten, die ich deswegen nicht hätte geben können, wollte sie wissen:

„Warum machen Frauen es für Geld?"

„Weil sie dazu gezwungen werden?!", erwiderte ich überrascht mit einem verblüfften Fragezeichen.

„Hmh." Saya dachte nach.

„Weil sie geschlagen werden, wenn sie es nicht tun", fügte ich hinzu. „Weil sie dennoch nicht sterben wollen. Weil sie ihre Kinder ernähren müssen. Weil ..."

„Ich hatte keine solche Gründe."

Sofort merkte ich auf.

„Du hast also ...?"

„Mit einem war's besser als mit allen anderen", stellte sie fest, fixierte mich und ich räusperte mich fast schon automatisch. „Anonymer und doch zärtlich. Egoistisch und dennoch ein wenig zögernd und abwartend. Vielleicht, weil er es so besser genießen konnte."

Ich schluckte und überlegte, wer in Frage kam.

„Bhajan?"

„Der?" Sie lachte auf und kippte zur Seite. „Der ist unfähig. Der hat mich dabei nicht mal angeguckt."

Wütend zog ich die Decke über mich.

„Aber die anderen?"

Saya nickte nur.

„Und von dem einen hättest du auch ein Kind in Kauf genommen", prustete ich blass geworden."

„Wahrscheinlich."

„Das war ja bei uns nie ein Thema", fauchte ich sauer und schob mich zum Kopfende hoch. „Und jetzt hast du es mit mir nur deshalb gemacht, um zu sehen, ob sich's mit mir noch lohnt. Aber es gibt ja nicht nur mich und Marvin und Brian und Bhajan und weiß Gott wen, sondern sogar noch einen, der besser war als wir alle."

„In diesem Moment ja. Tut mir leid. – Ich hatte mit allem abgeschlossen. Also musste ich mich auch nicht mehr rechtfertigen", es klang widerborstig.

Dann streichelte sie vorsichtig meinen Bauch.

„Das mit diesem einen war zu schön, um meinen Plan noch länger zu verfolgen. Wäre es nur etwas anders gelaufen, hättest du mich tatsächlich nicht mehr gefunden, hättet ihr wahrscheinlich nie mehr etwas von mir gehört. Wie du siehst, ist alles anders gekommen. Alles nur, weil mir ein anderer einmal Liebe versprochen und doch gelogen hat."

„Ich habe dich geliebt", stellte ich erzürnt fest.

„Du bist auch nicht der andere und auch nicht der Lügner gewesen. – Du bist außer Konkurrenz. Das solltest du eigentlich wissen."

„Außer Konkurrenz. Dann weiß ich Bescheid."

„Einen Scheiß weißt du."

Sie stieg von mir herunter.

Am dritten Tag ergatterten wir zufällig noch Karten und besuchten die Sagrada Família, in der wir über die Flut der vielen Lichter und Reflexionen und Ornamente staunten. Plötzlich tat sie etwas, was sie noch nie in meinem Beisein getan hatte. Sie kniete in einer der wenigen Bänke nieder und begann zu beten. Minuten später stand sie auf und erklärte:

„An irgendwas muss man ja glauben."

Noch verbittert vom Tag zuvor erwiderte ich recht barsch: „Ich hatte an unsere Liebe geglaubt. Und ich habe versprochen auf dich aufzupassen. Wie du siehst, habe ich meine Versprechen gehalten. Deshalb glaube ich eher, dieser ganze Kram mit dem Glauben ist schuld an der Verwirrung unserer Zeit."

„Du bist und bleibst ein Philosoph", schnaufte sie.

Nächstes Ziel die Aussichtsplattform im Torre Glòries im 30. Stock. Dort oben stand Saya mehr als eine Stunde an einem der großen Fenster und sah nicht auf die Stadt, sondern hinüber zum doch fast einen Kilometer entfernten Meer.

„Ich glaub, zu Hause wird's mir doch wieder gefallen. Da werde ich mich an die Seebrücke oder auf 'nen Deich setzen und aufs Meer schauen."

Am Ausgang sprach sie, während wir auf den Fahrstuhl nach unten warteten, mit einer jungen Frau und nickte während des Gesprächs grübelnd. Als ich im Fahrstuhl fragte, erzählte sie mir, dass der Turm in dem Jahr angefangen wurde, zu bauen, als das Mädchen auf die Welt kam. Seitdem würde der Stadtteil dort verändert und schön gemacht. Von dort oben könnte sie das Haus sehen, in dem sie geboren wurde. Und jetzt sei sie unglaublich stolz, in dem Turm arbeiten zu dürfen, zu dem sie immer hochgeschaut hat, und sie daher ein kleiner Teil der ganzen Entwicklung sei.

„So was habe ich nicht. So was kann ich nicht erzählen. Auf so was wäre ich auch stolz gewesen."

Beim Frühstück am vierten Tag gab Saya mir mit plötzlich zorniger Miene Nanas Umschlag.

„Behalt das Geld, du hast so viel für mich zum Fenster rausgeschmissen. Jetzt wieder mit Manila und Barcelona. Oder gib es Mommy oder sonst wem, ist mir völlig egal. Ich will es nicht. Ich bin keine Nutte. Und will's auch nicht sein. Vergiss, was ich in den letzten Tagen gequatscht hab'. Ich könnt glatt kotzen, wenn ich nur dran denk. 4000 Euro für ein durchgeficktes Jahr."

Ich erwartete, dass sie toben oder schreien würde, aber stattdessen sah sie mich nur mit versteinertem Gesicht an und wedelte mit dem Umschlag hektisch vor meinen Augen. An einem anderen Tisch sah man zu uns neugierig herüber. Sicher wunderte man sich und war vielleicht sogar erfreut. Endlich mal kein langweiliges Frühstück. Zögernd nahm ich den Umschlag an.

„Wir können es ja für später zur Seite legen", gab ich zurück.

„Solange ich nicht weiß, du damit ... bezahlst, ist es mir egal." Ihr Ton immer noch angespannt.

Danach klapperten wir die restlichen Sehenswürdigkeiten ab und ich war erstaunt, wie gut gelaunt sie war. Eine Last schien abgefallen. Wir schlenderten den Passeig de Gràcia entlang, blieben vor dem Casa Batlló und Casa Milà stehen, gingen weiter zum Palau de la Música Catalana und besuchten die Basilica Santa María del Mar. Durch die Altstadt gingen wir zurück und Saya machte einen Halt im Kunstladen des Moco Museums. Sie sah sich Sachen an, die verkauft wurden. Bilder von Bansky, Koons und Haring. In einem Bildband blätterte sie lange herum und stöhnte auf. Sie deutete auf ein kaum bekleidetes Mädchen, das weiße Kleid heruntergezogen zeigte eine Brust. Mit seltsamem Blick sah es mich wie gelangweilt oder verschlafen mit leicht geöffnetem Mund an. Zu ihren Füßen auf der Schleppe ein Löwe und eine Bongo Antilope. *Ich liebe die Konfrontation zwischen gegensätzlichen Kräften: Zärtlichkeit gegen Terror, Leben gegen Tod*, stand daneben.

„Als wenn der Typ mein Leben kennen würde", meinte sie, „Zärtlichkeit gegen Terror. Gelogene Liebe."

Mit lief ein Schauer über den Rücken.

„Ist ein wenig gruselig, oder?"

Anschließend fuhren wir mit den U-Bahnen zu den bunt leuchtenden Fonts Magica. Der Tag brauchte dringend einen besseren Abschluss.

„In allen Farben. Wie der Kronleuchter über unserem Bett", stellte sie fest.

Am fünften, dem letzten Tag wollte sie das Hotel nicht verlassen, auch weil es wieder regnete, und einen Teil des Tages im Bett verbringen. Dafür zog sie nichts anderes als den neuen, im *El Corte Inglés* gekauften überlangen grauen Stretchpullover an, der sich an ihrem immer noch dünnen Körper und die Mädchenbrüste schmiegte wie einst das rote Trikotkleid.

„Ein Pulloverkleid", lächelte sie bemüht. „Ich glaub, der wächst die nächste Zeit mit."

Dann schob sie mich zum Bett, hieß mich, hinzulegen, fingerte ungelenk an meiner Hose, zog sie aber nur auf die Schenkel runter und begann mich zu streicheln, bis es mir auf meinem Bauch kam. Ich schloss die Augen und ließ es zu, weil ich dabei an Lina dachte. Mit mir schlafen, wie vorletzte Nacht, wollte Saya sowieso nicht mehr. Der Test war wohl misslungen.

***

Kaum hatten wir unser Häuschen betreten, stellte sie hastig ihren Koffer ab, ging hoch ins Schlafzimmer und kontrollierte, wie es dort aussah. Alles befand sich unverändert an seinem Platz, die Möbel, ihre Kleidung im Schrank, der Kronleuchter, die Dinge auf den Regalen und auch mein Foto von ihr, auf dem sie damals die Vorhänge in dem kleinen Bungalow in Surigao zur Seite schob. Still betrachtete sie sich selbst wie in einem Spiegel, seufzte und strich mit ihren Fingerspitzen darüber wie in Barcelona über dieses eine Bild.

Anschließend gingen wir hinüber zu Mommy und Paps. Mommy hatte Tonnen von *Lumpias* zubereitet, weil sie die ganze Nacht zuvor vor lauter Aufregung nicht schlafen konnte und nicht wusste, wie sie die Stunden, bis uns endlich am Flughafen abholen würde, rumbringen könnte. Es folgte ein langes verspätetes Frühstück, voller Tränen, Lachen, manchmal forschenden Blicken und Stille. Als ihre Schüssel leer war, stand Saya auf, ging zu Mommy und Paps, nahm beide in die Arme und küsste sie wie ein kleines Kind.

Schon in den Tagen danach machte sie morgens nach dem Aufstehen oder bevor ich von der Arbeit nach Hause kam lange Spaziergänge an der Eider entlang und auch wieder Yoga. War das Wetter gut, draußen im kleinen Garten, war es schlecht, unten neben dem zur Seite geschobenen Esstisch. Ich hielt es für keine schlechte Idee und beobachtete, wie sie zu einem Baum, Krieger oder Sprinter wurde, wenn sie den heraufschauenden Hund und eine Krähe nachahmte oder minutenlang im Lotussitz versuchte ihre innere Ruhe zu finden. Saya, in Manila an manchen Tagen noch etwas aus dem Tritt – sie sagte zickig dazu –, schien, trotz der auch ungewöhnlichen Tage in Barcelona, langsam zur Ruhe zu kommen. Ich hoffte, nicht nur für kurze Zeit.

Ich hatte keine Ahnung, wie ich dann noch hätte reagieren können oder müssen. Und ich hatte immer noch keine Ahnung, wie es weitergehen würde. Ich wollte mich damit auch nicht beschäftigen. Es galt dieser seltsam gewordene Bruder-Schwester-Status, der ihr trotzdem alles erlaubte, wenn sie wollte.

Irgendwie fühlte ich mich fehl am Platz.

Dazu kam, von nun an gab es Lina.

Gefährlich würde es somit mit meinem ersten Besuch im Studio werden, wenn Sayas Eifersucht die Zeit danach vielleicht wieder schwer machen würde. Mir war lediglich klar, allein würde ich es nicht schaffen, bis Saya ihre eingestürzte Welt, irgendwann aus den Fugen geraten, wieder aufgebaut hätte. Ob ich in ihr dann noch ein Baustein wäre oder sein könnte, wusste ich, ehrlich gesagt, ebenso wenig. Alles würde eine Weile dauern. Und diese Weile wäre gewiss nicht kurz. Ich zweifelte an meiner Kondition.

Erst drei Tage nach unserer Rückkehr, am Mittwoch, ging ich ins Studio. Saya wollte spazieren gehen. Vorher chattete ich mit Lina und checkte die Lage ab. *Komm gefälligst.* Am Nachmittag ging ich hin und stand gleich hinter der Tür ihr gegenüber. „Mann, das wurde jetzt aber auch Zeit", meinte sie nur, schnappte sich eine Hand von mir und zog mich wieder nach draußen.

„Wie lang hast du Zeit?"

Überrumpelt antwortete ich:

„Zwei Stunden … oder so. Saya macht ihren üblichen Spaziergang, aber sie weiß, dass ich trainieren bin."

„Zu mir."

Ich hätte Nein sagen können. Ich hätte es vielleicht müssen. Aber keine Viertelstunde später nahm sie mir kaum hinter der Tür die Tasche aus der Hand, presste mich an sich, hielt meinen Kopf wie einen Schraubstock fest und küsste mich, bis ich endlich weniger zögerlich den Kuss erwiderte. Als sie merkte, dass ich weich wurde, zog sie mir weinend und doch glücklich wirkend die Jacke aus und mich am Bund meiner Jogginghose zu ihrem Bett.

„Ich muss dich spüren. – Richtig –, okay?"

Ich nickte.

Ich schüttelte den Kopf.

Ich hatte die Sprache verloren.

Ich war weder hier noch da.

Ich war blöd.

Mich rauszureden war auch nicht mehr gut möglich, längst war meine Erregung, Aufregung und Lust nämlich unübersehbar. Das Gefühl packte mich trotz Saya, trotz der einen Nacht mit ihr mit voller Wucht. Lina zog mir in Windeseile die Hose, das Sweatshirt und all den anderen Kram aus und sich selbst die dünne Sportjacke, unter der sie nur noch den pinkfarbenen Pulli trug, der verriet, dass sie darunter nichts anhatte, und die glänzenden, hauchzarten schwarzen Leggins, als sei sie aus glänzendem Leder. Durch deren Schritt lief vom Bund vorne bis hinten der Reißverschluss. Damals nach Seargy nicht ausprobiert. Ich hatte mehr als Lust, war gierig auf sie und zog den Reißverschluss langsam auf. Mit Tränen in den Augen ließ sie sich auf mich plumpsen.

„Ich hab' keine Ahnung mehr, wie's geht", behauptete sie und küsste in drei Zentimeter breiten Streifen von links nach rechts und oben nach unten meine Haut ab, bis sie über meinem Nabel schwebte.

„Wonach schmeckst du? – Is' ja der Hammer. Schmeckt so dieses Manila? Oder was?"

Ich zuckte mit den Schultern, so gut es ging.

„Kann schon sein. Du fühlst dich jedenfalls gut an." Unter dem offenen Reißverschluss nur noch sie.

„Mann, bin ich froh. Du kannst ja sprechen", lachte sie und rollte etwas zur Seite, um sich den Pulli auszuziehen und die Leggins von den Beinen zu pellen. Gleich darauf schmiegte sie sich wieder an mich und streichelte meinen Bauch und kämmte mit ihren Fingern durch meine Härchen im Schoß.

„Ja. Eigentlich schon", gab ich zurück und beobachtete sie bei allem. Sie stützte sich mit einem Arm auf und ihre Hand verschwand aus meinem Schoß.

„Freust du dich?"

„Von nein bis total ist alles dabei."

„Ich nehm das Total."

„Ja. – Okay. – Mach das."

„Ich bin leider auch etwas fett geworden wegen dir. Wie du siehst und fühlst. Lauter Kummerspeck. Über drei Kilo." Sie klopfte auf ihren Po und ihre Seite. Alles andere als Speck war vorhanden.

„Ich seh nix. Passt doch. Find ich super!"

„Das freut mich aber." Lina seufzte auf und wollte sich auf mich schieben. Ich unterbrach ihre Zärtlichkeit.

„Ich hab' dir was mitgebracht", meinte ich und richtete mich mit meinem Steifen auf.

„Kannst du doch nachher. – Mein Gott!", protestierte sie sauer und versuchte es noch einmal.

„Könnte ich, aber dann hättest du jetzt gleich noch mal was zum Ausziehen. Ich wär ja nicht da, wenn du es erst später machen wolltest", lachte ich, stand etwas umständlich unter ihr auf und ging zu meiner Tasche, kopfschüttelnd und mit leisen Flüchen von ihr verfolgt. Ich verdeckte, was ich herauszog, und versteckte die kleinen, in Geschenkpapier verpackten Sachen hinterm Rücken, als ich absichtlich langsam zu ihr zurückging. Sie verfolgte mich und schimpfte.

„Geht das vielleicht auch ein bisschen schneller?"

Der Gecko war das erste, was sie auspackte. Ihre ohnehin gespielte Wut verflog und sie freute sich, als wäre Weihnachten. *Der ist ja echt niedlich.* Dann der Slip und BH. In Windeseile zog sie beides an und stellte sich vor den großen Spiegel.

„Wow!", war für Sekunden das Einzige, was sie sagte, dann: „Woher weißt du meine Größen?"

„Ist ziemlich einfach." Ich zeigte auf den kleinen Stapel Unterwäsche neben ihrem Bett und grinste: „Alles Wichtige steht da drin. Und wie ich sehe, hast du *nicht* zugenommen."

Sie kam langsam und lachend zurück, blieb einen Meter vor dem Bett stehen, schwang ein wenig hin und her und drehte sich um sich selbst. Die hellblauen Nichts schmiegten sich an sie, wie meine Hände, wenn ich sie streichelte. Dann folgte ein lustiger Striptease und sie ließ sich wieder neben mich plumpsen.

„Du bist mir einer. Hab' ich noch nie geschenkt bekommen, geschweige denn mir selbst gekauft. Sind ja echt geile Teile. Superschön! Kriegst natürlich nur du zu sehen, allerdings nur für ... kurze Zeit."

Sie beugte sich über mich, gab mir einen Kuss, so wie es sich gehörte, und tupfte mit ihren Fingerspitzen wieder über meine Haut bis in meinen Schoß, während ich mit einer Hand zu ihrem wanderte und ihre Härchen zu kraulen begann. Schmunzelnd umfasste sie mein steifes Glied, *funktioniert ja noch*, stoppte aber ihr Vorhaben und richtete sich wieder etwas auf.

„Vorher müssen wir noch etwas klären", begann sie viel zu ernst klingend. „Mir ist natürlich klar, dass ihr beiden, trotz dieses blödsinnigen Bruder-Schwester-Quatschs, doch miteinander pennt, auch wenn du Nein sagst. Ist aber in Ordnung. Nach allem, was du mit Saya erlebt und für sie getan hast. Ich will, dass du weißt,

dass ich dich – klingt kitschig – scheiß lieb hab'. Und …
oder aber … so wie du willst … du hast mir in den ganzen Wochen davor das Gefühl gegeben, dass es bei dir zumindest ähnlich ist." Lina schob sich wieder auf mich.
„Ich will auch, dass du weißt, dass ich dich so sehr lieb hab', dass ich deinen Namen ohne Bedenken hinter mein Lina setzen würde. So etwas habe ich noch nie gefühlt, nicht mal gedacht. Alles klar? Das muss nicht nächste Woche sein, auch nicht nächsten Monat. Du hast mit Saya sicher noch einiges … zu erledigen. Ich möchte nur, dass du es weißt. Okay?"

Ich räusperte mich und starrte an die Decke. In Linas Wohnung war es inzwischen längst dunkel geworden. Durch eines der Dachfenster fiel in diesem Moment ein wandernder Lichtwürfel, im Glas der Bilder hinter uns reflektiert. Wohl ein vorbeifahrendes Fahrzeug. In einem dieser Rahmen die vier erotischen Männerbilder. *Lina Kollberg*, schoss mir durch den Kopf und mir wurde warm. Ich hatte oft genug die gleiche Fantasie gehabt. Mit ihr wäre das Leben vielleicht weniger ereignisreich und doch nicht langweilig, aber ich wusste es nicht. So etwas weiß niemand im Voraus. War in diesem Moment auch egal, denn ich lag ja bereits halb unter ihr. Nackt! Ich war derjenige, der wohl von nun an sich selbst einige Fragen zu stellen hatte. Und nebenbei ihr letztes fragendes *Okay* noch beantworten musste. Jetzt stundenlang darüber nachzudenken wäre mit Ausreden verbunden. Die sollte es zwischen Lina und mir nicht mehr geben.

„Okay", sagte ich deshalb und war verwundert, wie überzeugt es klang.

„Magst du? Danach kannst du bei mir duschen mit deinem Duschgel und Handtuch, dann gibts keine komischen Fragen von ihr … aber das muss ich dir ja nicht erklären", erklärte sie und rollte ihr Becken. Ich räusperte mich und nickte und glitt gleichzeitig in ihrem Schoß –, war ihr ganz nah und fühlte mich plötzlich doch meilenweit entfernt.

***

Tage danach war der Winter eingezogen. Jeden Morgen der Rasen um das Häuschen mit einer dünnen Schicht Eis oder gar etwas Schnee bedeckt. Über Tag taute alles allmählich weg, wenn die Sonne schien. Außer auf der Nordseite und zwischen der Hecke und dem Häuschen. Ein bleibender Schatten aus Schnee und Eis. Ich saß an dem von mir gebauten Esszimmertisch und las die Tageszeitung. Wenn Saya nicht bereits zu Hause und ich zu dieser Zeit nicht im Studio oder bei Lina war, hatte ich mir dies zur Gewohnheit gemacht, um währenddessen ihre Rückkehr von den Spaziergängen abzuwarten. In Hinsicht Studio war das Wieder-zu Hause-Sein, trotz des Bruder-Schwester-Quatsches, wie Lina meinte, ein gewisser Drahtseilakt geworden. In meinem Kopf klang es komisch, wenn ich dachte, die Zeit wäre noch nicht gekommen, von nun an bei Lina zu bleiben.

Oft war Saya aber auch stundenlang weg, sodass ich in der Regel immer schon seit Längerem von Lina oder aus dem Studio zurück und somit wieder daheim war, die Zeitung studierte oder währenddessen noch mal mit Lina telefonierte oder ein Essen vorbereitete. Selten ließ sich Saya nämlich vom Wetter aufhalten. Hatte ich zu Beginn noch ein paar Bedenken, hatte ich die nach den ersten Spaziergängen nicht mehr. Lina waren meine abendlichen Besuche, bis dahin ohne Übernachtung, noch genug und bislang kam Saya jedes Mal sehr aufgeräumt wirkend nach Hause zurück.

Von draußen hörte ich ein Knirschen. Schon schob sie den Schlüssel ins Schloss. Saya kam in diesem Moment von ihrem nächsten Spaziergang zurück.

„Hallo du", rief sie mir aus dem kleinen Flur zu und zog ihre Jacke aus.

„Hallo du zurück", erwiderte ich gut gelaunt, ohne dabei schauspielern zu müssen.

Nachdem sie die Jacke aufgehängt und den von Frau Schulte zu ihrem zweiundzwanzigsten Geburtstag gestrickten langen Schal um ihren Hals abgewickelt hatte, setzte sie sich fröhlich wirkend an den Tisch. Dass ich zuvor bei Lina war, spielte seit Tagen keine Rolle. Wie es jetzt war, war es gut. – Noch.

Sie schien ein wenig außer Atem und schnappte nach Luft. Ihre Kondition war fern von ihrem alten Level entfernt. Ich sah zur Uhr hoch, mindestens drei Stunden musste sie unterwegs gewesen sein. Seit einer halben Stunde war auch ich zurück. Draußen war es dunkle Nacht. Sie beugte sich zu mir, gab mir ein Küsschen und verharrte für einen Moment über dem Tisch schwebend vergnügt mit funkelnden Augen dicht vor meinem Gesicht. Ich roch ihr Duschgel vom Morgen, das seit jeher nach Orange duftete, und sie schien mich zu mustern. Dabei fielen die inzwischen länger gewordenen Haare ihres Bobs nach vorne und ließen die Frisur wie einen Hoodie erscheinen. So erinnerte sie mich an das Mädchen, das damals neben mir liegend meinte, eine, nämlich meine Freundin sein zu wollen. Vor ein paar Tagen hatte sie vor dem Spiegel zudem beschlossen, die Haare wieder wachsen zu lassen.

„Na?" Ich streckte eine Hand aus und streichelte mit dem Daumen eine Wange von ihr, sie legte den Kopf zur Seite, schloss die Augen und schmiegte sich in die Handfläche. Augenblicke später küsste sie diese.

Seit diesem einen Tag in Manila gab es hin und wieder überraschende Zärtlichkeiten, ja Intimitäten von ihr. Ich wunderte mich, ließ sie mit einem seltsamen Gefühl aus schlechtem Gewissen und alter Lust zu und unterließ es nachzufragen. Vielleicht würde ich es auch nicht tun. Meist sah sie mich im Gegensatz zu früher dabei nicht an, sondern schloss mit einem vagen Lächeln die Augen und schien in Gedanken etwas nachzuspüren. Ich wusste längst, Bhajan hatte nicht nur ein bisschen gefummelt, sondern sie auch ... gebumst. Von Liebe angeblich keine Spur. Über ihren deshalb entstandenen und seltsamen Plan hatten wir nie richtig gesprochen. Aber mir reichte die Vorstellung, als sie sagte, sie hatte bei dem einen dafür *keinen solchen Grund.*

Langsam ließ sie sich auf den Stuhl mir gegenüber fallen und schaute mich unverwandt an. Ich wartete ab, was sie sagen würde.

„Die Luft draußen ist herrlich. Eiskalt. Ganz klar. So was gibt's ja nicht in Manila. Hier bläst und putzt sie einen richtig durch. Echt blöd, dass mir das in all den Jahren, die ich eigentlich schon hier war, nie aufgefallen ist. Vorhin hab' ich sicher 'ne Stunde bei Olversum auf 'ner Bank auf dem Deich gesessen, nur geguckt und nix gedacht. Hat gutgetan. Auch wenn ich jetzt 'nen eiskalten Hintern hab'." Sie lachte auf und stand auf. „Jetzt mach ich mir 'nen heißen Tee. Magst du auch einen? Und dann möchte ich mit dir da drüben kuscheln, um richtig warm zu werden. Ja?"

Ihr Forschen in meinem Gesicht musste eine andere Bedeutung gehabt haben, als nach Spuren einer Intimität mit Lina zu suchen. Ich lächelte und wunderte mich. Nach so vielen Wochen mit mir *kuscheln* zu wollen, war mehr als ungewöhnlich. Mein Kopf mahnte wegen Lina. Aber ich wollte mich überraschen lassen.

282

„Tee und Kuscheln klingt gut. Klingt nach einem gemütlichen Abend."

Inzwischen füllte sie den Wasserkessel und stellte zwei große Tassen auf den Tisch. In jede kam ein Beutel Earl Grey. Diesen Tee mochte sie am liebsten. *Der riecht so schön.* Ich beobachtete sie und erklärte, dass Bergamotte auch so was wie eine Orange sei. „Ach", erwiderte sie nur, drehte sich kurz um und wartete, bis das Wasser kochte. Jede Bewegung von ihr war eher langsam. Ähnlich wie in Barcelona, schien sie jede bedacht und bewusst zu machen. So, als müsse sie auch hier alles neu wahrnehmen und sich einprägen. Kurz darauf drehte sie sich dann wieder mit den Tassen zu mir um und sah die aufgeschlagene Zeitung.

„Hast du auch die Anzeigen gesehen? Ganz hinten?", fragte sie mich und wartete meine Antwort nicht ab. „In einem Hotel in Ording suchen sie ab März jemanden für den Empfang. Ich glaub, wir sind da schon mal vorbeigegangen. Ist ziemlich groß und modern. Sieht man ja auf dem Foto. Sieht nicht schlecht aus, oder? Hat sicher über hundert Zimmer. Könnte das was für mich sein? *Doch* wieder an einer Rezeption zu stehen?"

„Du wärst sicher ein sehr schönes Aushängeschild für die", schmunzelte ich zurück. Vor Minuten hatte ich die Anzeige ein paar Mal studiert. *Die Hotellerie begeistert dich genauso wie uns? Du hast vielleicht sogar schon Erfahrungen an einer Rezeption gesammelt und kannst Englisch und sogar eine weitere Fremdsprache? Dann unterstütze uns möglichst ab dem 1. März mit deiner Leidenschaft und Kreativität als Rezeptionsmitarbeiterin mit Aussicht auf eine führende Position in diesem Umfeld ... Sende deine aussagekräftigen Unterlagen noch heute an Herma Möller.* Eine Frau. Allein das klang vielversprechend und ich war davon überzeugt, dass die Aufgabe für Saya maßgeschneidert wäre. Englisch, Deutsch und Spanisch konnte sie fließend. Natürlich auch Tagalog. Sprachkenntnisse hatte sie also mehr als genug.

Sie schob eine volle Tasse über den Tisch und setzte sich wieder mir gegenüber. Anschließend zog sie ihren Pullover aus und legte ihn so ordentlich wie möglich zusammen, statt ihn einfach wie früher auf die Sitzlandschaft zu werfen oder schnell über ihren Stuhl zu hängen. Auch darin brachte sie ihre Welt, seit wir wieder hier waren, in Ordnung. Schon als sie zu mir ins Red Planet gezogen war, tat sie das mit manchen Kleidungsstücken. Wie dort legte sie das Pullover-Paket neben sich auf den Boden, nahm die Tasse in beide Hände und trank einen Schluck Tee.

„Ich glaub, ich versuch's mal mit 'ner Bewerbung. Bis März sollte mein Kopf doch wieder gut funktionieren. Findest du nicht auch? Doktor Pötter meint, eine tägliche Aufgabe, die mit Organisieren und Kommunikation zu tun hat, könnte mir guttun. Ich käme unter Menschen und könnte mein Können beweisen. Sind bis dahin ja noch ein paar Wochen. Und bis dahin wiege ich sicher noch ein bisschen mehr. Ich bin schon bei über sechsundvierzig und brauch schon fast 'nen BH, haha. Hältst du mich so lange noch zu Hause aus?"

Der BH war mir egal, aber ich merkte auf. Doktor Pötter war eine der Adressen, die ich ihr gegeben hatte.

„Eigentlich wollte ich mal mein ganzes Leben mit dir aushalten."

„Du Romantiker." Sie lachte und es klang nicht aufgesetzt oder künstlich oder falsch oder gespielt. Ich musste schlucken. Mit beiden Händen umschloss sie die Tasse und trank schlürfend den nächsten Schluck.

„Zwischen Tee und draußen liegen sicher fünfzig Grad." Wieder ihr Lachen.

„Darf ich fragen, was Doktor Pötter macht?"

„Er lässt mich erzählen. Einfach erzählen. Und sagt jedes Mal, ich soll entscheiden, was. So hab' ich ihm bereits von früher, von den Mädels, Mommy und Paps erzählt. Von meiner Ankunft damals auf dem Flughafen und dem Häuschen. Und auch von deinen Besuchen bei mir, als ich in Surigao war. Nur manchmal fragt er nach. Wie ich zum Beispiel manche Dinge sehe. Wie ich sie … bewerte." Jetzt zog sie ihre Stirn doch in Falten, trank den nächsten Schluck, kaute auf der Unterlippe herum, überlegte und fuhr fort: „Wie zum Beispiel … die Sachen damals mit den Jungs … also Marvin, Nils, Brian und dem … Gefummel von Bhajan und … den anderen."

„Das ist sicher nicht leicht für dich!?" Ich überhörte die Worte *Gefummel* und *den anderen*.

„Es geht. Ich seh Pötter nicht, wenn ich meine, etwas erzählen zu wollen. Daher fällt mir das relativ leicht. Er sitzt auf einem Stuhl irgendwo hinter mir – ich dachte immer, das wäre nur in Comics oder komischen Romanen so – und ich darf es mir auf einer Ottomane, oder wie die Dinger heißen, gemütlich machen. Dann ist das fast wie bei einer Beichte. Er unterbricht mich auch nicht. Und wenn ich eine Pause mache, weil ich überlege, fragt er nicht ungeduldig nach. – Vor jeder Stunde sprechen wir über das letzte Treffen an seinem Tisch. Pötter war ein echt guter Tipp von dir."

„Demnach warst du schon öfter bei ihm."

Ich wunderte mich, versuchte es aber nicht zu zeigen, sondern lächelte erfreut.

„Sechsmal. Ich dachte, wenn ich es nicht gleich mache, wird das nichts mehr mit mir. – Jetzt hab' ich endlich das Gefühl, etwas mehr durchzublicken, warum ich so bin. Es hat wohl mit inneren Konflikten und gestörten emotionalen Beziehungen zu tun, aber nicht mit dir.

Wie du dir denken kannst, ist das mit Celso schuld. Er hat das Fehlen von Mommy in einer entscheidenden Entwicklungsphase von mir ausgenutzt. Mir die Ohren vollgelabert und behauptet, mich zu lieben. Und ich hab' ihm geglaubt und mich darauf eingelassen. Wenn er mich streichelte, war das auch schön. Aber nachdem es das erste Mal richtig passierte, waren meine Gefühle betrogen, ich auf der Suche nach Liebe, nach Wärme und so einer Art Trost. Vielleicht auch Wiedergutmachung. Seine gelogene Liebe hat brutal wehgetan und ich war deshalb auf der Suche nach dem, was bei ihm zur Gewalt wurde. Ich hatte ja niemanden, dem ich mich hätte anvertrauen können. Aber *meine* ... Lösung war ... ungeeignet für das, woran ich nicht schuld bin. Sie ähnelt denen junger Mädchen, die sich ritzen. Weil es sich angenehm anfühlt, warm und kribbelig. Warm wie die Liebe, von der er immer faselte, und die ich nicht bekommen hab'. – Nächste Woche gehe ich wieder am Montag und Mittwoch zu ihm. Ich will wissen, warum ich nun diejenige bin, die andauernd verletzt. Dann kann ich hoffentlich auch einmal ... lieben."

Ihre Sätze klangen seltsam fremd. Doch erkannte ich vieles von dem wieder, was sie mir in den letzten Jahren in Häppchen erzählt hatte. Sie walkte ihre Lippen und zog die Brauen hoch. Nachdenklich fügte sie hinzu:

„Er meinte, ich solle deshalb auch mal darüber nachdenken, wenn ich wieder eine Arbeit hätte, eine Weile allein zu leben. Vielleicht in eurer Nähe, aber allein, damit ich selbstständig werde. Aber davor hab' ich Angst. Eine Riesenangst! Ich kann und will mir das nicht vorstellen. Schon gar nicht ohne dich."

„Weil es Lina gibt?"

Ich hielt die Luft an und Saya nickte unentschieden und verzog ein wenig das Gesicht.

„Ja. Natürlich. Aber auch wegen Mommy. Und wegen der Erfahrung die ich in Surigao und Manila in meinen komischen Zimmern gemacht habe. Da war ich auch allein und es war scheiße."

„Was Mommy angeht ist sie unendlich glücklich und froh, dass du wieder hier bist. Ihr werdet darüber reden müssen. Du weißt, was ich meine. Bin aber davon überzeugt, dass, wenn es stimmt, sie deshalb die Datu-Geschichte erfunden hat, weil sie dir keine Angst machen wollte, und hoffte, dass ... *es* dir *nicht* passieren würde."

„Ich hätte auch schwanger werden können."

Ich hob die Hände und seufzte.

„Ja. Schon. Keine Ahnung. Vielleicht hat das wiederum deine Angst verhindert – glücklicherweise. Jetzt hoffe ich, dass Doktor Pötter dir helfen kann, es zu verarbeiten. Es ist ja noch viel mehr passiert."

Saya nickte nachdenklich und trank die Tasse leer.

„Er hat auch nach dir gefragt, wie es dir ginge. Ich hab' ihm gesagt, du hättest alles stehen und liegenlassen, um mich jetzt ... nach Hause zu holen."

„Nicht alles", lächelte ich, „geb aber zu, dass ich mich doch ziemlich müde, ausgepowert und leer fühle. Vielleicht bin ich auch der, der jetzt nicht mehr so viel für dich tun kann. Daher ist es sicher wichtig, dass ihr alles aufdeckt, damit du ... furchtloser leben kannst."

Statt aufzuseufzen, atmete sie tief ein.

„Vieles hat nicht mit Celso, aber dennoch mit Manila und früher zu tun."

Sofort dachte ich an Claire und ahnte, über was sie mit Doktor Pötter noch sprechen müsste. Claire hatte mir ja einen Hinweis gegeben. Auch dachte ich an ihren komischen Plan. Von beidem müsste sie berichten. Auf jeden Fall war ich stolz, wie Saya seit ein paar Wochen mit sich selbst umging.

„Ich finde es toll, dass du es machst."

„Er hat gesagt, ich soll mit dir sprechen, weil … es wäre gut, wenn wir darüber sprechen, wenn du … wir miteinander intim sein … also schlafen wollen. Ich hab' ihm gesagt, dass du mich noch nie gezwungen hast oder so. Das stimmt ja auch. Und er hat sich gewundert und deshalb nach deinem Beruf gefragt. Als ich gesagt hab', dass du Anlagenbauer bist, hat er gelacht. Er hat dich für einen Theologen oder so gehalten. Gut, oder?" Sie grinste und seufzte auf. „Aber jetzt möchte ich mit dir kuscheln, okay? Einfach so. Und was dann vielleicht noch passiert, werden wir sehen. – Ich hab' dich nämlich lieb. Eigentlich nicht nur als Schwester."

Ich atmete tief ein und hoffte, dass mein Lächeln echt wirkte. Dann stand sie gut gelaunt auf, ging um den Tisch herum und zog mich von meinem Stuhl herunter zur Kuschellandschaft. Sie sah, dass die Gardinen noch nicht zugezogen waren, und schloss sie mit einem Lächeln. Daraufhin blieb sie kurz stehen und zog sich bis auf die Unterwäsche aus.

„Du auch."

Als auch ich nur noch den Slip anhatte, ließ sie mich und sich unter dem dicken, weichen Plaid, den wir zusammen mit dem Sofa noch gekauft hatten, wie in einer Höhle verschwinden. Rutschte dicht an mich heran und umarmte mich. In meine Halsbeuge murmelte sie:

„Du bist warm wie der Tee in meinem Bauch."

„Dann ist ja gut. So soll es sein. Warm von außen und innen."

Ein paar Minuten blieb sie still neben mir liegen. Sie hatte nur einen Arm um mich gelegt. Dann fuhr sie fort:

„Ich hab' ihn gefragt, ob ich jetzt krank sei … irgendwie. Und er hat mich lang angeguckt und gemeint, nein, es gleicht eher einem Auto, das einen Unfall hatte. Es gibt eine hässliche Beule, die man reparieren kann. Und alles ist wieder in Ordnung. Aber man weiß danach dennoch, dass es nicht mehr unfallfrei ist. Und das sei überhaupt nicht schlimm. Es gibt viel zu viele, die so etwas verschweigen, und die Schäden, die dadurch entstehen, werden meistens noch viel größer, manchmal sogar irreparabel."

„Das mit der Beule ist ein schönes Bild. Mein Bein ist im Grunde genommen nichts anderes. Du hast mich sogar beschädigt übernommen, quasi gebraucht. Wenn auch nicht in dem Sinne." Ich lachte leise auf. „Und trotzdem funktioniert mein Bein. Im Grunde normal, seit ich ins Studio gehe. Trotzdem werde ich mich, werden wir uns auch an den Grund dafür zwangsläufig erinnern. Das ist auch gut so. Alles zu verdrängen wäre wohl ... Mist. Es ist ja auch so etwas wie eine Erfahrung, die man gemacht hat, und die weiterhelfen kann. Deshalb kriegen wir das alles hin. Das hat Paps damals auch gesagt, als Mommy dich hier haben wollte."

Sie nickte und war wieder still. Ihr Mienenspiel bewies, dass sie etwas beschäftigte. Sie rollte ihre Lippen und ihre Stirn ähnelte einem frisch gepflügten Acker. Eine Hand glitt etwas unruhig über meine Brust. Schon holte sie tief Luft – was sie sagen wollte, war wohl etwas Entscheidendes –, aber es war eine Frage.

„Wie war das eigentlich für dich mit Scarlett damals?"

Ich verhinderte ein Räuspern und schluckte leise.

„Du meinst, in den paar Tagen, in denen wir zusammen waren, oder in Hamburg?"

„In Hamburg." Ohne zu zögern.

Nun atmete ich tief ein, hielt die Luft für ein, zwei Sekunden an und ließ sie mit kaum aufeinandergelegten Lippen langsam und leise entweichen.

„Schön und falsch zugleich. Weil nicht die Liebe dahintersteckte, die ich da für dich empfunden habe."

Ich unterdrückte das kleine Wörtchen *noch*.

„Wie bei mir mit Marvin. *Ich* war dabei sehr … egoistisch. Aber Doktor Pötter meinte, er hätte es leicht gehabt, weil er, ohne es zu wissen, sich ein bisschen wie Celso benommen hätte. Er tat, als würde er mich lieben, sagte es zwar nie, aber … wie soll ich sagen? … ich glaubte, es zu fühlen. Warum ich ihn nur deswegen so oft zugelassen habe, ist auch etwas, was ich noch mit ihm herausfinden muss."

„Vielleicht hast du Marvin doch mehr gemocht, als du denkst und zugeben magst. Und er dich."

„Ich weiß es nicht. Okay, ich war ziemlich verknallt in ihn. Aber das war eigentlich vor dir. *Fuck!*"

„Ihr werdet es herausfinden, denke ich."

„Es tut mir leid."

„Alles gut. Und mittlerweile lang her. Immerhin bist du *deswegen* nicht nach Berlin zu ihm gezogen. Wer weiß, was jetzt mit dir wäre."

Saya zuckte, so gut es ging, mit den Schultern.

„Und mit Lina? Wie ist es mit ihr?"

„Du sagst … ist?!"

„Ja. Tu doch nicht so! Ich glaube, nein weiß, dass du sie mehr als nur magst, sie natürlich auch dich. Sonst würdet ihr euch nicht wieder so oft treffen. – Sie war doch heute sicher … auch im Studio."

„Wir haben uns gesehen. Ja." Ohne zu wollen, bekam meine Stimme einen seltsamen Klang. Saya lag bewegungslos neben mir. Wieder das Mienenspiel.

„Ich stell mir das komisch vor. Du hast gesagt, ihr hättet euch in den Wochen vor deiner Aktion ineinander verknallt und miteinander geschlafen. Nun wohnen wir wieder hier und ihr seht euch – nur? Sonst nix?"

Wieder ein Räuspern von mir, weil ich einen Kloß im Hals spürte.

„Es ist komisch – natürlich", antwortete ich.

„Ihr habt euch aber ... geliebt – *dabei* – und ihr tut es sicher noch", stellte sie fest. „Also schlaft ihr auch wieder miteinander. Ist irgendwie logisch, oder?"

„Entschuldige!" Ich klang genervter und strenger, als ich wollte. Vielleicht, weil ich befürchtete, dass nun das ... heikle Thema folgen würde. „Mit Marvin so häufig zu pennen, hast du doch trotz deines Rätselratens bezüglich des Warums im Endeffekt auch nicht nur aus Langeweile, Spaß, Trost oder purem Egoismus gemacht. – Immerhin vier ... ganze ... Nächte in Berlin. So schlecht konnte er also nicht gewesen sein?!"

„Ja. – Nein. – Ich war irgendwie süchtig nach ihm. Und er hat mich eingelullt wie Celso", erwiderte sie kleinlaut und bevor ich sagen konnte Brian, Bhajan und der eine, der besser als alle anderen war, auch, stellte sie fest: „Ihr schlaft also wieder miteinander, oder?"

Ihre Frage klang gleichzeitig wie eine Antwort darauf. Ich hielt den Atem an. Blieb sie deshalb manchmal stundenlang weg, weil sie über die möglichen Folgen nachdenken musste? Oder weil sie mir keine Blöße geben wollte? Ich entschied mich für die wahre Version der ... Beziehung zu Lina.

„Saya was soll das? Ich sagte doch, ich sehe dich den blöden Vertrag unterschreiben, ohne dass du vorher gegenüber mir ein Wort darüber verloren hast. Weder in Surigao, noch, nachdem du angekommen bist. Ich seh dein wippendes Bein, den Kugelschreiber, der dauernd auseinanderbricht, wie du dir über den Bauch reibst und was weiß ich. Ich fantasier mir alles Mögliche zusammen und Paps redet wie nie zuvor dir ins Gewissen, und du setzt trotzig wie ein kleines Kind den Stift an. In diesem Moment hast du so etwas wie eine Scheidung von mir unterschrieben. Also bin ich rüber und hab' dein Bild, hinter dem sich so viele Geschichten verbergen, vor die Tür gestellt, weil ich mir wie geschlagen vorkam, wie rausgeworfen aus einem Leben. Ich hatte keine Lust mehr. Auf dich nicht, auf den nächsten Tag nicht, auf irgendwelche Ausreden, Entschuldigungen oder Beteuerungen von dir. Und ich hatte auch keine Lust mehr, dich noch einmal herauszuholen. Zack, vorbei. Wie bei Sybille damals habe ich mich vierzehn Tage versteckt, dieses Mal aber nicht schreiend, sondern ganz still. Hab' gearbeitet und nichts gesagt, egal was Paps und Mommy auch von mir wollten. Dann dachte ich, ich müsste etwas für mich tun, weil ich leer war, und hab' mich im Studio angemeldet. Nach dem zweiten oder dritten Training stand Lina neben mir und wir begannen zu erzählen. Sie erzählte, dass sie wie du auf Nils reingefallen sei. Natürlich haben wir deshalb auch über dich gesprochen. Sie kennt dich, ihr habt zusammen geturnt, sie war bei dir auf der Schule. Du hast sie angerufen, weil du bei ihr einen Unterschlupf gesucht hast. Sie war aber da noch mit Nils zusammen. Lina hat nicht ein einziges Mal auch nur ein schlechtes Wort über dich verloren oder gesagt, ich solle dich vergessen. Im Gegenteil, sie mag dich, ihr habt euch ja auch gut verstanden. Ihr wart sogar Freundinnen. Hätte ich Nein gesagt, wäre sie mir nicht eine Sekunde lang böse gewesen. Nicht *ich* hab' sie bedrängt, sondern *sie* hat mich gefragt und ich hatte tatsächlich nichts anderes als Lust auf sie, nachdem ich in den ersten Wochen versucht habe, über WhatsApp herauszufinden, was mit dir los ist. Aber du hast ja nur alle Jubeljahre geantwortet. Danach war sie tatsächlich nicht nur ein Trost für mich. – Und obwohl sie die ganze Zeit gesagt hat, dass sie mich liebt, war sie es dann, die gesagt hat, bringt doch nix, wenn du andauernd an Saya denkst und es nicht so genießen kannst wie ich. Geh und guck, was du machen kannst. Ich bin die Letzte, die wegläuft. Und wenn es klappt, bin ich traurig, aber ich freu mich dann auch für dich. – Sie liebte, und ich bin *trotzdem* in den Flieger gestiegen, um dich zu holen. *Das* ist mit Lina."

Längst lehnte ich am Kopfende der Sitzlandschaft, während Saya neben mir lag und starr vor sich hin schaute. Ich zog die Beine an und legte die Arme um die Knie. Sie schielte zu mir hoch, ich war doch ziemlich laut geworden, fast so laut wie bei meinem letzten Wutausbruch vor wenigen Wochen in Manila. Die Augenblicke zogen sich hin. Plötzlich fiel mir in dieser Stille auf, wie laut die Küchenuhr tickte und mit jedem Tick einen Teil unseres Lebens auffraß. Saya schien das Atmen eingestellt zu haben, während ich zu zittern begann und mit offenem Mund atmete, als hätte ich einen Langstreckenlauf hinter mir. Weil Saya nichts sagte und mein Kopf immer noch voll mit Sätzen war, ließ ich diese nun leiser heraus.

„Ich hatte von vielem, was du mir in Manila erzählt hast, keine Ahnung. Von den möglichen Schwangerschaften und deinen komischen Plänen. Und ich bin dennoch da geblieben, statt nach Hause zu fliegen. Dass ich dich geholt habe, hab' ich auch für Mommy und Paps getan, die so viel für dich und uns getan haben und nach allem manchmal einfach nur zu müde waren, noch irgendwas zu unternehmen. Vielleicht liegt das tatsächlich auch an eurer gemeinsamen Geschichte. Die ist nicht ja nicht nur ein Fleck in eurem Leben, sondern mehr. Eine Schande sogar. Sie hat versucht sie auszulöschen, indem sie dich so schnell wie möglich holen wollte. Aber das verfluchte Geld reichte nun mal nicht.

Dazu kommt, die beiden sind in ihren Alltag noch ganz anders eingebunden als ich. Sie haben auch ein gemeinsames Leben, allein, weil sie älter sind und noch eigene Wünsche haben, für die sie nicht mehr allzu viel Zeit haben. Und ich hab's für dich getan, weil ich dich aus dem Loch, in dem du dort stecktest, herausholen wollte. Ich wollte dich nicht vor die Hunde gehen lassen und hab auch ein wenig gehofft, unsere Liebe wiederbeleben zu können und beständig zu machen. Auch Lina hat mir dazu die Kraft gegeben. Dennoch muss ich zugeben, dass ich nach diesen ganzen Wochen jetzt echt müde bin. Mich aber gleichzeitig wirklich freue, dass du endlich deine Probleme bewältigen möchtest."

„Und das mit unserer Liebe ist nun vorbei ... wegen Lina." Eine weitere Feststellung.

„Ich kann's dir tatsächlich nicht beantworten. Es war plötzlich ein komisches Gefühl, als ich mit dir ins Häuschen trat. Es kamen so viele Dinge hoch und so viele verschwanden. Ich hör deine Lügen, seh deine Unterschrift, mich das Bild vor die Tür stellen. Mich ins Studio gehen. Mich den einen Abend bei Mommy und Paps hocken und in der folgenden Woche im Flieger. Ich seh dich durch die Scheibe des *Mariano Gomez*, Bhajan und all die anderen Sachen. Und nun bin ich wieder hier und bin irgendwie dabei, mich selbst zu suchen und in alldem wiederzufinden. Deshalb werd ich, sobald es möglich ist, für ein paar Tage aussteigen."

Saya walkte die Lippen, aber es half nichts, die Tränen flossen. Sie schniefte, zog die Nase hoch, schob eine Hand zu mir rüber, vielleicht um sicher zu sein, dass ich noch da, noch bei ihr war. Ohne Bewegung blieb die Hand auf meinem Bauch liegen. Sie schniefte ein weiteres Mal und ich sah, dass sie etwas fragen wollte, sah, dass sie sich nicht sicher war. Daher fragte ich sie:

„Was ist?"

„Glaubst du, wir könnten jetzt so miteinander schlafen, wie wir es ganz früher getan haben?"

Mein Seufzer unentschiedener als meine Antwort.

„Ich weiß es nicht, auch weil ich nicht weiß, wie du das *Früher* noch in Erinnerung hast. Aber vielleicht gibst du mir die Chance, es zu versuchen."

Es war sicher nicht wie damals. Doch sagte sie nichts. Ihr *Shit! Shit! Shit!* blieb jedenfalls aus. Es flimmerten sicher zu viele Bilder und Erinnerungen durch ihren Kopf. Vielleicht verglich sie in diesem Moment tatsächlich. Immerhin schien sie keine Angst und kein Aber oder gar Ekel zu fühlen, als ich in ihr kam. Und kuschelig war es auch auf eine eigene Weise. Dies aber sicher auch mit Marvin, Brian und dem einen Besten und den anderen, von denen ich nichts wusste.

Celso, Nils, Bhajan und dieser unbekannte Rest waren nicht nur harmlose Fummler, sondern auch so etwas wie liebelügende Vergewaltiger. Celso vor allem. Er war der brutalste. Der Auslöser. Dennoch musste ich daran denken, dass sie sich bei keinem von denen richtig gewehrt, sondern sogar mitgemacht, sie zumindest zugelassen hatte. Etwa wie mich nun? Ähnlich wie Mädchen, die sich ritzen, fiel mir ein.

Erst viele Minuten später, längst wieder in Unterwäsche neben mir, meinte sie auf den Lippen nagend:

„Wenn du einverstanden bist, möchte Pötter sich auch mal mit dir unterhalten."

„Kein Problem. Gern. – Ich geh auch gerne mit dir zu diesem Hotel. Wär doch schön, wenn wir dort jemanden treffen würden, der dir etwas zu dem Job sagen könnte. Hmh?"

„Das wär tatsächlich schön. Vielleicht darf ich dann sogar meine Bewerbung abgeben."

Erstens kommt es anders, und zweitens als man will.

Nach allem hatte Guido nichts anderes als Lust auf Lina. Auf sie, ihre Stimme, Wärme, Zärtlichkeit, Liebe, ihren Körper, die Geborgenheit und ihr unglaubliches Vertrauen in ihm. Die vielen vergangenen Wochen wären, ohne all das, nicht zu überstehen gewesen. Doch heute ging es nicht, heute wollte es nicht klappen. Irgendwie. Dabei hatte der Abend perfekt angefangen. Eine halbe Stunde flottes Powertraining, duschen und mit einem Kribbeln im Bauch zu ihr nach Hause. Doch kaum in Linas Wohnung, fand in seinem Kopf ein Kleinkrieg der Emotionen statt. Nicht besonders förderlich für ... Obwohl sie sich schon hinter der Wohnungstür halb ausgezogen und Sekunden später auf ihrem Bett begonnen hatten zu streicheln.

Nackt lag er neben ihr, ihre Lippen und Fingerspitzen fahndeten verwundert nach seiner Lust, die anfänglich offensichtlich war. Doch dieser komische Abend mit Saya, der nun wie ein eigentümlicher Test wirkte, dazu das Rätsel, was Pötter ihm wohl eröffnen könnte, und die Sorge Saya wäre vielleicht doch krank, machte seine eigentlich gute Stimmung kaputt. Was für ein blödes Gefühl. Als Mann zu versagen, nichts anderes als ein ... Schlappschwanz zu sein. Unmerklich schüttelte er den Kopf, langte sich an die Stirn, lachte auf und rollte auf den Rücken zurück. Seine Hand verschwand von ihrem Bauch, auf dem er die weiche Linie des dunkleren Flaums zwischen Nabel und Schoß gekrault hatte. Lina küsste noch einmal sein einfach nicht steif werden wollendes Glied und streichelte verständnisvoll eine Wange von ihm.

„Ist doch logisch. Nach alldem kannst du gar nicht mit Genuss bei der Sache sein. Und jetzt sollst du auch noch zu ihrem Psychologen", befand sie.

„Tut mir leid", erwiderte er müde und spürte, dass er heulen könnte, „ich fühl mich nur noch leer und müde und weiß nicht, wohin ich gehöre, obwohl ich weiß, dass ich *dich* liebe. Und ausgerechnet das kann ich dir nicht zeigen. Das ist einfach nur blöd."

„'n steifer Pimmel ist leider nicht immer Liebe. Weiß ich aus Erfahrung. – Bleib einfach neben mir liegen, wenn du willst. Ich halt dich fest. Liebe ist doch kein Wettkampf. Komm, ich hol uns 'ne wärmere Decke."

Guido nickte, lächelte gequält und seufzte zum gefühlt hundertsten Mal. Schon stand sie auf, kruschtelte im Schrank und zog die dicke Decke heraus, die sie erst vor Kurzem beim Tchibo im Supermarkt im Ausverkauf bekommen hatte.

„Die ist so was von weich", sagte sie, zog das dünne Leinentuch weg und deckte ihn mit der anderen zu, während er meinte:

„Vielleicht bin ich verrückt. Schon nach dem Mist mit Marvin hab' ich, statt wie andere beleidigt zu sein oder einfach Schluss zu machen, alles verziehen und war für sie da, nicht nur als Bruder. Und jetzt bin ich ihr trotz dir sogar nachgereist." Er setzte sich auf, lehnte sich gegen das Kopfende und schüttelte den Kopf. „Das hätte ich ohne dich gar nicht durchziehen können. Ich sehe, dass es ihr beschissen geht, dass sie abgestürzt ist und wohl es mit jede Menge Männern getrieben, sich wie es scheint sogar verkauft hat. Und jetzt hab' ich das Gefühl, sie im Stich zu lassen. Ich lebe mit und neben ihr, tatsächlich eher wie Bruder und Schwester. Aber sie ist mir in manchen Momenten fremd geworden. Dennoch muss es dir wie eine Lüge vorkommen, wenn ich sage, dass ich dich liebe, weil ich mich um sie mehr kümmere als um dich. Aber ich liebe dich wirklich! Nächste Woche gehe ich mit ihr zu Doktor Pötter und danach will sie sich auf eine Anzeige eines Hotels in Ording bewerben. Ich hab' ihr versprochen, sie bei alldem zu begleiten. Ich mach es ja gerne, aber zurzeit bin ich immer zum falschen Zeitpunkt in der falschen Welt, weil es immer nur um sie geht."

„Saya nimmt dir die Luft und gleichzeitig magst du sie mehr, als du vielleicht zugeben willst. Ist im Prinzip nach all der Zeit auch kein Wunder, oder?"

Lina saß ihm längst verführerisch nackt gegenüber und packte seine Beine und Füße ein, als gälte es, eine nahende Erkältung abzuwehren. Guido verfolgte ihre warmen und zärtlichen Hände, hörte das Wort Luft und atmete automatisch tief durch.

„Weißt du, in diesen knapp vier Wochen füllte sich mein Kopf durch das, was ich alles erfuhr, wie eine Müllhalde. Ich merk erst jetzt, ausgerechnet jetzt, wo ich bei dir bin, dass das mehr Kraft gekostet hat, als ich geglaubt habe, und ich hab' Angst, dir nun deine zu rauben. Auch wenn du jetzt sagst, dass das nicht stimmt. Mit dir ist alles, … ich weiß nicht … leicht und natürlich. Aber seit ein paar Tagen hab' ich das Gefühl, dass *ich* nun der bin, der sich finden, sogar uns finden muss und auch, wohin ich gehöre. Verstehst du, was ich meine? Was würdest du sagen, wenn ich nach diesem Gespräch mit Sayas Doc, und wenn das mit ihrer Bewerbung klar ist, für eine Woche oder wenigstens ein paar Tage verschwinden würde? Einfach irgendwohin. Auf eine Insel. Mal für mich allein. Allein kotzen. Allein weinen."

Lina setzte sich neben ihn, so dicht es diese Position erlaubte und deckte sich selbst nur mit dem dünnen Leintuch zu. Sie wollte ihn umarmen, aber so ging gar nichts. Wie er legte sie also nur ihre Arme um die Knie und legte ihren Kopf auf seine Schulter. Mit Tränen in den Augen und belegter Stimme flüsterte sie:

„Ja. Mach das. Ich kenn das Risiko. Aber was hab' ich davon, wenn du in ein paar Wochen genau daran kaputtgehst oder keine Lust mehr auf mich und uns hast und das mit uns dann an die Wand wirfst? Du tust dir dann nur noch mehr weh. Und ich hab' verdammt noch mal keine Lust darauf, dass ich dir auch noch fremd werde. – Verrätst du mir, wohin?"

„Irgendwo hier in der Gegend. Wegfliegen kann ich mir nach allem nicht mehr leisten. Sogar fast mein ganzes Geld hab' ich wegen ihr ausgegeben. Aber es gibt ja auch hier Pensionen, die jetzt aufhaben."

„Glaubst du, dass wir uns danach wiedersehen?"

Lina kämpfte nun mit den Tränen und versuchte ihn doch zu umarmen. Guido legte einen Arm um sie und lächelte nachdenklich.

„Das mit dem Studio will ich vorerst nicht aufgeben. Das Austoben tut mir gut. Dann sehen wir uns wenigstens. Wenigstens das. Wenn du magst. Vielleicht magst du dann aber auch mich nicht mehr, weil dir der Scheiß mit mir dann doch auf die Nerven geht und das dämliche *nur sehen* nicht genügt. Nach allem, was wir miteinander erlebt haben."

Lina stieß einen Seufzer aus, bevor sie mit angehaltener Luft leise erklärte:

„Ich möchte, dass du weißt, dass ich mir mit dir alles vorstellen kann. Alles. Nur nichts ohne dich. Ich weiß, das klingt nach nicht mal 'nem halben Jahr vielleicht naiv. Is' aber so." Lina kniete sich über ihn, das Tuch rutschte an ihrem Körper herunter. Sie war nichts anders als schön und ähnelte in keiner Weise Saya. Lina beugte sich zu ihm und gab ihm einen Kuss.

„Magste noch was trinken oder essen?" Sie streckte sich und kämmte sich dabei mit beiden Händen ihre Mähne nach hinten. „Ich mag nämlich nicht, dass du jetzt vielleicht schon gehen willst."

„Alles in Ordnung." Er legte die Hände auf ihre nun nackten Oberschenkel, glitt auf ihnen entlang und betrachtete ein weiteres Mal ihren wilden Busch mit der Flaumlinie zum Nabel. „Ich will nicht gehen, ich will hier bleiben, dich in den Arm nehmen und spüren dürfen und mich mit dir unterhalten."

Er zog die Decke weg, um sie besser zu spüren. Lina lächelte zufrieden und schob sich auf ihn.

„Darf ich?" Ihre Finger tanzten über seine Haut und er nickte nur. Die Minuten vergingen mit Streicheln, Kuscheln und Küssen. Schlappschwanz, ging ihm wieder durch den Kopf, als sie es wieder versuchte.

„Hast du so was wie nen heimlichen Wunsch, wo du in ein, zwei Jahren sein möchtest?", wollte Lina mit einem Mal wissen und ließ sein schlaffes Glied los.

„Meinst du, in welcher Ortschaft, oder so?"

Lina lachte und hockte sich auf seinen Schoß.

„Nein. Ich meine eher in deinem Leben."

„Weia. Das ist eine Frage, die ich mir so noch nie gestellt habe. Ich wollte immer nur, dass am nächsten Tag etwas vorbei ist. Das Davonlaufen meiner Mutter, dass sie also wieder zurückkommt. Das mit dem Herumliegen im Krankenhaus. Das mit dem Warten, bis das Aupair-Jahr von Scarlett zu Ende ist. Dasselbe bei Sayas Auslandssemester, ihrem Jahr in Surigao und jetzt diesem ... Durcheinander in Manila. Manchmal sehne ich mich ganz einfach nach so etwas Schnödem wie Ruhe. Denn Warten ist keine Ruhe. Du wirst nervös, weil ja hoffentlich bald der Bus, der Zug der Flieger oder etwas zum Ende kommt, was du nicht wolltest. Doch jedes

Mal kam bei mir nur das nächste Warten. Wie jetzt mit Saya. Vielleicht will ich deshalb für ein paar Tage weg. Ein paar Tage Ruhe, ohne zu wissen, was kommt. Vielleicht auch nur deshalb, weil ich auf diese Weise Antworten ausweichen kann." Er streckte seine Arme hoch und streichelte ihr Gesicht. „Du weißt demnach mehr als ich?"

„Ruhe würde mir gefallen. Die kann man zu zweit super gestalten."

Guido glotzte an die Decke und lachte auf.

„Ja, wie jetzt. Vergeblich. Super! Was hältst du von einem Hobby? So etwas habe ich auch nicht."

„Ja. Vielleicht eines, was beide haben. Die Muckibude ist ja kein Hobby, oder? Eine Bekannte von mir in Schleswig macht Keramiken. Ihr Freund auch. Die machen tolle Sachen und verkaufen sie auf Handwerkermärkten und verdienen sich so ihre Urlaube."

Guido grinste und glitt mit einer Hand nahezu versonnen über eine Brust von ihr.

„Du als Konditorin kannst das logischerweise super. Wenn ich sehe, wie du deine Torten dekorierst, bin ich vollkommen platt. Das ist Kunst. Ich kann höchstens 'n paar Blechkisten beisteuern", griente er und wurde sofort wieder ernst. „Ein Hobby oder was Gemeinsames wär nicht schlecht. Etwas, für das wir zusammen verantwortlich sind. So etwas hatten Saya und ich auch nicht. In der Gegend rumfahren, war alles. Beschwert hat sie sich nie, aber ich denke, egal, was alles in Guadalupe passiert ist, irgendwann ist es ihr hier und das mit mir zu langweilig geworden. Komisch, dass ich das nicht für dich bin, bei dem, was du alles schon gemacht hast. Aber ich find's schön, so mit dir zusammen sein zu dürfen. Du siehst ja, dass es nicht immer klappt."

Lina verschränkte Finger mit seinen.

„Dummkopf. So ist es auch scheißschön."

Guido seufzte, sah an Lina vorbei auf ihren kleinen Wecker. Die Zeit war verflogen. Auch sie hatte es nicht gesagt, aber er hatte sie sicher enttäuscht. Und sie hatten viel zu kurz miteinander geredet. Er richtete sich mit einem unverständlichen Murmeln auf.

„Ich glaub, ich sollte mal."

„Sehen wir uns noch?"

„Ja. Ich geh nach Sayas Termin trainieren, okay? Dann sag ich dir, was bei dem Ganzen rausgekommen ist. Und lass uns morgen wieder telefonieren, ja?"

Neben dem Bett stehend beugte er sich zu Lina hinunter. Es wirkte etwas plump, als er sie küssen wollte. Mit der Spitze des Mittelfingers glitt er über den etwas dunkleren Flaum unter ihrem Nabel bis in den wilden Busch, der verführerisch glänzte. Er kniete sich neben sie und surfte weiter durch die Härchen. Lina spreizte ein bisschen die Beine. Mit einem Seufzer gab er ihr einen Kuss auf den Bauch, streichelte dabei mit der anderen Hand über den Bauch und eine Brust. Sie hörte auf zu atmen, als der Finger in sie glitt. Er wartete ab. Vielleicht ... aber sein Kopf wollte nicht, ließ nichts zu. Enttäuscht zupfte er am schlappen Glied, als sei es ein Gummi. Es flutschte aus seinen Fingern. Mit einem leisen Fluch stand er auf und zog sich langsam wieder an. Erst als er den Reißverschluss seiner Trainingsjacke schloss, stand auch Lina auf. Dicht vor ihm stehend tippte sie mit einem Finger an seinen Kopf.

„Und das sollst du auch wissen, mich hat noch nie eine Millisekunde mit dir zusammen gereut. Egal, was da oben abgeht, mit dir ist auch immer alles leicht und natürlich. Auch wenn's jetzt mal nicht klappt. Liebe machen und liebhaben ist ja nicht immer dasselbe. – Okay?"

Karthik

Dieser Nachmittag könnte möglicherweise wehtun, hatte Doktor Pötter eine Woche zuvor angedeutet und sie somit vorgewarnt. Sie solle
aber entscheiden, wann, und ob sie überhaupt davon
berichten wolle, wenn er glaube, mit ihr auf eine weitere wichtige Stelle gestoßen zu sein. Und als wenn
Claire gewusst hätte, an welchem Punkt Saya mit ihrem
Nachdenken über ihr Leben angelangt war, hatte sie an
einem frühen Nachmittag, ein paar Tage zuvor, ihr ein
Bild geschickt, auf dem nichts anderes zu sehen war als
das lieblose Grab von Karthik in einer Wand des Pasay
Municipal Cemetery, die einem hohen Regal mit Beton-
klappen glich. In einem der Fächer eine rechteckige,
hellgraue, fast schon verwitterte Tafel mit einem lie-
genden Kreuz, den drei Buchstaben R.I.P. für *Rest in
Peace* und sein Name, Karthik Prasad. Darunter die Daten seines Lebens, das einen Tag vor seinem zwanzigs-
ten Geburtstag geendet hatte. Nun fast neun Jahre her.
Nichts deutete darauf hin, dass jemand an ihn dachte,
sein Grab besuchte oder wenigstens den Stein pflegte.
Es gab keine Blume, keine Kerze, keinen Schmuck.

*Liebe Saya, ich denke, das Foto kann dir helfen, Ab-
schied zu nehmen. Als wir darüber sprachen, kam mir
in den Sinn, dass Karthik eine größere Rolle in deinem
Leben gespielt haben muss, als du vielleicht nach allem, was geschehen ist, zugeben wolltest oder konntest. Ich kenne diese Rolle nicht genau, aber sie war
nun mal Bestandteil deines Lebens. Mithilfe meines
Vaters – ohne dass er dadurch näher Bescheid weiß –
habe ich das Grab finden können. Wie du siehst, war*

Karthik älter, als du dachtest. Wenn es stimmt, hatte er eine alles andere als schöne Kindheit und Jugend. Seine Mutter ist in Kuala Lumpur geblieben und sein Vater hat schon Jahre davor nichts von ihm wissen wollen und ihn einfach im Stich gelassen. Es gibt so viel Unglück auf der Welt. Selbst unter den wohl nur vermeintlich Reichen. Ich hoffe und bete, dass es dir mit Guido inzwischen aber gut ergeht. Schreib mal wieder! Ich hab' dich lieb. Claire

Alles war mit einem Mal wieder da. So, als würde er neben ihr stehen. Karthik, damals also doch mehr als zwei Jahre älter als er gesagt hatte, indisch dunkelhäutig, mit genauso dunklen, vor allem traurigen Augen, einem weichen Gesicht und einer Kerbe in seinem Kinn. Er trug eine viel zu große, schwarze Brille, durch die er sie eines Tages in der U-Bahn anstarrte.

„Was ist", fragte sie, tat empört und er zuckte nur mit den Schultern und schob seine Brille hoch.

„Siehst gut aus", meinte er leise.

Seine Stimme klang etwas schrill und sonderbar zugleich, als sei er seit Jahren starker Raucher, der kurz vorher Helium eingeatmet hatte. Da wunderte sie sich noch über sein fast scheu wirkendes Verhalten. Wieder schob er seine Brille rauf.

„Schwätzer", gab sie zurück und lachte schnippisch auf. Wenn er wüsste, warum sie eingestiegen war.

„Nein, ehrlich. Wohin fährst du?"

Sie wusste es nicht. Wohin fährt man, wenn man alles nicht mehr will? Wenn Mommy fehlte? Und wenn man eine Stunde vorher schon wieder einen aufgegeilten, außer Kontrolle geratenen Mann zwischen den eigenen Schenkeln aushalten musste. Der Wochen zuvor noch zärtlich gewesen war und ihr dabei Liebe schwor.

Sie aber jetzt wie rasend ausgezogen und ihr immer wieder eine geschmiert hatte, weil sie sich mit Schlägen und Tritten versucht hatte zu wehren. Wie ein Schraubstock hielt er sie fest. Sie hatte gefälligst ihre Schenkel zu spreizen, damit er sie endlich fic...

„In den Himmel", antwortete sie und Karthik nickte.

„Das trifft sich gut. Da möchte ich schon seit Langem hin. Gehen wir's zusammen? Darf ich dich begleiten?"

„Warum? Weißt du, wie es geht?"

Karthik wusste die erste Etappe. In Cubao stiegen sie aus und in die Linie 2 um. Keine Viertelstunde später dann wieder in Recto aus, um runter zum Pasig zu gehen. Dort saßen sie die nächsten Stunden, ohne viel miteinander gesprochen zu haben, auf dem steinernen Geländer des Fußgängerumlaufs bei der Baluarte de Santa Barbara und ließen ihre Beine über dem graugrünen und trüben Pasig baumeln, bis die Nacht und die Stadt auf der anderen Seite wie ein Christbaum zu funkeln begann und falsche Versprechungen machte.

„Hier also", stellte sie fest.

„Ja, warum nicht?"

„Ich hab' mir den Himmel anders vorgestellt."

„Ich werd ihn für uns suchen."

„Finden wäre besser."

„Okay. Treffen wir uns morgen wieder?"

„Ich hab' Schule."

„Danach."

„Hier?"

„Ja. Ist doch ein guter Ort." Er zeigte auf den schwarzen, wie Öl träge fließenden Fluss unter ihnen, auf dem manchmal eine dunkle Insel aus Blättern abgestorbener Wasserhyazinthen und Mangroventeilen, Plastiktüten, Ästen und etlichen leeren Flaschen und kaputten Kisten trieben. „Wenn's klappt, nimmt der am Ende auch uns und die ganze Scheiße mit hinaus aufs Meer. Kein schlechter Tod, dann irgendwo da draußen zu landen, find ich, oder?"

Saya schüttelte den Kopf, sah auf ihr Handy und musste sich orientieren. Nein, sie saß gerade nicht auf dem Geländer. Sie saß auf dem Kuschelsofa im Häuschen und dachte weder an Guido noch all die anderen Männer, sondern an Karthik. Und an nichts anderes. Alles in ihr war plötzlich leer und sie wusste, dass es so nicht bleiben konnte – nicht bleiben durfte. „Keine Aktion Himmelfahrt mehr", sagte sie halblaut zu sich selbst. Nie mehr. Aber Abschied feiern. Sie starrte auf das Foto und sah dann auf die Uhr. Erst in ungefähr drei Stunden käme Guido. Er war es gewohnt, dass sie dann nicht unbedingt zu Hause war. Vielleicht ginge er nach der Arbeit statt ins Studio auch gleich zu Lina und die beiden … fummelten ein bisschen. Vielleicht auch mehr. Sie wartete auf ein eifersüchtiges Gefühl, das sich, seitdem sie hier war, aber nicht so richtig einstellte. Selbst nach dem Kuscheln neulich nicht. Im Gegenteil Guido war ihr fremd geworden. Das Schlafen mit ihm war wie Schulden begleichen. Irgendwie erleichternd, aber das letzte Gefühl, das damit früher verbunden war, stellte sich nicht ein. Sie sah ihm zu, wie er kam. Aber für ein *Shit! Shit! Shit!* reichte es bei ihr schon lange nicht mehr. Sie sah auf die Uhr, die Zeit sollte für einen, für ihren Abschied reichen. Vielleicht könnte sie endlich einen Teil ihres Lebens zu Ende bringen und begraben.

Sie ging die Wendeltreppe hinauf, suchte im Kleiderschrank ihren Rucksack, fand noch eine der Packungen Jackpot-Menthol-Zigaretten, die sie schon in Manila nach ihren dummen Aktionen auf der Burgos oder Bhajans blödsinnigem Sex an ein Regal oder eine Wand gepresst oder dem Fummeln am Schreibtisch gebraucht hatte, um sich etwas zu beruhigen und etwas anderes zu schmecken als seinen Mund. Nur weil er erst nach Tagen Lust hatte, es mit ihr auf *normale* Weise in einem der Zimmer zu machen. Aber auch von diesem Sex hatte sie außer seinem Gestöhne und der Furcht dabei ertappt zu werden, nichts. Anfangs dachte sie noch daran, Brian anzurufen, um doch zu ihm zu ziehen und mit ihm endlich die erhofft glückliche Zukunft zu haben. Zumal sie nicht schwanger war. Wie kaputt muss sie gewesen sein, dass sie stattdessen Bhajan weiter zuließ, statt einfach abzuhauen und nach Hause zu fliegen. Was hatte Guido einst gesagt? *Für ein bisschen glücklich sein, lässt du dich dann nächtelang von Marvin, Brian und Co. bumsen.* Für das Co. fielen ihr nicht mal mehr alle Namen ein.

Sie legte die Schachtel unten auf den Tisch und zog sich aus. Dann stellte sie sich vor den Spiegel und betrachtete ihren Körper. Achselzuckend wendete sie sich nur etwas später ab, zog sich ein paar wärmere Sachen an, lachte, als sie die wenig modische lange Unterhose statt Leggins hochzog und nahm die Schachtel vom Tisch. Vier Zigaretten waren in der Schachtel übrig geblieben. Vier Zigaretten für die Erinnerungen. Sie schob die Packung in eine Jeanstasche und schaute zum Fenster hinaus, das Wetter war ein Mix aus Sonne und Wolken, es schien in nächster Zeit nicht zu regnen. Aber sicher war es kalt. Also zog sie sich die warme Jacke an, nahm den Schlüssel und das Handy und rannte kaum vor dem Häuschen los. Etwas mehr als drei Kilometer durch die Felder. Ziel ihre Bank auf dem Deich vor Groß-Olversum mit dem Blick in die Unendlichkeit.

Abschied feiern.

„Was machst du so?", wollte Karthik wissen.

„Schule und Turnen und ... ach ... *Fuck!* ... egal."

307

Sie erzählte es nicht. Es schwang so viel anderes dabei mit. Er fragte nicht nach. Ein paar Tage später erzählte er ihr etwas von einer Baustelle, auf der sie sich dann wieder ein paar Mal trafen, um Musik zu hören und sich ihre doofen Leben zu erzählen. Diese waren für sie beide gleich beschissen. Die Details spielten aber keine Rolle. Weder er noch sie konnten es einander reparieren, aber einander erträglicher machen. Ein paar Tage danach fand Karthik nachts dieses Loch im Zaun zwischen all dem Gerümpel und die Treppe, die von keinem der vielen Scheinwerfer auf dieser Baustelle erfasst wurde. Oben, im zwölften Stock, packte er atemlos in einem kleinen und so gut wie fensterlosen und daher dunklen Raum seinen Rucksack aus. Eine Decke, Bierdosen, so was wie Zigaretten und eine Plastikflasche.

„Unsere Fahrkarten in den Himmel", lachte er leise und faltete die Decke auseinander.

Saya zog die Schachtel Zigaretten aus ihrer Jacke und steckte sich eine an. Egal mit was man sie damals erwischt hätte, mit dem Alkohol, den Joints oder dem Inhalt der Plastikflasche, sie wäre sicher nach einer kurzen und harten Verhandlung in eine Einrichtung für Jugendliche gekommen und somit nie zu Mommy, Paps und Guido. Sie inhalierte tief und wunderte sich, nicht wie seinerzeit husten zu müssen. Das Menthol betäubte zwar nicht, wärmte aber auf eigenartige Weise und der Geschmack reichte für die Erinnerungen.

Oben inspizierte Karthik die gesamten Räume. Kontrollierte er, ob außer ihnen noch jemand da war. Doch die nächsten Handwerker und Arbeiter waren längst sechs oder sieben Stockwerke höher tätig. Dort im zwölften Stockwerk standen nur ein paar leere Paletten an die Wände gelehnt und im größten Raum leeres Gerümpel. Er kam wieder zu ihr zurück und nickte.

„Hier gehts." Dann legte er neben den Tabakbeutel einen weiteren, gab ihr eine der Dosen und meinte: „Trink die aus!" Währenddessen drehte er, wie sie annahm, zwei Zigaretten. Durch die Dunkelheit konnte sie nicht lesen, was auf den Dosen stand. Es war irgendein Gemisch aus süßem Zeugs und einem scharfen Alkohol. So einem, wie Tata in seinem Schrank stehen hatte und den sie in den letzten Tagen trank, wenn sein Bruder endlich weg war. Sie trank die Dose in großen Schlucken leer und Karthik gab ihr die erste Zigarette.

„Vielleicht solltest du vorher drei-, viermal daran schnuppern, dann wird dir nicht schlecht und es turnt noch besser an." Er gab ihr ein kleines Plastikfläschchen und öffnete es.

„Klebstoff?", fragte sie ungläubig, spürte bereits den Alkohol, der sie wärmte und freieren ließ, und er zuckte mit den Schultern. Währenddessen zog er das erste Mal an seiner Zigarette und inhalierte.

„So etwas Ähnliches."

Sie tat es ihm nach, und kaum stieg das Gas in ihre Nase, glaubte sie so etwas wie eine kleine Explosion in ihrem Kopf zu spüren. Sie tat es noch mal und noch mal, weil das Gefühl einerseits schmerzte und brannte, aber auch auf sonderbare Weise wie ein kühler Wind guttat. Dann reichte er ihr eine dieser Zigaretten und auch sie inhalierte tief, hustete sofort, und er verschloss lachend ihren Mund mit einer Hand. In ihrem Kopf wabernde Farben und sie sog noch einmal an dem Ding.

„Pschpsch", machte er. Sie nickte und inhalierte den nächsten Zug vorsichtiger. Sekunden später fühlte sie sich leicht, glaubte zu schweben, stand auf und drehte sich zusammen mit dem Strudel in ihrem Kopf im Kreis. Minuten später zog sie sich einfach aus, tanzte weiter und er zog sie, inzwischen selbst nackt, zu sich auf seine

Jacke und die Decke runter, die er auf den Boden ausgebreitet hatte. Alles war normal, alles war easy, er drängte nicht, er nahm sie nur in die Arme, wiegte sie hin und her, summte und lachte immer wieder leise mit seiner schrillen Stimme und fing an sie überall zu berühren. Aus ihren Kopfhörern hämmerten die Beats von Deiphago, Ben und Ang Bandang Shirley. *Ano ba talaga'ng gusto mo?* – Was möchtest du wirklich? Sie wusste es nicht, sang mit und – ließ ihn zu.

Wieder ein tiefer Zug an der Jackpot, Guido würde sich wundern, aber das hatte er sich schon, als er im *Mariano* eintraf, um sie abzuholen. Keine Stunde zuvor rauchte sie mit Rhea, einer Kollegin, noch eine Zigarette und freute sich, dass Bhajan sie bis auf die kurze Minute im Büro in Ruhe gelassen hatte, vielleicht, weil Guido gekommen war. Trotzdem wusste sie da nicht, wie es weitergehen sollte und was sie wollte. Auch nicht Stunden später nach Bhajan auf einem Zimmer.

Ihr Blick nun in den dunkler werdenden Himmel. Die Straßenlaterne hinter ihr flammte gelb und fahl auf, wie einst die flackernden und weit entfernten Lichter der Stadt unter ihnen, wenn sie durch die schmale Luke auf sie hinuntersahen. Jetzt konnte und wollte sie endlich Abschied nehmen, Karthik und alle anderen Männer, wie Bhajan, Nils und die fummelnden Kerle auf der Burgos hinter sich lassen, um neu anfangen zu können.

Sie lag neben Karthik, tat mit ihren Händen, was er mit seinen bei ihr tat, und mit einem Mal flimmerten und vibrierten die Bilder in ihrem Kopf, überlagerten sich, tauschten sich gegenseitig aus. Karthik wurde zu Celso, sie dachte dabei an Mommy, an einen Verdacht, der sie nach dem dritten oder vierten Mal mit ihm nachts überfiel. Aus Celso wurde wieder Karthik, sein lachendes Gesicht schwebte nun summend über ihrem, als sie sich auf der Decke und seiner Jacke unter ihm ausstreckte, wurde plötzlich zu Marvins und nur Bruchteile von Sekunden später zu Brians. So wechselten sie sich ab, auch der Trost und das Übel, als Bhajan auftauchte. Sie ertappte sich dabei, dass sie versteckt unter der großen Jacke ihren Schoß suchte und berühren wollte. Und genau in diesem Moment sah sie Karthiks zufriedenes Gesicht über ihrem und wusste, dass er es war, der sie ein paar Tage eher zu einer Frau hatte werden lassen als Celso. Ohne Schutz, ohne Angst, ohne Sorgen. Im Himmel ein Kind zu bekommen, war nichts anderes als einen Engel auf die Welt zu bringen. Sie bräuchte dafür keinen Namen, sie wollte in den Himmel. Das Kind würde sie mitnehmen.

Sie sah die Zigarette an, diese war fast aufgeraucht, zog noch einmal an ihr, füllte ein letztes Mal die Lunge und hielt die Luft an. Verwundert sah sie die glühende Spitze an. Sie hatte mit Karthik geschlafen, ohne je schwanger zu werden. Es war vielleicht genau das Gefühl mit ihm, seltsam unbeschwert und vom Scheiß ihres Lebens ablenkend, das sie immer wieder gesucht hatte. Mit keinem anderen, auch nicht mit Guido, konnte es das geben. Er war viel zu lieb und alle anderen waren bestenfalls ein Ersatz und stillten diese Gier. Bei Guido glaubte sie an eine Liebe, die sie immer häufiger nicht erwidern konnte. Warum eigentlich? Vielleicht hatte Doktor Pötter recht und sie musste für eine Weile allein leben, um zu erfahren, was Liebe war und von wem sie diese bekommen wollte.

Sie löschte die Glut in einem Grasbüschel neben der Bank, schnickte die kalte Kippe zurück in die Schachtel und schob diese wieder in die Jackentasche. Aufseufzend schaute sie in den inzwischen nachtschwarzen Himmel und das Schicksal wollte es in dieser Sekunde in seiner Konsequenz und ihrem Fall, dass ein Stern, besonders groß und hell, über ihr als einziger von den vielen Millionen deutlich zu flackern begann und sie diesem zuwinkte und flüsterte: „Paalam Karthik, tschüss! Ich lebe noch. Ich weiß nicht, ob leider ..."

Die Luft war herrlich. Eiskalt und klar. Das kannte sie nicht aus Manila. Jetzt aber blies und putzte sie ihren Kopf und ihre Seele richtig durch. Sie atmete tief ein und ein letzter Rest Rauch quoll heraus, als sie ausatmete, und wehte wie eine kleine Wolke hoch zu diesem Stern. Tatsächlich blöd, dass ihr das in all den Jahren, die sie eigentlich hier schon gewesen ist, nie aufgefallen war. Vielleicht wäre ein Abschied dann schon viel früher möglich gewesen und allen viel erspart geblieben. Vielleicht hätte sie das *Leider* dann streichen können. Vielleicht hätte der Verdacht bezüglich Mommy nie eine Chance gehabt in all den Jahren zu gären.

Kurz vor dem Gespräch hatte sie Doktor Pötter gebeten, dies ohne Guido zu führen, sie hoffe auf sein Verständnis. Er sah sie nachdenklich an, schien zu zögern und wissen zu wollen warum, stimmte aber, ohne zu fragen, zu und Saya legte sich wie sonst auch auf die Liege.

„Du entscheidest", meinte er mit einem ernsten Lächeln. Gleichzeitig zupfte Saya das zusammengefaltete Foto, das sie am Morgen zu Hause ausgedruckt hatte, aus ihrer Jeans und reichte es ihm.

„Ich möchte Ihnen etwas zeigen."

Er betrachtete das Bild lange, bevor er meinte:

„Karthik Prasad. Das klingt nach einem indischen Namen. Wenn ich das Kreuz richtig interpretiere, war er Katholik. Im Grunde genommen gehörte er also trotz der vielen Millionen Angehörigen dort einer religiösen Minderheit an. Magst du etwas über ihn erzählen?"

Saya atmete langsam tief ein, hielt die Luft ein wenig an, glaubte das Menthol der Zigarette vor ein paar Tagen zu schmecken, musste deshalb schmunzeln und ließ die Luft zwischen den Lippen leise rauschend wieder heraus. Sie wartete noch eine Handvoll Sekunden und begann nicht nur von Karthik zu erzählen.

***

Fast eineinhalb Stunden hatte Pötter nur zugehört und sie nicht unterbrochen. Auch als sie schon viele Sekunden stumm geblieben war, weil sie genug erzählt hatte, wartete er ab, bis sie etwas sagen würde. Derweil schien sie zu sinnieren. Und tatsächlich, plötzlich begann sie:

„Guido war schon zu Hause, als ich kam. Inzwischen hat er sich daran gewöhnt, dass ich manchmal lange Spaziergänge mache. Er ist dann ohnehin nicht immer zu Hause. Als ich ihm einen Kuss zur Begrüßung gegeben hab, hat er das Gesicht verzogen, weil er die Zigarette schmeckte, sich wunderte und mich fragte, ob ich geraucht hätte. Ich lauschte in mich hinein – so sagt man doch? - und hab' ihm gesagt: ‚Ja, weil ich mich an etwas erinnern wollte.‘ Da hat er nur die Stirn gerunzelt, genickt und gelächelt. Nichts weiter. Meinen Sie, es lohnt sich noch nach allem, dass ich das Guido versuche zu erklären, an was ich mich erinnern wollte? Ich glaube er ahnt ohnehin schon viel mehr, als ich ihm bereits gesagt habe. Und er hat ja inzwischen ... Lina."

Sie machte wieder eine kleine Pause und als sie merkte, dass Doktor Pötter etwas erwidern wollte, fügte sie hinzu: „Wie Sie sehen, habe ich mir auch ein Tattoo stechen lassen. Mit Karthik hat es nichts zu tun, sondern mit einer Gier, die nicht glücklich macht. Es soll eine Mahnung an mich selbst sein."

Mit den letzten Sätzen wartete Saya auch zum ersten Mal nicht Pötters Reaktion ab, sondern setzte sich bereits auf. Mit einem überraschten, aber freundlichen Lächeln sah er sie lange an. Seinem Blick wich sie nicht aus und eine weitere Handvoll Sekunden verstrich.

„Du hast Karthik zweifellos sehr gemocht, auf eine eigene Weise wegen deiner Situation sogar geliebt. Weil er dir – so glaubtest du – etwas gegeben hat, was dir dieser Großonkel zwar versprochen hatte, aber nicht geben konnte und schon gar nicht geben wollte. Das ist in meinen Augen der vielleicht entscheidende Punkt. Der Zwiespalt zwischen diesem Versprechen von Liebe und den Gefühlen, die du deshalb hattest und die dann doch nicht erwidert wurden. Genau dort seid ihr euch begegnet. Du fühltest dich in dieser Situation von Karthik geliebt, weil es auch niemand anderen gab, der es hätte tun können. Dazu kam, die bis dahin wichtigste Person in deinem Leben, deine Mommy, war nicht mehr da, denn sie war bis zu diesem Zeitpunkt – wie du inzwischen vermutest – deine Leidensgenossin und bewahrte dich vor ähnlichem Schicksal. Und als sie wegzog, um euch beide zu … retten, dauerte dies erstens zu lange und zweitens merktest du viel zu spät, dass deine Gefühle betrogen wurden. Somit wurde Karthik derjenige, der es dir möglich machte, das hinzunehmen, was Celso dir antat. Karthik, in einer ähnlichen Situation – beschissen hast du sie genannt –, war somit auf deiner Wellenlänge, hat vorgegeben, dich zu verstehen und dir nichts, wie du glaubtest, Böses angetan, sondern nur das, was du wolltest. Aber er hat dich mit seinem Alter genauso belogen, wahrscheinlich, weil er die Konsequenzen kannte, die ihm drohen würden, die in deiner Heimat nochmals viel härter sind als hier. Er hat dich mit seiner Liebe, seinem Leben und den Drogen leider auch nichts anderes als gefügig gemacht und dich am Ende genauso missbraucht. Und mit seinem Tod hat er dich im Stich gelassen. Auch darin liegt ein Teil deiner Enttäuschung. Nach ihm wurde Guido deine Liebe, die bisher vielleicht größte aus verschiedenen Gründen. Auch weil sie ganz anders war und ist. Erwachsen aus seiner Liebe für eine andere, die du bis zu deren Ende eifersüchtig verfolgt hast. Eine Liebe, die dir verwehrt war. Andere Jungen begannen um dich zu buhlen und dich zu erobern, heftig und angeblich nur kurz. Guido blieb an deiner Seite und schaffte es dennoch nicht Celsos Schandtat zu tilgen. Vielleicht hat dich Guidos Liebe erschreckt, weil sie ehrlicher war und ist als jede davor. Liebe hat viele Facetten. Sie ist von so vielen Dingen, Wünschen und Vorstellungen geprägt, nicht jede ist immer glücklich. Viele Lieben, die keine sind, hinterlassen ... Beschädigungen beziehungsweise weisen später solche auf. Ich hoffe, die meisten Lieben hinterlassen dann nur eine Beule im Leben. Deine ist jedoch besonders groß, natürlich durch Celso und durch die Enttäuschung mit Karthik ... und durch die Erfahrung, dass alle anderen Beziehungen, auch die in Manila jetzt, von denen du berichtet hast, nichts daran ändern konnten. Aber vielleicht kannst du jetzt, nach diesem Nachmittag, an dem du dich – wie du sagst – von Karthik verabschieden konntest, Liebe unbeschwerter annehmen. Auch Guidos, auch wenn er diese andere Frau liebt oder geliebt hat. Die Zeit wird zeigen, was ihr euch aufbauen könnt. Schau mit ihm zusammen diesen Stern an, dem du zugewunken hast. Und erklär ihm, warum. Hör in dich hinein und nimm ihn, Guido, wenn du so weit bist, mit, um ihm alles zu erzählen, das mit dem Großonkel und all den anderen. Ich denke aber auch, dass du mit deiner Mommy über den Verdacht sprechen solltest. Darüber, was der Onkel dir und womöglich ihr angetan hat. Ich denke, das Sprechen darüber bei mir hat dir in den letzten Wochen gutgetan. Aber du bestimmst sowohl bei Guido wie deiner Mommy das Wann. Wie hier bei mir." Erst jetzt machte Pötter eine Pause und reichte ihr zugleich eine Hand. „Wir sehen uns nächste Woche. Ich danke dir für dein Vertrauen. Jetzt spreche ich noch ein paar Minuten mit Guido."

Saya nickte einige Male langsam und atmete erleichtert auf. Das Reden über alles hatte tatsächlich gutgetan. *Die Zeit wird zeigen, was ihr euch aufbauen könnt.* Im Grunde genommen schon oft gehört. Im Grunde genommen doch ganz einfach. Warum war alles so kompliziert geworden? Weil das Leben ansonsten langweilig ist, hatte Guido einmal gesagt. Aber diese ganzen Facetten in ihrem Leben hatten nichts mit Langeweile zu tun. Es war an ihr, dabei mitzuwirken, nun für eine Art Klarheit zu sorgen. Es war etwas Gemeinsames. Nicht sie, nicht nur Guido oder jemand anderes, sondern ein Wir steckte dahinter. Ein Wir mit Mommy und Paps und Guido oder Brian, vielleicht auch mit Marvin oder einem anderen. Einen Augenblick sah sie Doktor Pötter still an. Die Lippen aufeinandergepresst, aber lächelnd. Zusammen standen sie auf und Doktor Pötter ging zur Tür, um Guido hereinzubitten. Der trat ein und Saya sah ihn hingegen ernst an und sagte zu Doktor Pötter:

„Ja, bis nächste Woche."

Plötzlich nahm sie Pötter in die Arme. Nach ein paar Sekunden ließ sie ihn los und meinte:

„Sie haben recht, miteinander reden tut gut."

Doktor Pötter zog von ihrer Reaktion ein wenig überrascht die Stirn in Falten und sah zu Guido.

„Dann hast du jetzt sicher nichts dagegen, wenn ich mich mit Guido eine Weile allein unterhalte?"

316

„Ja ja", sie strich sich durch ihren Bob, „ich meine, natürlich nicht."

Nun etwas nervös sah sie Guido an und ging nach einem kurzen Zögern hinaus. Sie hätte zu gern gewusst, was Doktor Pötter mit ihm allein besprechen wollte.

Der sah Guido lang an, musterte ihn regelrecht, atmete tief durch, bevor er fragte:

„Wie geht es Ihnen, Guido?"

Überrascht von der Frage senkte der seinen Blick. Als wollte er sich ablenken, schnüffelte er, roch Papier, glaubte blankpoliertes Holz und durch das leicht geöffnete Fenster Straßenstaub und vor ihm das Leder des Sofas zu riechen, von dem Saya immer erzählte. Auch ihr Orangenduschgel hing ein wenig in der Luft. Eine Kombination, die ihn seltsamerweise an das Foyer im Mariano erinnerte. Er sah Doktor Pötter an, der seinen Vorurteilen bezüglich eines Psychotherapeuten entsprach. Graue wirre Haare, graue Augen, hager, markant, ernst. Mit einem Seufzer erwiderte er:

„Wenn ich ehrlich bin, müde und ausgelaugt. Hätten Sie mich vorher gefragt, hätte ich nicht gedacht, dass alles, diese ... Aktion in Manila, so viel ... wie soll ich sagen? ... Energie kosten würde."

Doktor Pötter nickte.

„Ich möchte, dass Sie wissen, dass dies kein psychologisch therapeutisches Gespräch ist. Ich habe eher das Gefühl, noch ein bisschen mehr erfahren zu wollen, vielleicht auch zu müssen."

Jetzt nickte Guido. Pötters Blick zugleich väterlich warmherzig und spröde forschend.

„Es folgen also noch ein paar Gespräche mit Saya?"

Pötter bejahte es und fragte gleich darauf:

„Hat sich Ihre ... Beziehung zu Saya verändert?"

Guido schnaufte leise und sah an ihm vorbei.

„Mehr als ich dachte."

„Lieben Sie Saya?"

„Bis zu dem Zeitpunkt, als wir in Manila gestartet sind, dachte ich es. Dachte ich auch, es zu fühlen."

„Jetzt denken ... fühlen Sie das nicht mehr?"

Guidos Blick ging mit einem Luftstoß durch die Nase an die Decke. Wahrscheinlich hatte es keinen Sinn, um den heißen Brei herumzureden.

„Sie hat Ihnen sicher von Lina erzählt."

Wieder ein stilles Nicken von Pötter. Saya hatte es in der letzten Stunde erwähnt.

„Und nun wollen Sie wissen, ob ich stattdessen sie liebe. Ja. Ich gebe zu, mit ihr ist alles leichter", erwiderte Guido. „Es gibt keine ... Erwartungen von ihr, die gibt es zwar so auch nicht von Saya, dennoch fordert sie, vielleicht unbewusst, ... vieles ab. Schon beim letzten ... *Besuch* in Surigao vor mehr als einem halben Jahr war wegen einer anderen Beziehung, die sie da bereits hatte, im Grunde schon vieles ... kaputt gegangen. Aber ich wollte Saya nicht aufgeben. Vielleicht aus Trotz."

„Ich denke, Sayas Gefühle zu Ihnen sind mit einer großen Scham versehen. Darf ich fragen, wie Ihr Verhältnis zu Sayas Mutter ist?"

Guido schmunzelte, weil er sicher war, dass Saya auch dies sicher beschrieben hatte. Deshalb:

„So wie Saya es Ihnen erzählt. Ihre Mutter ist meine Mommy geworden. So sagen viele auf den Philippinen zu einer Mutter. Ich finde das Wort sehr schön. Es ist warmherzig und gefällt mir. Es drückt mein Gefühl zu ihr sehr gut aus. Vielleicht hat sie auch von meiner Mutter erzählt – meiner echten. Zu ihr habe ich dieses Gefühl verloren."

Doktor Pötter antwortete mit einem Lächeln und wurde gleich darauf wieder ernst.

„Wissen Sie etwas über die Vaterschaft? Hat Ihre ... Mommy mit Ihnen darüber gesprochen?"

„Ja. Nein. Nicht im Detail. In ihrer Version war es ein junger Mann, der sie dann im Stich gelassen hat."

Guido verfolgte Pötters Finger, die sich ineinander verknoteten. Verwundert schaute er ihm dabei zu.

„Ich weiß nicht, wie viel sie wissen. Vielleicht müssen sie mir gleich widersprechen. Denn es könnte ansonsten ... schmerzen. Wären Sie so freundlich?"

Guido nickte nun verblüfft.

„Ich mache es kurz, denn Saya erzählte eine andere Version. So als wüsste sie Bescheid. Könnte es sein, dass Sayas Vater dieser Großonkel, dieser Celso ist?"

Obwohl er seit Tagen, ja Wochen denselben Verdacht hatte, traf die Frage Guido doch unerwartet hart. Er prustete und sah Pötter starr an. Tatas Bruder als Sayas Vater. *Er hat mich gefickt. Vielleicht hat er Mommy das auch. Dann denk mal weiter! – Man nennt das Inzucht.* Sayas Worte. Mommy hätte die Geschichte mit Datu somit tatsächlich erfunden. Warum? Vielleicht um alle zu schützen. Auch Saya, die aber dann doch von Celso ebenso ... vergewaltigt wurde. Somit schützte Mommy aber auch ihre eigenen Eltern. Für Saya natürlich unverständlich. Er sah die Bilder vom Baseco Beach vor sich, das Armenviertel dahinter, das gelbe, gepflegte Haus in Guadalupe Nuevo. Tata arbeitete in einer Behörde. Man war ... etabliert. Es stimmte, vielmehr es passte nicht. Warum soll so ein Mädchen wie Mommy an diesen Strand gegangen sein?

Gefühlt lange Minuten blieb es still. Wie kam Pötter darauf? Saya hatte ihm gegenüber wohl mehr als eine Andeutung gemacht. Guido sah zur Tür und anschließend auf eine Uhr. Er hatte jedes Zeitgefühl verloren und wusste nicht, wie lange Saya schon auf ihn wartete und sich vielleicht deshalb Sorgen machte, dass er nun zu viel von ihr, was auch immer, preisgeben würde oder nach diesem Gespräch irgendwelche Bedenken hätte. Dann sah er wieder zu Pötter und erwiderte nervös:

„Saya hat erst vor wenigen Tagen diese Möglichkeit, wie soll ich sagen, erwähnt. Schon da hat es mich kalt erwischt. Ich glaube, das muss ich erst einmal verdauen. Das würde viele Geschichten verändern und ich glaube, manche dürften davon nichts erfahren."

„Sie meinen im Speziellen Ihren Vater."

„Ja, vor allem. Ich denke, Paps wird *so* nichts davon wissen. Allerdings bin ich fest davon überzeugt, dass es an seinen Gefühlen nichts ändern wird. Aber was muss das für eine Schande für Mommy sein, vom Bruder des eigenen Vaters missbraucht zu werden, und die eigenen Eltern verhindern nichts, auch als es Saya passierte."

„Es wäre also auch in Ihren Augen möglich?"

Wieder dieser forschende Blick von Pötter.

„Leider spukt diese Möglichkeit schon länger in meinem Kopf herum. Denn mir fielen genug Widersprüche ein, die ein Beleg sein könnten."

„Ich denke, ein paar von diesen habe ich erfahren."

Guido schwirrte der Kopf. Der schien zu bersten. Wohin würde diese ... Reise noch gehen?

„An Saya mag ich in diesem Zusammenhang gar nicht erst denken. Vor allem daran, was dies alles in ihr noch zerstört hat. Ich weiß nicht, ob ich dem gewachsen bin. – Glauben Sie, dass ich in ein, zwei Wochen für einige Tage verreisen dürfte? Allein?" Jetzt wollte er erst recht abtauchen, weg, verschwinden, um nachdenken, um tatsächlich alles verdauen zu können.

„Selten lassen Menschen ein schlimmeres Schicksal als ihr eigenes zu. Egal wie klein oder groß es ist. Sie sind nicht imstande zu helfen. Manch eigenes Schicksal gleicht einem – Entschuldigung – billigen Egoismus, der lediglich nicht zufriedengestellt werden konnte. Manches in etwa dem, wie es Saya erlebt hat. Manche erleben dazu die Zerstörung ihrer Heimat. Wir, auch ich, können uns solche Schicksale nur sehr, sehr schwer vorstellen und nichts anderes als Zuwendung, ein offenes Ohr und eine Hand anbieten. Es geht dabei auch um Würde, Achtung und Anerkennung, die man jemandem wieder zurückgeben will, weil er all das durch solche … Umstände verloren hat. Die vielen Helfer, die das in aller Welt seit vielen Jahren tun, erleben aber häufig auch ihre eigenen Grenzen. Sie, Guido, haben in meinen Augen mehr getan, als viele andere tun würden. Diese anderen hätten ihre Freundin in einer vergleichbaren Situation alleingelassen. Im Stich gelassen, mag ich nicht sagen. Denn daraus kann man nicht immer einen Vorwurf machen. Nicht jeder hat die Kraft. Was ich damit sagen will, abgesehen davon, dass Sie natürlich Ihr eigenes Leben führen sollten, würde ich Sie bitten, damit vielleicht zu warten, bis Sie wissen, wie es mit Saya nach ihrer Bewerbung weitergeht. Darf ich so viel, ich nenne es mal Loyalität, noch verlangen?"

„Ich hätte es nicht anders vorgehabt."

„Gut. – Sie müssen wissen, Saya hat mit Ihnen zum ersten Mal etwas erlebt, was sich bei ihrem Großonkel als Lüge herausstellte. Auch mit Karthik konnte sie es aus bestimmten Gründen nicht erleben. Natürlich auch nicht mit den anderen Männern."

„Sie meinen bei Karthik wegen der Drogen."

Doktor Pötter nickte.

„Ja. Deswegen. Der Großonkel hat sie nichts anderes als vergewaltigt. Sie hätte sich ihm vielleicht sogar *geschenkt*, um die von ihm immer wieder erklärte Liebe zu bekommen oder wenigstens ihre Seele zu schützen.

Das konnte dieser Karthik nicht ändern. Egal, was Saya hinter dessen ... Aktionen auch gesehen hatte. So provozierte sie immer wieder andere Männer, bis *die* ihrer Version von ... Liebe nachgaben."

„Und deshalb ging sie sogar fast auf den Strich?"

Es war aus Guido einfach so herausgeplatzt und er erschrak deshalb. Aber Pötter bejahte nur mit einem Seufzen. Saya hatte demnach auch das erzählt.

„Aber ich habe sie wirklich geliebt!"

„Ich könnte auch sagen, sie hat Ihre Liebe provoziert, und am Ende war diese doch zu viel. Sie waren ab einem bestimmten Punkt zu dicht an ihren eigentlichen Problemen dran. Menschen wie Sie aus dem direkten Umfeld können nur ganz selten helfen und beistehen."

Guido runzelte die Stirn und biss sich auf die Unterlippe. Kurz dachte er darüber nach und prustete.

„Sie glauben, sie hat bei mir nur so getan?"

„Nein, ich bin überzeugt, sie hat Sie auch geliebt und tut es immer noch auf ihre Weise. Aber dann, um bei den Beulen zu bleiben, bekam sie Angst vor dem weiteren Weg und ihr Fahrzeug kam ins Schleudern. Ab da hat sie Sie immer öfter eher zugelassen und *versucht* zu genießen und auch versucht das andere loszulassen."

„Zugelassen. All die Jahre? Und ich dachte immer ..."

„Sie waren in allen Krisen die Anlaufstation, derjenige, der da war. Vielleicht können Sie in Zukunft nie etwas anderes mehr sein. Es gibt viele Gründe, warum Saya erst jetzt über manches sprechen kann. Ängste, etwas zu verlieren, was ihr Stabilität gegeben hat, also Sie. Deshalb auch die Situation mit Ihnen, wegen Ihrer ... *Aktion* in Manila, die Saya überfordert hat, als sie darüber nachzudenken begann, wegen der Größe der Liebe dahinter. Aber auch Sayas Gefühle, die durch die anderen Männer durcheinandergeraten sind. Denn in diesen wenigen Momenten war wenigstens der Schmerz ausgeschaltet. In ihr ist eine Angst, die wir noch ein wenig mehr ergründen müssen."

„Was sind meine Aufgaben in der nächsten Zeit?"

Pötter lächelte.

„Aufgaben? – Seien Sie so wie jetzt. So wie Saya es mir erzählt hat. Hören Sie zu und fragen Sie nach, ohne zu bohren. Dann wird sie ihnen sicher manches erzählen. Sie können tatsächlich nur an ihrer Seite stehen. Das ist viel mehr als Sie denken."

Guido nickte nur, also fuhr Doktor Pötter fort: „Bei ihrer Suche nach einem Ausweg traf sie zu oft auf die Falschen. Sie kam mit ihrem Lebensfahrzeug ins Schlingern und hat sozusagen gleich mehrere Unfälle hintereinander gehabt. Aber es sind keine Totalschäden. Auch wenn sie nicht nur körperlich extrem gelitten hat. Manche bestrafen sich selbst, beginnen sich zu schlitzen, versorgen ihre Wunden mit Pflaster und lügen über das Zustandekommen. Andere beginnen zu trinken, rutschen ins Milieu ab und wieder andere verändern ihren Körper, versuchen ihn hässlich zu machen. Ein Teufelskreis, den Süchtige kennen, aber gegen den sie nur ganz selten erfolgreich ankämpfen können. Aber es hilft kein Pflaster, kein Abnehmen, keine Droge, um etwas unsichtbar zu machen. Viele Menschen, leider zumeist Mädchen, teilen dieses Schicksal und verletzen sich also selbst. Ritzen sich, verkaufen sich, stürzen mit Drogen und Alkohol ab, weil sie solche Dinge erlebt haben und aushalten mussten. Saya glaubte ihrem Großonkel, als er seine Liebe heuchelte und anfänglich vielleicht noch … zärtlich tat. Das war der Anfang *ihres* Teufelskreises."

Er machte eine Pause und schmunzelte unverhofft. „Ich muss zugeben, wenn Saya von Ihnen sprach, dachte ich, Sie müssten einen seelsorgerischen Beruf haben. Somit sind Sie als Anlagenbauer eher sachlich als emotional in Ihrer Arbeit. Das passt für eine ... wie auch immer gestaltete Verbindung mit Saya für eine lange Zeit. Und seien Sie versichert, dass Ihre Beziehung zu ... Lina dabei für Sie keine Rolle spielen sollte. Saya sucht auch ihren Standort nach allem. Ich denke sowohl örtlich wie familiär. Seien Sie Ohr, wenn sie mit Ihnen reden will. Sprechen Sie mit ihr über alles, wenn es sich ergibt, und warten Sie ab, was Sie Ihnen erzählt. Manches wird ein weiteres Mal schmerzen. Aber ich denke, dass dann vielleicht ein paar Tage Abstand zueinander durchaus guttun können. Ihnen beide. Ich habe es ihr auf andere Weise schon vorgeschlagen. Sie muss in ihrem Leben, egal mit wem sie es führen wird, stabiler werden. Was dann die Konsequenzen sein sollten, schmerzt dann sicher weniger."

***

Trotz ihres Lächelns und eines lang gezogenen *Naa?*, als er mit ihr zusammen auf die Straße trat, sah Guido Nervosität und Furcht in Sayas Gesicht.

„Das hat ja lang gedauert", beschwerte sie sich sogleich und hampelte etwas hektisch herum. „Fast eine halbe Stunde."

„Ich hatte das Gefühl, länger."

„Worüber habt ihr denn gesprochen?" Ihre Stimme zitterte ängstlich.

„Wie es mir geht und wie ich dich ... empfinde."

„Empfinde?! *Fuck!* Wie klingt das denn? Ob du mich liebst, oder was?", regte sie sich auf.

„Nein!" Er merkte, es klang zu scharf. Auch fühlte er, dass er jetzt für eine Auseinandersetzung zu müde war. Er atmete durch und versuchte ruhig zu bleiben.

„Was ich glaube, was dich bewogen haben könnte, von hier fortzugehen, und deine Entwicklung nach allem, nachdem ich dann in Manila angekommen bin."

„Ah. Entwicklung. – Was hast du gesagt? Dass ich nicht mehr ganz dicht bin?" Ihre Antwort klang ungehalten. Sie stolperte dabei fast den Bordstein hinunter.

„Nein! Blödsinn! Dass es noch dauern wird, bist du alles verdaut haben wirst, und ich deshalb, bevor ich *vielleicht* ein paar Tage wegfahre, auch das mit dem Hotel abwarten werde", erwiderte er so ruhig wie möglich.

An der Straßenecke hielt er sie am Arm fest, zog sie an sich und forschte in ihrem Gesicht. Celso sollte also ihr Vater sein. Unwillkürlich suchte er nach einer Übereinstimmung. Die Brüder konnten sich so fremd nicht sein. Aber er erinnerte sich nicht genug an Sayas Großvater, vor weit mehr als einem Jahr das letzte Mal gesehen. Geschichten, Erinnerungen und Gesagtes gaukeln dann vielleicht ein falsches Bild vor. Doch Sayas Augen schienen zu passen, auch die Form des Gesichtes. Weil Tränen in seine Augen stiegen, umarmte er sie schnell und drückte sie an sich. Saya musste sie nicht sehen.

„Alles gut, Saya, alles gut, wir überarbeiten nachher mal die alte Bewerbung, die du damals für Surigao geschrieben hast, drucken alles aus, was wir haben, und übermorgen machen wir uns schick und fahren mal hin. Wer weiß, vielleicht erledigt sich dann manches schon. Wir kriegen das hin."

Er gab ihr einen Kuss auf die Stirn. Wäre das alles wahr, was würde es verändern können? Saya würde zu einem Opfer einer Vergewaltigung werden. Nichts weiter. Weiter ginge es auch nicht, weil es für sie und Mommy das Schlimmste war. Sie war die Tochter des Bruders ihres Großvaters, die Tochter des einstigen Liebhabers ihrer Mutter und gleichzeitig auch noch sein

Opfer. *Das nennt man Inzucht.* Hatte sie es herausgefunden und sich deshalb versucht vor allen zu verstecken? Er kam sich mit seinem Wunsch, für ein paar Tage allein zu *verreisen,* um Abstand zu gewinnen, wie ein egoistischer Idiot vor.

Ein Jahr lebte sie in dem Haus des Bruders ihres Peinigers. Weder Nana noch Tata halfen. Saya hatte recht, Nana wusch sich die Hände mit dem Geld.

„Du bist aufgeregt wegen der ganzen Sache", versuchte er so ruhig wie möglich zu erklären. „Ist doch zu verstehen. Jetzt gehen wir entweder etwas essen, ich lad dich ein, oder wenn du nicht magst, machen wir es uns zu Hause gemütlich."

„Zu Hause."

„Auch gut. Also! Vamos!"

Mommy hatte, was bestimmte Situationen anging, hellseherische Fähigkeiten. Auf dem Tisch im Häuschen stand der große bunte Teller voller frisch gemachter *Lumpias.* Guido atmete auf und Saya heulte.

„Ist doch besser als essen gehen, oder?", meinte sie.
„Klar."

Wie üblich in letzter Zeit zog sie ihre Jacke aus, um sie sorgfältig auf einem Bügel an die Garderobe zu hängen. Guido war allerdings sehr überrascht, als Saya sich gleich darauf auch bis auf ihre Unterwäsche auszog.

„Danach Kuschelstunde, okay?" Es war eher eine Feststellung von ihr.

Keine halbe Stunde später, sie hatten nur ein paar Lumpias gegessen, schnupperte Guido mit für sie nicht sichtbaren Tränen an ihrer Haut neben dem Tattoo der kleinen Sonne.

***

„Und?", wollte Guidos Paps am nächsten Tag auf der Fahrt ins Geschäft wissen. Guido musste nicht rätseln, was er erfahren wollte, war klar.

„Es wird ein langer Weg für sie. Sie muss den ersten Schritt tun. Den kann ich nicht für sie machen."

„Du hast schon sehr viel investiert und Saya zurückgebracht. Als wir es erfuhren, war es Gold wert. Ich möchte es dir als Erstes sagen, wir bekommen tatsächlich Nachwuchs. Yumi ist in der achten Woche. Es muss kurz nach deiner Nachricht, dass ihr zusammen zurückkommen würdet, geklappt haben."

Guido seufzte weniger zufrieden auf, als er gedacht hätte.

„Dann habt ihr jetzt eine Aufgabe, auf die ihr euch konzentrieren müsst. Mein Akku ist leer. Saya muss von nun an mehr und mehr allein zurechtkommen. Das hat Pötter auch gesagt. Das sollte gelingen, wenn das mit der Stelle in diesem Hotel hinhaut. Morgen möchte ich mit ihr dort hinfahren. Mal sehen, wenn alles klappt, werde ich danach für ein paar Tage verschwinden."

Kollberg schnaufte durch.

„Hast du mit ihr schon darüber gesprochen?"

„Ich hab' es ihr schon angedeutet. Warten wir ab, was morgen ist."

Für die Zukunft bewerben

Zum Glück hatten die drei Gebäude keine Ähnlichkeit mit den Hotels in Surigao oder Manila, ging Guido durch den Kopf. Immer wieder hatten sie sich am Tag zuvor im Internet die Bilder angesehen. Drei moderne, eher kubische Gebäude, ein wenig an Würfel erinnernd, vier Geschosse hoch mit einem flachen Spitzdach, interessant unterteilt und durch überdachte Gänge miteinander verbunden. Auf den Fotos umgeben von blühenden Büschen und im Windschatten der Gebäude stehenden Bäumen und hinter diesen nichts als Landschaft. Die Anlage sah ausgesprochen freundlich aus. Auch deshalb nicht zu vergleichen mit den spiegelnden Fassaden der Betonsilos in Manila.

Nach der dritten Durchsicht hatte er den Mut gefunden und ihr mit einem Räuspern erklärt, dass er, aber nur, wenn alles gut ausgehen sollte, tatsächlich für ein paar Tage allein wegfahren wollte, um aufzutanken. Er fühle sich kaputt. Sofort schossen ihr Tränen in die Augen und sie fragte nach dem, was für sie am naheliegendsten war, und er erwiderte:

„Nein. Wirklich allein. Ohne Lina."

Sayas walkende Lippen als Antwort.

„Super! Jetzt hast du die Nase doch voll von mir. Und von wegen allein …, dass ich nicht lache."

„Als ich dich am ersten Abend in Manila nach Hause begleiten wollte, hast du abgelehnt, es sei alles etwas viel für dich. Es tut mir leid, auch für mich waren die letzten Wochen etwas zu viel. Ich möchte gern eine Chance, um mit allem klarzukommen. Ich muss wissen, wo ich stehe. Wo wir stehen. Zusammen. Das war auch etwas, worüber ich mit Doktor Pötter gesprochen habe."

„Scheiße! Und ich kann dann sehen, wo ich bleibe."

„Hier. Wie auch immer. Das ist selbstverständlich. Alles andere kann ich dir noch nicht sagen. Ich bin müde und werde zumindest dein Bruder bleiben. Es tut mir leid. Was hat Paps zu dir gesagt, bevor du nach Manila bist? Dass sich viele Dinge in deinem Leben massiv ändern werden. Aber ich verspreche dir, ich komme hierher zurück. Die paar Tage werden dir auch guttun. Du solltest vielleicht mit Mommy reden und mit Paps. Das hast du, seitdem du hier bist, nur ziemlich oberflächlich. Es soll eine Chance für uns *alle* sein."

„Und Pötter hat Ja gesagt?"

„Er hat dies mit der Bitte verknüpft zu warten, bis du Bescheid weißt. Und ich hab' ihm versprochen, genau das zu tun. – Es sollen nur ein paar Tage sein. Bitte gestehe ... mir ... diese ... zu."

***

Am nächsten Tag, am späten Vormittag, waren sie ein paar Minuten um das Ensemble der Gebäude herumgegangen und Saya befand, inzwischen beruhigt, dass alles doch sehr schön aussähe.

„Was sagst du? Sieht doch gut aus, oder?"

„*Du* musst dich wohlfühlen. Wenn es dann so sein sollte, bist du hier ja nicht nur für ein paar Monate."

„Nein. Ich hoffe es nicht. – Ich bin scheißaufgeregt."

„Wird schon. Die Geschäftsführerin, oder wie das in eurer Branche heißt, heißt Herma Möller. Stand ja auch in der Anzeige. Frag nach ihr, vielleicht ist sie da."

Frau Möller war da und kam aus einem Büro hinter der Rezeption, musterte sie beide und hob belustigt wirkend die Brauen. Statt ihnen die Hand zu geben, klatschte sie in die Hände.

„Gleich so adrett?! Das heißt, Sie können gleich anfangen?! Ich geh davon aus, dass es wegen der Stelle ist, oder?"

Die beiden sahen sich an und nickten.

„Dann begleiten Sie mich doch mal ins Büro."

Frau Möller nahm den dicken Umschlag entgegen, öffnete ihn und holte den kleinen Stapel Papier heraus. Zeugnisse, die Auszeichnungen von der Schule und der FH, eine Urkunde vom Turnen, die Zeugnisse der Hotelkette und den Brief, den diese beigelegt hatte. Schon nach wenigen Augenblicken legte sie die ersten Blätter zur Seite und meinte anerkennend:

„Sie sehen mich überrascht. Ich weiß nämlich nicht, ob wir *Ihren* Vorstellungen genügen werden. Das sind enorm gute Zeugnisse. Und ich weiß, diese Hotelkette ist ein sehr anspruchsvoller Riese. Was führt Sie also zu uns? Was können Sie über sich erzählen?"

Guido sah Saya an, sie nickte ihm zu und er erzählte, weil sie sich nicht verhaspeln wollte, in nicht mehr als fünf, sechs Sätzen, wie sie zu einer Familie wurden. Mehr war nicht wichtig, nicht nötig, der Rest würde sich vielleicht später einmal ergeben. Spielte aber im Moment sicherlich keine Rolle. Danach sah Frau Möller Saya an und stellte fest:

„Was für ein Lebensweg."

„Ja. Der führt dazu, dass ich gern hierbleiben würde. Ich würde mich deshalb freuen, wenn ich die Chance bekäme, in Ihre Auswahl zu kommen."

„Was wissen Sie über unser Unternehmen?"

„Ich gebe zu, dass wir im Internet recherchiert haben. Das, was wir dort gefunden haben, könnte ich also sagen. Und wir haben uns das Hotel, so gut es ging, vorhin angeschaut. Was mich angeht, finde ich es sehr schön. Es strahlt mehr Ruhe aus als die in Manila."

„Nun, unser Hotel liegt ja auch in einem ... Erholungsgebiet. Bei Hotels in der Stadt ist eine solche Atmosphäre nicht unbedingt zu erwarten."

„Das Hotel in Surigao ist auch in einem Urlaubsgebiet, aber ich vermute, die junge Klientel ist etwas unternehmungslustiger als hier. Surfen, Partys, Besuche in Clubs." Saya lächelte bei ihrer Aufzählung.

Frau Möller sah in ihre eigenen Aufschriebe.

„Nennen Sie drei Adjektive, mit denen ihr Freund Ihren Charakter beschreiben würde."

„Ehrgeizig, gewissenhaft, emotional beziehungsweise gefühlvoll", antwortete Saya schnell.

„Nennen Sie Ihre drei größten Schwächen."

„Es gibt nur eine. Ich war leider nicht immer treu. Warum mag ich noch nicht erklären. Aber wie Sie sehen, sind wir immer noch zusammen. Und ich liebe ihn. So wie ich es liebe, mit Menschen im Kontakt zu sein."

Frau Möller schmunzelte wegen Sayas Antwort, *und ich liebe ihn*, sah kurz in Guidos lächelndes Gesicht und anschließend auf Sayas Papiere.

„*¿Hablas español?*"

„*Sí, me especialicé en español en la escuela.*"

Frau Möller zog wieder anerkennend, ja fast schon verblüfft, die Brauen hoch.

„Sie wissen, was Sie wollen, und Spanisch können Sie auch. Und wie ich gelesen habe, fließend Englisch und die Grundlagen in Chinesisch. Ihre Aussprache des Deutschen und Spanischen ist, wie man so schön sagt, *native*. Vielleicht sollte ich gar nicht mehr lange überlegen und Ihnen nicht mehr die komischen Fragen aus dem Katalog der Personalabteilung stellen. Kurz, Ihre Ausstrahlung, Ihr Auftreten gefällt mir. Ich wäre also dumm, wenn ich Sie nicht nur in meine Auswahl, sondern Sie nicht gleich in das Team nehmen würde."

„Das wäre wunderbar!" Saya sah erstaunt zu Guido, dann auf ihre Hände, die sie in ihrem Schoß kräftig verknotet hatte. „Ehrlich gesagt, hätte ich damit nicht so schnell gerechnet. Ich möchte mich bedanken."

„Fein. Darf ich Ihnen also folgendes Angebot machen, damit Sie auch keine Zweifel bekommen? Eigentlich würde ich jetzt von ein oder zwei Probewochen reden und Ihnen diese anbieten, damit wir uns gegenseitig kennenlernen. Aber ich mache es umgekehrt. Wir arbeiten neun Stunden am Tag mit einer halben Stunde Pause. Was die Rezeption angeht, in der Saison, von April bis Ende September, in zwei Schichten. Von morgens sieben Uhr bis sechzehn Uhr nachmittags und von dreizehn bis zweiundzwanzig Uhr am Abend. Über Mittag gibt es also eine Doppelbelegung. Erstens wegen der Pausen und zweitens, weil dann die meisten An- und Abreisen stattfinden. Wir haben uns lange im Team darüber unterhalten, wie man Schichten über Wochenenden fair verteilt. Der Vorschlag war vier Tage Arbeit, zwei Tage frei, vier Tage Arbeit in der zweiten Schicht, dann wieder zwei Tage frei. So kommen Sie in der Regel auf eine 39-Stunden-Woche. Sie erhalten in den ersten sechs Monaten 2500 Euro als Grundgehalt, dazu kommen Sonderzahlungen für Arbeitsschichten nach 22 Uhr, die unter Umständen mal anfallen könnten. Nach sechs Monaten steigt Ihr Gehalt auf 2800 Euro. Natürlich haben Sie sechs Wochen Urlaub und so weiter. Ausnahmsweise biete ich Ihnen jetzt schon einen unbefristeten Arbeitsvertrag ab dem ersten März an. Was halten Sie davon? Ich drucke den Vertrag am besten mit all den anderen Details gleich aus, dann können Sie in Ruhe darüber nachdenken und entscheiden. Dennoch würde ich mich freuen, wenn Sie für ein oder zwei Wochen vorher zum Schnuppern kämen. Ginge das?"

„Nächste Woche schon."

Frau Möller drehte sich um und zupfte aus dem Drucker das inzwischen ausgedruckte Vertragsformular.

„Prima. Sehr gerne. Dann wäre so weit ja alles klar. Ich hätte nur noch eine Frage, weil Sie nicht nach der Entwicklung gefragt haben. Wie stellen Sie sich diese vor? Wie sieht Ihr Ziel aus?"

„In dieser Hotelkette war ich am Ende verantwortlich für alle Abläufe rund um den Check-in, Check-out und etwaige Zubuchungen. Also grob gesagt alles, was mit Terminen, Belegungen, Abrechnungen und Wünsche der Kunden zu tun hatte. Diese Verantwortung würde ich gerne wieder übernehmen."

„Da sehe ich Sie auch spätestens in einem Jahr. Willkommen Frau Ramos. Darf ich Ihnen noch etwas zu trinken anbieten? Kaffee, Wasser ... ein Glas Sekt zur Begrüßung?"

Saya zog das Wasser vor. Sie und Guido glaubten, dass dies einen weiteren Pluspunkt ergab.

„In Ihren Unterlagen habe ich gesehen, dass Sie in Tönning wohnen, ist im Prinzip um die Ecke, aber ich möchte darauf hinweisen, dass wir auch drei Zimmer zur Verfügung haben, wenn die Schichten mal nicht passen sollten. Es gibt leider immer wieder solche Ausnahmen. Und eines der Zimmer ist meistens frei."

„Das ist nett. Das mit den Schichten kenne ich aus den anderen Hotels. Im letzten waren Sechs-Tage-Wochen nicht ungewöhnlich, auch Schichten von bis zu zwölf Stunden. Ich bin also belastbar."

Dann verabschiedeten sie sich und gingen noch ein wenig durch das Haus. Alles war so, wie sie es im Internet vorgefunden hatten. Freundlich, einladend und nobel. Auf dem Parkplatz angekommen, konnte sie ihre Gefühle nicht mehr zurückhalten.

„Holy Shit!" Saya schrie, hüpfte und steppte, als sie neben dem Auto stand. *„Holy Shit!* Das gibts doch gar nicht. Hättest du das gedacht?"

Und Guido schüttelte leise lachend nur den Kopf und meinte:

„Ja, ein wenig gehofft schon. Du hast es verdient. Ist aber echt mega! Ab nach Hause! Es gibt was zu feiern. Paps und Mommy werden Augen machen."

***

In der Nacht krabbelte sie unverhofft wieder unter seine Decke und glitt, ohne abzuwarten, sofort unter dem Stoff seines Pyjamas in seinen Schoß. Nur wenige Sekunden später hatte sie seine Hose zusammen mit ihrer, auch mithilfe ihrer Füße, zu den Knöcheln runtergeschoben und sich auf seinen Schoß gesetzt. Sie lachte, weil es nicht sofort klappte. „Wie am Eidersperrwerk, weißt du noch?", lachte sie und er wunderte sich, dass sie das noch abgespeichert hatte.

Eine halbe Stunde später lag sie noch ein wenig schnaufend auf ihm und flüsterte:

„Mit dir ist es immer am schönsten gewesen."

„Gewesen?"

„Ja. – Gewesen. Vielleicht muss ich mich damit abfinden, dich zu verlieren."

Sie setzte sich auf und er betrachtete ihren nicht mehr ganz so dünnen, aber etwas schweißnassen Körper auf seinem Schoß. Neunundvierzig Kilo sollten es inzwischen sein. Wenn es stimmte, fehlten nur noch drei Kilo zu ihrem früheren Gewicht. Mit aufeinandergepressten Lippen glitt er mit den Fingerspitzen beider Hände von ihrem Hals ganz langsam über ihre kleinen immer noch mädchenhaften Brüste, inzwischen etwas fester geworden, dann den Bauch bis auf ihre Schenkel. Sie schloss die Augen, sog zischend die Luft ein, als er ihre unerwartet empfindlichen Knospen berührte.

„Ich habe so viele Momente mit dir genossen. Und ich war noch nie einem Menschen so nah gekommen wie dir. Klingt vielleicht alles blöd, aber dich verlieren, ist nicht mein Wunsch. Mich finden, und vielleicht uns dabei irgendwie – wie auch immer – wieder finden, fände ich schön. Das zwischen uns war doch zu groß, um gänzlich zu verschwinden."

Er legte eine Hand zwischen ihre Brüste und fühlte ihren Herzschlag. Plötzlich schossen ihm die Tränen in die Augen und Saya fragte etwas erschöpft klingend:

„Wann willst du gehen? Magst du nicht wenigstens noch die nächste Woche abwarten?"

„Klar. Was denkst du denn?"

„Verrätst du mir, wohin du gehst?"

„Irgendwo hier auf eine Insel", seufzte Guido. „Ich hab' noch keine Ahnung."

Saya spürte ihn noch in sich. Sie musste deshalb schmunzeln, rollte mit ihrem Becken und presste seine Hand gegen ihre Brust.

„Jetzt bist du auch ganz nah. Weißt du, dass ich zum ersten Mal spüre, wie es ist, wenn so mein Herz berührt wird? Von außen und innen." Sie schloss die Augen und mit zusammengepressten Lippen rollte sie wieder ihr Becken auf seinem Schoß. Überraschend scharf sog sie die Luft ein und sah ihn fragend an. „Kennst du das? Manchmal hofft man auf eine Sternschnuppe, mit der man sich etwas wünschen kann, das dann in Erfüllung gehen soll. Und dann kommt diese Sternschnuppe und man hat in diesem Moment den Wunsch doch wieder vergessen. Aber was man vergessen kann und vergessen hat, will man im Grunde auch nicht, stimmt's?"

L. G.

Eine Woche später – *bitte*, hatte sich Saya an diesem Abend als sie miteinander schliefen von ihm gewünscht. Sein Plan, schon in der nächsten für ein paar Tage zu verreisen, war damit fürs Erste verschoben. *Das mach ich gerne. Das solltest du eigentlich wissen. Ist doch klar.* Guido wollte also bleiben und erfahren, wie sie alles nach den ersten Tagen empfand und ob die Begeisterung nach dem Gespräch mit Frau Möller noch dieselbe war. Das mit der Sternschnuppe hatte ihn hingegen mehr rätseln lassen. Er nickte zwar, als sie ihn gefragt hatte, wunderte sich aber.

„Und diese Sternschnuppe hatte nichts mit mir zu tun", stellte er dann fest.

„Nein. Gar nicht. Da wusste ich noch nichts von dir. Damals wollte ich ..." Sie brach ab, und glitt von ihm herunter. Sein noch halb steifes Glied platschte auf seinen Unterleib. Kurz musste sie schmunzeln, weil sie an ihre ersten gemeinsamen Nächte dachte. Seinerzeit *musste* es ohne Kondome gehen. Spürte er, dass er kam, entlud er sich auf ihrem Bauch. Herrlich warm und klebrig. Allein schon das für sie ein vollkommen neues Gefühl. Fernab vom gelben Haus, diesem Rohbau aus Beton und anders als bei Marvin oder Brian oder ...

Am gestrigen Abend warf sie deshalb die Decke herunter, lag ganz dicht in seinem Arm neben ihm, weil sie nur ihn spüren wollte, und versuchte seinen Blick zu entschlüsseln. Vielleicht würde dieser etwas über sie beide verraten. Dabei glitt sie mit ihren Fingern ernst und nachdenklich über seinen schweißnassen Bauch und durch den Film seines Ergusses. Wie seinerzeit fand sie es auch in diesem Moment schön.

„Nein", begann sie noch einmal, schob ein Bein über ihn und streichelte seine Brust. Sie räusperte sich und begann zu erzählen, wie sie Karthik damals kennengelernt hatte. „Ich wollte in den Himmel und er meinte, er wüsste den Weg."

„Und der bestand aus Drogen, vermutlich auch Alkohol und anderem Zeugs. Deshalb die Zigaretten."

Sayas Lippen wurden zu einer schmalen Linie. Ihr Nicken war kaum zu erkennen und er fügte hinzu:

„Du wolltest nicht mehr leben, aber stattdessen ..."

„... haben wir wohl eines Tages miteinander geschlafen. Ich kann dir nicht sagen, wie oft oder ob es jedes Mal war, wenn wir zusammen waren. Jedenfalls denke ich, war es nicht nur einmal. Was ich damit sagen will, irgendwann in den letzten paar Jahren kamen die Erinnerungen an ihn plötzlich wieder hoch und die an Marvin und die anderen auch immer häufiger und ..." Eine Träne kullerte von einer Wange auf sein Gesicht. Die Bilder in ihrem Kopf und ein kurzes Aufschluchzen machten es ihr für einen Moment unmöglich weiterzusprechen. Guido zog sie wieder auf sich, tastete nach der Decke und wickelte sie, so gut es ging, um ihren Körper. Es dauerte einige Momente, bis sie sich wieder etwas beruhigt hatte und weitersprach:

„... und der ganze Mist, der damit zusammenhängt. Die ganzen Gründe, Celsos Lügen und Brutalität. Erst waren das nur ein paar Gedanken, aber in Surigao ging nach deinem zweiten Urlaub alles irgendwie von vorne los und am liebsten wäre ich wieder gestorben, weil ich die Liebe und Neugier und Gier auf ein Leben verloren hab', was du mir doch längst zurückgegeben hast. Stattdessen hab' ich mich einer ... Lust ausgeliefert, die diese Bilder endlich löschen sollte, und zerstörte damit nur alles. Ich glaube, ich habe Angst vor der Liebe."

Wieder machte sie eine Pause, dann richtete sie sich auf, saß wie zuvor auf seinem Schoß und zog die Nase hoch. Sie weinte nicht mehr.

„Zum Glück hast du mich zu Doktor Pötter geschickt. Jetzt hab' ich die Möglichkeit, nochmals von vorne anzufangen, und muss lernen, diese Angst zu besiegen, auch die allein zu sein, obwohl ich es mit dir nie gewesen bin. Weißt du noch, dass du mich einmal als beharrlicher, konsequenter und vor allem weniger ängstlich als dich bezeichnet hast? Wo ist das hin? Ich versteh es nicht. Ich wollte dich, ich liebte dich, ich war glücklich mit dir. Vielleicht hat Doktor Pötter recht und die Größe deiner Liebe war mir unheimlich und überforderte mich. Dazu kommt, wenn Pötter recht hat und ein Arzt es bestätigen sollte, dass es sein kann, dass ich nie Kinder bekommen werde. Verstehst du, was das für mich, vielleicht auch für uns bedeuten könnte? Wie traurig für eine Liebe, wie wir sie hatten, oder? Auch damit muss ich lernen, umzugehen."

Sie schmiegte sich wieder an ihn, küsste ihn, streichelte mit einer Hand sein Gesicht, sah ihn daraufhin forschend an und versuchte ein Lächeln.

„Ich hoffe, dass all das den Mann, den ich mal heiraten werde, nicht stört." Nun schob sie eine Hand zwischen sich und suchte seinen Schoß.

„Magst du mich noch einmal lieben?", hauchte sie in sein Ohr und sie spürte, dass er es wollte.

***

Am nächsten Tag, dem Mittwoch, kramte er gleich nach der Arbeit sein Ölzeug aus dem Schrank und zog seine Arbeitsklamotten aus. Statt seines Trainingsanzugs fürs Studio stülpte er sich die wetterfesten Sachen über. Das

Wetter war nasskalt und Saya noch nicht da. Ohne drüben bei Mommy und Paps Bescheid zu geben, ging er los, nicht ins Studio oder zu Lina, sondern nach Olversum, um Sayas Bank zu suchen.

Es war längst dunkel geworden, als er sich auf sie setzte, auf die im Restlicht glitzernde Eider schaute und nachzudenken begann. Der Nieselregen tropfte hin und wieder, als sei er ein Metronom, von der Kapuze auf den gelben Ostfriesennerz. Im gleichen Rhythmus tauchten vor seinem inneren Auge fast vergessene Bilder auf und setzten sich zusammen. Was für ein Film! Eine rasende Reise durch die letzten Jahre. Saya im Flughafen, beim Turnen, beim sonntäglichen Frühstück. Die am Ende wenigen Tage mit Scarlett und Sayas Eifersucht. Saya in ihrem Zimmer, dem Souvenirladen. Saya bei ihm im Zimmer. Ihre erste gemeinsame Nacht, zärtlich, vorsichtig und dennoch nichts anderes als lustvoll. Die Tage danach wohl mit den ersten Zweifeln. Marvin, Nils und vielleicht noch ein anderer, jedenfalls die ersten Krisen. Ihre ersten Urlaube, die alles wieder ins Lot gebracht hatten. Manila. Ihr Studium mit der nächsten Krise. Sie nächtelang bei Marvin in Berlin. Ihr Auslandssemester und sein Urlaub bei ihr. Das Foto, das über dem Bett hing. Das Jahr im Ausland. Wieder ein Verhältnis mit mindestens einem Mann. Nichts anderes als eine Achterbahnfahrt. Am Ende der Bilderkette das *Mariano*, dieser Bhajan, wohl viele Männer und – Lina.

Das Bild blieb stehen. Lina schien ihn anzulachen, doch in ihrem Blick war auch etwas Forschendes. Was könnte sie suchen? Was hoffte sie zu finden oder in seinem Blick lesen zu können? Seine Liebe? Eine gemeinsame Zukunft? Abschied? Mit den Fingern fuhr er an der metallenen Kante der Bank entlang und bildete sich ein, ihre Haut zu spüren, und musste deshalb lächeln.

Weit nach elf kam er erst nach Hause. Saya war sicher schon seit Stunden da, das Licht war an, aber der Fernseher flimmerte nicht. Kurz lauschte er, dann schloss er auf und sofort stand sie laut aufatmend am Ende des kleinen Flurs.

„*Mal – di - ta!* Ich ... Mann! ... Ich dachte schon", stammelte sie, während er sich die nasse Jacke auszog.

Sie beobachtete ihn dabei und nur wenige Sekunden später nahm er sie in die Arme, gab ihr einen Kuss auf die Stirn und flüsterte:

„Alles gut! – Liebes."

„Alles war dunkel. Der Schrank oben nicht geschlossen. Deine Sporttasche mit allem Zeugs in der Ecke. Deine Arbeitsklamotten auf dem Stuhl, aber auch die Jeans und das Sweatshirt." Ihre Sätze sprudelten wie ein Wasserfall. „Das Fahrrad stand neben dem Haus. Bei Lina warst du demnach nicht. Mommy und Paps wussten nichts. Und keine Nachricht auf meinem Handy. – Du hast mir einen Schrecken eingejagt."

„Das tut mir leid. Ich habe auf deiner Bank bei Olversum gesessen und dabei an uns gedacht."

Saya zitterte in seinen Armen und er rieb ihr über den Rücken, als würde sie frieren. Nach einer Weile ließ er sie los, schaute an ihr herunter, sah, dass ihre Jeans von seiner Regenhose nass geworden war, zog seine aus und fragte:

„Magst du wieder mit mir kuscheln? Deine Hose ist auch ganz nass geworden."

In Unterwäsche stand er dann da, die Regenhose lag ausgebreitet hinter ihm auf dem Boden, damit sie trocknen konnte, und er sah Saya dabei zu, wie auch sie ihre Jeans auszog und anschließend rückwärts zum Kuschelsofa ging, ohne ihn aus den Augen zu lassen. Wenige Sekunden später legte er das Plaid über sich und

Saya, schob einen Arm zu ihr, um sie zu sich zu ziehen und ihr zu erzählen, an was er alles hatte denken müssen. Währenddessen hielt er sie nur fest, streichelte ihr über den Rücken und als er alles berichtet hatte, löschte er das Licht und sie schliefen ein.

***

Erst zwei Tage danach, dem Freitag, ging er nach der Arbeit wieder zum Studio, statt wie ursprünglich geplant den Koffer zu packen. Minutenlang blieb er auf dem kleinen Platz vor dem Gebäude stehen. Natürlich trainierte Lina an diesem Freitag auch. Im Schatten von ein paar Büschen sah er durch die großen Fenster Lina dabei zu, wie sie auf dem Laufband sozusagen ihre Runden drehte. Sie lauschte dabei der Musik, die aus ihren AirPods in ihre Ohren schallte. Den Blick starr nach vorne, auf irgendeinen Punkt auf die innen spiegelnden Scheiben gerichtet, die es ihr deshalb nicht möglich machten, ihn zu sehen.

Die letzten Abende mit Saya und die Stunden danach waren verstörend schön und am Ende ganz anders verlaufen als er vermutet, vielleicht auch gewollt hätte. Sie war neugierig auf das, was er erzählte. Wieder war sie tapfer und kuschelte sich ohne Tränen oder irgendein Zögern an ihn. Hin und wieder fragte sie nach. Außer sie im Arm zu halten, ihren Zärtlichkeiten nachzugeben und diese zu erwidern, hatte er nicht immer eine Antwort parat. Vor allem in dem Moment nicht, als sie doch auf die Sache mit ihrer möglichen Unfruchtbarkeit kam. Weil er die Masse der Fragen, die hinter dieser im Grunde simplen Frage noch steckte, nicht beantworten konnte. Erst nach einer gefühlten Ewigkeit meinte er:

„Darauf kommt es doch auch gar nicht an."

„Worauf dann?"

Wieder verstrichen einige Sekunden ohne eine Antwort von ihm, erst dann meinte er:

„Auf das, was eine ... Partnerschaft sonst noch ausmacht."

„Eine Partnerschaft?"

„Ja. – Keine ... Ahnung." Er begann zu stottern. „Was ... ja was steht am Anfang einer ... Liebe? Zuneigung? Lust? Neugier? – Interesse am Gegenüber? – Ein Kinderwunsch ist doch sicher nicht das erste, oder?"

„So wie du es sagst, klingt es seltsam."

„Kann sein. – In den letzten Monaten sind meine Gefühle durcheinandergeraten. Jetzt bin ich derjenige, der nicht weiß, wohin er gehört, obwohl ich wieder ... zu Hause bin."

„Das ist ein großes Wort. Dieses Zuhause. Wo ist meines? Ich dachte jedes Mal da, wo ich gerade war. Es hat immer etwas gepasst. Mal die Wände, mal die Gefühle, mal die Zufriedenheit, mal der Schmerz, mal das Glück, mal die Erinnerungen an alles zusammen."

„Komisch, dass wir beide nicht Zukunft sagen."

„Weißt du, dass ich mir nie eine hab' vorstellen können? Immer, wenn ich mir eine vorgestellt habe, war sie für die anderen unausgegoren und man hat mich auf dem Weg dorthin zurückgeholt. – Wie du jetzt."

In der Muckibude war es dämpfig wie in Manila. Die Luft genauso stickig und schlecht. Er bildete sich ein, in dieser das ganze Testosteron zu riechen, hatte aber das Gefühl, keine Kraft zu haben, als er an den Geräten herumturnte. Er sah ihr zu, es war offensichtlich, sie hatte ihn vermisst, aber die fehlenden Antworten hatten mit einem Mal viel Zeit. Gestern Abend auf dem Weg von der Arbeit nach Hause sprachen sie bei einem Telefonat über ein paar der Dinge.

„Wahrscheinlich kann sie nie schwanger werden. Nie ein eigenes Kind lieben. Und nächste Woche hat sie so 'ne Art Schnupperwoche. Den richtigen Vertrag hat sie allerdings schon unterschrieben. Ich glaube, wenigstens das wird gut. Die Leute sind nett und 'ne ganz andere Atmosphäre ist da auch."

„Ach du Scheiße! Sorry!" Es klang nichts anderes als konsterniert. „Ich mein natürlich das mit dem eigenen Kind. Das andere ist ja toll. Irre. Freut mich." Ihrer Stimme nach hatte es nicht den Anschein. Sie merkte es selbst und fügte hinzu: „Ganz ehrlich. Aber dein Urlaub ist jetzt deswegen gestrichen? Das heißt, ihr bleibt zusammen, weil du ihr Trost oder Beistand oder wie auch immer bist, und ich guck in die Röhre?"

Guido glaubte, dass sie zu weinen begann.

„Nein." Was sollte er noch dazu sagen?

Lina prustete und überlegte. „Sehen wir uns?"

„Am Freitag sehen wir uns." Es hörte sich nicht nach mehr an.

„Ich kann auch zu Hause bleiben?"

„Nein. Bitte komm. Ich muss was anderes sehen und hören und ..."

Lina seufzte auf.

„*Unds* kann ich besonders gut", schluchzte sie und lachte gleichzeitig.

„Ich weiß."

Nach drei Geräten stellte sie sich mit verschränkten Armen neben ihn, wischte sich den Schweiß aus dem Gesicht und schnaufte. Guidos Lächeln verunglückte vollkommen und sie fragte:

„Und?" Es klang nach allem.

Guido seufzte, wuchtete sich aus dem Rudergerät, sah sie fragend an und deutete mit dem Kopf zum Ausgang. Er hatte keine Lust, hier mit ihr zu reden.

„Sollen wir zu dir?"

Lina schaute ihn überrascht an.

„Ja. – Ja doch. Logisch. Ich hab' 'nen ganzes Baguette für Pornfood. Ich dachte nur ... Scheiße! ... Du Idiot! Warum sind wir nicht längst los?"

Er schüttelte den Kopf.

„Weil du so herrlich beleidigt ausgesehen hast."

„Manchmal könnte ich dich", grollte sie. Mit geballten Fäusten stürzte sie sich auf ihn, boxte ihn gegen die Schulter und er hielt sie fest. Lina weinte.

„Na, denn! Lass uns einen schönen Abend haben."

„Einen schönen Abend. Den werde ich dir machen. Dir wird Hören und Sehen vergehen", schluchzte sie.

„Ich kanns mir denken."

Keine zwanzig Minuten später hatte sie sich kaum hinter der Tür ihrer Wohnung aus ihrem Sportdress gepellt und ihm gleich darauf einen Zeigefinger in die Brust gerammt.

„Und du zieh dir diese komischen, bescheuerten Klamotten aus. Wenigstens das Joggingzeugs", ordnete sie an, zog schon den Reißverschluss seiner Jacke auf und stand anschließend – damit erst gar keine Fragen aufkamen – nur noch im hellblauen Nichts des Strings und BHs, Guidos Geschenken aus Barcelona, in ihrer kleinen Küche. Mit hochgezogenen Brauen betrachtete er Lina, vielmehr bewunderte er sie.

Aus dem kleinen Radio neben ihr kündigte Carsten Thiele leise die nächsten Schlager an und Guido stutzte. Sonst hörten sie Pop oder Schmusesongs ihrer Playlist oder einfach auch gar nichts, außer er irgendwann ihr leises, fast unterdrücktes Stöhnen. Nun also der Schlagersender von NDR. Der spielte aber gute Musik. Irgendwie passte sie zu dem ganzen Durcheinander im Kopf und putzte die Gedanken durch. Lina streckte ihm ihren schönen Po entgegen, als sie einen riesigen Teller mit dem ... Pornfood vor ihm abstellte. Er grinste, weil ihm in diesem Moment, das mit der Alicia Vikander wieder einfiel. *Oh, die Vikander, das ist aber ... nett. Seh ich etwa so gut aus? Hammer. Die hat aber glatte Haare, nur dass du es weißt, und ich bin viel breiter da unten als die, auch das weißt du. Turnerinnenarsch,* meinte Lina ungläubig, als er ihr es einmal gesagt hatte.

Über eine Schulter blickend fragte sie nun:

„Na? Wie gefall ich dir in dem Bisschen? Ist echt krass, wie sich das an meinem Hintern anfühlt."

Guido sah sie an und wusste nichts zu sagen, außer:

„Und ausziehen lässt."

„Das hoff ich doch. War ehrlich gesagt mein Plan für heute. Ach, und ob du es glaubst oder nicht, ich kann auch was anderes als Schnittchen. Aber wir haben so wenig Zeit füreinander und bevor das Essen und unsere Liebe in dieser wenigen Zeit kalt wird, dürfen es die Schnittchen schon sein. Und im Bett krümeln find ich echt sexy."

In diesem Moment sang Ben Zucker, *... dem Morgen entgegen, die Nächte sind lang, denn unsre beste Zeit zusamm'n fängt grade erst an.* Mit einem „Ach wie geil, das passt ja wie bestellt", legte Lina Schnittchen mit Eierscheiben und Mayo auf seinen Teller und biss gleichzeitig über ihren gebeugt in ein anderes.

„Findste nich auch?"

Frech grinste sie ihn an. An ihrer Nase blieb ein wenig Frischkäse hängen und ohne eine Antwort von ihm abzuwarten, wollte sie gleich darauf wissen:

„Kennste das Märchen mit der Prinzessin auf der Erbse?" Sie leckte sich einen Finger ab und ihr Blick ging langsam von seinem Gesicht zum Schoß: „Ich mein nur, ich schlaf nämlich gern auf etwas ... Hartem."

Guido lachte und fixierte den Frischkäsetupfen.

„Und ich küss dir gern den Käse aus dem Gesicht", lachte er rot geworden zurück. „*Was wir haben, ist für immer*", sang er etwas schräg mit.

Minuten drauf saß sie auf seinem Schoß und er fuhr mit seinem Zeigefinger der dunkleren Flaumlinie unter ihrem Nabel entlang bis in ihren Schoß. Während sie ihre Hände von seiner Brust hochnahm, mit denen sie sich gerade eben noch abgestützt hatte und sich nun den Schweiß unter ihren Brüsten wegwischen wollte. Er verfolgte ihre Hände und war in der nächsten Sekunde verblüfft. Ihre Arme hatten gerade noch diesen Winkel verdeckt, in dem nun neben ihrem herrlich wilden Busch und mitten in den Stoppeln ein daumennagelgroßes, rot-grün-schwarzes Tattoo neben der linken Leiste aufleuchtete.

„Du bist ja gut", schmunzelte er und strich über die zwei sich aneinanderschmiegenden Buchstaben L und G. Beide Buchstaben wie zwei Ranken, die sich umarmten. Das G lag dabei im Winkel des Ls.

„Jetzt weißt du Bescheid. Lina und Guido. Kapiert? Nicht, dass du denkst, das bedeutet letzter Gruß oder lausig gefickt oder lange gewartet oder so. Sondern Lina und Guido. An einer Stelle, an der nur du es lesen kannst. Ich kenn nämlich keinen anderen Typen mit 'nem G vorne. Okay? – Findstes schön?"

Grinsend schüttelte er den Kopf.

„Klar. – Du bist echt verrückt. Wann hast du es machen lassen?"

„Vor drei Tagen."

„Und was ist, wenn das nix wird mit uns?"

„Sag nicht solche Sachen! Daran will ich nicht denken, kapiert? Und wenn ich's doch muss, war das grad eben genau diese Erinnerung wert. Vielleicht lass ich

346

mir ein Kreuz daneben tätowieren, geh ins Kloster und dann heißt's halt lieber Gott. – Scheiße, warum fragst du überhaupt? Wars das etwa?"

Guido seufzte auf und verschränkte die Hände hinter seinem Kopf. Lina ließ ihr Becken indes auf seinem Schoß wieder vor und zurück rollen. Sie grinste und hätte am liebsten geheult. Das Gefühl in ihr und die Geräusche zwischen ihren Schößen waren viel zu schön und intim und besonders und wundersam einzigartig. Aus ihrem kleinen Radio sang Rio Reiser in diesem Moment, *Ich brenne und ich schrei' für dich, für dich und immer für dich.* Oder verstand sie es nur falsch, es war egal, sie liebte diesen Guido und würde ihm am liebsten eine scheuern.

„Eine Woche noch, dann mach ich ein paar Tage Pause." Mit einer Hand streichelte er fast berührungslos über ihre linke Brust. Deren Spitze reckte sich ihm steif entgegen und wie Saya schloss Lina die Augen und sog die Luft scharf ein, während er in seine Unterlippe biss und meinte: „Ich hab' dich scheißlieb, sonst wär ich nicht hier. Aber ich ... irgendwie hoffe ich, dass sich mit diesen Tagen mehr klärt als nur meine Müdigkeit. Ich hoffe, am nächsten Wochenende blick ich besser durch. Vielleicht müssen wir auch hundert Jahre so weitermachen, bis eine von euch beiden aufgibt. Obwohl ... ich kann nicht dauernd mit zwei Frauen schlafen."

„Nee, wirklich nicht. Vorher geh ich doch ins Kloster. Muss ich aber nicht. Denn wir beide werden heiraten. Das kann ich dir versprechen."

„Wie kannst du dir nach allem, was ich dir antue, so sicher sein?"

„Haste Zeit? Ich könnts kurz machen und sagen, das liegt an dir. Weil du so anständig bist und ich manchmal nich weiß, ob du nicht gleichzeitig *zu* anständig und damit unanständig bist – wegen Saya. Du tust mir gar nix an, du Spinner. Und das ist auch so was." Sie griff hinter sich, nahm die Decke, zog sie über ihre Schulter und ließ sich wieder auf ihn heruntersinken. Gerade so viel neben ihm liegend, dass sie ihn ansehen und zugleich sein Gesicht streicheln konnte. „Ist inzwischen schon lange her. Zwei Jahre, oder so. Da war ich mal scheißkrank. Husten, Schnupfen, Heiserkeit. Keine Ahnung. Jedenfalls lag ich wie Müll in meinem Bett. Am Abend kam Nils und ich wollte ihn nach Hause schicken. Ging nicht. Er wollte nich, wollte stattdessen den lieben Kerl spielen und mir Tee machen. Im gleichen Moment, als er die volle Teetasse auf den kleinen Tisch stellte, machte der sich die Hose auf und lag keine drei Sekunden später auf mir. Den Rest kannste dir denken. Mit meinem Fieber, mit dem ganzen Scheiß in meinem Gesicht, dem ganzen Rotz und was weiß ich, hatte ich null Chancen mich zu wehren. Jedenfalls war ich so blöd, ihm nur eine zu schmieren, und hab' ihm am nächsten Tag doch wieder reingelassen. Verstehst du?" Sie sah ihn forschend an. „Nee, das kannst du nich verstehen, weil du nämlich nicht so bist. Nicht mal ansatzweise. So was kommt gar nicht in deinem Kopf vor. Deshalb machst du ja auch den ganzen Scheiß mit der Weltenrettung. Weil du irgendwie blöd bist. Und weil du so wundersam blöd bist, hab' ich dich so übertrieben krass lieb. Vielleicht sind wir Frauen auch nur zu blöd. Trotzdem weiß ich, dass es passt, alles klar? – Liebling? Meine Urgroßmutter hat es auch immer gewusst. Die hat mir ihre Geschichte mal erzählt. Leider musste ich ein paar Jahre älter werden als sie, als sie es Opa Hermann gesagt hat."

Alles gut

Keine Spinnennetze mehr über ihm, kein Geknatter, kein Lärm, keine Schwüle, keine Baustellen, keine Hochhäuser, keine Hütten, kein Durcheinander, keine Sorgen. Alles weggespült von dem mal grauen, mal grünen, mal blauen Meer vor ihm und dem Wind, der unablässig gleichzeitig wild und nur in schwachen Böen blies. Vor fünf Tagen angekommen, schlugen die Wellen ans Ufer und es klang wie Applaus. Vor vier Tagen, als würde eine riesige Schar Vögel immer wieder auffliegen. Vor drei machte das Glitzern der Sonne auf dem ruhigen Meer mehr Lärm als alles andere. Vorgestern schob sich das Wasser langsam und behäbig wie Öl über den Sand und floss genauso leise wieder zurück. Gestern kämpften die wenigen Kutter gegen die hohen Wellen an, schienen Spielbälle der Natur zu sein und manche Welle lief erst nur wenige Meter vor ihm aus. Seit dem frühen Morgen knisterte das Meer, als würde dünnes Eis auf ihm zerbrechen und über den Sand gespült werden, in dem es genauso knisternd verschwand. Mal fuhren die paar Kutter von links nach rechts, später andersrum. Die Sonne verschwand immer wieder hinter den sich jagenden Wolken, ließ diese kurz mattgelb aufleuchten, als seien sie angeknabberte Pfannkuchen. Später schob sich das Ganze als graue Bank auf dem Horizont entlang. Mal stolzierten Möwen an der Wasserkante entlang, mal flogen sie, warum auch immer, schreiend über diese und ihn hinweg, während ein paar Watvögel und Austernfischer die Salzwiesen und deren Ränder hinter ihm nach Nahrung durchstöberten. Höchstens alle halbe Stunde lief jemand zwischen dem Strandkorb und dem Schauspiel vor ihm hindurch, missachtete ihn, grüßte nicht mal, alle genossen die Ruhe, diese manchmal tosende Stille. Sein Kopf füllte sich seit fünf Tagen mit Frischluft. Seit fünf Tagen sagte er nur *Guten Morgen* und man nickte lediglich zu ihm rüber, wenn er zum Frühstück kam. In diesen fünf Tagen nur einmal *Gute Nacht.* Sein Handy lag seit fünf Tagen ausgeschaltet im Zimmer.

Zwischen ihm und dem in der Unendlichkeit verschwindenden Horizont keine Kriege, keine schlechten Nachrichten, keine dummen Sprüche und mit jeder Stunde weniger Probleme. Nur Wasser, Sand, Wetter, Möwen, Wind, noch ein paar Vögel, Natur und weit hinten der Horizont. Zwischen diesem und ihm ein paar wandernde Schatten. Noch weniger Schiffe. Etwas Ebbe und Flut. Und in diesem Moment eine junge Frau in einer dicken Jacke, den Kragen hochgeschlagen, deren Haare wie Fahnen im Wind wehten. Er kannte sie, schmunzelte und verfolgte sie mit seinem Blick, nachdem sie ihn entdeckt hatte und auf ihn zukam.

Irgendwie war klar, dass sie ihn finden würde, wo sollte so einer wie er auch anders sein als auf einer solchen Insel? Warum sollte er auf seinem Zimmer rumsitzen, bei so einem Wetter, das selten schlecht genug dafür sein konnte? Er rückte zur Seite und keine Minute später setzte sie sich neben ihn. Sagte genauso wenig wie er in den letzten fünf Tagen. Nämlich stundenlang nichts. Nicht einmal *Guten Tag.* Fast hatte er das Gefühl nach wie vor allein zu sein. Er spürte nur ihre Wärme und Nähe. Und das war gut so. Zusammen mit ihm sah sie all das, was er sah. Vor dem Blau des Himmels rannte Obelix hinter Asterix her, jagte der Igel den Hasen, spielten Ikuto und Hana Fangen und gingen Tim und Struppi miteinander spazieren. Zusammen mit ihm genoss sie all das genauso. Nach mehr als sechs Stunden stand sie auf. Ganz selbstverständlich, als sei es eine Abmachung. Sie zog den Kragen hoch und schaute zum Horizont. *Meine Fähre geht.* Aber er streckte seine Hand aus und hielt sie fest.

„Bleib bitte."

„Ich hab' nix dabei."

„Das reicht vollkommen."

Sie sah ihn an, lächelte mit Tränen in den Augen und setzte sich wieder für die nächsten fast zwei Stunden neben ihn, ohne ihn zu umarmen, ohne etwas zu sagen oder zu fragen, ohne auf etwas zu zeigen.

Mit ihr in den Armen wachte er auf. Mit ihr in den Armen nickte er wieder ein. Als er wieder aufwachte, sah er in das allmählich heller werdende Zimmer und ihren müd-wachen Blick, der ihn vielleicht die ganze Nacht beobachtet hatte. Keine Traurigkeit war in ihm zu finden, dafür nichts anderes als Zufriedenheit und Glück. Jetzt war alles gut. So sollte es sein. Nichts anderes war richtiger.

Als der erste Sonnenstrahl – es war klar, dass die Sonne heute scheinen würde – durch das Fenster fiel, rekelte sie sich ein wenig, schmiegte sich an ihn und meinte:

„Ich hätte jetzt Lust auf ein verdammt großes Frühstück."

Guido sah sie an, schmunzelte und erwiderte:

„Dann lass uns zusammen genau damit anfangen."

Katja L. Schlegel
Andreas Heßelmann

Saya – Auf der Suche
nach dem Leben

Band 1
Lebens- und Liebesge-
schichten
287 Seiten

Das Leben weiß manchmal nicht, was es tut. Das Leben hat keine Ahnung von sich selbst. Das Leben lebt
manchmal vor sich hin. Das Leben ist, wie man so
sagt, unerbittlich.

Aus dem kleinen Radio auf dem Tisch schnulzte Rob-
bie Williams - *thoughts running through my head and I
feel the love is dead* - Und sie seufzte. Die Liebe ist tot.
Nun denn.

„Ungewöhnlich! Kurzgeschichten, die sich langsam zu
einem Roman verbinden. Nach der ersten Hälfte war
mir klar, warum es zumindest noch einen zweiten
Band geben wird."

(Carolin Ehmann, Hannover)

Katja L. Schlegel
Andreas Heßelmann

Saya – Auf der Suche
nach dem Leben

Band 2
Unwägbarkeiten
325 Seiten

BOOKS on DEMAND

Das Leben erwartet im Prinzip nichts. Das Leben kann
nicht lieben und liebt dennoch Schicksale. Das Einzige,
was dem Leben bekannt ist: Es endet irgendwann mit
dem Tod. Sie hoffte hingegen, ihres noch lange nicht.
Es gab für sie noch mindestens eine Aufgabe zu erfüllen.
„Scheiße, warum machen wir es uns oft so schwer?“,
wollte sie wissen und spürte, dass sie losheulen würde.
„Weil ein leichtes Leben langweilig ist.“

Seit mittlerweile fast vier Jahren ist Saya in Deutschland. Nach allem, was das Leben für sie bisher bereit-
gehalten hat, versucht sie ihren eigenen Weg zu finden. Aber, wie gesagt, das Leben liebt Schicksale und
Stolperfallen.
„Unwägbarkeiten“ ist der zweite Band von „Saya - Auf
der Suche nach dem Leben“.

Katja L. Schlegel

Zwischen der Liebe

Roman

228 Seiten

Laura lässt sich auf ein spezielles Abenteuer ein.
Love and Beach.
Die unverbindliche Beziehung mit Michael ist Basis
für grundsätzliches Vertrauen, der Rest eine Reise ins
Ungewisse. Am anderen Ende der Welt erlauben sie
sich anders zu sein, loszulassen, Grenzen zu über-
schreiten, sich auszuprobieren.
Frivol, sexy, ohne Tabus, kompromisslos offen zu sich
selbst verbringen sie die Tage ...
Lang unterdrückte, fast vergessene Träume tauchen
auf ...
Diese Reise ist nur ein Weg dorthin, nicht das Ziel.

„Manchmal muss man gehen, um anzukommen ... und
ich könnte wetten, dass viele, wie ich, diesem Weg mit
Vergnügen folgen und dabei selbst auch so manche
gut vergrabene Sehnsucht entdecken ..."
(Brigitte Bausch; Lektorin)